중국에서 자리잡은 한국인들

우길 · 한명희의 '한민족 리포트'

중국에서 자리잡은
한국인들

13억 인구에 군침 삼키며
잠에서 깬 사자의 품으로 뛰어드는 한국사람들.
누가 누구의 먹이가 될 것인가?

금토

중국에서 자리잡은 한국인들
우길 · 한명희의 '한민족 리포트'

초판 1쇄 인쇄 : 2002년 12월 20일
초판 1쇄 발행 : 2002년 12월 28일

지은이 : 우길(wgil2000@dreamwiz.com)
펴낸이 : 박국용
편 집 : 성수희
교 열 : 이진희
영 업 : 하태복
총 무 : 이현아
인 쇄 : 조광출판인쇄

펴낸곳 : 도서출판 금토
서울 종로구 신문로 1가 58-14 한글회관 203호
전화 : 02)732-6252(대표) 팩스 : 738-1110
E-mail: kumtokr@hanmail.net
홈페이지 : www.kumto.co.kr
1996년 3월 6일 출판등록 제16-1273호

ISBN 89-86903-36-9 03810

값 9,500원

13억 인구에 군침을 삼키며 잠에서 깬
사자의 품으로 뛰어들고 있는 한국 사람들.
누가 누구의 먹이가 될 것인가?

중국에서 자리잡은
한국인들

CONTENTS

책머리에 | 벤츠와 마차가 함께 달리는 거리 / 8

베이징
종합상사 일으킨 '중학 중퇴' · '대원전기' 최종수 / 15
배낭 하나 메고 떠나 미용실 그룹 세워 · '연한 미용실' 김명권 / 35
반은 고급 동네에, 반은 빈민가에 / 42
●중국 게이와 한방에서 밤을 보내며 / 48

칭다오
중국사람에게 한국 목욕 가르친 사우나 왕 · '코리아타운' 조병두 / 52
한국사람 2만 이상 북적거려 / 68

톈진
한국 신문으로 연매출 2백만 달러 올려 · 〈중국경제신문〉 박정호 / 69
수석 채집해 벽지 학교 지원 / 77

웨이하이
진짜 참기름으로 일어선 따이공의 전설 · '서울상회' 전용희 / 86
중국에 와서 찾은 참다운 인생 · '아시아나 대리점' 김경숙 / 100
2년간 오지에 처박혀 푸얼차의 비밀 캐내 / 111

다롄
한국문화 지키다 남편 옆에 묻히겠다 · 다롄 한국문화원장 김혜정 / 120
고향 바다 그리며 눌러앉은 시인 · '한스 차이나' 오태동 / 132
중국사람에게 한국 떡 파는 다롄 떡장이 / 140
●어긋나기만 하는 한국인과 조선족 / 145

선양
모진 북풍 살아 넘은 '빵 아저씨' · '코코세계' 장형석 / 150
검도복과 죽도로 중국 재패 · 한국기업협의회장 안경찬 / 162
기업형 식당부터 공원 부랑자까지 / 174

상하이
남편 기다리며 커피를 마시는 꽃집 · '꽃이 있는 풍경' 최현숙 / 180
상하이의 한국 아이들은 다 내게로 오라 · '꿈나무 놀이방' 김정수 / 186
한국과 중국을 잇는 다리가 되어 · 〈상하이 좋은 아침〉 김구정 / 189
일은 한국사람이 하고, 돈은 중국사람이 먹고 / 192
●중국 처녀와 한 호텔 방에 들어 / 201

이우
시멘트 바닥에서 자며 5년 만에 100억 돌파 · '중한무역공사' 조승일 / 207
기회의 도시, 중국 최대의 소상품 시장 / 215
●그녀의 한국생활 5년을 누가 되찾아주나? / 222

광저우
'우린 한국사람 안 만나요' / 225

선전
세계를 돌아 선전에 정착한 풍운아 · '거구장' 홍은표 / 233
한푼도 투자 않고 호텔사업 하기도 / 237

구이린
친절과 외국어로 1위 명소 만들어 · '황금코끼리호텔' 조오현 / 244
한국보다 더 전망 좋은 구이린 김치 장수 · '한상김치' 이성균 / 247

실크로드
남한과 북한, 중국을 떠돈 78년 · 신장에 뿌리내린 박수남 할머니 / 251
불모지에서 꿈을 이루는 개척자들 / 262
●우루무치 가는 기차에는 마음 따뜻한 사람들만 / 268

란저우
소수민족 문자 만들어주는 언어학 박사 · '둥상족 어문연구' 김서경 / 275
'뗏목으로 황허에서 백령도까지 가겠다' / 280

시안
옛 수도에 중국민속촌 세운 제주도 거지 · '건릉 황토민속촌' 김훤태 / 286
잊혀졌던 옛 도시 살아나다 / 297

쿤밍
거액의 벌금 물고 유명한 집 되어 · 한국식당 '한강' 안원환 / 304
세계 화훼농업 1번지의 한국 양란농장 / 309

다리
인생의 쓴맛, 단맛, 오묘한 맛 / 313

뒷이야기 | 열여덟 살 딸과 첫 술잔을 나누며 / 317

벤츠와 마차가 함께 달리는 거리

1992년 개방 이후, '13억 인구에 손톱깎이 하나씩만 팔아도 자손만대로 돈걱정 안 하고 살 것'이라는 원대한 꿈을 꾸며 중국으로 간 한국사람들은 25만 명에 달한다. 한국의 기형적인 인건비와 물가, 세금과 산업규제 때문에 중국에서 사업을 해보겠다고 시장조사차 중국을 찾는 한국사람들은 연평균 1백50만 명이나 된다. 한국기업의 60퍼센트가 2～3년 안에 공장을 해외로 이전할 계획이 있으며, 그중 65.2퍼센트가 그 대상을 중국으로 잡는다고 한다. 한국사람들이 뛰어든 지 10년 만에 중국은 한국과 가장 가까운 나라가 되었다.

1억8천만 명에 달하는 휴대폰 가입자들이 최고의 품질로 평가하는 휴대폰은 미국의 모토롤라나 핀란드의 노키아, 독일의 지멘스가 아닌 한국의 '삼성 애니콜' 이다. 한국의 휴대폰은 중국의 하이엔드 (highend, 고급 소비층) 시장에서 25퍼센트의 점유율을 자랑하며 청소년들이 가장 갖고 싶어하는 휴대폰이 되었다.

많고도 많은 중국의 과자류를 제치고 중국사람들이 친척이나 친구의 집을 방문할 때 즐겨찾는 선물용으로 가장 인기있는 제품은 과자류 시장점유율 15퍼센트인 한국의 '초코파이'다.

또한 중국사람들은 베이징 최대의 한국식당 '서라벌'에서 식사 대접 받는 것을 최고의 자랑으로 여기고 있다. 음식값이 비싸기도 하거니와 그 맛이나 분위기 또한 중국에서 최고다.

한국 서울의 강남처럼 부자 동네로 개발된 중국 베이징 최대 규모의 고급 아파트 단지인 왕징[望京]을 중국사람들은 '한귀춘[韓國村]'이라고 부른다. 중국의 내로라 하는 부자 2만 가구가 살고 있는, 35평 기준으로 한 달에 4천 위안(1위안은 약 160원)의 임대료를 내는 비싼 아파트에 약 2천 가구, 7천 명의 한국사람들이 살고 있기 때문이다.

고급 아파트 단지에는 한국사람들이 운영하는 식당과 술집, 미용실, 옷가게, 당구장, 노래방, 식품점, 병원, 부동산, 태권도장, 찜질방, 방앗간과 함께 뻥튀기와 호떡가게까지 성업 중이다. 그런데 그곳의 한 모퉁이에 이런 내용의 한문 대자보가 붙어 있어 한국에서 온 나그네를 부끄럽게 했다.

'밤에 수면을 방해할 수 있으니 한국친구들은 고함을 지르지 말아 달라.'

중학교를 다니다 중퇴한 38세의 최종수 씨는 베이징에서 6개의 사업체를 경영하는 유망한 사업가가 되었고, 고졸 출신인 28세의 조수진 씨는 에어로빅 하나로 중국인민을 사로 잡은 유명인사가 되었으며, 36세의 박정호 씨는 한국사람을 대상으로 하는 중국 최고의 한국신문인 〈중국경제신문〉을 창간해 성공에 박차를 가하고 있다.

칭다오〔靑島〕최초의 한국 사우나를 정착시킨 조병두 씨는 부인과 함께 밤을 꼬박 새워 돈을 세야 할 만큼 큰돈을 벌고 있으며, 중국 각지에서 채집한 수석을 팔아 중국사람을 위해 봉사활동을 하는 톈진〔天津〕의 이지은 씨는 한국대사관 10군데보다 한국을 알리는 데 더 훌륭한 역할을 하고 있다.

또한 자신의 언어학 지식을 돈벌이에 사용하지 않고 자신들의 문자가 없는 란저우〔蘭州〕의 가난한 소수민족 둥샹〔東鄉〕족에게 문자를 만들어 주기 위해 정열을 쏟고 있는 김서경 씨는 그들에게 세종대왕 못지않은 존경을 받으며 조국을 빛내고 있다.

KBS의 '한민족 리포트' 프로그램에서 그 동안 필자가 만난 주인공들에 대한 정보를 원했을 때 남태평양 쿡 아일랜드의 배윤주씨와 함께 란저우의 김서경 씨를 추천해 주었다.

인구 2백70만의 신흥공업도시 웨이하이〔威海〕에는 인구의 약 0.001퍼센트를 차지하는 3천여 명의 한국사람들이 웨이하이 세금 수입의 30퍼센트를 담당하고 있다.

또한 중국에 진출해 있는 수십만의 외국기업 중 유일하게 최초로, 수천 만의 중국기업까지 포함하면 두 번째로 한국의 삼성그룹이 '싼싱루〔三星路〕'라는 거리 이름을 부여받았다.

다롄〔大連〕에서는 다롄 시 정부가, 한국사람 5천여 명이 밀집해 살고 있는 지역을 중국 최초의 '한국인 거리'로 공식 선포했으며, 자체 예산을 들여 그 거리에 한국인의 기념 동상을 세워 주었다.

한국의 대기업들과 중소기업들, 이름 없는 개인기업들이 한·중 수교 10년째인 지금 넓고 넓은 중국 땅에서 '한국의 거리'를 개척하고 있는 것이다.

그러나 13억에 대한 꿈을 가지고 중국으로 건너왔지만 여러 이유로 실패를 거듭해 중국의 빈민들보다 비참한 생활을 하는 한국사람들이 의외로 많은 것 또한 사실이다.

어린아이들을 유치원에 보내기는커녕 끼니걱정까지 해야 할 지경이며, 급기야 자신의 여권까지 조선족에게 팔아 오도가도 못 한 채 아무런 꿈도 희망도 없이 하루하루를 힘겹게 넘기는 사람들이다. 그들은 성공한 한국사람들이나 중국 물정을 잘 모른 채 투자하려는 새로운 한국사람들의 주위를 서성거리고 있었다.

벤츠와 마차가 길에 함께 달리고 있는 중국에서 한국사람들 역시 그와 비슷한 풍경으로 살아가고 있는 것이다.

어떤 이가 말했다.

"중국에 들어온 25만여 명의 한국사람 중 성공한 사람은 20퍼센트 정도이고 30퍼센트 정도는 겨우 현상유지를 하고 있으며, 30퍼센트 정도는 중국 서민들 정도의 어려운 생활을 하고 있다."

나머지 20퍼센트는 한국에서 말못할 사연으로 도망치다시피한, 정말 오도가도 못 하는 사람들일 것이라고 한다.

그런 중국을 두 차례에 걸쳐 반 년 동안 돌아다녔다.

2002년 10월 3일

양평에서 우길, 한명희

1
베이징

종합상사 일으킨 '중학 중퇴'
'대원전기' 최종수

1965년, 그는 경기도 시흥에서 태어났다. 자기 땅은 한 평도 없이 서울에 있는 한 고등학교 이사장의 땅을 경작하는 가난한 소작농의 막내아들이었다.

아버지는 네 살 위인 누나와 두 살 위 형에게는 항상 집안 일은 신경쓰지 말고 공부나 열심히 하라면서도 유독 그에게는 그런 말을 안 하고 주로 일을 시켰다.

"소 풀 뜯어 먹였느냐? 내일 모내기 해야 하니까 학교 가지 마라."

공부 잘 하고 착실한 누나와 형과는 달리, 공부는 멀리하고 친구들과 놀기만 좋아했지만 그는 소, 돼지, 염소들을 잘 키우고 농사일도 부지런하게 잘했다.

또래 아이들보다 체격은 훨씬 작았지만 뒷산에 매어 놓기 위해 논둑 사이로 소를 몰고 지나갈 때면 동네 어른들은 이렇게 칭찬해 주셨다.

"병아리만한 놈이 소도 잘 부리네."

'병아리만한' 그는 이미 그때 알고 있었다. 자식 셋을 모두 대학에 보낼 수는 없었으므로 아버지는 이미 자신을 농사꾼 후계자로 선택했다는 것을.

그는 초등학교를 졸업하고 집에서 가까운 소래중학교를 다녔다. 형과 누나는 각각 부천과 인천으로 유학을 가서 자취도 아닌 하숙을 했지만, 그는 전교에서 공납금을 가장 늦게 내는 학생이었다. 형, 누나의 뒷바라지로 한숨이 늘어가는 부모님께 차마 돈 달라는 말을 할 수가 없었던 것이다.

어머니가 학교에 불려가 담임 선생님 앞에서 머리를 조아리며 '죄송합니다'를 연발해야 했던 중학교 2학년 여름방학 때, 그는 일 안 하고 놀러다닌다고 야단치는 형에게 생전 처음 대들기까지 했다. 가족이 자신을 '벙어리 삼룡'으로 취급하는 것에 심하게 화가 난 것이다.

형에게 울분을 터뜨리고 집을 뛰쳐나온 그는 친구 세 명을 데리고 서울로 가출해 아현동의 '칠성제모'라는 모자공장에서 일하다 2주일 만에 찾아온 어머니에게 붙잡혀 돌아왔다.

그 사건 이후 아버지는 그를 다시보기 시작했다. 그에게 관심을 가지고 그의 입장에서 생각해 주기 시작했다.

개학을 하고 학교에 가자 가출자들은 지도실로 끌려가 실컷 맞고 나서 일주일 동안 반성문을 썼다. 친구들이 '잘못했으니 용서해 달라'는 내용의 반성문을 쓸 때 그는 '나는 학교 공부가 싫다. 다시 서울로 가서 돈 왕창 벌어 성공할 것이다'라고 썼다.

계속 얻어맞으면서도 자신의 고집을 꺾지 않고 그렇게 써댔다. 일주일 후 친구들은 교실로 돌아갔지만 그는 결국 퇴학당하고 말았다.

그런 다음에는 마을의 일등 농사꾼이 되었다. 동네 아저씨들이 경운기 기어를 2단으로 놓고 하루에 밭 한 마지기를 갈아엎을 때, 그는 4단으로 놓고 두 마지기를 갈아엎었고, 남의 일을 하러 가면 두 배로 품삯을 쳐줄 정도로 농사 일을 잘 했다.

그의 뒷집에는 차분하고 공부 잘 하는 미영이가 살았다. 미영이가 고등학생이 되면서 부쩍 성숙해 눈에 어른거리기 시작한 것은 그가 농사꾼이 된 지 일 년이 지났을 때다.

미영이가 수업 끝나는 시간에 맞춰 경운기를 몰고 나가 학교 앞에서 기다렸다가 집까지 태워다 준 것을 시작으로 둘은 밤마다 앞 냇가에 나란히 앉아 냇물에 돌멩이를 던져 넣으며 도란거리기 시작했다.

어느 날 미영이가 정색을 하고 그에게 말했다.

"종수야, 너 농사 일 그만하고 공부 다시 시작해. 너 이렇게 농사만 짓다가는 나중에 결혼도 못 해."

"그래도 나 일 잘 한다고 동네 아줌마들이 모두 자기네 집으로 장가오라는데?"

"어휴, 이 바보야! 그게 결혼하란 얘긴 줄 아니? 동네 머슴 하란 얘기야. 너 같으면 네 누나가 중학교도 중퇴한 농사꾼한테 시집가길 바라겠니? 그러니 잘 생각해 봐. 나는… 네가 좋단 말이야."

그 날 밤 미영이가 허락해 준 첫 입술과 동네 머슴 이야기는 낙인처럼 그의 가슴속에 새겨졌다.

　며칠 후 그는 어머니에게 다시 공부를 하고 싶다고 털어놓았고, 어머니는 펄쩍 뛰는 아버지를 눈물로 설득해 그가 서울로 가서 검정고시 학원에 다닐 수 있게 해주었다. 그리고 일 년 후에는 아버지가 소작을 짓던 땅 주인이 이사장으로 있는 서울의 고등학교에 들어갔다. 그러나 시험을 거쳐 정식으로 입학한 것이 아니라 이사장의 '백'으로 들어간 '뒷문입학'이었다.

　그는 고2 때까지는 항상 반에서 5등 안에 들었다. 수업 내용을 제대로 이해할 수 없어서 아예 교과서를 외워 버린 덕이었다. 그러나 고3이 되면서 암기는 잘 해도 응용은 못 하는 기초실력 부족으로 성적이 점점 떨어지기 시작해 학력고사 2백60점을 받고도 대학입시에 실패하고 말았다.

　'대학을 못 나오면 사람노릇 못 한다'는 어머니와 첫사랑 미영의 말에 사무쳐 재수를 했지만 또 다시 실패했다. 오대산의 한 절로 들어가 머리 깎고 승복 입고 3수까지 했지만 또 실패했다.

　세 번이나 실패하고 보니 차라리 홀가분했다.

　'내 인생에 대학은 없나 보다. 이제부터는 대학 없이도 성공할 수 있다는 것을 한번 보여주자.'

　그렇게 결심하고 나자 고등학교 이사장이 그를 불러 그 학교 서무과 직원으로 일하게 해주었고, 3개월 후에는 경기도 광주에 있는 연수원 건설현장으로 자리를 바꾸어 주었다. 그곳에서 일 년간 일한 후 입영 신체검사를 받고 방위 판정을 받았다. 네 살 때 작두를 가지고 놀다가 오른손 중지 끝마디가 잘렸기 때문이다.

　방위로 소집되기까지 1~2년을 기다려야 했다. 그 동안 막노동이라도 해볼 생각으로 서울 와서 여기저기 기웃거리던 어느 날, 청랑리에서 우연히 아는 사람을 만났다. 고등학교 시절 그의 자취방 옆방에 살던 30대의 중국집 주방장 이씨였다.

하는 일 없이 거리를 배회하던 그에게 이씨와의 만남은 인생을 바꾸어 놓는 계기가 되었다.

"다른 것 생각하지 말고 중국집을 해봐라. 목이 안 좋더라도 열심히 해 배달을 늘리면 된다. 1천5백만 원 정도만 있으면 될 텐데…"

이씨는 경동시장 한약방 골목에 있는 중국집 '동해루'로 그를 데리고 갔다. 그곳은 중국집 개업을 원하는 사람들에게 전문적으로 집을 소개시켜 주는 곳이었다.

이렇게 해서 그는 경동시장 한 구석 낡은 건물 2층에 있는 '동원각'이라는 중국집 주인이 되었다. 테이블 4개, 배달통 6개, 기름때가 새까맣게 낀 주방을 가진 동원각은 보증금 8백만 원, 권리금 3백만 원에 월세가 30만 원이었다.

공부한답시고 몇 년 동안 서울 생활을 하다 대학에도 못 들어가고 빈둥거리던 막내아들이 장사에는 그래도 소질이 있을 것이라고 믿은 아버지가 소 팔고 농협에서 돈을 꾸어 마련해준 밑천으로 인수한 것이다.

나중에 그는 어머니로부터 이런 말을 들었다.

"종수야, 너 삼수에도 실패하고 취직도 제대로 안 되어 놀고 있을 때 동네 사람들이 얼마나 손가락질 한 줄 아니? 그때마다 네 아버지는 그러셨다. '두고봐라! 종수 그 놈이 지금은 그래도 제 형보다 더 크게 될 놈'이라고."

어머니의 말을 그는 가슴 밑바닥에 단단히 심어 놓았다.

배달원 한 명, 카운터 아줌마 한 명을 두고, 주방은 이씨에게 맡겼다. 그는 배달과 주방일을 같이 뛰었다.

그는 복덕방에서 경동시장, 제기동, 청량리 일대의 청사진을 한 장씩 구해 벽에 붙여 놓고 각 지역을 A, B, C로 나눈 다음 동원각 스티커를 붙인 성냥갑을 자전거 뒤에 잔뜩 싣고 매일 지역을 누비기 시작했다.

인사성 좋은 그의 성실함과 주방장 이씨의 솜씨가 인정받기 시작한 것은 개업한 지 일주일도 채 안 되어서였고, 한 달 후에는 배달이 너무 밀려 배달원 두 명을 더 써야 했다.

자장면 한 그릇에 4백 원 하던 시절, 동원각은 매일 밀가루 한 포대 반을 썼다. 하루 매상 평균 30만 원에 월 순수익이 3백만 원이었다. 그의 나이 스물한 살에 이룬 성공이었다.

일 년 반 후, 영장이 날아들었을 때 그는 동원각을 팔기가 너무 아까웠다. 딱히 누구에게 맡길 만한 사람이 없었다. 그래서 시골에 계시는 어머니와 아버지에게 상의를 했고, 두 분은 팔을 걷어붙이고 올라와 동원각을 맡으셨다.

그러자 경희대를 졸업하고 직장 생활을 하던 형과 전문대를 졸업하고 간호사 일을 하던 누나도 합세했다. 농사를 짓거나 직장 생활을 하는 것보다 동원각 수입이 훨씬 나았던 것이다.

청담동 청담시장 안의 '영화장'.

제대 후 그가 3천만 원을 투자해 강남에 문을 연 70여 평의 차이니스 레스토랑이다. 사장이라고 자리에 앉아서 돈이나 받는 다른 집들과 달리 그도 배달원들과 똑같이 철가방을 들고 돌아다니며 손님들에게 정성을 다하기를 3년 만에 그 집은 하루 매상 평균 1백만 원에 월수입 1천만 원을 올리는 가게가 되었다.

그때 그의 나이 겨우 스물여섯 살이었다.

그 무렵 동원각의 매상은 계속 떨어졌고, 급기야 형은 그것을 처분하고 증권에 손댔다가 모두 날리고 말았다. 동원각 주위에 다른 중국집들이 들어선 탓이기도 하지만 형이 그가 말하는 철칙을 지키지 않은 탓이었다.

"개인사업은 사장이 직접 뛰어야 합니다. 사장이라고 남에게 맡겨 두면 반드시 실패하고 맙니다."

이것이 처음 동원각을 시작할 때부터 지녀온 그의 철칙이다.

약혼자가 있어 곧 결혼식을 올려야 할 형이 할 일도 없고 갈 곳도 없이 영화장에서 시간을 보내기를 한 달여. 어느 날 어머니가 그에게 하소연했다. 네 형 좀 살려 달라고.

결국 그는 영화장을 형에게 넘겨 주었다.

그 다음에 그는 시흥으로 내려가 양계를 시작했다. 영화장에서 번 돈으로 사둔 땅에 비닐하우스를 한 동 짓고, 한 수에 70원 하는 병아리 2천 수를 샀다. 하루에 몇 차례씩 모이를 줄 때마다 병아리 날개 자라는 것도 신기하고, 자신에게 몰려드는 노란색들이 예쁘기도 하여 새벽에도 한두 번은 꼭 일어나 연탄 난로의 불을 갈아주었다.

38일 후, 노란 병아리가 1.6킬로그램의 중닭이 되었을 때 한 수에 1천4백 원씩에 팔았다.

닭 키우기에 재미를 붙인 그가 비닐하우스 5동을 지었을 때 병아리 값은 30원이 올라 있었다. 그럼에도 1만 수를 구입해 대박을 꿈꾸며 정성을 다했다.

그런데 출하 시점이 다가오자 유례없는 닭 파동이 일어났다. 양계장 주인이 자살하기도 하고, 축협 앞에서는 연일 시위가 벌어졌다. 그도 간신히 3백60원에 닭을 넘기고 말았다. 대박 대신 쪽박을 차게 된 것이다.

그런데 육계 도매상에서 나온 닭장차 운전기사는 그의 닭을 차에 획획 집어던지며 휘파람을 불어댔다. 아무래도 이상해서 그가 물었다.

"아저씨는 도대체 내 닭을 3백60원에 가져가 얼마에 넘깁니까?"

"궁금하냐? 따따따블에 넘긴다."

또 한번 그의 인생이 바뀌는 순간이었다. 양계는 망해도 양계유통은 떼돈을 번다는 생각에 그는 1톤짜리 포터 한 대를 구입했다. 그리고 육계 도매상을 찾아가 닭 다섯 마리를 사왔다.

다른 닭 장수들은 지저분한 닭을 비닐봉지에 넣고 둘둘 말아 팔았지만 그는 상품가치를 높이기 위해 깨끗이 손질한 닭을 투명 비닐봉지에 넣고 노란 철사로 묶었다. 그렇게 해서 닭 다섯 마리를 포터에 싣고 달려가 암사동의 한 정육점에 넘겼다.

평소 안면이 있던 사장은 그의 닭들을 꼼꼼히 살펴본 후 물었다.

"당신 매일 이렇게 닭을 갖다 줄 수 있소?"

2년 후, 그는 안양 지역의 육계 도매상 중에서 세 손가락 안에 꼽히는 업체로 성장했다. 하루 매출 8백만 원에 월수입 1천5백만 원의 황금 시절을 맞은 것이다.

그리고 얼마 후에는 인천 만수동의 한 건물에 1층은 '토박이 춘천닭갈비', 2층은 '백년백세 삼계탕' 가게를 차린 후, 전국 80여 개 가맹점을 확보한 프랜차이즈 사업으로 확대해 나갔다. 그의 나이 스물아홉 살때였다.

옥화라는 조선족 아가씨가 일자리를 찾아 그의 닭갈비집에 들어온 것이 그 무렵이었고, 그것이 또 한 번 그의 운명을 바꾸어 놓

중국 진출 7년 만에 6개의 사업체를 거느린 38세 최종수 사장의 집무실.

는 계기인 것을 그 자신도 알지 못했다.

그 즈음 80여 개의 가맹점에 공급해 주는 닭다리, 날개 등의 부분육을 수입업체를 통해 공급받고 있었는데 값이 너무 올라 버린 것이다. 가맹점들로부터 항의가 빗발쳤다.

그때 옆에서 지켜보던 옥화가 그에게 이런 말을 해주었다.

"우리 고향 창춘[長春]에는 양계장도 많고 도계장도 많아요. 값도 한국의 10분의 1밖에 안 돼요. 사장님, 중국 가서 직접 닭고기를 수입해다 쓰세요."

우물 안만 생각하고 있던 그가 우물 밖을 처음 생각하게 된 것이다.

93년 12월, 그는 옥화와 함께 창춘으로 날아갔다. 옥화의 말대로 중국 닭고기 시장의 물량이 엄청나고 값도 싼 것을 직접 확인한 그는 기분이 좋았다. 닭고기 문제가 간단히 해결된 것이다.

옥화의 집에서 귀빈대접을 받으며 6박 7일의 일정이 끝나갈 무렵 옥화가 또 이런 말을 해주었다.

"사장님, 저랑 같이 베이징에 가요. 제 사촌오빠가 베이징에서 큰 식당을 하는데, 소개시켜 드릴게요."

예정에 없던 일이라 잠시 망설인 그는 중국의 식당업은 어떤지 한번 보고 싶어 일정을 연기하고 베이징으로 향했다. 이틀 후 베이징에서 성공한 조선족 사업가 강철주 사장과 마주 앉게 되었다.

40대의 왜소한 체격인 강 사장은 베이징 최대의 룸살롱인 해화성과 한강 사우나, 마포 숯불갈비 두 군데, 한일관, 무역회사, 키스 나이트 클럽 등을 경영하는 조선족 최고의 부자였다.

그런데 다른 사업체는 모두 손님이 넘쳐나는데 유독 한식당인 한일관에만 손님이 없어 고민하고 있는 터였다.

"동생 이야기를 들으니 최 사장이 한국에서 닭갈비로 크게 성공했다는데, 맞습니까?"

"이제 시작입니다. 갈 길이 멀지요."

"내가 조그만 가게를 몇 개 가지고 있는데 모두 장사가 잘 돼요. 그런데 지금 우리가 앉아 있는 이 한일관에만 손님이 없어요. 돈이 문제가 아니라 어디 가면 창피하단 말입니다. 무슨 방법이 없겠습니까?"

강 사장이 단도직입으로 물어왔다.

그도 깜짝 놀랄 만큼 손님이 바글바글한 마포 숯불갈비집에서 한 코너만 돌면 나오는 한일관에는 해바라기 씨를 까먹는 여자 종업원들과 그들밖에 사람이 없는 것을 의아하게 생각한 터였다.

"한국에서는 닭갈비가 히트했는데 중국은 저도 잘 모르겠습니다. 중국사람들도 닭갈비를 좋아합니까? 좋아한다면 닭갈비로 바꿔 보세요. 베이징엔 한국사람들도 많으니까요."

"중국사람들도 한국음식을 좋아하니까 먹도록 만들어야지요. 그러니 최 사장, 나랑 동업합시다! 그래서 최 사장이 한일관을 맡아 한번 살려 보세요."

그렇게 해서 1994년 3월, 그는 또 베이징으로 날아갔다.

한국의 가족과 회사 임원들은 '한국에서도 잘 되는데 왜 중국까지 가느냐? 중국 가서 대부분 실패하고 돌아오는 것 못 봤느냐? 중국에서는 외식업으로 성공한 예가 없다더라'며 하나같이 만류했지만 그는 그냥 밀어붙였다.

강 사장이 제시한 투자금액 1백만 위안(당시 환율로 8천8백80만 원)이 비싸다고 생각했지만 중국에 최초로 자신의 주특기인 닭갈비를 팔아 보고 싶었던 것이다.

한국사람들이 가장 많이 살고 있고, 한국업소가 20여 곳이나 밀집해 있는 신웬리[新源里]에 한일관이 있는 것이 그나마 희망이었다.

강 사장과 50 대 50으로 이익을 배분하기로 계약을 맺은 그는 한일관 근처에 호텔 방을 하나 잡아 놓고 본격적인 준비 작업에 들어갔다. 인테리어 공사는 물론 메뉴 개발과 영업계획, 닭고기 확보 등 모든 문제를 자신의 생각대로 밀고 나갔다.

밤샘 작업을 하며 초창기의 위험부담을 줄이기 위해 닭갈비뿐 아니라 중국사람들이 좋아하는 삼계탕과 불고기 등의 메뉴를 추가하고, 처음에는 중국사람보다 한국 사업가나 유학생들을 주고객으로 삼는다는 전략을 세웠다. 그러고는 1994년 5월, 중국의 수도 베이징에 '토박이 춘천닭갈비' 베이징 점을 처음으로 개업했다.

첫 날 매출 3만 위안(약 4백80만 원). 식당 안이 한국손님들로 바글거리는 큰 성공을 거두었다. 몇 개의 교민잡지에 실린 광고를 보고 한국의 닭갈비 맛을 기억는 한국사람들이 많이 찾아준 것이다. 그러나 며칠 후부터 '오픈빨'이 떨어지며, 매출이 하락하기 시작했다.

그는 35명의 한족과 조선족 종업원들을 아침 8시에 출근하게 하여 매일 점포 안팎의 유리창 대청소를 시켰다. 그 시간대에 점포 앞 2차선 도로는 출근하는 사람들 차량으로 정체되었는데, 그 사람들에게 가게를 홍보하기 위한 전략이었다.

한편으로는 홍보물을 들고 중국 여행사의 조선족 가이드들을 찾아다니며 일일이 머리 숙여 인사하고, 한국에서 온 단체손님 유치에 나섰다. 다른 한국식당들과 거래하던 조선족 가이드들의 반응이 처음에는 시큰둥했지만, 계속되는 그의 홍보공세에 하나둘 손님들을 데려오기 시작했다.

40여 명의 한국인 단체손님이 처음 가게를 찾아온 날, 그는 손님들의 테이블마다 돌아다니며 인사를 하고, 부족한 것은 더 달라고 하기 전에 미리미리 듬뿍 갖다주며 서비스에 최선을 다했다.

2년 후, 토박이 춘천닭갈비 베이징 점의 화려한 성공을 지켜본 강 사장은 새로운 제안을 해왔다. 마포 숯불갈비집에도 50퍼센트 지분을 투자해 동업하자는 것과, 1층 건물인 그 위에 2층을 올려 다른 외식업을 해보자는 것이었다. 이미 강 사장과 그는 서로 깊이 신뢰하는 사이가 되어 있었다.

그는 과감히 마포 숯불갈비에 투자하고 인테리어 교체와 종업원 교육에 나서는 한편, 2층에는 '송도 일식'을 개업했다. 그의 나이 32세 때였다. 한국 인천에서는 이미 토박이 춘천닭갈비 직영점과 전국 80여 개 체인점의 사업본부, 삼계탕 직영점이 안정된 영업을 하고 있었고, 중국 베이징에서는 춘천닭갈비 베이징점과 마포 숯불갈비와 송도 일식을 경영하는 청년사업가가 된 것이었다.

그러나 중국에서 생활한 지 3년 반이 지나가자 그는 다시 고민하기 시작했다. 한국과 중국의 모든 사업체가 안정권에 접어들어 돈걱정은 안 하고 살게 되었지만 또 다른 야망이 꿈틀거리고 있었던 것이다.

'내 인생은 고작 식당 주인으로 끝나고 만단 말인가. 강 사장과 합자 형태로 운영하는 외식사업말고 나 혼자 독자적으로 사업할 수는 없을까?'

그때 만난 사람이 LG산전 베이징 지사에서 근무하다 독립을 준비하던 김찬희 씨였다.

그와 김찬희 씨는 의기투합해 30만 달러를 투자해서 99년 4월, LG산전의 누전 차단기를 수입 판매하는 대원전기제조유한공사라는 법인을 설립하고, 자신의 이름 석자가 빛나는 '영업집조(사업자등록증)'를 받았다.

LG에서 15년 동안 무역업무를 해온 김찬희 씨 도움으로 LG 누전 차단기 중국 총대리점 계약을 체결함으로써 중국시장을 개척할 수 있게 된 것이다.

얼마 후 수산업에도 진출할 기회를 잡았다. 단둥[丹東]으로 출장 갔다가 수산시장을 둘러볼 일이 생긴 것이다. 이른 새벽, 배가 들어오자 중국 수산회사 종업원들이 꽃게에 손가락을 깨물리면서 작업하는 광경을 지켜보며, 그 일이 자기 같은 개인사업자가 끼여들 수 있는 틈새시장이라는 것을 알았다.

그는 대원전기 안에 수산무역부를 만든 후 난징[南京]과 단둥 두

곳에 지사를 설립하고 중국산, 북한산, 러시아산 꽃게와 참게 등의 수산물을 한국으로 수출하기 시작했다.

그런 다음 의류 사업부를 신설했다.

중국에서 한국사람들이 쉽게 시작했다가 가장 많이 망하는 사업이 외식과 의류라고 한다. 그런데 그는 그 위험한 두 업종에 도전한 것이다.

그러나 실상 그는 한국의 '명동의류'를 알기 전까지는 의류사업을 생각해 보지 못했다. 그런데 우연한 기회에 명동의류의 박복규 회장을 만나 보니 그의 당당한 자신감과 아이 다루듯 의류에 정성을 다하는 자세를 보고 감명을 받았다.

"내 앞에 백 명, 천 명이 실패했어도 나는 실패하지 않습니다."

그렇게 말하는 박 회장과 회사의 시스템을 보고 나서 그는 한국의 남대문 시장을 그대로 중국에 옮겨 놓아도 실패하고 만다는 의류사업에 뛰어들기로 결심했다. 중국 진출을 희망하는 명동의류의 물건을 공급받아 중국에서 판매를 책임지기로 했다.

2001년 12월, 베이징의 젊은 패션거리 둥스에 80평 규모의 명동의류 매장을 개업했다. 한국으로부터 일주일에 세 번 물건을 공급받아 '이 빠지지 않게' 구색을 제대로 갖춘 명동의류가 성공했음은 두말할 것도 없다.

베이징에서 30대 젊은 사업가를 찾고 있던 필자의 안테나에 그가 걸려들었을 때 필자는 무릎을 쳤다. 그러나 신웬리 마포 숯불갈비 앞의 고급빌딩 17층에 있는 그의 회사를 찾아갔을 때 그는 정중히 인터뷰를 거절했다.

한눈에도 꽤 공을 들였음직한 1백여 평 사무실에는 회의실, 샘플실, 자료실, 임원실 등을 별도로 갖추고 있었다. 사장실을 찾아들어가자 양복을 잘 차려 입었어도 전혀 사장 티가 나지 않는 그는 나지막이 말했다.

"조용히 사업에 열중하고 싶습니다. 나를 드러냄으로써 사람들의 표적이 되고 싶지 않습니다."

그러나 그에 대한 이야기를 여러 곳에서 듣고 보니 필자로서는 도저히 포기할 수 없었다. 그래서 4일 후 다시 한번 그를 찾아갔다.

"한국의 30대들과 술 한잔 하는 것으로 생각하십시오. 그들에게 어떤 꿈과 희망을 심어 준다면 그것 또한 좋은 일 아닙니까."

온갖 논리를 갖다붙이며 30분 정도 떠들자 빙긋이 웃고만 있던 그가 느닷없이 물어왔다.

"중국을 사랑하십니까?"

최종수 씨가 경영하는 '명동의류'에는 늘 사람들로 붐빈다. 2호 점과 3호 점 오픈을 준비 중.

"나도 외국 생활 해봤습니다. 애정을 가지고 이 일을 하고 있습니다."

우회적인 내 대답에 그는 또 빙긋이 웃더니 이틀 후로 인터뷰 약속을 잡아 주었다. 중국을 돌아다니며 1백여 명과 인터뷰를 했지만 필자에게 그렇게 물어본 주인공은 그밖에 없었다.

처음에 그는 춘천닭갈비 베이징 점을 개업하고 나서 6개월만 관리하다가 책임자에게 맡겨두고 한국으로 돌아갈 계획이었다. 그런데 8년째 체류하고 있으니 이유가 무엇인지 궁금했다.

"한국사람이 하면 한 명이면 될 일을 중국사람에게 시키면 서너 명을 붙여야 하고, 그것도 시키는 일 외에는 하지 않습니다. 사회주의 체제에서 자랐기 때문입니다. 그러니 청소는 물론 휴지 하나 줍는 일도 사장이 직접 해야 합니다. 그들도 언젠가는 나처럼 하겠지 생각하고 일을 다른 사람에게 맡겨놓은 채 뒷짐지고 있다가는 필경 실패하고 맙니다. 개인 사업은 사장이 직접 하지 않으면 안 된다는 것이 제 철학입니다. 그렇기 때문에 저는 지금까지 사업을 힘들게 해왔고, 지금도 힘들게 하고 있습니다."

단독으로 투자할 자본이 부족해 중방(中方, 중국 측 파트너)과 합자했다가 많은 한국사람들이 실패한 이유에 대해서 그는 이렇게 말했다.

"온돌방에서 한이불 덮고 자는 것과 같습니다. 방이 따뜻할 때는 문제가 없지만 방이 차가워지면 이불 싸움이 일어나게 마련입니다. 잘 될 때는 서로 최선을 다하겠지만 안 될 때는 서로 양보해야 합니다. 중국 땅에서는 중국사람에게 양보하는 자세로 일하지 않으면 안 됩니다."

93년에 결혼한 부인과 1남 1녀와 함께 40평 규모의 월세 1천5

백 달러짜리 아파트에서 살고 있는 그는 지금도 아침 8시에 출근해서 각 사업부 회의를 주관하고, 일일이 매장을 돌며 종업원들과 함께 직접 서비스나 청소 등을 하다 밤 12시에 퇴근하는 생활을 계속하고 있다.

"남편 노릇, 아빠 노릇 못 하는 것이 가장 미안합니다."

그러면서 멋쩍게 웃는 그는 놀랍게도 조선족과 똑같은 말투를 쓰고 있었다. 중방인 강철주 사장이나 조선족 통역들과의 '관시〔關係〕' 때문인가.

관시란 사람과 사람 사이의 안면관계를 이르는 말로 관시가 있으면 아무리 어려운 일도 쉽게 풀릴 수 있고, 반대로 관시가 없으면 하찮은 일이라도 어려움을 겪는 경우가 많다.

"말투가 왜 그렇게 됐어요? 다시는 한국에 안 돌아갈 사람처럼요."

"저도 모르겠습니다. 중국에서 오래 살다 보니 조선족 말을 닮아가네요. 한국에는 돌아가야죠. 그러나 중국에서 저 하고 싶은 일다 하고 난 다음에 돌아갈 겁니다. 제가 중국을 사랑하는 만큼 중국에서 제 꿈을 펼칠 수 있거든요."

"중국과 중국사람들을 그렇게 사랑하세요? 혹시 중국사람들에게 환멸을 느껴 다 때려치우고 돌아가고 싶다는 생각을 해본 적은 없으세요?"

"왜 없겠어요. 백 번도 더 있었지요. 그런데 7~8년쯤 겪고 나니까 중국과 중국사람들의 속맛을 알겠더라고요. 저는 중국의 속맛을 사랑하지요. 중국사람들은 친구가 되기까지가 힘들지 한번 친구가 되면 끝까지 의리를 지키거든요."

토박이 춘천닭갈비 베이징 점의 하루 평균 매출은 1만5천 위안이다. 여기에 마포 숯불갈비가 2만 위안, 송도 일식이 1만2천 위안, 명동의류가 하루 2만 위안의 매출을 올린다. 수산무역부의 연간 매출은 1천만 위안이고, LG사업부는 연간 3백만 위안의 매출을 올린다.

한국의 사업체는 빼고 중국에서만 연간 약 4백만 달러의 매출을 올리고 있는 셈이다. 중국의 종업원 수는 모두 합쳐 2백 명.

중학교 졸업장도 없는 한 사내가 평생을 돈걱정 안 하고 살아도 될 식당 주인의 성공을 뛰어넘어, 중국말 한마디도 모르고 중국 땅에서 종합상사를 이루어내기까지 서른여덟 살 인생에서 그가 흘린 땀과 눈물의 무게는 얼마나 될까.

배낭 하나 메고 떠나 미용실 그룹 세워
'연한 미용실' 김명권

그는 TV 드라마 '수사반장'의 최불암이 되고 싶었다. 그러면서 태권도가 너무 좋아 한강중학교와 영등포고등학교를 거치는 동안 줄곧 태권도부에서 활동했다. 학과 성적은 반에서 58등이었으나 태권도를 잘 해 전교생 앞에서 상도 두 번이나 받았고 각종 대회에 나가 딴 메달이 수십 개나 되었다.

그러나 문제는 싸울 일이 끊임없이 눈에 보인다는 것이었다. 중·고등학교 6년 동안 인근 학교 학생들과 거의 매일 싸움을 했다.

그의 동네에는 철산이라는 낮은 야산이 있었는데, 그곳은 철산파라는 동네 깡패들의 아지트였다. 철산파는 온갖 못된짓을 다하다가 얼마 후 모두 삼청교육대에 끌려갔다. 그러자 그는 '선배들의 대를 잇자'며 뉴철산파를 조직하고, 친구들과 함께 오른쪽 허벅지에 '일심(一心)'이라는 문신을 새기기도 했다. 뉴철산파 두목이 바로 그였다.

친구들이나 후배들이 누구에게 맞았다는 소리가 들리면 어김없이 출동해 복수를 했고, 후배의 여자친구에게 다른 학교 학생이 말만 걸어도 쫓아가서 '작살'을 냈다.

그러던 고3 어느 봄날, 후배에게 기합을 주려는 체육선생에게 '제 후배니까 제가 책임지겠습니다'라며 나섰다가 교무실로 끌려가 대걸레 자루로 죽도록 얻어맞았다. 이렇게 살아 무엇하나 하는 생각이 들자 그는 체육선생의 대걸레 자루를 빼앗아 미친놈처럼 교무실 유리창을 박살내 버렸다.

그러고는 놀라 멍하니 서 있는 선생님들 사이를 지나 교실로 올라가 책가방을 챙겨들고 유유히 학교를 나와 다시는 학교로 돌아가지 못하게 되었다.

'학교는 안 가도 좋으니 제발 밖에만 나가지 마라'고 말씀하시는 어머니의 만류를 뿌리치고 가출하기를 두 번. 룸살롱 웨이터, 학사주점 점원, 보일러 공사 막노동 등을 전전하다 86년 6월 방위로 입대했다.

안양의 한 부대에서 보직을 기다리며 청소나 하고 있던 어느날, 우연히 작전과의 한 고참 눈에 띄어 행정병으로 차출되었고, 이 일로 인해 그의 인생이 바뀌었다.

고등학교 중퇴의 학벌로 운 좋게 행정병이 되어, 대학을 졸업

미용의 '미' 자도 모른 채 중국에 가서 미용실 그룹을 일으킨 김명권 씨.

했거나 재학 중에 입대한 동료들과 어울리다 보니, 전에 어울리던 친구들에게는 느끼지 못한 새로운 무엇을 느끼게 되었던 것이다.

특히 사수인 그보다 여덟 살이 많은, 서울대 무슨 박사 과정을 마치고 입대한 부사수의 예의바름과 합리성은 그에게 '사람은 역시 배워야 한다'는 생각을 더욱 확실히 갖게 해주었다.

1987년 12월 제대한 그는 초등학교 산수책과 중1 영어책을 파고들며 죽어라 공부한 끝에 88년 8월 검정고시에 합격하고, 1992년 성균관대학교 중어중문학과에 들어갔다. 무려 사수 끝에 쟁취한 대학 입학이었다. 그러나 대학생활에 잘 적응하지 못했다. 2지망에 합격한 실망감도 있었고, 학생들과의 나이 차도 견디기 쉽지 않았다. 대학을 졸업하면 서른한 살이나 되어 취업연령을 넘어선다는 암울함도 있었다.

새벽에 세차장에서 차를 닦고 과외를 하며 한 달에 3백만 원씩 벌기도 했지만 장래는 불투명했다. 2학년을 마치고 1년 간 휴학계를 낸 뒤 1994년 1월, 배낭을 하나 달랑 메고 중국으로 건너갔다. 자신의 눈으로 직접 중국을 확인하고 싶었다.

1년 동안 베이징, 칭다오, 톈진, 상하이〔上海〕, 광저우〔廣州〕, 항저우〔杭州〕 등의 대도시와 우루무치〔烏魯木齊〕, 둔황〔敦煌〕, 투루판〔吐魯蕃〕 등의 오지 50여 개 도시를 여행하며 서울생활과 다른 점이 무엇인지 찾아보았다.

지저분한 커피숍, 미용실, 식당 등을 보고 '서울처럼 깨끗하고 고급스럽게 하면 돈 벌겠다'는 생각도 해보고, 중국사람들의 남루한 옷차림을 보고 '남대문에서 옷을 가져다가 팔면 돈 벌겠다'는 생각도 했다.

특히 1992년의 개방 이후 잘살아 보겠다고 눈에 불을 켠 채 '만만디〔慢慢的, 천천히〕' 대신 '콰이콰이〔快快, 빨리빨리〕'를 외치는 중국사람들을 보며 대학에서 배운 중국어와 한국에서 익힌 사업감각 그리고 얼마간의 자본만 있으면 중국에서 성공할 수 있다는 생각이 들었다.

한국에서는 어림없는 일들이 가능할 것 같은 중국. 한국에 돌아온 그는 미련 없이 대학을 중퇴하고 뜻 맞는 선후배 세명과 사업성을 검토한 끝에 1995년 7월, 다시 중국으로 향했다.

1인당 3천만 원씩 1억2천만 원의 자본을 마련한 그들은 공항에서 15분 거리에 있는 상업지역인 신웬리에 미용실과 옷가게, 무역회사를 개업했다.

후배 두 명은 미용실을 맡기로 하고, 선배는 옷가게를 운영하며, 그는 무역회사를 맡아 뛰었지만 모두 생각보다 신통치 않았다.

미용실 직원으로 한국에서 헤어 디자이너 세 명을 데려왔는데, 조선족 보조들과 불화가 심했다. 한국에서처럼 선생님 대우를 바라는 디자이너들과 상하평등, 남녀평등의 사회주의 사상 속에서 자란 보조들 간의 갈등으로 디자이너가 손님 머리를 만지다 말고 가위를 내팽개치고 한국으로 돌아가는 일까지 있었다.

또한 중국 미용실은 커트 10위안, 기본 파마 1백 위안을 받는데 그들의 한국 미용실은 각각 1백 위안과 3백 위안으로 요금이 비쌌다. 10명의 손님이 오면 그중 8명은 다시 나가 버렸다.

옷가게는 남대문 시장에서 한 벌에 1만 원짜리를 사다가 5만 원에 팔아 그럭저럭 장사는 되었는데 재고가 골칫거리였다.

무역회사는 한국에서 옷이나 화장품을 들여오고 중국에서 옥제품, 돌제품, 액세서리 등을 내보냈는데 비행기 삯이나 겨우 건질 정도였다.

그들은 네이멍구〔內蒙古〕로 들어가 광산 개발에도 손을 대보았지만 자본투자가 너무 커서 손해만 보고 말았고, 한국의 '진로'와 합자한 '카스 타운'이 베이징에 개업했을 때 경영을 맡아 매출을 두 배로 높여 주었지만 몇 달 동안 인건비도 받지 못한 채 쫓겨나기도 했다.

"우린 그때 셋이서 최선을 다했지만 이상하게 하는 일마다 제대로 되지 않았어요."

3년 후인 1998년 7월, 미용실에 투자한 4천만 원을 제외하고 나머지 돈은 다 날아가고 없어졌을 때, 그들은 동업관계를 해산하기로 합의했다. 다른 사람들은 미용실을 처분해 나눠 가지고 한국으로 돌아가자고 했지만 그는 반대했다.

"나는 어떻게든 중국에서 성공하고 싶다. 이대로는 그냥 못 간다. 미용실은 나한테 맡기고 가라. 돈은 1년 후에 돌려 주겠다."

혼자가 된 그는 베이징의 가라오케들을 찾아다니기 시작했다. 한국에서 가져온 화장품 샘플 3종 세트에 미용실 명함을 끼워 일일이 아가씨들에게 나눠주었다.

또한 베이징 방송 채널 2번 '아시아의 창'이란 프로그램의 아나운서들에게 무료로 머리를 해주는 조건으로 자막광고도 넣었다. 베이징에서 발행되는 교민잡지들에는 자신이 직접 만든 전면광고를 실었다.

그리고 한국 디자이너들을 모두 교체한 후 지침을 내렸다.

"여기는 한국이 아닌 중국입니다. 중국은 모든 사람이 평등한 나라죠. 절대 조선족들을 하인 부리듯 하지 마세요. 그들이 존댓말을 쓰는 것처럼 당신들도 존댓말을 써야 합니다. 그들과 불화를 일으키는 사람은 그날로 해고입니다."

조선족 보조들에게는 또 이런 지침을 내렸다.

"한국 디자이너들을 윗사람이라고 생각하지 마세요. 그들과 당신들은 평등합니다. 하지만 그들에겐 기술이 있으니 그들에게 배워야 합니다. 언니, 오빠에게 기술을 배운다고 생각하세요. 언니, 오빠가 가르쳐주는 기술을 열심히 배우는 사람은 3개월 후 월급을 2백 위안 올려 주겠습니다. 그렇지 않은 사람은 1년 후에 월급을 올려 주겠어요."

또한 일주일에 한 번씩은 꼭 회식 자리를 마련하여 그들이 조금씩 서로를 이해할 수 있게 해주었다.

넷이서 동업할 때는 각자의 경비를 쓰느라고 제대로 홍보에 투자할 수 없었고, 그들 넷이 술 마시기에도 바빴다. 그는 홍보와 직원들 단합만 잘 되면 베이징에서 미용실이 승산이 있다고 판단했

베이징 야윈춘에 위치한 연한 미용실 2호 점.

는데 그것이 적중했다.

고가 정책을 그대로 유지했음에도 중국 디자이너를 신뢰하지 못하는 한국 상사의 주재원이나 사업가 부인들과 한국 디자이너를 선호하는 중국여성들이 하나둘 단골이 되었고, 1년 후에는 거울 6개가 부족한 나머지 잡지를 뒤적이며 순번을 기다리는 손님들이 늘어났다.

1999년 7월, 그는 동업자들에게 진 빚을 다 갚았고, 2000년 1월에는 2천만 원을 투자해 미용학원을 설립했다.

학원비는 과정에 따라 5백~2천 위안으로, 현재 1백여 명의 조선족, 한족 여성들이 한국의 미용기술을 배우고 있다. 그리고 신원리의 연한(燕韓) 미용실을 혼자 떠맡은 지 2년 반 만인 2000년 12월에는 야윈춘[亞運村]에 1백70평 규모의 거울 20개, 피부관리실,

위생관리실, 샤워실, 휴게실, 라커 룸, 사무실 등을 고급스럽게 갖춘 연한 미용실 2호 점이 탄생했다.

1호 점은 25평 규모로 거울 6개에 10명의 직원이 월 3천만 원의 매출을 올리고 있고, 개업한 지 1년이 지난 2호 점은 현재 20명의 직원이 월 2천5백만 원의 매출을 올리고 있다.

베이징에는 중국 미용실이 4천여 개가 있고, 한국 미용실은 20여 개가 있다.

요금이 싼 중국 미용실과 달리 한국 미용실은 한국에서 디자이너를 데려왔기 때문에 요금이 비쌀 수밖에 없다. 그런데 한국 디자이너 고용에 애로사항이 있다. 기술 좋고 사람 좋은 디자이너를 만나면 다행이지만 기술을 무기 삼아 성깔을 부리는 디자이너를 만나면 업주가 곤욕을 치른다.

업주의 대우나 디자이너들 간의 팀워크에 문제가 생기면 다른 한국 미용실로 옮겨가 전에 있던 곳을 욕하고, 또 다른 곳으로 옮겨 다시 욕하는 디자이너들이 늘어나자 규모가 큰 한국 미용실끼리는 서로 단합해 한국 디자이너 보증제도라는 것을 만들었다.

전에 있던 미용실의 사장이 문제가 없는 디자이너라는 보증을 해주지 않으면 다른 미용실에서 받아주지 않기로 한 것인데, 누구의 잘잘못을 떠나 한국사람 사이에서 벌어진 일이니 좋아 보일 리 없었다.

독자적으로 투자할 자본이 없어 중국 파트너와 일정 비율로 합자하든, 아니면 한 달에 1천~2천 위안을 주고 명의만 빌리든 미용실 사업자등록의 명의는 대부분 중국인 이름으로 되어 있다.

그럴 경우 외국인을 고용하는 것이 불법이어서 마음이 변한 중국 파트너나 경쟁관계의 누군가가 외국인관리처에 신고라도 하면

적발된 한국 디자이너들은 5만 위안(약 8백만 원) 이하의 벌금을 물거나 강제출국 당할 수도 있다.

김명권 씨도 연한 미용실 1호 점과 미용학원을 중국 파트너 명의로 빌렸지만, 2년 반 만에 개업한 2호 점은 자신의 명의로 할 수 있었다.

"중국에서 사업하는 한국사람들은 누구나 마찬가지예요. 자신의 명의로 영업집조를 받을 때가 가장 기쁘지요."

한국 미용실의 조선족 보조는 초봉 8백 위안부터이고, 한국 디자이너는 자신이 올린 매출의 25퍼센트를 지급하는 수당제로 운영하는데, 기술 좋고 서비스 좋은 디자이너는 한 달에 2만5천 위안(약 4백만 원)을 받는다.

한족보다는 같은 민족인 조선족에게 한국의 미용 기술을 가르쳐 훌륭한 디자이너를 만들고 싶다는 그는 한국에 72개의 가맹점이 있는 미용 전문회사 '리안'으로 해마다 조선족 디자이너들을 미용연수 보내고 있다. 리안의 전문가들을 초빙해 학원과 미용실에서 기술 재교육도 시킨다.

유명한 조선족 사업가 강철주 씨가 운영하는 베이징 최고 시설의 나이트 클럽인 '키스'에서 연한 미용실과 리안이 힘을 합쳐 중국 디자이너들에게 한국 미용기술을 자랑하는 헤어 쇼를 개최하기도 했다. 키스는 한국 가수 강타가 중국 음료 CF를 찍어 화제가 된 곳이기도 하다.

그는 또한 우리나라의 설날 격인 춘절(春節) 하루만 쉬고 1년 364일 일을 하는데, 신라면 10박스를 들고 고아원을 찾아가 무료로 이발을 해주기도 했고, 앞으로는 장학금도 지급할 계획이다.

안면 있는 한국사람들이 현금장사인 미용실로 찾아와 급히 한국에 가봐야 하는데 30만 원만 빌려 달라고 하면 차마 모른 척할 수 없어 빌려 주었다가 아직도 받지 못한 돈이 1억 원은 될 것이라는 말도 했다.

"앞으로는 달라는 돈의 반만 줄 생각입니다."

아직도 돈을 빌려 주느냐는 물음에 그는 그렇게 대답했다. 같은 한국사람끼리 돕지 않으면 낯선 땅에서 누가 곤경에 처한 사람들을 돕겠느냐는 말을 덧붙였다.

4년 만에 들어간 대학을 중퇴한 66년생 김명권 씨는 네 번이나 대학을 옮겨다닌 부인을 만나 결혼해 1남 1녀를 두었는데 그를 만난 2001년 3월, 부인은 다시 만삭이었다.

아이들은 대학을 한국에서 보낼 생각인데 그때쯤에는 그도 한국으로 돌아갈 것이라고 했다.

"중국에 진출하려는 한국사람들은 중국에서 실패한 사람들보다 성공한 사람들의 이야기에 귀기울여야 합니다. 왜 실패했는지 분석하는 것보다 어떻게 해야 성공하는지를 깨닫는 것이 더 도움이 될 테니까요."

그는 이런 조언도 곁들였다.

중국에서 연한 미용실 5호 점까지 꿈꾸며 한국 미용인들의 중국 진출에 앞장서고 있는 김명권 씨. 주먹을 날리기 1초 전, 울부짖는 어머니의 얼굴과 어두운 아버지의 얼굴이 번개처럼 떠올라 큰숨을 한번 들이마시고 싸움을 시작했다는 그의 한 시절 이야기는 말하는 이에게나 듣는 이에게나 재미있는 것이지만 마냥 우습기만 한 것은 아니었다.

그래서인지 미용의 '미'자도 모르면서 중국의 수도 베이징에서 미용실을 하면서 우뚝 선 그가 더 돋보였다.

반은 고급 동네에, 반은 빈민가에

중국 대도시의 한국인 거주 현황은 현재로서는 정확히 파악되어 있지 않다. 대사관, 영사관, 상회(商會, 사업가 모임), 유학생회 등에서도 대충 짐작만 할 뿐이다. 그만큼 유동인구가 많기 때문이다.

베이징에는 지금 어림잡아 한국사람이 일반인 2만여 명, 유학생 2만여 명 정도가 거주하고 있다.

한국사람들은 처음에는 대학가인 우다우커우[五道口]에서 소규모 경제활동을 했으나, 지금은 호텔과 백화점이 밀집된 신웬리에 주로 몰려 있고, 고급 주거지역인 왕징신청[望京新城]에 거주하는 사람들도 많다.

LG전자, 삼성전자, 농심, 동양제과, 현대자동차 등의 대기업과 홍진크라운, 경동보일러, 서라벌 등의 중소기업의 성공이 돋보였다. 개인사업으로는 가라오케, 식당, 미용실, 무역회사, 식품점, 컴퓨터 판매, 학원, 호텔 등에 많이 진출해 있다.

필자는 베이징에 머물면서 기반을 잡은 한국인 10명과 인터뷰를 했다.

중국 최고의 식당 '서라벌'은 5개의 지점을 운영하고 있는데, 식당 분위기나 맛도 뛰어나지만 음식값도 비싸 웬만한 사람들은 갈 수 없는 고급 식당으로 확고하게 자리잡았다. 서울 강남에 있는 한식당 '서라벌'(지금은 '한우리'로 이름이 바뀜)의 베이징 지점으로 시작한 이 식당은 중국을 찾는 외국인들과 중국의 상류층이 애용하는 곳으로 이름이 나 있다.

한국 본사에서 파견된 책임자인 백 사장과 통화가 되었을 때 그는 마침 지방출장 중이어서 만날 수는 없었다.

베이징 외곽의 순이[順義] 시에는 세계 최고의 오토바이 헬멧을 생산하는 한국기업 홍진크라운의 중국공장이 있다.

북미시장 점유율 45퍼센트를 자랑하는 홍진크라운은 30년 동안 오토바이 헬멧 하나만 만들어 왔으며, 2000년에 이미 5천만 달러 수출 탑을 수상했을 만큼 자랑스러운 실적을 올린 기업이다. 홍완기 회장이 맨손으로 일궈낸 기업 신화는 한때 언론의 화제가 되기도 했다.

중국 공장의 홍윤기 사장은 홍 회장의 친동생으로 형님과 함께 밑바닥부터 시작해 중국 공장을 건설했다.

2001년 2월, 김대중 대통령이 방문하기도 한 중국 공장은 1만8천

오토바이 헬멧을 만드는 '홍진크라운'의 홍윤기 사장과 중국 공장의 내부.

평 규모로 5백여 명의 중국 직원들을 고용하고 있고, 2001년에는 25만 개의 헬멧을 생산해 전량을 미국으로 수출했다. 1997년에 건설된 공장은 중국 진출 4년 만에 외국기업으로부터 벤치 마킹 대상이 될 만큼 빠르게 성장했다.

회사 설립 초창기에는 별일도 많았다. 도둑놈들이 경비원들과 짜고 밤에 트럭으로 담을 부수고 침입해 헬멧을 몽땅 털어 가기도 했다. 또 되는 일도 안 되는 일도 없는 중국 관리들과 매일 전쟁을 치르는 와중에도 시의 수많은 내외국 기업들 중에서 백강기업(百强企業, 100대 기업)에 들기도 했다.

지금은 북미 시장뿐 아니라 유럽과 호주 진출을 눈앞에 두고 있으며, 중국 내수도 준비하고 있다.

베이징 최초의 한국사람은 이 사람이라고 꼭 집어 말할 수 있는 사람은 없다. 다만 한·중 수교 이전인 1988년 9월에 입국해 '콘코드'라는 봉제완구 공장을 경영하는 안병갑(54년생) 사장을 비롯한 8명을 1세대라고 한다.

1천여 평 규모의 콘코드는 중국인 3백여 명을 고용하고 있는데, 주로 동물인형을 만들어 주문자상표부착(OEM) 방식으로 미국에 수출하여 연평균 2백50만 달러의 매출을 기록하고 있다.

안 사장은 베이징 근교에서는 하이테크 산업은 환영 받지만 재래식 제조업은 밀려나는 관국이라 공장을 물류비가 많이 드는 내륙지방으로 이전해야 할 상황이라고 걱정하고 있었다.

동진 골프연습장의 설경복(57년생) 사장은 94년에 입국해 광산과 석산개발 사업을 시작했다. 한국에서도 꽤 큰 규모로 같은 일을 한 설 사장은 베이징 관광을 왔다가 쯔진성[紫禁城]을 건축한 돌에 반해 중국에 눌러앉았다.

'중국 돌로 쯔진성은 못 짓더라도 멋진 건축물은 하나쯤 지어 보자.'

이런 꿈을 가지고 2백만 달러를 투자해 사업을 시작했지만, 2년 만에 완전히 실패하고 말았다.

'보통사람은 상상할 수도 없는' 산골을 돌아다니며 돌을 찾던 그는 처음에 오지 산골에서 공장을 설립하고 3백 명을 고용해 작업을 시작했다. 국수 한 그릇 사먹을 식당도, 물 한 병 사마실 가게도 없는 산골에서 중국사람들과 똑같이 생활하며 분투한 끝에 검은 돌인 '대동'과 대리석을 가공해 수출하는 데는 성공했으나 문제는 생산 원가가 너무 많이 들어 수지가 맞지 않는다는 것이었다.

성(省) 정부의 지원을 받고, 인건비가 하루 15위안밖에 들지 않았음에도 무리하게 들여온 고가의 첨단 시설과 장비 사용료가 너무 많이 들어 도저히 경쟁을 할 수가 없었다.

베이징 최초의 한국인 안병갑 씨.

설경복 씨의 골프 연습장. 설씨는 이런 연습장을 베이징에서 네 곳이나 운영하고 있다.

한국의 탤런트 김희선이 나온 광고판 옆 버스정류장에서 베이징의 젊은 연인들이 포옹하고 있다. 그들은 절대 남의 시선을 의식하지 않는다.

"전기도 안 들어오는 곳에 컬러 TV를 가져간 셈이었죠."

설 사장은 자신의 실패를 그런 표현으로 분석했다.

그는 결국 '돌 사업'에서 손을 떼고 차츰 증가하는 중국의 골프 인구에 눈을 돌려 1996년 신웬리의 땅 1만여 평을 임대해 24타석 규모의 동진 골프연습장 1호 점을 개업했다. 그것이 성업을 이루자 97년에는 우다우커우의 7백 평을 임대해 12타석 규모의 2호 점을 열었고, 2001년에는 왕징의 3만5천 평을 얻어 34타석 규모의 3호 점을 개업했다.

이 밖에 헬스클럽, 사우나, 수영장, 식당 등을 갖춘 스포렉스 빌딩을 건축하고 있는 설 사장은 아직 빌딩이 완공되지는 않았지만 성공을 눈앞에 둔 듯 보였다.

베이징에서 8호 점까지 골프 연습장을 열 계획인 설 사장을 잘 안다는 어떤 이는 이렇게 말했다.

"설 사장, 그 사람 보통이 아닙니다. 누가 베이징 한복판의 넓은 땅을 빌려 골프 연습장을 할 생각을 하겠어요. 그거 아무나 못 하는 일이에요. 보통 배짱 가지고 될 일이 아니거든요. 중국에서는."

왕징의 한국식당 '한가위'는 한국사람 주인이 세 번이나 바뀌며 운영해 왔지만 모두 실패하고 나간 자리인데, 주방장 출신인 나병호 씨가 맡은 이후 장사가 잘 돼 지금은 한국사람들의 사랑방 역할을 하고 있다.

LG전자에서 21년을 근무하다 퇴직하고 1년째 LG전자 대리점을 운영하는 황용배 사장과 방 60개짜리 여관 '한중초대소'를 3년째 운영하는 한동현 사장은 아직 성공했다고는 말할 수 없으나 기반은 탄탄하게 잡은 듯했다.

중국 최고의 명문 제약회사인 동인당의 한국 총판을 맡고 있는 강재신 사장은 중국에서 자리잡은 한국인 1세대로서 존경받고 있었으나 일정이 맞지 않아 만날 수 없었다.

베이징에서 대학을 마친 유학생들은 베이징에 와 있는 한국기업에서는 비싼 인건비 때문에 조선족을 고용하는 경우가 많고, 한국에 돌아가더라도 취업이 잘 안 돼, 베이징에 남아 주로 컨설팅회사나 여행사, 유학상담, 카페 등의 개인사업을 하며 새로운 꿈을 이루려고 노력하고 있었다.

중국 게이와 한방에서 밤을 보내며

인구 1천2백만 명에 하루 유동인구만해도 1천5백만 명인 중국의 수도 베이징은 지금 눈부시게 일어서고 있다.

규모가 한국 롯데백화점의 5배나 되는 중국 최대의 백화점 신동완에서는 우리 돈 2백50만 원짜리 양복이 하루에 20벌 이상이나 팔려 나간다. 연봉 2억 원이 넘는 부유층이 베이징에만도 2백만 명이 넘는다니 그럴 만도 하다.

베이징 최고의 화려한 거리 왕푸징 옆의 룽푸 거리에는 지상 8층 건물에 1천8백 개의 매장을 갖춘 한국 패션몰 '룽푸 코리아'가 문을 열어 한국 물건이 날개 돋친 듯 팔려나가 중국의 한류(韓流) 열풍을 실감할 수 있었다.

칭다오에서 기차를 타고 16시간을 달려 베이징에 도착한 것은 2002년 3월 10일 오전 10시 40분이었다. 베이징 역 광장에는 참으로 많은 사람들이 서로 몸을 비비며 제각각 어디론가 떠나고 있었고, 혼잡 속에서도 '빈관[賓館, 호텔]'을 소개해 주는 20여 명의 호객꾼들이 여행자들과 흥정을 하고 있었다.

그 가운데 30대 여자 호객꾼을 따라갔다.

세계 어디에서도 다 통하는 영어 '버스'와 '택시'조차 각각 '공공치처[公共汽車]', '추주치처[出租汽車]'라고 하는 중국에서 상대방의 대답을 알아듣지 못해 결국에는 소용이 없는 중국어 회화책 한 권을 들고, 영어와 필담으로 여행하기에는 난감한 경우가 많았다.

호객꾼의 승용차를 타고 30분이나 따라간 곳은 충원구[崇文區]에 있는 4층짜리

'징화빈관'이었다. 2층과 4층에 있는 4베드 도미토리의 하루 숙박요금은 30위안으로 사전에 알아본 숙소들 가운데 가장 싼 요금이어서 바가지를 안 쓰게 되어 기분이 좋았다.

배낭을 풀고 한인회 종철수 사무총장을 찾아가 베이징에 살고 있는 한국사람들에 대한 정보를 얻은 후, 버스를 세번이나 갈아타고 아시아선수촌 아파트가 있는 야윈춘으로 갔다. 연한 미용실 김명권 씨와 인터뷰 약속이 잡혀 있었기 때문이다.

한국의 한 TV 방송에 소개되기도 한 김명권 씨와 1차 인터뷰가 끝난 것은 저녁 7시. 다음날 오후 2시에 다시 만나기로 하고 서둘러 버스정류장으로 갔으나 이미 충원구 방향으로 가는 버스는 끊겼다. 베이징의 1위안짜리 버스는 대부분 저녁 7∼8시면 끊기는 경우가 많다.

기본요금이 10위안인 택시를 타자니 하루 숙박비보다 더 들 것 같아서 어떻게 할까 망설이며 주위를 둘러보았다. 옆에는 젊은 연인들이 내가 거기 서 있는데도 아랑곳하지 않고 부둥켜안은 채 뜨거운 키스를 해대고 있었다. 여자는 눈을 감고, 남자는 눈을 뜬 채였다.

그들의 긴 키스가 끝나기를 기다렸다가 두 사람이 떨어지는 것을 보고 영어로 물어보았다. 다행히 영어가 조금 되는 친구들이었다.

내가 가지고 있는 베이징 지도를 보며 친절하게 가르쳐준 연인들의 도움으로 충원구 근처로 가는 버스를 탈 수 있었다. 그러나 버스에서 내릴 때 불친절한 버스차장과 의사소통이 안 되어 그만 엉뚱한 곳에 내리고 말았다.

바가지 잘 씌우는 중국 택시는 절대 타지 않고 버스만 이용하기로 결심한 터라 그때부터 묻고 또 물으며 어찌어찌해서 충원구의 번화한 거리에 도착한 것은 밤 12시. 버스는 모두 끊기고 택시와 승용차들만 달리는 거리에서 너무나 배가 고파 허름하고 작은 식당으로 들어가 자리를 잡았다.

옆자리에는 핸섬하고 가냘픈 중국청년이 당면 위에 검은콩이 얹혀 있는 음식을 먹고 있었다. 종업원에게 손가락으로 그것과 술병을 가리키자 키득키득 웃던 종업원은 금방 그것을 가져왔는데, 이건 완전히 짜디짠 소태였다.

2위안짜리 담배를 피면서 2위안짜리 소태를 저녁 겸 안주 삼아 6위안짜리 이과두주를 마시고 있는데 핸섬한 청년이 영어로 말을 걸어왔다.

영어 이름은 알란이고 나이는 27세, 광저우 출신으로 여자친구는 2명, 직업은 가수라고 했다. 알란은 술을 못 해 나 혼자 마시며 이런저런 이야기를 주고받던 새벽 2시쯤에도 거리는 화려했고, 사람들은 많이 오갔다. 허름한 식당에도 계속 사람들이 들어와 그 음식을 맛있게도 후르륵 먹고 나갔다.

알란이 물었다.

"오늘 어디서 잘 거냐?"

"빈관에는 택시비가 더 들 것 같아 못 가고 이 근처 중국 사우나에서 잘 거다."

식당에 들어가기 전에 지나가는 공안(公安, 경찰)에게 근처에서 가장 싼 사우나를 물어 20위안짜리 중국 사우나를 알아둔 터였다.

"요 옆 골목에 있는 거?"

"그래."

"…혹시 너 게이냐?"

"뭐라고? 나 게이 아니다."

"그럼 거기 가지 마라. 거긴 게이 사우나야. 게이들이 모여 사랑하는 곳이라고. 네가 거기 가서 자면 게이들이 가만 안 둘걸."

맙소사! 술이 확 깨는 것 같았다. 큰일날 뻔하지 않았는가. 그렇다면 어디서 자야 하나.

"오늘은 내 아파트에서 자도 된다. 난 혼자 살거든."

"그래? 그래도 괜찮겠나? 그렇다면 오늘만 신세질게."

그제야 마음이 놓여 남은 술을 마저 마시고 나자 술이 확 취해 버렸다. 소주 2병이면 혀가 꼬부라지고, 3병이면 그 자리에서 기절해 버리는 술 실력에 50도가 넘는 750밀리리터짜리 이과두주를 빈속에 마셨으니 정신이 몽롱해지고 다리가 풀리는 것은 당연한 일이었다.

알란과 같이 택시를 타고 간 곳은 한자로 '남신원(南新園)'이라는 문패가 붙어 있는 허름한 아파트였다. 알란이 택시비를 내주었다.

독신자용인 듯한 원 룸은 여자 방처럼 잘 정돈되어 있었다. 나는 TV 앞에 놓여 있는 소파에서 잘 생각에 앉아 있는데 알란은 자꾸 침대에서 같이 자자고 했다. 그는 내 옆에 앉아 자신의 CD를 보여주고 사진을 보여주었는데, 여자와 찍은 사진은 한 장도 없었다.

그러다 무슨 비디오 테이프를 하나 틀어 주었는데 그것은 내가 생전 처음 보는 게이 포르노였다. '설마, 이 녀석이 게이일까?' 싶어 물어 보았다.

"알란, 너 게이냐?"

"응, 나 게이야."

오 마이 갓! 우째 이런 일이! 술이 확 깨버렸다. 나는 동성애자들의 사랑의 권리를 인정하지 않는 것은 아니지만 그렇다고 내가 동성애자는 아니다.

비디오에서는 그들만의 섹스로 요란했다. 나는 알란의 눈을 똑바로 쳐다보며 말했다.

"알란, 나는 동성애자들의 사랑도 아름답다고 생각하는 사람이다. 그러나 난 동성애자는 아냐. 난 피곤해서 이 소파에서 잘 테니까 너는 네 침대로 가서 자라. 저 비디오도 그만 끄고. 그리고 나 건드리면 너 죽어, 알았어!"

"진정해, 흥분하지 마! 네가 원하지 않으면 할 수도 없잖아. 사실 넌 내 애인과 너무 비슷하게 생겼어. 내 애인도 너처럼 얼굴이 크고 울퉁불퉁하거든. 근데 지금 세 달째 광저우에 가 있어. 그래서 난 너무너무 외로워. 저 비디오 보면서 다시 한번 생각해 봐줘. 부탁이야, 응?"

"나 가야겠다. 잘 있어라."

"좋아, 좋아. 널 건드리지 않을게. 약속해."

내가 비디오를 꺼버리자 알란은 누군가와 통화하기 시작했는데 광저우에 갔다는 애인이다. 한동안 싸우는 듯하더니 나를 바꿔 주면서 '헬로'라고 한마디만 하고 끊어 달라고 했다. 애인이 빨리 돌아오게 질투를 느끼게 하려는 것일까.

나는 전화를 건네 받아 '빨리 와, 이놈아. 네 애인 바람났다'고 영어로 말하고는 끊어 버렸다. 그러고 나서 알란은 채팅을 하겠다며 컴퓨터 앞에 앉았고 나는 자야겠다며 소파에 누웠다.

내 몸에 손가락 하나라도 대면 사타구니를 한번 걷어찰 생각으로 누웠다가 술기운이 돌아 잠이 들었다. 얼마나 잤을까, 어렴풋이 내가 누워 있는 소파 뒤를 서성대는 알란의 낮은 발자국소리를 들었다.

잠시 후 알란의 손이 나를 만지기 시작했는데, 알란에게 상처를 주기가 미안해 그냥 잠든 척하고 있었다.

'에잇, 까짓것! 이것도 사람 일인데 눈 딱 감고 그냥 한번 해봐?'

술이 덜 깬 머릿속에 그런 생각까지 들었다.

다행히 1~2분 정도 지나자 알란이 손을 떼었고, 이어서 낮은 발자국소리와 함께 조용히 방문 닫는 소리가 들렸다. 눈을 떠보니 새벽 6시였다.

나는 소파에서 일어나 '잘 자고 간다. 고맙다'는 메모를 남겼다. 그러고는 가방을 메고 조용히 원 룸을 빠져 나왔다. 새벽 거리는 벌써 사람들이 꽉 들어찬 간이식당과 만원 버스에서 새 날을 시작하고 있었다.

가냘픈 알란을 만났으니 망정이지 나 비슷하게 울퉁불퉁하다는 알란의 애인을 만났다면 어떻게 되었을까

2

칭다오

중국사람에게 한국 목욕 가르친 사우나 왕
'코리아타운' 조병두

"우 선생은 부친께서 살아 계십니까?"

"15년 전에 병으로 돌아가셨습니다."

느닷없는 그의 물음에 불현듯 옛날 생각이 났다.

언제였던가, 연락을 받고 신설동 집으로 달려갔을 때는 이미 아버지의 염이 시작되고 있었다. 그 날, 사람 죽은 모습을 처음 보았다. 아버지는 몸에 검은 반점들이 생긴 것말고는 그저 주무시는 듯했다.

장의사 사람이 아버지의 입을 벌려 주며, 저승 가실 때 드실 마지막 식사를 드리라고 했다. 쌀 한 줌을 아버지의 입에 넣어드릴 때에야 '아, 아버지가 이렇게 가시는구나' 하고 실감이 나서 눈물이 쏟아졌다.

고향인 경북 의성의 선산에 산소를 잡고 하관을 할 때, 삽으로 흙을 떠 아버지를 덮으면서 아버지 위로 흙이 덮여 관이 보이지 않을 때까지 보며 소리내어 참 많이도 울었다.

공부하라면 학교 때려치우고 전국일주 무전여행 떠날 준비를 했고, 대학에 가라면 중이 되기 위해 절에서 불경 공부를 한 필자는 항상 아버지와 어긋나기만 해 중간에서 어머니가 정말 고생을 많이 하셨다. 그러다가 아예 집을 떠나 혼자 살기도 했다.

아버지를 묻고 돌아온 며칠 후 꿈에 눈을 감으신 채 갓을 쓰고 계신 아버지 모습을 보았다. 그때 참 우울한 얼굴이셨는데….

"나는 아버지 얼굴을 모르고 살아온 사람입니다. 두 살 때 돌아가셨거든요. 여태껏 살아오면서 힘들 때마다 아버지 얼굴을 기억해 보려 해도 통 기억할 수가 없습니다. 아버지 얼굴을 모르고 살아가는 사람이니 참 외로울 수밖에 없지요."

1945년생인 그는 경기도 파주의 외갓집에서 살며 어머니가 열차에서 조개탄을 훔쳐내 판 돈으로 학교를 다녔다.

겨울에는 연탄이 비싸 정미소에서 왕겨를 얻어 와 태우거나 산에서 소나무를 잘라 와 말린 후 불을 피웠다. 그런 일들이 창피해 늘 어머니에게 툴툴거렸다.

어머니는 철부지 외아들의 구박을 다 받아 주시면서 반에서 5등 안에 드는 아들을 대견스러워하셨다. 그 아들은 180센티미터의 큰 키에 잘생기기까지 했으니 든든하지 않을 수 없었다.

그는 경희대학교에 응시했다가 실패하고 해병대 140기로 자원 입대했다. 큰 키 덕분에 의장대로 차출되어 이승만 대통령의 장례식 때 운구를 한 6명 중 한 명으로 역사의 현장에 서기도 했다.

'안 되면 되게 하라'는 해병대 정신이 너무도 좋아 제대하기 싫은 해병대를 어쩔 수 없이 제대한 후, 대학 대신 왕십리의 한 염색공장에 들어갔다. 그로부터 1년 후, 전축과 석유풍로 등을 만드는 천일사로 옮겼다.

입사 11년 만에 상무로 승진한 그는 화끈하게 일 잘 하는 해병대 사나이로서 그 바닥에서는 모르는 사람이 없었다. 그때쯤 회사를 사직하고 집을 팔아 당시로서는 한발 앞선 제품인 전기풍로와 커피포트 등을 생산하는 공장을 차려 독립했다.

그러나 한 가지 모르는 것이 있었다. 그의 거래처들은 천일사라는 큰 회사를 보고 제품을 사준 것이지 조병두라는 사람을 보고 물건을 사준 것이 아니었다는 사실을.

거래처들을 믿고 창고 가득 만들어 놓은 제품들은 2년 반 동안 고스란히 먼지만 쌓였다. 그는 버티다 못해 끝내 파산하고 말았다. 외할아버지가 남겨 주신 시골 땅까지 팔아 빚잔치를 하고 알거지가 되었다.

단칸 셋방으로 옮기고 재무부 비서실 출신인 부인이 세운상가에서 노점을 시작했다. 그는 전에 자신에게 신세를 진 사람들을 찾아가 도움을 청했지만 모두 외면했다.

아내와 함께 노점상 3년을 했다. 길거리에서 파는 전기제품과 부품들은 제법 쏠쏠하게 잘 팔렸다. 3년 후 가까스로 친구의 보증을 얻어 돈을 빌리고, 그 동안 모은 돈을 합쳐 강서구 방학동에 삼성전자 대리점을 개업했다.

처음 3~4년은 그런 대로 할 만했지만 나중에는 점점 오르는 가겟세도 맞추기 힘들 만큼 어려워졌고, 원수 같은 빚은 다시 조금씩 늘어나기 시작했다. 간신히 네 식구가 밥만 먹고사는 힘든 세월을 보내며 어느덧 나이가 쉰이 되었다.

그는 다시 한번 용감하게 '외유'를 시도했다. 대리점을 정리하고 남은 돈 8천만 원을 들고 1995년 1월, 중국 칭다오로 건너갔다.

처음 알거지가 되었을 때 그는 마음의 안정을 찾기 위해 교회를 다니기 시작했다. 그곳에는 사진 동호인 모임이 있었는데, 처음에는 할 일이 없어 모임에 들어 함께 다니다가 차츰 매력을 느끼게 되었다. 열심히 노력한 끝에 필름회사에서 주최한 공모전에 입상하기도 하고, 사진작가협회에 스물네 번째 정회원으로 등록도 했다.

중국 사진작가협회와 교류하며 일 년에 한 차례씩 중국을 드나들었다. 황산과 구이린〔桂林〕, 스린〔石林〕, 항저우〔杭州〕, 쑤저우〔蘇州〕, 백두산 등의 명승지를 촬영해 '공자 맹자 사진전'과 '중국 풍물 사진전'을 개최하기도 했다.

중국말은 몰랐지만 외할아버지께 배운 한자들이 교류를 가능하게 해주었고, 다행히 친하게 지낸 조선족 사진작가 이모씨의 도움이 컸다.

어느 해인가 백두산을 찍고 있을 때 조선족 이씨가 문득 이런 말을 했다.

"얼마나 아름답습니까. 한국 돈 1억 원만 가지고 중국에 와서 사십시오. 평생 돈걱정 안 하고 유람이나 다니며 살 수 있습니다."

백두산의 빼어남에 홀딱 빠져 있을 때 그 말은 귀에 팍 박혀 버렸다.

그는 칭다오를 택했다. 동업을 하기로 한 이씨가 사는 곳이기도 했지만, 당시에 이미 한국사람이 7천~8천 명이나 살고 있었고 도시가 아름답기도 했으며, 한국과 거리도 가까웠기 때문이다.

서너 차례의 시장조사 끝에 식당과 사우나를 동시에 개업하기로 했다. 두 가지가 모두 잘 되면 '대박'이 날 테고, 아니면 적어도 둘 중 한 가지는 분명 성공할 것 같았다.

당시 칭다오에는 이미 한국식당이 두 곳 있었지만 규모가 작았다. 규모를 키우고 인테리어에 신경쓰면 승산이 있을 것 같았다.

사우나는 한 곳도 없었다. 자문을 해준 한국사람들은 '목욕 안 하는 중국인들에게 무슨 사우나냐. 그냥 식당만 하라'고 충고해 주었다.

그러나 그의 생각은 달랐다. 물이 귀해 목욕을 안 하는 것일 뿐, 모든 중국인들이 다 목욕을 싫어해서 안 하는 것은 아닐 것이라고 생각했다. 그의 사업은 돈이 없어 목욕을 못 하는 90퍼센트의 중국인들이 아니라 외제차를 타고 다니는 10퍼센트의 상류층을 목표로 삼았다. 최고시설의 한국식 사우나를 만들면 그들이 찾아올 것이다.

함께 투자하기로 한 조선족 이씨도 그와 뜻이 같았다.

"아무 걱정말고 조 선생 뜻대로 해보십시오."

그러나 한번 직장을 가지면 죽을 때까지 그곳에 매달려 먹고살던 계획경제 시절에 길들여진 중국인들의 '철밥통 근성' 때문에 애를 많이 먹었다.

10분쯤 망치질을 하고 나면 담배 두어 대를 태우며 30분쯤 노는 중국 일꾼들을 데리고 2층 건물을 개조해 1 · 2층은 식당으로, 옥상은 사우나로 만드는 데 무려 8개월이 걸렸다.

드디어 1995년 9월, 모자라는 돈은 빚을 얻어 동업자와 함께 30만 달러를 투자해 칭다오 최고의 식당과 사우나 시설을 함께 갖춘 '코리아타운'을 탄생시켰다.

날씨도 화창한 그날, 그는 자신을 전적으로 신뢰하고 33퍼센트를 투자한 동업자와 함께 손을 꼭 잡고, 식당으로 사우나로 밀려드는 90퍼센트의 중국손님들과 10퍼센트의 한국손님들을 감격스럽게 바라볼 수 있었다.

1백 평 규모의 코리아타운 식당과 2백평 규모의 코리아타운 사우나의 성공은 4년 후 그에게 더 큰 성공을 가져다주었다. 1999년 10월, 칭다오의 황금상권인 세계무역중심건물 1층에 합자가 아닌 단독으로 10억 원을 투자해 산둥성 최고 시설인 6백50평 규모의 '수정궁 사우나'를 개업함으로써 칭다오에 한국 사우나 붐을 불러일으킨 것이다.

그의 대성공에 눈독을 들인 칭다오 부자들은 그때부터 너도나도 현금장사인 사우나 사업에 뛰어들어 2천~3천 평 규모의 대형 업소를 30여 개나 개업했다. 그 바람에 그의 사우나는 이제 '칭다오 최고의 한국 사우나'라는 명성은 무색해졌지만 아직도 그는 칭다오 사우나 대부로서의 위치를 굳건히 지키고 있다.

그는 또한 외국인에게는 허가를 내주지 않는 인테리어 사업에도 동업자 명의로 진출했고, 한국 돈 2억7천만 원을 투자해 6백 평 규모의 실내 골프 연습장을 준비하고 있다.

예부터 물이 귀해 할아버지가 세수한 물로 아버지가 세수하고 그 다음에 아들이 세수했다는 중국사람들에게 조병두 사장은 일 년 동안 사우나하는 법을 가르쳤다.

사우나 안에서 대화를 해도 아무렇지 않다는 것을 보여주고, 사우나 후에 감기 걸릴까 봐 죽어도 냉탕에 안 들어가려는 사람들에게 '만일 당신이 냉탕에 들어가 감기에 걸리면 이 사우나를 당신에게 주겠다'고 설득해 냉탕으로 밀어 넣었다.

서로 등을 밀어 주며 사우나가 건강에 좋은 이유를 설명해 주고, 목욕이 끝난 후 가운을 입고 휴게실에 앉아 시원한 맥주를 마시며 사업 이야기를 하면 최고의 효과가 있다는 것을 가르쳐주었다. 그러면서 손님들과 친구가 되었고, 그들의 가족과도 친구가 될 수 있었다.

칭다오의 다른 중국 사우나가 요금 38위안을 받을 때 그의 코리아타운 사우나는 68위안, 수정궁 사우나는 88위안을 받으며 한국 사우나의 차별화에 성공했다.

물론 그의 사우나가 항상 잘된 것만은 아니었다. 저가정책의 중국 사우나가 칭다오에 20개쯤 들어섰을 때, 그도 경쟁력을 갖추기 위해 요금을 내릴 수밖에 없었는데 그래도 중국 사우나보다 10위안을 비싸게 받았다.

한국 사우나의 자존심을 지키고 싶었던 것이다.

"목욕 잘 안 하는 중국사람들을 상대로 어떻게 사우나를 운영할 생각을 하셨습니까?"

"10억 원을 들여 수정궁 사우나를 만들 당시 한국에서는 IMF 탓에 온 나라가 신음하고 있었지요. 그런 상황에서 내가 중국에 거액을 투자하겠다고 하니까 친구들이 머리가 어떻게 된 것 아니냐고 비웃기도 했습니다. 그러나 저는 거꾸로 생각했습니다. 남들이 못 하거나 안 할 때 해야 성공하지 않겠느냐고. 결국 2년 만에 투자비를 회수했습니다. 코리아타운도 마찬가지죠. 10퍼센트의 칭다오 부자들을 겨냥한 것이 맞아떨어진 거죠."

"연평균 매출은 얼마나 됩니까?"

"그건 밝히기 어렵고…. 제가 말하면 그대로 쓰실 거 아닙니까."

"물론 독자들을 위해 반드시 쓰죠."

"음… 이 정도만 얘기해 둘게요. 서울에서 하루에 1천 명이 들

청다오 무역센터 1층에 자리잡은 '수정궁 사우나' 와 조병두 씨.

어오는 사우나와 비슷할 겁니다. 동업자
와 이익배분을 해서 제가 가지는 돈은…
한 달에 한국 돈 3천만 원쯤 되나?"

코리아타운 식당은 주 메뉴를 불고기
로 정하고 처음에는 인건비를 줄이기 위
해 조선족 주방장을 고용했다. 그런데 개업 첫날 그는 손님들에게
혹평을 들었다. 한국사람들한테서는 '한국 불고기가 아니라 소금
불고기' 라는 욕을 먹었고, 중국사람들한테서는 '한국 불고기가 아
니라 중국 불고기' 라는 비난을 받았다.

개업 둘쨋 날, 그는 조선족 주방장에게 한 달치 월급을 주어서
돌려보내고 식당 앞에 서서 찾아오는 손님들에게 말했다.

"한국 불고기 맛을 내는 데 실패했습니다. 지금 한국 주방장을

찾고 있는데, 그때까지는 장사를 못 하겠습니다. 죄송하지만 한 달 후 꼭 다시 오셔서 맛을 평가해 주십시오."

꼭 한 달 후, 그는 칭다오에서 처음으로 불고기와 함께 한국의 솥뚜껑 삼겹살을 히트시켰다. 중국 식당에서는 불고기 1인분에 10~20위안을 받을 때, 1인분 250그램에 60위안이라는 비싼 값을 받으면서 말이다.

최고급 한국 식당과 최고급 한국 사우나에는 중국 최고 부자만 오게 하겠다는 그의 소신이 승리한 것이다.

조병두 사장은 중국에서 한국사람들이 성공하기 위한 조건을 네 가지로 요약했다.

첫째는 동업자와의 관계를 끝까지 유지해야 한다.

기업이 아닌 개인이 독자적으로 투자하기에는 자본력이 약해 중국사람이나 조선족과 지분을 합해 투자하는 경우가 있고, 일정액을 월급 식으로 지불하고 명의만 빌리기도 하는데 이 관계가 끝까지 지속되어야 성공할 수 있다는 것이다.

많은 한국사람들이 성공을 꿈꾸며 중국으로 뛰어들었다가 온갖 몸고생, 마음고생 다 하면서도 결국 실패하고 마는 가장 큰 이유가 동업관계 때문이다.

"50 대 50으로 했더라도 51 대 49라고 생각하고 동업자에게 1퍼센트를 더 주세요. 그럼 성공합니다. 대부분의 문제는 둘다 똑같이 조금이라도 더 갖겠다는 데에서 비롯되거든요. 중국 파트너에게 조금 더 주겠다는 마음, 그게 성공의 열쇠지요."

둘째는 계약과 회계에 철저해야 한다.

그가 목수에게 기한을 정해 주고 식당 문짝을 하나 짜달라고 했다. 그 중국 목수는 약속한 날짜에 문짝을 가지고 와 식당에 놓아

두고 그냥 돈을 받아 돌아가려고 했다.

"아니, 왜 그냥 가느냐, 문짝을 달아 주고 가야지."

"무슨 소리냐. 당신이 언제 문짝을 달아 달라고 했느냐, 짜달라고만 했지."

"목수가 문짝을 짰으면 당연히 달아 주는 것이 상식인데 그게 무슨 소리냐."

"그건 한국식인 모양인데, 그러면 좋다. 달아줄 테니 경첩 값과 못 값, 손잡이 값, 인건비를 달라."

중국사람들과 일을 할 때는 사소한 것 하나라도 계약을 정확히 해서 경첩 크기와 두께는 얼마짜리로 몇 개, 못은 어떤 크기로 몇 개까지 할 것인지를 확실하게 계약해야 한다. 계약 내용을 철저히 지키는 중국사람들에게 한국의 상식은 통하지 않는다는 말이다.

회계에 문외한인 그도 처음에는 다른 한국사람들처럼 믿은 조선족에게 회계를 맡겼다.

김치찌개 하나 먹고 돈 내고 나가는 손님을 쫓아가 일일이 영수증을 주는 것이 쉽지 않은 일이어서 알게 모르게 탈세를 하게 되었다. 중국에서는 탈세 사실을 세무당국에 고발하면 추징금 일부를 고발인에게 포상하는 제도가 있다. 그의 조선족 회계사는 그 일로 그를 협박했고, 그는 거액을 뜯겨야 했다.

어떤 회계사는 일부러 영수증을 누락시킨 다음 세무당국에 고발해 포상금을 받기도 한다.

"계약 관계와 회계 업무는 꼭 알고 있어야 해요. 그것을 모르면 눈앞에 둔 성공을 도둑맞지요."

셋째는 하루빨리 중국말을 배워야 한다.

그래야 고기 8근 사고 10근 샀다고 거짓말하는 중국 직원에게

속지 않을 수 있다. 또한 명백한 잘못이 없는 한 일 년 이내에는 중국 직원들을 해고할 수 없고, 만약 해고할 경우에는 남은 기간의 월급을 주어야 하는 중국 노동법에 따라 고발이 들어왔다며 눈이 시뻘개서 찾아오는 중국관리들과 통역 없이 직접 대화하며 일을 해결할 수 있다.

"조선족 통역의 말을 그대로 믿을 수밖에 없는 언어 실력과 자신이 직접 중국사람들과 대화할 수 있는 언어 실력, 그것이 실패와 성공의 차이입니다."

넷째는 정말로 중국을 사랑해야 한다.

중국사람보다 천천히 일해야 성공할 수 있는 중국에서 빨리빨리 돈벌어 한국으로 돌아가겠다는 발상은 중국을 깔보는 것.

"중국에 뼈를 묻겠다는 각오로 중국을 대해야 진실이 배어 나오고, 그런 진실이 있어야 중국사람들을 친구로 만들 수 있습니다. 중국사람들은 정말로 중국을 사랑하는 사람하고만 친구가 되고, 한번 친구가 되면 끝까지 의리를 지킵니다."

그런 중국에서 '돈을 갈퀴로 긁었다'는 조병두 사장.

"나는 식당의 '식' 자도 몰랐고, 사우나의 '사' 자도 몰랐습니다. 사진을 좋아해서 좋은 동업자를 만난 것이 인연이 되었습니다. 그러니 내가 무엇을 잘 해서가 아니라 운이 좋았다고 생각합니다."

58세의 그에게 장래 꿈을 묻기가 좀 뭣해 노후 계획을 물었다.

"앞으로 사업적으로는 칭다오에 종합 레저스포츠센터를 하나 만든 후 고아원을 지을 겁니다. 중국 고아들을 데려다 대학까지 중국말과 한국말을 공부시킨 다음 중국의 한국기업에 취직시킬 것입니다. 이미 친한파가 된 그 아이들이 중국에서 성공을 꿈꾸는 한국기업들에게 얼마나 큰 힘이 될 수 있을지, 그것을 상상하는 일이

요즘 제 낙입니다. 저는 더 늙어도 한국으로 돌아가지 않고 중국 전역을 여행하며 사진을 찍다가 여기서 끝을 내겠습니다."

조병두 씨 부부는 가을 달빛 아래 중국 칭다오의 한 공원에 앉아서, 한국 같으면 1년 동안 죽기살기로 일해도 벌지 못할 돈을 한 달 만에 벌고, 한국 돈 수억 원을 예금해 둔 통장을 한 장 한 장 넘겨보면서 '우리가 한국에서 살았으면 이런 돈을 구경이나 했겠느냐' 며 눈물을 흘렸다고 한다.

이틀 동안 인터뷰를 하면서 조병두 사장은 내내 그 달빛을 추억하고 있었다.

 한국사람 2만 이상 북적거려

인구 9천만인 산둥성[山東省]의 성도 칭다오는 중국에서 가장 유명한 전자회사 '하이얼[海爾]'과 가장 유명한 맥주 '칭다오 피주' 등의 10대 기업이 있는 경제 중심지이며, 장제스[蔣介石]의 별장으로 유명한 팔대관과 3대 명승지인 표돌천, 대명호, 천불산이 아름다운 관광중심지다.

인구는 7백만으로 1897년에는 독일에, 1914년에는 일본에 점령당하기도 했다.

특히 독일 점령 당시 지었다는 붉은색 지붕을 한 유럽풍의 건물들이 그대로 보존되어 있는데, 깨끗한 도시와 파란 바다가 잘 어우러져 칭다오만의 독특한 정취를 자아낸다.

또한 중국 해양 과학자들의 50퍼센트가 운집해 있고, 중국 유일의 해양대학인 칭다오 해양대학이 있다.

창다오 만을 끼고 있는 태평로 앞 바다에는 독일의 침략에 대비해 1891년에 만든 길이 440미터의 다리가 있는데, 이를 잔쟈오[棧橋]라고 한다.

사진을 찍으려고 잔쟈오를 찾았을 때는 마침 일요일이어서인지 주로 가족과 연인들 수만 명이 바글대고 있었다. 사람들은 사진을 찍거나, 연을 날리거나, 뱃놀이를 즐기거나, 산책을 하거나, 양꼬치를 사먹고 있었다.

머리를 빨갛게 물들인 세련된 차림의 젊은 여성들이 담배를 입에 물고 활보하는 광경과 한낮의 인파 틈에서 남의 눈치 안 보고 키스하는 연인들의 광경 그리고 그들에게 너그러운 사람들의 풍경은 서양의 한 도시에라도 와 있는 듯 어색하지 않았다.

사진을 찍고 싶은 사람들을 볼 때마다 중국어 회화 책을 꺼내 들고 다가가 '사진을 찍고 싶다'고 말을 걸었으나 그때마다 매몰차게 거절당했다. 몰래 찍지 않는 한 아무도 사진 찍기를 허락하지 않았다. 그것은 중국 어디에서든 마찬가지였다.

외국인에게는 최대한의 친절을 베풀려고 노력하지만 카메라만은 절대 사절하는 중국사람들의 속마음에는 어떤 것이 들어 있을까. 얼마 후, 기차 안에서 만난 한 중국청년은 능숙한 영어로 이렇게 말해 주었다.

"사실 중국사람들은 친절하지 않다. 같은 중국사람끼리는 수준이 안 맞으면 상대도 안 해주고 마음에 안 들면 말도 안 한다. 길을 물어도 대답 없이 지나쳐 가는 경우가 많다. 외국인에게 친절한 것은 손님에 대한 예의이고 호기심 때문이지만 사진 찍는 일은 자존심의 문제라고 생각한다. 우리의 중화사상(中華思想)은 중국이 세계의 중심이라고 생각하는데, 그렇게 자존심이 강한 사람들에게 동물원에서 사진 찍듯 함부로 카메라를 들이대면 기분 나쁘지 않겠는가. 단 1분이라도 좋으니 친구가 되어 보라. 언제, 어디에서든 기꺼이 자신을 내어줄 것이다."

칭다오에 진출한 한국 중소기업들은 2천여 업체나 된다.

가발, 봉제, 완구, 액세서리, 신발, 가전제품 등의 제조업이 대부분이다. 식당, 가라오케, 호텔, 미용실, 식품점, 운송업 등에도 많은 사람들이 진출해 있다.

어떤 이는 칭다오에 거주하는 한국사람이 2만 명 정도라는데, 어떤 이는 3만 명은 될 것이라고도 했다. 유학생은 5백 명 정도, 그 중 반은 중소기업 제조공장의 직원들과 그 가족들이어서 생활은 안정된 편이다.

중국 직원 1만여 명씩을 고용하고 있는 태광제혜, 창신혜업, 삼호제혜, 세원혜업 등 신발 제조업체들의 약진이 두드러졌고, 개인으로는 '기룡가발'의 문갑수 씨와 한국식당 '경복궁'과 '경포대', 일식집을 경영하는 문병순 씨, 액세서리를 생산하는 '다산인조수식'의 윤영근 씨, 한국상회(韓國商會, 한국인 사업가들의 모임) 회장인 '진아유리제품'의 유영섭 씨, 6만 평의 과수원을 3년 만에 일구어낸 이철진 씨, 한국식 사우나로 성공한 조병두 씨 등의 성공이 두드러진다.

특히 한국업체들의 교류 모임인 칭다오 한국상회는 다른 도시의 한국상회들보다 가장 활발하게 활동하고 있었다.

필자는 제10차 칭다오 한국상회 정기총회에 참석해 보았는데, 총회는 공식행사 이외에도 저명한 교수의 초청강연, 중국의 경제전망과 외국인 사업현황, 세무관계 등의 프로그램 아래 1백여 명의 참석자들이 유익한 정보를 나누고 있었다.

2만~3만 명의 한국사람들을 겨냥해 서비스업으로 성공해 보려고 4천만~5천만 원 정도를 챙겨들고 칭다오로 뛰어든 수많은 한국사람들. 그들에게 이 도시는 다시 없는 기회의 땅으로 보였지만 막상 들어와 보면 부딪치는 문제가 한두 가지가 아니었다.

창의력은 전혀 발휘하지 않고 시키는 일만 하거나, 돈 많은 외국인의 물건을 훔치는 것에 전혀 죄의식을 느끼지 않고 도둑질을 서슴지 않는 중국인 종업원들, 여기에 더하여 자신의 명의로 사업을 시작할 자본이 부족해 사용료를 주고 '법 없이도 산다'는 조선족에게 명의를 빌렸지만 장사가 잘 되어 돈이 벌리면 어느 날 갑자기 태도가 돌변해 '내 가게 내놓으라'며 입에 거품 물고 덤벼드는 조선족들.

그들 사이에서 한국사람들은 작은 자본으로 온 몸을 던져 성공길을 열어 보려지만 뜻대로 안 되는 경우가 더 많다.

제법 성공한 한 한국식당의 K사장. 그는 중국여자와 살림을 차린 후, 부인 명의로 식당을 개업해 큰돈을 벌었지만 실상 한국에는 조강지처와 자식까지 있다. 맨주먹으로 빚을 얻어 칭다오로 떠난 가장이 '꼭 돈을 벌어 다시는 가족 고생시키지 않겠다'고 맹세한 말을 믿으며 가족은 오늘도 가장을 기다리고 있다.

여자 종업원 20여 명을 두고 작은 사출 공장을 경영하던 또다른 K사장. 60대인 그는 여자 종업원들의 숙소를 모두 독방으로 만들고, 열쇠를 자신이 관리했다. 그리고 밤마다 방 하나씩, 어떤 날은 방 세 개까지 들락거리다가 얼마 후 피사체로 발견되었다.

한국 남편들이 가라오케에서 만난 젊은 중국여자들과 하도 바람을 피우자 부인들이 똘똘 뭉쳤다. 남편들을 미행해 현장을 확인한 후 공안에 신고해 버렸고, 공안들이 들이닥쳐 그들을 모두 체포해 버렸다. 남편들은 5천 위안(약 80만 원) 이상의 벌금을 내고 풀려났지만, 손님 옆에 앉으면 3백 위안, 외박을 나가면 1천 위안을 받는 불쌍한 아가씨들은 모두 감옥으로 갔다.

경제적으로 크게 성공했다고 볼 수 없으나 성실한 사업으로 칭다오 언론에 가끔 등장해 한국을 자랑스럽게 알리는 사람도 있다.

바로 태성무역 대표 최영철 씨다. 1943년생인 그는 한국의 삼양식품에서 20년 동안 근무하다 중국 지사장으로 발령받아 중국과 인연을 맺었다. 이후 10여 명의 중국 종업원들과 함께 액세서리 원자재를 납품하는 공장을 차려 연간 40만 달러 정도의 매출을 올리고 있다.

영세한 사업 규모이지만 한국업체들의 정보 교류를 위해 93년에 한국상회를 만들고, 초대 회장을 지냈다. 한국업체들 간 단합은 물

칭다오 한인 진출의 대부로 액세서리 원자재 공장을 운영하는 최영철 씨.

론 '중국에서 사업하려면 한국식만을 고집할 것이 아니라 중국식도 받아들여야 한다'며 중국과의 교류를 주장해 한국업체와 중국 간 다리 역할을 했다.

또한 칭다오 진출을 원하는 한국업체들을 효율적으로 이끌어 3백여 업체나 유치에 성공했다. 그 공로를 인정받아 한국정부로부터는 대통령상을, 중국정부로부터는 '최우수 총경리(사장)상'을 받았다. 칭다오외자기업투자협의회 부회장으로 위촉받기도 했다. 그런 그를 한중 민간대사라고 하며 칭다오의 각종 언론이 앞다퉈 그에 관한 기사를 싣고 있다.

중국에 와 돈은 많이 벌지 못했지만 한국사람이나 중국사람 양쪽으로부터 손가락질 받은 적이 없다는 최 사장은 '물 흐르듯 순리대로 산다'는 자신의 철학을 밝혔다.

생산직 근로자 월 평균 4백20위안, 서비스업 8백 위안, 대졸사원 1천5백 위안의 저임금을 찾아 아직도 많은 중소업체들이 중국 진출을 꿈꾸고 있다. 지금도 인천 부둣가에는 칭다오로 가는 배를 기다리는 여행가와 사업가들이 진을 치고 있고, 그 사이에서 허리가 휘도록 물건을 둘러멘 '따이공'[大工, 보따리장수]들이 눈빛을 반짝거리고 있다.

돈을 벌기 위해서라면 무슨 짓이든 할 수 있는 지금의 중국사람들과는 달리, 모든 한국사람들이 자신의 안주머니에 소중하게 넣어둔 여권처럼 한국의 철학을 함께 소중하게 간직하고 떠났으면 한다.

한국 신문으로 연매출 2백만 달러 올려
〈중국경제신문〉 박정호

대구 한 방직공장의 점심 시간. 공장 주변에 심어 놓은 플라타너스 나뭇잎들이 가을 옷으로 갈아입고 떠날 준비를 하고 있는 풍경을 물끄러미 바라보던 젊은 근로자가 하나 있었다. 그 앞에는 또래의 남녀 근로자들이 장난치며 깔깔거리거나 퇴근 후 술내기 족구시합을 하고 있었다.

'저들은 이 생활이 저리도 즐거울까? 우리는 10년, 20년 후에는 어떻게 살아갈까? 그때도 공돌이 신세를 면치 못하는 건 아닐까.'

대학을 못 간 고졸 학벌로 방직공장의 근로자로밖에 살아갈 수 없는 자신의 처지가 서러워 동료들과 어울리지 못하고 혼자 벤치에 앉아 시름을 달래고 있는 그에게 느닷없이 친구가 찾아왔다. 계명대에 다니는 가장 친한 친구였다.

"야, 이 자식아! 너 여기서 뭐 하는 거야?"

"어? 나 여기 있는 거 어떻게 알았어?"

"야, 인마. 사내새끼가 서울대 떨어졌다고 모든 것 다 포기하고 공장에 취직하냐? 야, 한국에서 서울타이완 대학이냐? 그럼, 다른 대학 다니는 놈은 다 쓰레기냐? 정신차려, 이 자식아!"

친구는 사정없이 그를 한 대 후려치고 나서 올 때처럼 인사도 없이 휑하니 가버렸다.

주먹으로 친구에게 격려를 받은 그는 이듬해 계명대 회계학과에 장학생으로 합격했다. 서울대 입시에만 연속 세 번 실패하고 난 다음이었다.

그는 계명대 2학년 때 최전방 21사단에서 군 생활을 했다. 고참이었을 때 공교롭게도 부대의 신참 중에는 연대와 고대, 중대 등의 중문과에 다니다 입대한 병사들이 많았다. 그때 그들과 함께 보초를 서며 처음으로 중국과 관련한 이야기를 듣고 깊은 생각에 빠졌다.

그때가 1991년이었는데 중문과 다니던 신참들은 벌써 다음해면 한·중 수교가 이루어질 것이라고 말해 주었다. 그러면 수많은 한국기업들이 너도나도 중국으로 뛰어들 것이고, 앞으로는 한국보다 중국에서 꿈을 이루기가 더 쉬울 것이라는 말도 했다. 그 말을 듣고 그는 중국에 빠져들기 시작했다.

제대 후 4학년 여름방학 때 그는 중국 톈진의 난카이대〔南開大〕에서 7주 간 어학연수를 받으며 베이징대, 난징대〔南京大〕, 칭화대〔淸華大〕, 런민대〔人民大〕 등을 둘러보았다. 그때 그는 앞으로 중국의 10대 대학 중 한 곳에서 6년 정도 걸리는 석사과정을 마치고,

〈중국경제신문〉 직원들과 함께한 박정호(가운데) 사장.

중국전문가가 되겠다는 계획을 세웠다.

"제가 한국에서는 학벌 때문에 늘 장래가 어둡다고 생각했습니다. 그래서 돌파구를 찾고 있었는데, 그 길이 중국에서 중국 전문가가 되는 것이었습니다."

그는 졸업 후 한보그룹 무역사업본부에 입사했다가 9개월 만에 그만두었다. 한보에서 당시 톈진에 한국공단을 조성할 계획이 있는 것을 알고 톈진 주재원이 되어 중국 공부를 시작하려고 한 것이었는데 회사에서는 주재원으로 나가려면 3년을 한국에서 근무해야 한다고 했기 때문이다.

신길동에서 자취생활을 하던 그는 어느 일요일 한강대교 위에서 결심을 했다.

'회사에서 그 떡을 나에게 그냥 줄 리 없다. 그렇다면 더 이상 망설이지 말자. 어떤 어려움이 있어도 중국에서 내 떡은 내가 만

든다. 인간 박정호, 너에겐 지금부터 단순무식한 무대뽀 정신밖에 없다.'

1995년 9월 18일, 배낭 하나 달랑 메고 톈진으로 건너가 난카이 대학에서 국제경제학을 공부하고, 톈진대학 경영대학원에서 석사학위를 받았다. 2001년까지 6년이 걸렸다.

중국과 중국말, 중국사람을 배우는 틈틈이 국민당 시절과 공산당 시절 그리고 신중국 건설 이후 중국인의 생활관습을 연구하기도 하고, 한·중 간의 기업문화 비교에 대한 논문도 발표했다. 중국을 체험하기 위해 자전거를 타고 전국 구석구석을 여행하기도 했다.

1996년 12월에는 자비로 〈오픈21〉이라는 유학생 월간잡지를 톈진 최초로 창간해 한국 소식에 목말라 하는 톈진의 한국사람들에게 기쁨을 주기도 했다. 자전거 뒤에 자신이 만든 잡지를 싣고 한국사람들을 찾아다니며 나눠줄 때 그는 돈도 안 생기는 일이 그렇게 기쁠 수가 없었다고.

그때 그는 공부를 계속하는 한편 앞으로 자신이 해야 할 일을 찾고 있었다. 돈 되는 일이 아니라 잠이 들 때 흐뭇하게 웃을 수 있는 일, 사회적으로 가장 필요하고 스스로도 잘 할 수 있는 일을 찾았다. 그 동안 모은 중국 자료들을 연구 검토한 끝에 1998년 11월 1일, 한국인으로서는 가장 많은 중국 콘텐츠를 보유한 중국관련 종합전문지 〈중국경제신문〉을 창간했다.

한국의 문화관광부에 정식으로 발행등록을 한 주간지 〈중국경제신문〉은 현재 한국에 있는 중국관련 기관과 기업, 중국의 6개 대도시를 중심으로 배포되고 있다.

톈진 본사의 기자를 비롯해 중국 외교부에서 비준한 특파원 5명이 폭넓은 취재활동을 하고 있고 톈진, 상하이, 광저우, 칭다오, 다롄, 선양 등지에 10여 명의 전문기자를 파견하여 전국적 네트워크망을 구축하고 있다. 이런 활동을 통해 중국 내 한국기업과 한국인 주요 거점의 정보를 정확하고 생동감 있게 제공한다.

이러한 매체의 영향력을 인정받아 매주 6회 대한항공을 비롯해 아시아나, 중국북방항공, 동방항공, 중국민항 등 한국과 중국을 오가는 모든 항공편과 인천 출발 페리의 전노선에 〈중국경제신문〉을 실어 한국과 중국을 오가는 사람들에게 귀한 중국 정보를 제공하고 있다.

중국경제신문사를 경영하던 1999년 9월에는 그 동안 중국관련 컨설팅 문의가 하도 많이 들어와 아예 '(주)중국경제' 라는 컨설팅회사를 서울에서 창업했고, 2000년 10월 한국의 소프트웨어를 가져와 중국어로 번역해 공급해 주는 '코리아 네트워크' 라는 중국현지 법인을 14만 달러를 투자해 창업했다.

그러면서 중국 진출을 희망하는 한국기업들을 72개 사나 톈진에 유치했다. 그 공로로 톈진 시에서는 그를 경제고문으로 초빙했고, 그가 극구 반대해 무산되었지만, '톈진을 부자로 만들어 주는 한국인' 의 명예를 빛내기 위해 그의 동상을 세워 준다고도 했다.

중국경제신문사는 직원 26명 가운데 한국인 직원이 7명이나 되어 중국 내 한국기업 중에서는 한국인 직원을 가장 많이 쓰고 있다.

유학생 1세대 출신으로 최초로 현지법인을 설립하고 신문사를 창업한 박정호 씨는 현재 36세로 2001년도에 매출 1백만 달러를 올렸고, 2002년도 목표를 2백만 달러로 잡았다.

중국 외교부에서 비준한 특파원이 〈조선일보〉는 1명, 〈뉴욕 타임스〉는 3명인 데 비해, 〈중국경제신문〉은 5명이나 된다. 그것만으로도 중국 내에서 박정호 씨와 〈중국경제신문〉의 위상을 알 수 있을 것이다.

그를 만난 2002년 3월 29일, 톈진에 있는 중국경제신문사 사장실에서 그는 정신없이 일하고 있었다. 단정한 용모에 167~168센티미터 정도 되어 보이는 키와 보통 체격인 이 청년은 젊은이는 30분 이상 인터뷰에 응할 수 없을 정도로 바빴다.

다음날인 30일, 중국경제신문사 본사가 톈진에서 베이징으로 확장 이전하기로 되어 있었고, 그것말고도 계속 다른 약속이 있었다.

"톈진만으로는 양이 안 차 아예 수도로 쳐들어가는 겁니까?"

"정확하고 많은 정보 때문에 가는 거죠. 창업하고 4년 동안 기다려 온 일입니다."

처음에 그는 486 컴퓨터 한 타이완 달랑 가지고 허름한 아파트 방 한 칸을 세 얻어 유학생 친구인 정의석 씨와 둘이 신문을 만들기 시작했다. 하지만 두 사람 다 신문을 만들어 본 경험이 없기 때문에 어떻게 해야 할지 몰라 당시 베이징에 있는 한국교민잡지사를 찾아가 30번쯤 가르쳐 달라고 부탁했으나 끝내 거절당했다.

두 사람이 15일 동안 꼬박 날밤 새우며 각종 신문과 잡지들을 분석해 보았더니 그제야 조금 감이 잡혔다.

세계 어느 나라를 가든 한국사람들이 수백 명 이상 모여 사는 곳에는 반드시 한국과 현지 정보를 제공하는 교민잡지가 발행되고 있다. 대부분 돈을 안 받는 무가지(無價紙)이고, 수익은 업체의 광고비에 의존하고 있다.

기자와 직원을 여럿 두고서는 타산을 맞추기 어려워 사장이 직원 한두 명과 프리랜서를 고용해 한국과 현지의 신문 잡지에 실린 기사를 베끼는 경우가 대부분이지만, 그래도 현지의 한국사람들은 주 1회나 월 1회 발행되는 교민잡지를 얻기 위해 한국 식품점이나 식당들을 일부러 찾아간다.

대판 16면인 〈중국경제신문〉은 15명의 기자들이 중국 전역에서 취재한 생생한 기사를 직접 싣지만 중국정부가 한국에 잘못하거나 한국정부가 중국에 잘못했을 때 이외에는 정부를 비판하는 기사는 되도록 쓰지 않고 양국에 서로 이익이 되는 기사만을 많이 실으려고 노력한다. 그런 까닭에 더러는 '비판 기능이 부족하다'는 평을 받을 때가 있다.

하지만 중국의 폐쇄적인 언론정책을 이겨 나가고, 중국에 진출하려는 한국기업들의 발전을 위해서는 당국과 유연한 관계를 유지할 필요가 있다.

외국인에게는 언론이나 종교가 허락되지 않는 중국의 사회주의 체제 아래에서 신문사를 창간한다는 것은 명백한 불법이다. 중국 내의 모든 교민잡지들도 마찬가지다. 그런데도 중국 외교부에서 5명의 특파원을 비준받고, 출입처까지 허락을 받아낸 데에는 그에 상당하는 실력이 있었을 것이다.

"안전부와 공안국의 중국 친구들이 저를 도와주었습니다. 얼마든지 못 하게 할 수 있었지만 '난 돈도 없고 힘도 없지만 신문사는 꼭 하고 싶다. 그런데 방법을 모르겠다. 네가 나 좀 도와줘라'하고 솔직하게 부탁하니까 처음에는 망설이더니 깊이 생각해 본 다음 도와주더라고요. 그래서 여기까지 올 수 있었지요. 중국은 법보다는 '관시'의 나라거든요."

한국의 2천여 종이나 되는 주간지를 제치고 일일이 담당자들을 설득해 중국행 비행기에 자신의 신문을 탑재하게 한 능력이니 그런 일이 가능하지 않았을까.

1967년, 경북 고령의 가난한 집안에서 4남 1녀 중 3남으로 태어나 대통령을 목표로 공부하다 서울대에 지원했다가 떨어지고는 꿈을 포기했다는 박정호 씨. 친구의 우정어린 충고로 다시 일어서 대학을 졸업하고 석사학위까지 받은 그는 1996년, 베이징 중앙민족대학에서 문화학 박사학위를 받은 일곱 살 아래의 한은주 씨와 결혼하고 이제 중국에서 알아주는 신문의 발행인이 되었다.

"신문사 초창기에 경제적으로 어려웠을 때, 한국의 처가로 돈을 꾸러 가던 아내의 뒷모습이 그렇게 초라할 수 없었습니다. 그 생각만 하면 이를 악물고 뛸 수밖에 없었어요."

텐진에서 인터뷰한 어떤 한국사람은 〈중국경제신문〉에 대해 '자기는 잘 만든다고 생각하겠지만 아직 멀었다'고 혹평하기도 했지만 중국에서 살고 있는 대부분의 한국사람들은 〈중국경제신문〉을 통해 많은 정보를 얻는다고 했다. 중국에서 한글로 발행되는 수십 종의 신문, 잡지 중에서 단연 최고로 꼽혔다.

〈중국경제신문〉에서는 해마다 '중국 어린이 심장병 환자 돕기 한중가요제'를 8회째 개최해 왔다. 2002년에는 10명을 무상 치료해 주기도 했다. 그는 또한 중국에서 공부하는 가난한 한국 유학생 33명에게 매년 정기적으로 장학금을 지급하고 있으며, 중국 전역에 흩어져 있는 각 분야의 한국인 중국 전문가 1백 명을 모아 매년 심포지엄을 열고, 소중한 중국정보를 한국사람들에게 알리고 있다.

수석 채집해 벽지 학교 지원

655개의 자전거 생산 공장에서 연 1천3백만 대를 생산해 내는 중국 최대의 자전거 도시 톈진. 들어올 때는 두 발로 들어와서 나갈 때는 두 바퀴로 나간다는 톈진은 중국의 수도 베이징에서 기차나 버스로 2시간 거리에 있는 인구 1천만 명의 큰도시다.

예부터 베이징의 쯔진성에 살고 있는 황제에게 조공을 바치는 창구 역할을 해온 덕에 코앞의 베이징보다 발전되어서는 안 된다며 끊임없이 견제를 받아온 아픈 역사를 간직하고 있다.

중국에서 한국사람들이 가장 많이 진출한 곳은 산둥성으로 5만여 명이 거주하고 있고, 랴오닝성에 3만여 명, 지린성에 2만8천여 명, 베이징에 2만5천여 명이 살면서 일을 하거나 공부를 하고 있다.

다음이 톈진으로, 이곳에는 2만2천여 명의 일반인과 톈진대학, 난카이대학, 사범대학 등에서 공부하는 2천여 명의 유학생들이 '톈진의 코리아타운'이라는 '안산시따오'를 중심으로 모여 살고 있다. 한국기업도 1천4백여 업체나 진출해 있다.

한국 식품점이 30여 곳, 미용실이 20여 곳, 호텔이 30여 곳, 가라오케가 50여 곳, 식당이 1백20여 곳이나 진출한 톈진에서 가장 크게 성공하겠다는 꿈을 꾸는 한궈런[韓國人]은 누구일까?

1981년 설립된 축구 전문용품 브랜드인 '키카(KIKA)'는 95년부터 김창호 전무를 중심으로 중국시장에 뛰어들어 99년에 톈진 타이다 축구팀에 자사 용품을 후원했다.

이 같은 노력의 대가로 2000년에는 키카의 중국 지사가 현지법인인 '키카 톈진국제무역유한공사'로 인가를 받아 본격적으로 중국 시장에 진출하기 시작했다.

아직 스포츠 시장이 활성화되지 않았고 스포츠 마케팅 개념도 부족한 중국에서 한국의 이장수 감독이 이끄는 갑A 칭다오 하이뉴[靑島 海牛] 팀을 비롯해 갑B 우한[武漢]의 홍진룽[紅金龍], 장쑤성[江蘇省] 샤먼[廈門]의 훙스[紅獅] 등과 후원계약을 맺고 아디다스, 나이키, 필라 같은 세계적 브랜드와 치열한 경쟁을 벌이고 있다.

배경희 총경리를 중심으로 뛰고 있는 키카는 현재 베이징과 톈진, 상하이, 칭다오, 시안[西安] 등에 매장을 개설했고, 2002년에는 우한과 난징에도 매장을 개설할 예정이다.

한국의 카 오디오와 스피커 제조업체인 '모터 조이(Moter Joy)'의 현지법인인 '톈진 북두전자유한공사'는 94년 외자기업 허가를 받아 96년에 6천 평의 부지에 공장을 세우고 본격적인 생산에 들어갔다.

1997년과 1998년에 국제인증을 연속으로 획득하며 국제적으로 품질관리를 인정받고 1999년에 1천만 개 생산을 돌파했다.

한국 주재원 3명이 3백40명의 중국 종업원들을 관리하는 북두전자는 정규시 총경리의 지휘로 한국의 삼성과 LG전자에 60퍼센트를 납품하고, 40퍼센트는 중국 내수시장을 개척하고 있다. 초반 3년 동안은 적자로 고전했으나 98년부터 내수시장 개척 덕에 흑자로 돌아섰다.

전원 기숙사 생활 하는 중국 직원들에게 청결교육과 예절교육을 통해 품질과 생산성 향상을 고취시키는 북두전자는 현재의 스피커 유닛 생산에서 시스템 생산으로 사업 영역을 넓힐 계획이다.

25년 동안 LG전자에 에어컨 컴프레셔를 납품해 온 대양정밀의 박무용 사장.

1943년생인 그는 3대 독자로 부산에서 태어나 홀어머니 밑에서 자라며 패싸움이 주 특기인 학창 시절을 보내다가 3개월 동안 죽으라고 공부해 부산공대에 합격했다. 졸업 후에는 고 박정희 대통령이 방문해 화제가 되기도 한 '브라더미싱'에서 3년, 옷 공장에서 4년을 근무한 후, 재봉틀 부속을 제작해 LG전자에 납품하는 공장을 차려 독립했다.

28세에 고향 처녀와 결혼해 달동네 단칸 사글세 방에서 살며 딸만 둘인 35세 때, 무슨 물건이든 만들기만 하면 잘 팔리던 시절에 친구의 공장 옆 빈터에 천막을 치고, 동서에게 빌린 35만 원으로 중고 탁상선반 한 대를 사서 종업원 한 명 데리고 열심히 재봉틀 부속을 깎았다.

하지만 대학동기 친구가 LG전자의 구매과장이었는데도 납품이 되지 않았다. 국산 기계의 정밀도가 떨어져 그가 만든 부속이 LG전자에서 만드는 재봉틀과 맞지 않았던 것이다. 아무리 대학동기라도 맞지 않는 부속을 사줄 수는 없었다.

어린 두 딸이 배고파 우는데도 친구들은 외면하고, 집이라도 팔아서 일제 기계를 들여오게 해달라고 애원했지만 홀어머니마저 외면하던 날, 그는 집 근처를 지나는 경부선 철로에 드러누웠다. 얼마 후, 기적소리와 함께 기차 소리가 점점 크게 들리기 시작하자 자신처럼 '아비 없는 자식'이라는 소리를 듣고 자랄 딸들의 앞날이 눈앞에 아른거려 정신없이 철로에서 뛰쳐나오며 '다시 시작해 보자. 죽기 아니면 살기다'를 외쳤다.

그런 지 석 달 후, 일제 기계를 사는 대신 매일 책을 보며 연구를 거듭한 끝에 국산 기계의 정밀도를 납품처와 맞게 고치는 데 성공할 수 있었다. 딸이 둘이었을 때 정상 납품을 하기 시작해, 딸이 넷이 되었을 때는 2억 원을 투자해 김해에 4백 평짜리 공장을 짓고 직원 30명을 고용하게 되었다.

그후 30여 나라를 다니며 견문을 넓힌 다음, LG전자의 권유로 2000년에 중국 톈진으로 와 1백만 달러를 투자해 공장을 신축했다. 직원 1백50명에 연간 2백만 대의 생산 능력을 갖춘 그의 공장에서는 월 평균 30억 원의 매출을 올리고 있다.

"자본이든 기술이든 독특한 것 하나는 가지고 와야 합니다. 남들이 다 하는 것말고, '그거 되겠느냐?'고 의아해하는 것을 찾아와야 합니다. 한국 젊은이들이 욕심부리지 않고 당당한 포부를 갖고 세계로 나가야 합니다."

그가 강조한 말이다.

홀어머니가 외아들에게 집 한 채 있는 것을 안 팔아 주었을 때는 진짜 어머니가 맞는지 의심했다는 그가 '중소기업은 사장이 여직원 생리일까지 기억해야 할 만큼 직접 뛰지 않으면 성공하기 어렵다'고 정의한 것도 인상적이었다.

중국 대도시의 호텔에는 대부분 '한국부'라는 것이 있다. 이것은 중국사람 소유의 호텔과 영업력 있는 한국사람이 특정 객실이나 특정 층에 대해 임대차 계약을 맺고 이익을 분배하는 방식으로, 한국사람들을 대상으로 영업 하는 사업을 말한다.

한국말이 통하는 조선족 직원들을 고용하고 있으며 단기 여행자들이 많이 찾는다.

톈진의 센다[先達] 호텔과 회빈원 호텔, 양춘[楊村]의 궁소 호텔, 선전[深川]의 영안 호텔 등 네 군데에 4개의 한국부를 운영하고 있는 1963년생 진병웅 씨.

천하의 모진 고생 다 겪으신 홀어머니 밑에서 9남매의 막내로 태어나 공대를 졸업하고 한전에 입사해 순탄한 13년을 보냈다. 그러고는 계속 성장해 나가는 한전의 하청업체들을 보면서 13년이 지나도 별로 달라진 것 없고, 앞으로도 달라질 것 없는 자신을 깨닫고 고심 끝에 직장을 정리했다. 그러고는 공인중개사, 건축업 등을 해보았지만 때 맞춰 찾아온 IMF 때 실패하고 말았다.

전망이 보이지 않는 한국에 앉아서 손가락 빨며 대통령 욕만 하고 있을 수는 없었다.

한 번도 외국여행을 해본 적이 없고, 꿈에도 외국생활을 생각한 적이 없던 그는 과감하게 25평짜리 아파트를 팔아 1998년 1월 텐진으로 향했다.

나름대로 중국의 미래를 예상해 본 것이지만 한 달 후 센다 호텔 1층에 개업한 사천요리전문점은 그의 뜻대로 되지 않았다. 초기준비가 소홀하고 정보가 부족한 것이 실패의 원인이었다. 중국말을 하지 못해 모든 것을 조선족에게 의지한 것도 실패에 한몫했다.

지지부진한 장사를 1년 만에 정리하고 1999년 4월, 자신이 세든 센다 호텔에 매달려 한국부를 설립했다. 그러고는 텐진에 들어오는 한국사람들을 수소문해 호텔 방을 팔고, 한편으로는 독학으로 호텔경영과 중국어 공부를 하며 4개의 한국부를 설립했다.

예를 들어, 중국 호텔 사장과 방 하나에 50위안에 계약을 맺고 80위안으로 손님에게 파는 한국부는 호텔 쪽에서는 빈 방을 채울 수 있어 좋고, 영업하는 사람은 그 지역의 교민 잡지나 인터넷을 통하거나 그 지역 한국기업들을 찾아가 홍보 활동만 잘 하면 자기자본 크게 안 들이고 중국에서 기반을 잡을 수가 있다.

그렇게 사업을 시작하면서 중국과 중국사람을 배운 후 돈을 모아 자신이 원하는 사업을 펼치게 되는 것이다. 그는 절대 서두르지 않고 호텔 한국부를 운영하다가 10년 후에는 센다 호텔 규모의 호텔을 경영하려는 목표를 세워두고 있다.

성균관대 중문과 출신인 1966년생 김정대 씨.

그는 학생 시절 지하 서클 '민족문제연구소' 핵심 멤버로서, 대학문화에 회의를 느낀 1학년 때부터 고교 동문 선배에게 의식화 교육을 받고 화염병 투척조가 되었다.

그리고는 학원자율화와 민주화를 외치며 군사정부에 대항해 거리에서 최루탄 가스를 맡으며 사회변혁을 꿈꾸다 4학년 때 제적당하고 말았다. 그리고 강제징집 당했고, 제대 후에는 소위 '운동권'이라는 데에는 자신과 이념이 다른 주사파가 득세한 것을 보고 마음을 바꿔 일상으로 돌아왔다.

취직이 안 되자 빚을 얻어 종로구청 근처에 7평짜리 김밥집을 내기도 하고, 강남역 근처에 5평짜리 우동집을 열어보기도 했지만 신통치 않아 주로 중국 수출을 하는 작은 무역회사에 취직해 중국과 인연을 맺었다.

3년 후인 1997년 2월, 직장생활을 정리하고 톈진으로 이주한 그는 6개월 동안 한국의 신발이나 구두를 가져다 파는 보따리 장사를 하다가 톈진에 진출한 한국 기업들의 모임인 '톈진한국상회' 사무부국장으로 들어가 1년 반을 보냈다.

2000년 7월에는 헤이룽장 출신의 조선족 천경자 씨와 결혼하고 지금은 유압기 부품을 판매하는 한국무역회사의 대리점을 개설해 중국 시장을 개척하고 있다.

반듯한 외모의 김정대 씨는 자신이 자본도 기술도 없어 '중국에서 성공할 조건을 거의 갖추지 못한 사람'이라고 스스로를 낮춰 말

한때 골수 운동권이었다가 현재 톈진에서 기계무역을 하는 김정대 씨와 조선족 부인.

했지만, 필자가 보기에는 부부의 사람됨이 너무 좋아 머지 않아 부부에게 행운이 있으리라는 생각이 들었다.

사진을 찍으려고 톈진 시내를 돌아다니다가 우연히 '두루 유기농 산물 직매장'이라는 한글 간판을 발견하고 들어갔다가 그곳에서 일하는 그 안에서 1939년생 김종락 씨를 만났다.

재일교포인 그는 1948년 한국에 귀국해 동아대 경영학과를 졸업하고, 역기, 아령, 바벨 등 스포츠 용품을 제조 판매하는 삼진물산을 창업해 15년 간 경영했다. 그러다 1978년 한국에 처음으로 롤러스케이트를 보급했고, 1979년에는 천안에 김치공장과 비료공장을 세우고 일본에 처음으로 한국김치를 수출했다. 5공 때는 청와대에 자신의 김치를 납품하기도 했다.

유기농법으로 재배한 배추로 만든 김치와 유기질 비료 생산에 뜻

자신들이 직접 재배한 농작물로 식사를 하고 있는 김종락 씨(왼쪽에서 세 번째)와 유기농 회원들.

을 두었지만, 1995년의 농산물 파동과 1997년의 IMF를 겪은 후인 98년, 톈진으로 이주했다.

허베이성[河北省]에 땅 2만 평을 빌려 '한국유기농장'을 만들고 곧이어 톈진에 직매장도 개설했다. 뜻을 함께하는 다른 4명의 한국인 동업자들과 함께 1천2백만 원씩을 투자했다는 그는 자신들의 목표를 '우리 대에 안 되면 다음 대에라도 뜻을 이룰 수 있도록 밑거름을 주는 것'이라고 말했다.

조용한 음악을 들려주면 곧게 자라던 오이가 '찰칵' 하고 사진이라도 찍으면 이내 구부러지는 것을 실험으로 증명했다는 그는 농장 옆에 공장이 들어서면 반드시 수확량이 떨어진다는 말도 했다.

그의 농업이론이 중국 같은 개발도상국에서 먹혀들기는 아직 시기상조이겠지만, 수돗물도 반드시 끓여 마셔야 하는 중국에서 폐수와 다름없는 물로 자라는 중국 농산물 대신 한국의 유기농산물을 생산해 내고야 말겠다는 그의 뜻이 그의 대에서 이루어지기를 바란다.

스웨터를 생산해 연간 4백만 달러 이상 수출하는 김영환 씨와 이상수 씨, 김정 씨 그리고 온천 호텔의 김종철 씨, 원실업의 김형회 씨와 유라가발의 이계식 씨 등의 성공이 돋보였고, 톈진에 태권도를 보급한 태권도 사범 정근표 씨도 빼놓을 수 없다. LG화학의 권풍조 씨와 난카이대 심광용 교수는 톈진 한인사회의 리더였다.

의류생산공장을 운영하면서 중국의 구석구석까지 여행하며 수석을 채집하는 40대 여성 이지은 씨, 어떤 이들은 그렇게 채집한 중국의 수석을 한국으로 가져와 팔기도 했지만, 그녀는 톈진에서 수석 전시회를 열고, 수석대회에 출품을 했으며 톈진 대학의 수석연구회에 50점을 기증하기도 했다.

수석에 관심이 있는 사람이 찾아오면 최선을 다해 수석에 대해 이야기해 주고, 매년 정기적으로 수석 바자회를 열어 마련한 기금으로 허베이성의 벽지 학교를 지원하며 교육시설이 낙후된 중국 농촌을 돕고 있다.

뿐만 아니라 중국 오지에서 수석을 채집할 때 인근의 농부들에게 그들의 한 달 수입에 해당하는 1백~2백 위안을 손에 쥐어 주며 운반 등의 일을 부탁해 그녀가 나타나면 농부들은 서로 일을 돕겠다고 나선다. 중국정부에서도 만들어 주지 못하는 농가 부수입을 한 한국여성이 혼자 올려 주는 셈이다.

이 같은 사실이 톈진 TV에 소개됨으로써 이지은 씨는 한국사람들의 이미지를 한층 높여 주었는데, 마침 한국에 출장 중이라서 만날 수 없었다.

4
웨이하이

진짜 참기름으로 일어선 따이공의 전설
'서울상회' 전용희

2급 시각장애인의 몸으로 행상을 하시는 홀어머니는 막내아들을 등에 업고, 두 아들을 양옆에 끼고, 달걀을 잔뜩 담은 바구니를 머리에 이고 거리로 팔러 다니셨다. 4형제의 장남인 전 소년은 어머니 앞에 서서 하루종일 끼니를 거르며 이 동네 저 동네를 돌아다녀야 했다.

아버지가 돌아가시던 초등학교 5학년 이후, 그가 보기에는 세상에서 가장 착한 사람이어서 법 없이도 살 수 있는 사람인 어머니가 사람들에게 무시당하는 것을 보며 그는 세상을 원망하기 시작했다. 나중에 커서 무서운 깡패가 되어 어머니를 무시하는 사람들을 죽도록 패주리라 생각했다.

중학교 2학년, 공부 대신 비뚤어질 대로 비뚤어진 행동으로 '천호동 용가리' 라면 또래에서는 제법 유명한 '꼴통' 이 되었을 무렵 어느 날, 다른 '꼴통' 과 붙어 한방에 때려눕히기는 했는데 한방에 기절해 버린 녀석이 영 깨어나지 못하는 것이었다.

그때, 녀석이 죽었다고 생각한 '천호동 용가리' 는 그 길로 학교를 뛰쳐나오고 말았다.

한국이 IMF라는 원자폭탄을 맞은 1998년 7월, 살길을 찾아 보따리를 싸들고 중국으로 몰려간 수많은 사람들 중에 '천호동 용가리' 도 끼어 있었다.

천호동의 건달 생활도 IMF 때문에 재미가 없어지자 중국과 보따리 장사를 하던 친구에게 길 안내를 부탁해 단돈 1백20만 원을 들고 친구의 뒤를 따랐다.

중국말로 '따이공' 이라 불리는 보따리장수들. 따이공은 남대문, 동대문 시장에서 의류나 액세서리, 생활용품 등을 중국으로 가져가 팔고, 중국에서는 고춧가루, 참깨, 참기름 등의 농산물을 한국으로 가져와 판다. 또 중국에 생산공장이 있는 한국사람들과 연계해 지퍼나 단추 등의 의류 부자재를 1킬로그램당 2천 원씩의 수수료를 받고 운반해 주기도 한다.

지금은 2백여 명으로 줄었지만 한때는 1천여 명의 따이공들이 수시로 중국을 드나들며 중국의 농산물을 들여왔다. 그러자 반입량을 1품목에 5킬로그램, 10품목에 50킬로그램으로 제한해 버리는 바람에 웨이하이[威海]항이나 다롄[大連]항 등 따이공들이 주로 이용하는 항구에서는 한국으로 돌아가는 한국 여행자들에게 뱃삯의 반을 대주고 보따리를 운반해 주도록 부탁한 경우도 많았다.

한국에서 사업에 실패했거나 '명퇴' 한 사람들, 중국으로 진출했다가 실패한 사람들 그리고 '한 건' 올리기 위해 눈을 번득이는 검찰의 끄나풀들이 저마다 뒤섞인 배 안에서 전재산인 보따리를 잃어버려 시련을 겪기도 하고, 끈끈한 사랑을 나누기도 하고, 탈 때는 분명 그 얼굴이 있었으나 내릴 때는 끝내 보이지 않는 사람들도 있는 사연 많은 애환의 따이공들.

따이공 중 일확천금을 노리고 마약이나 총기류 등을 취급하는 사람들은 검사가 강화되어 자신들이 곤란해질 것을 걱정하는 다른 따이공들이 그 바닥에서 매장시켜 버리기도 한다.

가짜 명품인 '짜퉁'이나 '비아그라', 다이어트 제품 등의 '위험한 물건'을 '다이를 탈 때' 미리 약속된 세관원들과 짜고 반입해 들여오는 프로들은 돈을 벌지만, 반입량 제한으로 농산물을 들여오는 일반 따이공들은 뱃삯 건지기도 쉽지 않아 이제는 조선족들이 한국 따이공의 뒤를 잇고 있다.

온통 붉은색 지붕과 근엄한 표정의 인민군들이 인상적이던 웨이하이에서 그는 친구의 중개로 중국상점에서 고춧가루, 깨, 참기름 등 120킬로그램이 나가는 물건 40만 원어치를 사서 보따리를 꾸려가지고 인천으로 돌아왔다.

인천항 세관에 있는 12개의 검사대 앞에 따이공들이 길게 늘어서 있을 때, 그는 유독 따이공이 한 명도 서 있지 않은 비어 있는 검사대 앞에 가서 줄을 섰다.

전재산 1백20만 원 가운데 40만 원을 투자해 보따리를 꾸려 온 전씨는 50킬로그램이 초과하면 그 이상의 물건을 압수당하지만, 세관원에게 잘만 이야기하면 문제 없을 것이라던 친구의 말을 믿은 터라 조마조마한 마음으로 검사대를 두리번거렸다.

그러나 40대인 세관원은 두말 없이 그의 초과 물량을 압수해 버

한국과 중국을 오가는 보따리 장사로 고생하다 중국에 참기름 공장을 세워 일어선 전용회 씨와 그의 '한성식품'.

렸다. 그가 아무리 사정해도 눈 하나 깜짝하지 않았다. 이 사람을 설득하지 못하면 죽는다는 생각으로 남의 눈도 아랑곳하지 않고 애원했지만 결국 아무 소용이 없었다.

자기 나름으로는 생각하고 생각해서 많은 따이공이 서 있는 검사대를 피해 빈 검사대에 선 것이었지만 헛고생에 지나지 않았다.

두 번째 발걸음에서도 비슷한 양의 농산물을 가지고 들어온 그는 또 그 검사대 앞에 가서 섰다. 역시 또 압수였다.

"지난번처럼 또 압수하실 겁니까?"

"그것이 내 임무요. 이리 내시오."

"젊은 사람이 오죽하면 보따리 장사를 하겠습니까. 이번에도 압수하시면 전 죽습니다. 법의 테두리 안에서 인정을 베풀어 주시면 고맙겠습니다. 한번 봐주십시오."

"나한테 그런 말은 통하지 않아요. 다음부터는 다른 검사대로 가거나 물건을 50킬로그램만 가져오시오."

세 번째도 압수. 다른 검사대에 가볼 생각을 했으나 오기가 생겨 그에게 갔다. 이 사람을 꼭 나를 도와주는 사람으로 만들지 못하면 따이공 생활도 결국 실패할 것이라는 생각에 같은 일을 반복했다. 그는 이미 다른 따이공들로부터 그 세관원이 가장 깐깐하다는 말도 들은 터였다.

마지막 남은 30만 원으로 마지막 농산물을 산 네 번째, 이미 서로를 알 만큼 알고 있는 두 사람이 다시 같은 검사대에서 마주섰다. 말 없이 보따리를 내놓는 그를 말 없이 바라보던 그 세관원, 지그시 그를 바라보던 세관원은 드디어 나지막한 한숨을 토해 내고 말았다. 무사히 통과되는 순간이었다.

그렇게 시작된 그의 따이공 생활은 2년 동안 계속되었고, 1999년 12월 한국 돈 7백만 원을 들여 웨이하이 항구 앞의 4평 정도 되는 창고를 빌려 '서울상회'라는 상점을 열 수 있었다.

서울상회라면 지금은 웨이하이에서 모르는 사람이 없을 만큼 유명한 상점이 되었다. 상점은 작고 허름해도 근로자 5백 명의 공장과도 안 바꾼다고 할 정도다.

하지만 초창기에는 직원 없이 혼자 웨이하이 인근의 농산물을 싼값에 사들여 쌓아 놓았다가 인천에서 배가 들어오는 매주 수·금·일요일에 따이공들에게 약간의 이윤을 붙여 팔았다. 창고 외벽에는 빨간 스프레이로 어설프게 '서울상회'라고 이름을 써놓고, 따이공 출신의 그가 따이공에게 물건을 공급해 주는 도매상이 된 것이다.

따이공에게 물건 구입과 세관 통과 못지않게 중요한 것은 누가 먼저 배를 내리느냐는 것이다. 한 배에 5백~6백 명의 따이공들이 타고 있으므로 배를 빨리 내려야 쉬운 세관원 앞에 줄을 설 수 있고, 당일 돌아가는 배표를 살 수 있다. 그렇지 못하면 몇만 원 번 돈을 하루 숙식비로 까먹어야 한다.

그러므로 빨리 내리기 위해 따이공들이 전쟁을 방불케 하는 육박전을 벌이는 것은 바로 거기에 생존이 달려 있기 때문이다.

서울상회를 찾는 따이공 중에서 몸싸움에 밀려 배를 늦게 내린 사람은 자연히 그에게 배표를 구해 달라고 할 수밖에 없는데, 그때마다 그는 고물 자전거를 타고 항구 앞의 위동해운 매표소로 달려가곤 했다.

위동해운에서 배표를 팔고 있는 한족 여자 2명 중에는 미모가 뛰어난 22세의 전입신 씨가 있었다. 한글학교에서 한국말을 배워 아시아태평양 경제장관회의에서 한국어 통역을 하기도 했고, 일본어에도 능통한 전씨는 위동해운이 한국인 매표 담당으로 스카우트한 인재였다.

2년 전부터 안면이 있는 그가 어느 날인가 웨이하이에 작은 상점을 열고 날마다 자전거를 타고 땀을 뻘뻘 흘리며 달려와 진지한 얼굴로 배표를 부탁하는 것이 애처로워 보여 그녀는 상사에게 부탁해 배표를 구해 주었고, 그때마다 그는 저녁 초대를 했다.

배표를 빼돌리는 부정행위 때문에 매표소의 한족 직원은 절대 한국사람과 사적으로 만날 수 없게 되어 있었다. 하지만 그녀는 그가 가라오케에서 여자나 찾는, 겉만 번지르르한 한국인들과는 달리 성실한 사람 같아 보여 웨이하이 외곽의 한적한 호텔 레스토랑에서 데이트를 했다. 그렇게 사랑에 빠진 두 사람은 아홉 살 연상인 한국남자와의 결혼을 반대하는 그녀의 부모를 설득해 2000년

11월에 결혼했다.

한국남자 전용희 씨가 한족여자 전입신 씨와 결혼했다는 것은 자본이 부족해 사업자등록증도 없이 불법으로 운영하는 서울상회를 한족 부인의 명의로 합법적으로 운영할 수 있게 된 것을 의미했다.

그것은 또한 서울상회의 불법운영 사실을 알고 있는 웨이하이 관리들이 수시로 가게를 찾아와 돈을 요구할 때마다 꼼짝없이 뜯기던 수입의 반 이상을 더 이상 도둑맞지 않아도 된다는 뜻이기도 했다. 또한 돈을 벌어 무슨 사업을 하든 부인의 명의로 합법적이고 안전하게 할 수 있으므로 열심히만 하면 이미 성공의 반은 이룩한 것이나 다름없었다.

문제가 생길 때는 부인과 처가 쪽의 관시를 활용할 수 있는 것 또한 돈 주고 살 수 없는 중국에서의 최대 무기였다.

그가 서울상회에서 취급하는 농산물은 주로 고춧가루, 깨, 참기름, 쌀, 잡곡 등이었는데 장사 경력이 좀 붙자 중국 농산물 중에 고춧가루의 흐름이 눈에 들어왔다.

보통 킬로그램당 10위안 정도에 사서 1위안 50전 정도의 이윤을 붙여 따이공에게 파는 고춧가루는 남방에서 햇고추가 나오는 11월인 겨울에는 싸고, 물량이 줄어드는 여름에는 비쌌다. 그래서 그는 돈이 생길 때마다 킬로그램당 9위안 50전에 고춧가루를 사서 킬로그램당 보관료 1위안씩을 주고 냉동창고에 보관하기 시작했다.

그렇게 모은 고춧가루가 15톤이 된 다음해 5월, 고춧가루 값이 킬로그램당 22위안으로 뛰어올랐다. 그는 그 동안 모은 고춧가루를 풀면서 처음으로 두 배가 넘는 장사를 해보았다.

'아! 사람이 이렇게 돈을 버는구나.'

15톤의 고춧가루를 팔아 남길 이익을 계산해 보며 그는 '고생 끝, 행복 시작'이라는 말의 의미를 실감하고 기뻐했다.

그러나 그가 고춧가루 2톤을 풀고 났을 때 갑자기 눈앞이 캄캄해지는 사건이 발생했다. 한국언론에서 대대적으로 '유해색소가 함유된 중국 가짜 고춧가루'라는 제목의 기사를 보도하기 시작한 것이다.

지금은 아예 통고추가 한국으로 들어가지만 당시 중국사람들은 무게를 늘리기 위해 옥수수 씨를 빻아 붉은 색소를 들여 고춧가루에 섞어 한국으로 보냈다. 그런데도 그는 그런 사실을 전혀 몰랐다.

더 이상 중국 고춧가루가 한국으로 들어갈 수 없게 되자 냉동창고에 가득 들어 있던 고춧가루 13톤을 보며 그는 또 이런 생각을 했다.

'아, 사람이 이렇게 해서 망하게 되는구나.'

고춧가루를 냉동창고에 오래 보관하면 고춧가루 자체의 열 때문에 곰팡이가 슬어 못 쓰게 된다. 그는 한족들을 고용해 한 달 동안 유해색소가 든 옥수수 씨 가루를 채로 쳐서 깨끗이 걸러 냈다. 그리고 남은 고춧가루를 처분하기 위해 백방으로 뛰어다녔지만 값은 원가의 반도 안 되었다.

피가 말라 가며 하루하루가 정신없이 지나가던 어느 날, 고춧가루를 팔러간 옌타이(煙臺)에서 참기름 공장을 하다 한국으로 철수하려는 50대 한국사람을 만났는데, 그 사람에게서 뜻밖의 제안을 받았다.

"자네, 내 참기름 공장을 사게나. 싸게 줄 테니."

"저도 지금 고춧가루 때문에 망했습니다."

"그래? 고춧가루 상태는 어떤가?"

"제가 깨끗이 청소해 두었습니다."

"그럼 우리 이렇게 하면 어떨까? 자네의 고춧가루 13톤을 우선 나에게 주고 나머지는 그 액수에 해당하는 참기름을 짜주기로 하고, 내 참기름 공장을 인수하게. 난 이제 건강도 안 좋고 그만 한국으로 돌아가 쉬고 싶네."

그렇게 해서 다시 참기름으로 유명해진 '서울상회 참기름'이 탄생했다.

참기름 짜는 기술을 배우고 산지에서 참깨나 흑깨를 사서 유압기계 2대로 진짜 순수한 참기름을 생산했지만 처음에는 판매처를 못 구해 8개월 간 놀기만 했다.

"참기름이라는 게 참 예민한 식품이에요. 자기가 쓰던 상표의 참기름이나 식용유에 맛들인 사람들은 좀처럼 다른 것으로 바꾸려 하지 않거든요. 고춧가루 13톤과 맞바꾸어 횡재했다고 좋아했지만 8개월 동안 놀다 보니 마치 사기당한 기분이 들더라니까요."

잠자고 있는 참기름 기계 앞에서 끊은 담배를 다시 피우며 한숨을 쉬던 그는 어느 순간 자리를 털고 일어났다. 그리고 500밀리리터짜리 빈 생수 페트병을 모아 참기름을 채우기 시작했다.

그러고는 자신이 직접 만든 진짜 참기름을 들고 한국에 들어가 서울, 부산, 대구, 인천 등 전국 대도시 식당과 김밥집을 돌아다니며 맛을 보여주고 주문을 받기 시작했다. 그렇게 해서 3개월 만에 부산의 한 김밥집에서 첫 주문 전화를 받았는데, 참기름 50병만 보내 달라는 부산 사투리가 그렇게 반가울 수 없었다.

한국으로부터 서울상회로 참기름 주문이 쇄도하자 소문이 어떻게 퍼졌는지 중국의 칭다오와 베이징, 단둥, 옌타이 등에 있는 한국 농산물상회나 식당에서도 주문이 밀려들기 시작했다.

놀기만 하던 참기름 공장이 말 그대로 눈코 뜰 새 없이 바빠져 기술자 3명이 돌아가면서 공장을 24시간 내내 가동했는데, 지금도 참기름공장은 24시간 풀 가동하고 있다.

그는 생전 처음 중고 픽업을 한 대 사서 참기름 통을 가득 싣고 혼자 중국을 돌아다니며 배달하기에 정신없는 나날을 보냈다. 그에게 찾아온 첫 황금기였다.

"5킬로그램짜리 참기름 통을 가득 싣고 중국을 돌아다닌 햇살 따스한 봄날, 고물 픽업에는 행복이 가득했습니다."

그가 도매로 파는 참기름 값은 킬로그램당 20위안으로 약 20퍼센트의 이윤이 남았다.

그때까지만 해도 월세 6백 위안(9만6천 원)짜리 난방도 안 되는 허름한 아파트에서 살던 그는 곧 40만 위안(6천4백만 원)짜리 고급 아파트를 사서 이사하고, 다음에는 관세를 포함해 한국 돈으로 7천만 원이 들어가는 한국 자동차 소렌토도 샀다.

또한 10만 달러를 투자해 참기름 제조 법인인 '한성식품'을 설립하고 2층짜리 깔끔한 공장을 지었다. 모두 100퍼센트 순수한 진짜 참기름을 생산한 덕이었다.

"저는 제 이름과 법인 이름을 걸고 진짜 참기름을 만들지만 더러 일부 업자들이 제 참기름을 사서 미국산 콩기름을 50퍼센트나 섞어 파는 일이 있어 무척 속상합니다. 그러면 돈은 더 벌 수 있겠지만 반드시 망하게 되어 있거든요. 우리 신용까지 떨어뜨리고요."

웨이하이 어디에서든 기본요금 5위안인 택시를 타고 '만만디'라고 말하면 데려다주는 곳이 전용희 씨 식당이다.

해가 지면 갈 곳이 마땅치 않은 웨이하이에서 2000년 5월에 50만 위안을 들여 '만만디 1'을 개업하고, 일 년 후 그 옆에 20만 위안을 투자해 '만만디 2'를 열었다.

훌륭한 뒷받침으로 전용희 씨를 성공하게 만든 아홉 살 연하의 한족 부인.

'만만디 1'은 1~2층 60평 규모의 레스토랑으로, 처음에는 중국 사람들을 대상으로 경양식 위주의 음식을 팔았으나 신통치 않자 떡볶이, 오뎅, 냉면, 통닭, 튀김, 팥빙수 등 1백여 가지의 온갖 메 뉴를 추가해 이제는 흑자로 돌아섰다.

소금구이 전문점인 '만만디 2'는 1층 60평 규모로 아직 '만만디 1'보다는 매출이 떨어지지만 거의 안정권에 들어섰다.

만만디 1·2는 다른 한국식당보다 값이 싼 편이어서 웨이하이 에 거주하는 한국사람들의 사랑방 구실도 하고 있다.

특히 '만만디'라는 상호는 이미 중국 전역에서 특허를 받아두었 는데, 중국사람들의 대표적 마인드를 상호로 쓰고 특허까지 받아 둔 그의 아이디어가 돋보였다.

2001년부터 따이공의 수가 크게 줄어 서울상회가 주춤해졌을 때 그는 더 안정적인 사업을 구상하기 시작했다. 그 무렵 웨이하이에서 누구보다 빨리 자리잡은 그에게 여러 한국사람들이 동업을 제의해 왔지만 '동업은 곧 실패'라는 생각을 해온 그는 모두 거절했다.

그때 칭다오 맞은편 바닷가에 있는 해안도시 네이주는 한국의 제주도와 자매도시로 한국의 많은 수산업체가 들어와 양식업을 하고 있었다. 그들 중에서도 여러 사람이 그에게 동업을 제의했지만 그는 다 사양하고 자신이 직접 양식업을 해보기로 결심했다.

적조와 태풍만 없으면 확실하게 성공할 수 있는 가두리 양식보다 지하수를 끌어올려 키우는 실내양식은 병이나 수온 등의 문제로 위험부담이 높아 쉽게 망할 수 있었지만 그는 개의치 않았다.

이미 다른 사업체가 안정되어 있으므로 설혹 이번에 양식업이 실패하더라도 그리 큰 타격은 받지 않을 것이고, 경험을 밑천 삼아 다음에는 꼭 성공할 수 있으리라는 자신감이 생겼던 것이다.

그가 선택한 어종은 수온이 적합해 네이주 앞바다에서만 산다는 넙치의 일종으로 영어로는 '로봇', 중국말로는 '따링핑위'라는 어류였다. 고급 호텔에서만 찜이나 회로 맛볼 수 있는 최고급 어종이다.

한국 돈 1억 원을 투자해 양식장을 짓고 검지손가락만한 치어를 마리당 한국 돈 5천 원에 1만5천 마리를 사서 키웠다. 치어 풀기를 일 년에 두 차례, 성어 팔기를 일 년에 두 차례 했는데, 운 좋게도 병에 걸리지 않아 팔 때는 500그램 1근에 한국 돈 1만2천 원을 받아 총 2억 원의 순이익을 남겼다.

필자가 그를 만났을 때 또 새로 풀어 놓은 2만 마리의 치어들이 병에 걸리지 않고 잘 자랄 수 있도록 그는 한국에서 가져온 양식책으로 열심히 공부하고 있었다. 그렇게 공부하는 시간이 세 살짜리 큰딸과 한 달 된 작은딸과 보내는 시간보다 많았다.

그런 그에게도 어려운 일들이 많았다.

참기름 공장을 법인으로 설립할 때 부인을 앞세워 모든 수속을 완벽하게 마쳤다고 생각하고 영업 중이었는데 갑자기 관할 공안국에서 들이닥쳤다.

같은 업종의 중국인이 그의 참기름 공장에서 매연을 너무 심하게 내뿜는다고 고발한 것이다. 그는 그때 중국에서 생산공장을 하려면 반드시 환경관리증을 받아 두어야 한다는 사실을 몰랐다. 그 일은 웨이하이 신문에까지 보도되었는데, 사실 참기름 공장에서 매연이 생기면 얼마나 생긴단 말인가. 그의 참기름 공장을 견제하려는 중국인의 모략이었던 것이다.

'만만디'를 개업할 때도 관할 공안국에서 들이닥쳐 손님들을 모두 내쫓고 영업을 못 하게 했다. 인민들이 드나드는 장소에서는 반드시 안전관리증을 받아 두어야 하는데, 그는 그것도 몰랐던 것이다.

그렇게 해서 곤경에 처할 때마다 그는 처가의 도움으로 담당 관리들과 친분이 있는 사람을 찾아 일을 해결할 수 있었다.

그런 그의 성격이 어떤지 엿보게 해주는 에피소드가 있다. 코딱지만한 서울상회를 운영하던 초기의 일이다.

자전거로는 기동력이 떨어진다는 것을 깨닫고 50시시짜리 빨간 오토바이를 사기 위해 큰맘 먹고 상점에 갔다. 1천50위안이라는 오토바이 값을 깎기 위해 그는 3일 동안 쫓아다닌 끝에 기어코 20위안(약 3천2백 원)을 깎아 1천30위안에 사는 데 성공했다.

그러자 한족 주인이 핀잔 비슷하게 소리를 질렀다.

"너 한국사람 맞냐? 한국사람이 그렇게 인색하냐?"

그러나 사실은 그런 자세로 임하지 않으면 한국사람이 중국에서 성공하기 어려웠다.

"한국사람들이 중국으로 몰려와서 하는 말이 중국은 물가나 인건비가 싸서 사업할 만하다지만 그건 실패를 안 해봐서 하는 말이에요. 중국 서민들처럼 한 달에 4백~5백 위안의 월급으로 살면 분명히 물가가 싸지만 한국사람들처럼 중국 돈 우습게 보고 가라오케나 다니며 돈을 쓰면 중국 물가가 절대 안 싸요. 한국과 다를 게 없다는 걸 사람들은 잘 몰라요. 그러니까 처음에 적은 자본으로 중국에서 성공하려면 중국 서민들처럼 살아야 합니다. 그래야 물가가 싸지지요."

그가 새로 산 소렌토를 타기 이전에는 미국산 체로키 지프를 타고 다녔는데, 그때 미국 솔트 레이크에서 동계올림픽이 열렸다. 거기서 한국의 온 국민을 분노하게 한 '안톤 오노의 할리우드 액션' 사건이 터지자 그 역시 3일 동안 잠꼬대에서까지 미국을 욕하며 치를 떨다가 체로키 지프 유리판에 차를 판다고 쓴 종이를 붙이고 다녀 웨이하이에서 유명해지기도 했다.

1969년생으로 2002년 현재 34세인 전용희 씨. 중국말이라고는 '셰셰' 밖에 모르던 중학교 중퇴자가 단돈 1백20만 원을 들고 중국에 가서 따이공부터 시작해 4년 만에 서울상회, 한성식품, 만만디 1, 만만디 2, 양식장 등 5개의 알찬 사업체를 일구었다.

그가 차분한 눈빛으로 말을 맺었다.

"이곳 사람들은 제가 성공했다지만 제가 뭘 잘 했는지는 모르겠습니다. 한족 아내를 잘 만난 덕이겠지요. 은행 거래도 할 줄 몰라 번 돈을 모두 주머니마다 넣고 다니고, 장부정리도 못 해 얼마나 벌었는지도 모르고 살았는데, 아내를 만나면서 아내가 그것들을 모두 챙겨 주었거든요. 처가 쪽 사람들의 관시도 도움이 컸지요. 항상 감사하게 생각하고 부부싸움할 때도 그냥 제가 참고 넘어갑니다."

그는 장래 계획을 묻는 질문에 이렇게 대답했다.

"아직까지 저는 장사꾼에 불과하지만 아직 젊으니 왜 꿈이 없겠습니까? 서울상회에서 창문 밖을 보면 25층 정도 되는 웨이하이 최고 호텔이 보이거든요. 저라고 해서 그런 호텔 짓지 말라는 법 없잖아요. 저는 죽을 때까지 웨이하이에 살면서 장사꾼을 넘어서서 호텔 사업을 하는 게 꿈입니다."

중국에 와서 찾은 참다운 인생
'아시아나 대리점' 김경숙

그 날 그녀는 여느 날과 다른 아침을 맞았다. 건축회사를 경영하는 남편과 고등학생인 두 딸, 중학생인 아들이 다 집을 나선 후, 거실 소파에서 음악과 커피도 제쳐두고 그냥 혼자 앉아 있었다.

그녀의 머릿속에는 온통 세 아이들 생각으로 꽉 차 있었다. 공부를 잘하지는 못하지만 그래도 올바르게 키워 왔다고 생각하며, 남들 시키는 과외를 세 아이에게 세 과목씩 큰돈 들여 시키는데, 굳이 계속 이렇게까지 해야 하나 하는 회의감이 들기 시작했다.

어차피 일류대학에는 가기 어려운 실력의 아이들을 삼류대학이라도 보내기 위해 나중에는 별 쓸모도 없을 학교공부와 과외를 계속 시켜야 할 것인가. 이런 생활을 계속하고도 나중에 아이들로부터 '어머니, 아버지 이렇게 잘 키워 주셔서 감사합니다' 라는 말을 들을 수 있을까.

부모로서 정말 아이들에게 어떤 삶을 보여주어야 하는가. 다른 엄마들처럼 아이들을 데리고 한국을 떠나 캐나다나 호주로 유학을 가야 하는 것은 아닌가.

중국 웨이하이에 그녀와 세 아이들이 도착한 것은 그날 아침부터 3개월 후인 1997년 1월이었다. 그녀가 살던 서울 옥수동 한 아파트 단지의 엄마들은 미국, 캐나다, 호주 등으로 아이들을 데리고 유학을 떠나며 그녀에게 권하기도 했지만 친하게 지낸 화교 엄마들은 모두 중국행을 권했다.

세계 모든 나라에 중국사람들이 살고 있으니 아이들에게 중국과 중국말을 배우게 하는 것은 세계를 배우는 것과 다름없다는 화교 엄마들의 권유가 마음에 들었다.

의외로 남편도 세 아이도 선뜻 동의한 것은 그만큼 서로 지쳤기 때문이고 장래가 불확실했기 때문이리라.

중국말 한마디 못 하고, 아는 이 하나 없는 웨이하이에 도착한 그녀는 화교 엄마들이 소개해 준 조선족을 앞세운 채 아파트를 구하고 학교를 알아보았다.

학비가 일 년에 1만 위안(약 1백60만 원)인 사립학교보다 1천 위안이면 되는 공립 중·고등학교에 세 아이를 입학시키고 싶었다. 외국인이 공립학교에 입학하려면 기부금을 내야 했다. 지금은 한 사람당 3만 위안 정도를 내야 하지만 그때는 기부금을 내고 8천 위안씩 입학시켰다.

학교를 갔다온 첫날 고3인 큰딸과 고1인 작은딸, 중3인 아들은 같은 말을 했다. 중국 선생님이나 아이들 모두 아무 간섭도 하지 않고, 말도 걸지 않아 편했다는 것이다. 나중에 한국 엄마들에게 듣고 알았는데, 그것은 중국말을 모르는 외국 학생들에게 아주 초기에 스트레스를 주지 않기 위한 배려였다.

그렇게 시작된 아이들의 학교생활에서 그녀는 아이들이 중국친구들을 많이 사귀기를 바랐지만 아이들은 이상하게도 가까이 있는 중국 친구들보다 멀리 있는 한국친구들을 찾아내 어울리기를 좋아했다.

그러면서도 중국학교에 점점 즐겁게 적응해 나가는 모습에 마음이 놓였다. 남녀와 상하가 모두 평등한 중국 땅에 아이들을 잘 데려왔다는 생각이 들었다.

한국에서 중3 때 탈선할 뻔한 큰딸이 중국의 대학입학 국가고시인 SHK에서 좋은 성적을 받아 베이징 인민대학에 진학했을 때는 그만 엄마인 그녀가 탈선해 버렸다.

아이들이 중국말을 자신보다 잘 하게 되고 학교생활이 안정되자 그녀에게도 안정이 필요했던 것이다.

군산에서 한국무용 특기생으로 중·고등학교를 다니며 크고 작은 대회에서 상을 휩쓸다가 원광대에 입학했으나, 지방대에 만족하지 못해 학교를 그만두고 서울로 올라와 한국무용단 단원으로 활동한 김경숙 씨. 건축회사를 경영하는 남편과 결혼하고 20년 동안 남편과 아이들 뒷바라지를 하며 살림만 해오던 44세의 주부가 웨이하이에 와서 자신만의 일을 찾아야겠다고 결심한 것이다.

중국에서 유일하게 가는 곳이라고는 웨이하이 시장밖에 없던 그녀는 중국 사회를 경험해 보고 싶었다. 중국생활 초기, 한 달에 보름은 남편의 뒷바라지를 위해 한국에 나갔다 돌아오곤 하던 그녀는 결심을 굳히고 남편에게 상의했다.

"이젠 애들도 자리잡고 잘 지내니 저도 일을 찾아야겠어요. 돈 좀 빌려 주세요."

남편은 얼른 이해를 하지 못했다.

"지금 무슨 소리 하는 거요? 중국에서 사업하다 망하고 돌아온 사람이 어디 한둘이오? 잘못되면 칼에 찔리기도 하는 위험한 나라에서 살림만 하던 당신이 무슨 사업을 한다고 그래. 그럴 거면 당장 아이들 데리고 들어오시오!"

"내가 중국에서 무슨 사업을 그리 크게 하겠어요? 그냥 직원 하나 두고 작은 선물가게 같은 것 하면서 중국을 배우고 싶어 그래요. 어차피 우리 아이들이 중국에서 뿌리내리려면 내가 그런 일이라도 하면서 사람들을 사귀어두어야 하지 않겠어요?"

하지만 남편에게는 씨도 안 먹혔다. 그런 남편을 설득할 방법을 찾던 어느 날, 웨이하이에서 친하게 지낸 한국엄마가 귀띔을 해주었다.

"남편한테 전화해서 나에게 돈 1천만 원 빌려 일 시작했다고 해봐요. 그러면 금방 남편이 돈을 보내 올걸."

위험하다는 중국 땅에서 특히 조심하라는 한국사람에게 철없이 돈 1천만 원을 무턱대고 빌렸다는 아내가 불안했는지 남편은 금방 돈을 부쳤고, 98년 3월 그녀는 조선족 여직원 한 명을 데리고 10평 정도 되는 선물가게를 열었다.

44년 동안 돈을 쓰기만 했을 뿐 한 번도 벌어 본 적이 없는 가정주부가 중국 땅에서 벌인 첫 사업이었다. 평소 공예품으로 아기자기하게 집안 꾸미는 취미가 있어 선택한 선물가게에서 그녀는 중국 산 진주 목걸이, 술, 담배, 도장, 목공예품 등을 팔았다.

중국업자들에게 바가지 쓰고 산 것도 모르고 물건을 비싸게 팔다가 한국으로 귀국하는 사람들에게 욕을 먹기도 했다. 중국 돈을 잘 몰라 50위안짜리를 받고 거스름돈에 1백 위안짜리를 끼워 주기도 하고, 장부정리를 할 줄 몰라 얼마나 남는지 손해, 보는지 계산도 못 했다. 원가 20위안짜리 물건을 30위안이라고 말할 때는 거짓말하는 것 같아 얼굴이 빨개졌다.

하지만 이것 하나만은 제대로 해두었다. 다른 중국상점에는 손님이 편하게 앉아 대화하거나 기다릴 수 있는 공간이 없는 데 비해 그녀의 선물가게에는 테이블과 의자를 여러 개 마련하여 손님들이

서울의 '강남 아줌마'에서 웨이하이의 비즈니스 우먼으로 변신한 아시아나 항공의 김경숙 씨(가운데).

커피와 차를 무료로 마실 수 있게 했다.

결론부터 말하면, 그녀의 선물가게는 한국사람들이 너무 많이 와 밖에서 기다릴 정도였다. 어떤 손님은 철부지 아줌마가 거스름돈을 잘못 내주는 것이 재미있어 친구들을 데리고 오기도 했고, 옆에서 장사하는 아저씨는 매일 사람들을 데리고 찾아와 커피를 마시며 오늘은 무슨 실수를 했는지, 또 도와줄 일이 무엇인지 남들이 보면 오해할 정도로 걱정해 주기도 했다.

한번은 조선족 깡패 4명이 죽치고 앉아 칼을 접었다 폈다 하는 것을 한국손님들이 힘을 합쳐 쫓아 버리기도 했다.

"아마 살림만 하던 여자가 중국 땅에서 어설프게 일하니까 한국 사람들이 걱정이 되어 도와준 것 같아요."

이제는 웨이하이로 새로 이주하는 한국사람들을 위해 무료로 공장 부지나 사무실도 알아봐 주고 집도 알아봐 주는 그녀가 웃으며 한 말이다.

그러다 6개월 후, 한국기업이 많이 진출한 웨이하이에 아시아나항공이 대리점을 열 계획이라는 말을 들었다. 그 소식을 들은 그녀는 수소문 끝에 아시아나 중국 지점장과 마주앉았다. 아시아나 대리점을 자기가 맡게 해달라고 부탁한 것이다.

"사업 경험도 별로 없는데 왜 항공사 대리점을 하려고 하십니까?"

"살림만 하던 여자라 사업은 모릅니다. 다만 항공사처럼 제 인생도 날아보고 싶습니다."

"사업은 의욕만 가지고 되는 것이 아닙니다. 갖출 것 다 갖추고도 실패하는 것이 사업인데, 더구나 중국에서 경험도 없는 한국여자가 어떻게 하려고 그러십니까? 다시 한번 생각해 보시지요."

"남녀가 평등한 중국 땅에서 오히려 여자가 항공사 대리점을 하는 것이 더 유리하지 않겠어요? 작은 사업이긴 하지만 선물가게는 성공했다고 생각합니다. 저는 사업을 잘 모르지만 제 주위에 도와주는 사람이 많습니다. 제가 이 일을 하면 더 많은 사람들이 저를 도와줄 것입니다. 그게 재산 아닌가요?"

그녀는 수많은 경쟁자를 물리치고 아시아나 대리점 운영권을 따낸 후 1998년 9월, 10만 위안을 투자해 30평 규모의 사무실에 4명의 직원을 둔 아시아나 웨이하이 대리점을 탄생시켰다.

여행사 영업집조가 있어야 항공사 대리점 계약이 체결되는 것이어서 그녀는 중국친구에게 부탁해 중국여행사의 명의를 일 년에 2만 위안씩 주기로 하고 빌렸다.

그렇게 해서 조그만 구멍가게 주인이 당당한 비즈니스 우먼으로 거듭날 수 있었다.

한 장에 1천2백80위안을 받는 서울행 비행기표를 팔아 0.9퍼센트의 이윤을 남기는 대리점 일을 하면서 그녀는 선물가게를 운영할 때처럼 직원들 월급이나 공과금을 먼저 챙기며 탄탄하게 경영을 하고 있다.

중국의 동방항공에서 덤핑을 치기가 다반사이지만 웨이하이의 3천여 한국사람들은 대부분 돈을 좀더 주고라도 동방항공보다 안전하고, 만약의 사고에 대비해 보험금에 큰 차이가 나는 아시아나를 선택하고 있다.

티켓을 싸게 파는 동방항공을 생각하며 간혹 값을 깎는 한국사람들에게는 '조국의 비행기를 싸구려 취급할 바에야 차라리 동방항공으로 가시라' 며 당당하게 말하는 김경숙 씨는 매출과 이익이 문제가 아니라 한국의 자존심을 지키고 싶어한다고 다른 사람들이 대신 말해 주었다.

대리점을 찾는 한국사람들에게 그녀는 비행기표만 팔 뿐 아니라 서로에게 도움이 된다고 판단되면 한국사람들끼리 사업도 연결시켜 주고 좋은 조선족을 직원으로 추천해 주기도 한다. 그런 그녀가 이런 말을 했다.

"우리 사무실에 가끔 오시는 스웨터 공장 사장님이 계셔요. 늘 운동화에 잠바 차림으로 다니셔서 고생 좀 하시는 분인가 보다 생각했는데 어느 날 그분 공장에 한번 가보고는 깜짝 놀랐어요. 중국인 직원이 8백 명이나 되는 거예요. 저는 상상이 안 됐죠. 어떻게 한국사람 한 명이 중국사람 8백 명을 먹여 살릴 수 있는 건지. 중소기업 하시는 사장님들이 그렇게 대단한 분들인 줄은 상상도 못했어요. 저는 그분들에 비하면 아무것도 아닌 사람이죠. 그런 분들이 애국자시죠. 그 돈이 다 어디로 가겠어요."

또 이 말은 꼭 빠뜨리지 말고 써달라고 했다.

"중국 항공사보다 우리 아시아나는 참 신사적이에요. 가격 질서를 제대로 지킬 수 있도록 에이전시들을 도와주거든요."

1999년 12월, 그녀는 남편으로부터 이혼당할 뻔했다. 10만 달러를 투자해 가라오케를 인수했던 것이다. 룸 10개, 아가씨 50명인 '글로리아' 가라오케를 인수했는데, 그 이유에 대해서는 자세히 밝히려 하지 않았다.

"어쩔 수 없이 그렇게 되었어요. 그렇게 하지 않으면 안 될 일이 있었거든요."

술집 마담 출신도 아니고, 자식 셋을 둔 가정주부에 술 한잔 못하는 비즈니스 우먼이 '아가씨 장사'를 하는 가라오케를 인수하다니, 남편을 어떻게 설득했을까?

"이혼하고 넌 거기서 네 맘대로 살고 애들만 데리러 지금 당장 오겠대요. 어찌나 펄펄 뛰던지. 그래서 제가 그랬어요. 좋다, 지금 당장 들어오라고. 근데 애들은 못 데려간다고. 이혼하고 나는 애들과 여기서 살 테니 위자료랑 애들 양육비 왕창 내놓고 당신이나 거기서 당신 맘대로 살라고. 그러고는 전화를 끊어 버렸지요."

"그랬더니요?"

"30분쯤 지나자 다시 전화가 왔어요. 도대체 뭐가 부족해서 그러냐, 애들 교육시키러 간다더니 돈에 환장했냐고. 그때부터 제가 차분하게 설득했어요. 나 당신 없이 중국에서 혼자 사는 거 더 이상 싫다. 현재 한국에서 당신이 하는 사업보다 중국에서 내가 하는 사업이 더 잘 되고, 희망도 있다. 당신이 한국을 정리하고 이쪽으로 와서 우리 가족도 이제 같이 살아보자. 사업경험이 많은 당신은 틀림없이 한국에서보다 크게 성공할 수 있다…"

그렇게 해서 설득당한 남편 장인호 씨는 한국 일을 정리하고 3개월 후 웨이하이에 도착했다.

그는 처음에 웨이하이 시내의 한 호텔에서 커피숍을 운영했으나 경험 부족으로 실패했다. 그런 다음 인테리어가 모두 되어 있는 한국 아파트와는 달리 실내에 어떤 장식도 없는 중국 아파트에 주목하고 자신의 전공을 살려 아파트 인테리어 사업을 시작했다. 아직은 그저 열심히 하고 있는 상태다.

세 아이들이 모두 베이징에 있는 인민대학에 다니며 기숙사 생활을 하기 때문에 그녀는 아침 7시에 일어나 남편과 둘이 아침을 먹는다. 아침 8시에 아시아나 대리점에 출근해서 오후 4시까지 업무를 보고, 오후 4시 이후에는 수영과 골프 연습으로 두 시간을 보낸 후 집에 돌아와 남편과 저녁을 먹는다.

그런 다음 오후 7시 30분에 글로리아 가라오케에 출근해 오후 10시까지 업소를 지키다 퇴근해서 남편과 함께 TV를 보다가 잠드는 생활을 하고 있다. 토요일, 일요일도 없이 반복되는 그녀의 일상이다.

웨이하이에서 처음으로 선물가게를 개업한 3월 20일을 자신의 기념일로 정해 두고 해마다 그날이면 주위의 한국과 중국친구들을 초대해 식사를 대접한다는 그녀는 그때마다 눈물이 난다고 했다.

'셰셰'조차 입 밖에 낼 수 없었고, 망해서 남편한테 혼날까 봐 두려워 잠못 들던 많은 밤을 지나쳐 이제는 해를 거듭할수록 사업도 안정적으로 자리잡아 제법 큰돈도 벌었고, 떨어져 살던 남편까지 합류한 것이 모두 친구들의 도움이라고 생각하기 때문이다.

그래서 산둥대학 후원회 총무 일도 기꺼이 맡아 지역사회를 위해 일하고 있는 그녀는 이런 말을 했다.

"웨이하이뿐만 아니라 중국 어디에든 성공한 사람보다는 실패한 사람이 더 많잖아요. 제가 안타까운 것은 실패한 분들이 한국으로 돌아가 새 삶을 꿈꾸지 않고 중국에 그대로 남아 동포를 끌어들여 사기치거나 다른 어려운 한국사람들에게 기대어 살고 있다는 것입니다. 잘못되었다면 깨끗이 손 털고 돌아가는 것이 이익이라는 걸 모르는 분들이 있어요. 아마 중국이 쉽게 포기가 안 되나 봐요."

"두 분 부부 사이는 어떠십니까? 한국과 중국에서 생활의 차이가 있습니까?"

"한국에서는 내 할 짓 다 하고 다니면서도 남편이 술 먹고 늦게 들어오면 대판 싸움을 벌였거든요. 그런데 중국에 와서 제 일을 하면서부터는 이상하게 남편에게 관대해지더라고요. 남편의 어깨도

저처럼 무거우리라는 생각도 들고. 그래서 더 잘 해주게 되고, 친구처럼 애인처럼 사이가 더 좋아졌어요. 호호, 쑥스럽네요."

한국에 이런 여자들이 아직도 있을까?

예를 들면, 치과의사인 아버지의 유산을 물려받아 돈걱정 없이 사업하는 남편과 아이들에게 해달라는 대로 비싼 과외 다 시켜 주는 엄마. 아침에 가족이 집을 나가면 집안은 가정부에게 맡기고 하루종일 비슷한 친구들끼리 모여 고급 차를 몰고 다니며 압구정동의 크리스털 수영장 마스터 코스를 9년 간이나 다니고, 어디 사우나가 끝내 주더라고 하면 그쪽으로 몰려가 음탕한 이야기나 주고 받으며 깔깔거리는 '사모님'.

압구정동 단골 의상실에서 한 번에 몇 백만 원어치의 옷을 사고 골프에, 헬스에, 외식으로 돈을 날리며 어디의 무슨 아파트와 차종, 유명한 과외선생에게 주는 돈 액수와 자기 발 끝부터 머리 끝까지 치장한 것들의 이름으로 머리를 채우고 사는 여자들이 아직도 한국에 있다면 우리는 그 여자의 남편과 아이들을 위해 그 여자를 중국으로 쫓아 버려야 할 것이다.

우리의 주인공 김경숙 씨는 현명했다. 한국에서 그런 여자들 중 하나였던 그녀는 중국에 와서 자신의 삶을 180도 새롭게 변신하는데 성공했다. 사업의 크기나 번 돈의 문제가 아니라 삶을 바꾼 것이다.

남편과 아이들로부터도 자유로울 수 있는 자신만의 삶을 찾아낸 것이다.

"그때는 매일 강남을 휩쓸고 다니며 참 바쁘게도 살았는데 중국에 와서 일을 하면서부터는 그때를 생각하며 어이없는 웃음만 짓지요. 돌이킬 순 없겠지만 후회스러워요."

2년 간 오지에 처박혀 푸얼차의 비밀 캐내

산둥성의 해안도시 중에서 인천까지 배로 14시간 걸리는, 한국과 가장 가까운 도시 웨이하이는 전체 인구 2백70만에 시내 인구는 겨우 30만 명인 작은 항구다.

거리가 가까운 덕에 중국의 개혁개방 이후 한국기업들이 지린성 [吉林省], 헤이룽장성[黑龍江省], 랴오닝성[遼寧省] 등 '둥베이3성[東北 三省]' 쪽보다 먼저 진출한 도시다. 또한 중국에서 가장 깨끗한 도시로 지정된 바 있는 환경도시이기도 하다.

바다와 땅을 이용한 농수산업 외에는 특별한 산업이 없는 웨이하이에는 우리의 잊힌 역사가 있다.

신라사람 장보고. 완도 출신으로 어려서부터 무술이 뛰어나고 기개가 활달했지만 한미한 가문 탓에 신라의 엄격한 계급사회에서는 위로 올라갈 수 없게 되자 당나라로 들어가 군 장교가 되었다.

그러다 신라왕실이 쇠퇴한 틈을 타 연안에 해적들이 횡행하여 마을을 약탈하고 사람을 잡아가 노예로 파는 것을 보고 분개하여 신라로 돌아와 흥덕왕에게 건의해서 군사 1만을 하사받아 전략요지인 완도에 청해진을 건립했다.

그후 신라 해안을 따라 순찰을 강화하고 당나라 해적들의 약탈과 노예매매를 근절시켰으며 중국, 일본과 삼각무역을 전개해 명실공히 황해의 왕자가 되었다.

이때 장보고의 권유를 받은 많은 신라상인들이 중국 내륙까지 진출하여 각 지역에 '신라구'를 설치하고 집을 가지고 살며, 자체 사법권까지 행사할 수 있었다.

그로 인해 이곳 산동성의 웨이하이 영성 시에는 신라구와 장보고의 사당인 '법화원'이 설립되었다. 840년 중국에 온 일본 승려 원인 법사의 〈대당구법기〉에 따르면, '신라구의 법화원에서 청경하는 사람이 매번 2백50여 명이나 되었다'고 기록되어 있다.

중국문화를 선양하기 위해 중국 웨이하이 영성 시 정부는 법화원을 다시 복원했는데, 대웅보전은 1988년 11월에 기초공사를 시작해 89년에 준공되었다.

1992년 한·중 수교 이후 양국 간 교류가 활발해지면서 한국에서도 해양소년단이 방문하여 기념비를 세웠고, 웨이하이 한국기업협회에서도 장보고 기념관 설립을 추진했다.

웨이하이에 거주하는 한국사람 약 3천 명이 시의 세금 수입 중 30퍼센트를 차지하는 웨이하이에는 시에 등록된 1천3백여 한국 중소기업 중에서 8백여 기업이 활동하고 있으며 호텔, 식당, 가라오케, 미용실, 사우나, 식품점 등의 자영업과 이제는 빛이 바랜 마지막 따이공들이 자영업의 주축을 이루고 있다.

대기업으로는 대우, 삼성이 진출해 있는데, 특히 삼성은 큰 투자와 고용으로 웨이하이 발전에 대단히 큰 몫을 차지하고 있어 중국에 진출한 세계적인 대기업을 제치고 웨이하이 행정부로부터 싼싱루[三星路]라는 거리 이름을 부여받았다.

중국의 대기업 중 최대의 가전회사인 하이얼만이 '하이얼루'라는 거리 이름을 부여받은 것을 생각해 보면 대단한 일이 아닐 수 없다.

중소기업들은 대부분 전자부품, 가방, 스웨터, 시계 등의 제조공장이 많다. 가방과 PVC를 생산하여 수출하는 영백산업의 곽병호 대표는 한국에서 사업하다 큰 부도를 맞고, 한·중 수교 전에 웨이하이에 들어와 갖은 고생을 끝에 새로 부임해 오는 웨이하이의 고위간부들이 꼭 방문할 정도로 큰 성공을 거두었다. 지금은 영백수산, 영백기계, 영백전자까지 기업 활동의 영역을 넓혀 가는 중이다.

일본에 제사(祭祀) 용품을 생산 수출하는 대화목업의 강영일 대표는 독특한 아이템으로 성공했는데, 산둥대학 후원회장을 맡아 부를 환원함으로써 웨이하이 한국인의 위상을 높이고, 지역사회의 존경을 받고 있다.

외자기업 1호로 웨이하이에서 가장 큰 성공을 거두었다는 삼길전자의 김고덕 대표는 컴퓨터 모니터에 들어가는 부품을 생산해 LG전자에 납품하고 있는데, 한국사람들로부터 '웨이하이에서 가장 돈을 많이 번 사람'이라는 말을 듣는다.

PS시계의 김건구 대표는 웨이하이의 중국사람들이 웨이하이 시장 이름은 몰라도 PS시계라면 모르는 사람이 없을 정도로 '한궈런'을 빛나게 했다.

완구를 생산 수출하는 조일공예품과 변압기 부품을 생산 수출하는 노병수 대표 역시 연간 1천만 달러어치 이상의 수출과 1천 명 이상의 고용을 창출하는 대표적 중소기업인이다.

70대의 모씨는 용성시 경제고문을 지내기도 했는데, 외국인에게는 좀처럼 허가를 내주지 않는 유리 원료인 규사 채굴권을 확보하는 데 성공했다. 그후 일본과 한국의 기업들이 채굴권을 확보하기 위해 가격경쟁을 벌일 때 그는 돈을 많이 주겠다는 일본기업들을 외면하고 돈을 적게 주는 한국기업에게 채굴권을 양도해 지역의 화제가 되었다.

그는 또한 외출할 때 항상 20대의 복장을 하고 다니는 것으로도 유명한데, 40대의 조선족 미인과 함께 살며 노년을 멋지게 즐기고 있다.

어떤 건설회사 대표는 한국에서 2천70억 원의 부도를 내고 도망 왔다. 풍채가 좋은 그는 한국에서 제법 알려진 건설회사를 경영하며 정치자금과 공사수주로 장난치다가 IMF 때 결국 사고를 내고 말았는데, 사실은 그가 부도낸 액수가 무려 2조 원이라고 귀띔을 해주는 이도 있었다.

45년생인 송모씨. 인천에서 사채업을 하다 돈을 뜯겨 망한 이후 94년 인천에 사는 화교 친구들의 주선으로 웨이하이를 드나들며 무역을 시작했다. 스마트 학생복지 한 컨테이너씩을 들여와 웨이하이 중국업체에 팔면서 좋은 시절을 맞는 듯했으나 거래하던 중국업체의 주인이 병을 앓다 죽는 바람에 큰돈을 떼이고 그냥 웨이하이에 눌러앉았다.

생활이 어려워 한국의 가족이나 친구들의 도움으로 살면서 특별히 하는 일 없이 조선족 여자를 한국남자에게 위장 결혼하게 해주거나 위장 취업 시켜주고 받은 돈으로 한족이나 조선족 젊은 여자들과 즐기거나 마작으로 소일하고 있다.

한국에서 부인과 사별하고 딸 하나를 두고 있는데 물가 싼 땅에서 꿈도 목표도 없이 하루하루 살아가고 있는 그를 만나는 동안 내내 답답하기만 했다. 중국에는 송씨처럼 한국으로 돌아가지 않고 그렇게 살고 있는 한국사람들이 참으로 많다.

75년생 정재우 씨. 한국에서 중학교를 중퇴하고 식당 주방을 전전하다 21세에 한식당 주방장이 되었다. 자신을 주방장으로 키워준 우이동의 한식당 '고향산천'의 대표가 웨이하이로 진출해 한식당을 개업하며 정씨를 불러들이는 바람에 1996년에 들어왔다.

2년 후, 그 대표가 식당을 팔고 한국으로 되돌아갈 때 정씨는 그동안 모은 월급으로 식당과 식품점, 미용실, 건강원 등 한글 간판이

30여 개나 달려 있는 하이강루에 '우래옥'(又來屋)이라는 불고기 식당을 차려 독립했다.

다른 대형 불고기 식당보다 규모는 작지만 '주방장 출신의 한국 젊은이가 운영하는 값이 싼 식당'으로 한국사람들 사이에 입소문이 나면서 탄탄하게 자리잡았는데, 2년 후에는 한국사람과 동업으로 가라오케까지 개업하여 현재 성업 중이다.

'못 배운 대신 몸뚱이 하나로 열심히 일만 했다'는 스물여덟 살 정씨의 명함에 찍혀 있는 '사장'이라는 직함이 꽤 보기 좋았다.

1937년생 박종원 씨. 대학졸업 후 30년 동안 야당 국회의원 보좌관 생활을 하다 경북 영천에서 기민당 소속으로 국회의원 선거에 출마했으나 낙선했다. 돈 없이도 정치할 수 있다는 사실을 보여주려 했는데 당시 유세 때 강력한 여당 비판으로 인기는 최고였지만 결국 돈이 없어 표를 얻지 못했다.

'나는 돈 없이도 잘 먹고 잘 살던 정치꾼이었고, 내가 가장 자신 없는 것이 돈 버는 일'이라고 말한 그는 한·중 수교 때인 1992년에 배낭 하나 달랑 메고 중국의 남방과 북방 30여 도시를 유랑하던 끝에 웨이하이에 정착했다.

한국을 떠나 웨이하이에 정착한 이유에 대해 첫째 공기가 너무 좋고, 둘째 물가가 너무 싸며, 셋째 한국 뉴스를 안 듣는 것이 편해서라고 서슴없이 대답했다.

웨이하이 시내에서 택시로 10분 거리인 띠왕궁 지역의 허름한 아파트로 찾아갔을 때 그는 회색의 중국 전통 옷을 입고 중국 최고 명차인 푸얼채[普洱茶]를 끓이고 있었다.

거실과 방에는 온통 중국 고대의 벼루와 붓, 먹, 붓통, 탁본, 도자기 등의 골동품이 가득 진열되어 있었는데 틈만 나면 배낭 하나

짊어지고 중국 전역의 재래시장을 뒤져 수집한 것이라고 했다. 물론 취미이기도 하지만 돈벌이도 된다는 것이다.

"나같이 돈 못 버는 사람은 한국에서 살아갈 방법이 없는데 여기서는 하루 세 끼 굶지 않고 충분히 살 수 있다."

그렇게 말하는 그는 없는 돈에 자비를 털어 작은 창고 하나를 빌려 한글학교를 열었다. 그러고는 한글 배우기를 희망하는 그 지역 중국사람들에게 무료로 한글은 물론 중국 역사까지 가르쳤다. 그것도 체벌 없는 중국 교육환경에서 회초리로 손바닥을 때려 가면서.

"지나고 보니 부귀도 영화도 다 부질없는 것이오."

박종원 씨는 인생의 말년을 그렇게 웨이하이에서 보내다 그곳에서 삶을 마감할 것이라고 했다.

1957년생 박기봉 씨. 부산 출신인 그는 중1 때부터 불교가 좋아 겨울방학 때 무작정 절을 찾아갔다. 그때 차를 달이는 스님이 너무 보기 좋아 불교보다는 차에 관심을 갖게 되었고, 스님의 차 시중을 드는 다동(茶童)이 되었다.

중학교 졸업 때 공부를 잘 해 총동창회장 상을 받았는데 그때 부상으로 받은 것이 우연하게도 다기 세트였다. 대학 진학 대신 전국의 명산을 찾아 들어가 차 재배, 발효 등을 연구하는 세월을 보내다가 99년 차의 종주국인 중국으로 왔다.

그 당시 어떤 한국 차 전문가가 중국의 차 전문가를 한국으로 초대해 중국의 최고 명차인 푸얼차를 만들어 판매했으나, 박기봉 씨는 차 맛이 '올바르지 않다'고 생각했다.

그래서 중국의 차 전문가를 한국으로 초대해 푸얼차를 만드는 것보다는 차라리 자신이 푸얼차의 고향인 중국 윈난성으로 가서 직접 배워 한국에 올바른 푸얼차의 맛을 보여주겠다고 결심했다.

푸얼차 만들기를 배우기 위해 조선족 통역을 데리고 푸얼차 전문가를 찾아 쿤밍[昆明] 이남의 가장 큰 차 공장인 맹해차창, 대두강차창, 푸얼차창과 쿤밍 이북의 봉경차창, 하관차창 등에서 2년 동안 차 공부를 했다.

하루에 두 차례밖에 버스가 다니지 않는 오지에서도 수십 시간을 걸어야 하는 오지 중의 오지까지 찾아 들어가 푸얼차를 공부했다.

그렇게 해서 2002년 7월, 자신이 직접 만든 최고의 푸얼차 300킬로그램을 한국으로 들여가는 정식 수출입 계약을 맺은 그는 자신의 푸얼차를 직접 빚은 다기에 손수 만들어 맛을 보여주었는데, 문외한이 그 깊이를 느끼기는 부족했으나, 그 맛은 자연의 진한 흙 냄새가 나는 듯했다.

"차를 가슴에 안고 있으면 세상의 어떤 아름다운 여자를 안은 것

중국 오지에서 2년 간 푸얼차를 연구한 다인(茶人) 박기봉 씨.

보다 향기롭습니다."

다인(茶人) 박기봉 씨는 그렇게 말했다.

인터뷰를 끝내고 작별할 때 그는 필자에게 푸얼차를 선물로 주었다. 이번 중국여행 내내 푸얼차를 계속 마실 수 있었다. 그러다 보니 푸얼차가 거의 바닥이 보일 때쯤에는 필자 부부도 그의 푸얼차를 사랑하지 않을 수 없게 되었다.

웨이하이에서 16시간 거리인 허저 지역의 윈칭현. 1백10만 인구가 농업과 포플러 목재가공업에 종사하고 있으며, 우리가 너무나 잘 알고 있는 〈수호지〉의 고장으로 송강을 비롯한 1백8명의 영웅호걸 중 76명이 이 지역 출신이다. 그 이웃 현은 '양산박'이 있는 양산현이고.

이 지역의 또 하나 특징은, 1백10만 인구 중 외국인이라고는 유일하게 단 한 사람, 급운목업유한공사의 대표인 한국사람 윤종배 씨가 살고 있다는 것이다. 한국 물품이 하나도 없으며 위성TV도 수신 불가능한 오지에서 외국기업 1호이며 최초의 외국인인 윤종배 씨.

그는 한국에서 18년 간 전자부품회사인 보암산업의 경리부에 근무하다가 1992년 중국 지사장으로 발령받아 98년까지 웨이하이에서 활동했다.

IMF의 소용돌이에 휘말려 회사를 사직한 후에는 웨이하이 정부 관리들의 도움으로 윈칭현에 들어가 합판 제조공장을 차려 독립했다.

그러나 외국인을 처음 보는 주민들이 사사건건 시비를 걸어와 애로사항이 많았다. 더러운 화장실 청소를 시켰더니 직원이 청소 대신 사진을 찍어 노동국에 고발하기도 하고, 그가 차를 몰고 외출하면 주민들이 길을 막고 서서 통행료를 요구하기도 하고, 장애인들 역시 길을 막고 돈을 뜯어 갔다. 공장 건축공사를 자기네한테 발주하지 않았다고 공장에 양떼를 풀어 놓기도 하고, 진입로를 포크레인으로 깊이 파놓기도 했다.

한국음식이 없는 곳에서 최초의 외국인이 되어 몸고생, 마음고생을 감수하면서 1957년생 윤종배 씨는 어떤 문화생활도 접은 채 원청현에 한국의 혼을 심고자 고군분투하고 있다.

8천 평 대지에 세운 2천 평의 공장에서 생산되는 그의 합판이 중국 전역은 물론 전세계를 뒤덮는 것이 그의 소원이다.

우리가 웨이하이에 배를 내린 아침, 항구에는 제법 굵직한 비가 내렸다. 중국은행을 찾아 환전도 해야 하고, 한인회를 찾아가 정보도 구해야 하고, 싼 숙소도 찾아야 하는데 비 때문에 난감한 아침이었다.

대합실에서 배낭과 노트북, 촬영가방을 바닥에 내려놓은 채 작전을 짜고 있는데 누군가가 우리에게 한국말로 말을 걸어왔다. 혹시 도와줄 일이라도 있느냐고.

한명희와 한참 이야기를 주고받던 그녀는 우리만 괜찮다면 자기네 아파트에 빈방이 하나 있으니 머물러도 좋다고 했다. 그래서 그녀의 아파트에 머물며 웨이하이의 한국사람들을 소개받는 등 취재에 큰 도움을 받았다.

그녀는 아예 우리의 하루 취재 스케줄을 잡아 한국사람들과 빈틈없이 연결해 주는 배려도 아끼지 않았다.

자신의 아파트에 핸드백, 구두, 시계, 옷 등 명품 '짜퉁(가짜)' 매장을 차리고 웨이하이에서 4년째 아들과 함께 소박하고 따뜻하게 살고 있는 1951년생 유숙이 씨. 이 지면을 빌려 그녀에게 고마움을 전하고 싶다.

5

다 렌

한국문화 지키다 남편 옆에 묻히겠다
다렌 한국문화원장 김혜정

명함도 없는 떠돌이 부부가 한국사람들의 이야기를 취재한다며 그녀를 찾아가 인터뷰를 요청했을 때 그녀는 참으로 난감해했다.

56세의 나이에 세상에 드러나는 것이 싫어 혼자 음악 들으며 책 읽는 것을 좋아하는 자신의 성격에 맞지 않는다는 것이었다. 차나 한잔씩 따라 주며 정중하게 거절할 생각이었는데, 침입자가 이런 말을 건넸다.

"인터뷰를 하시든 않든 선생님의 이야기는 꼭 씁니다. 이곳에서 알아주시는 분이니 빠뜨릴 수 없죠. 그런데 저희가 선생님 이야기를 남한테 들은 것이나 저희가 추측한 것만 가지고 쓰면 분명 올바른 글이 안 되겠지요. 그러니 선생님 이야기를 한국의 독자들에게 정확히 전할 수 있도록 도와주십시오."

협박 비슷하게 잘라 말하는 필자의 눈빛이 그래도 진지해 보였는지 그녀는 마음을 바꾸었다. 하지만 무슨 말을 어떻게 시작해야 할지 몰라 한동안 망설였다.

연세대 음대를 졸업하고 바이올린을 계속하고 있던 26세 때 그녀의 친구가 자기 오빠를 소개해 주었다. 그녀보다 세 살이 많은 박승철 씨는 대를 이은 기독교 집안으로 작은 무역회사를 경영하고 있었다.

만난 지 6개월 만인 1973년에 결혼했다. 남편은 사업으로 바빴고 그녀는 여고에서 교편을 잡으며 입시생들을 모아 레슨을 시작했다. 그러면서도 한편으로는 연주회를 열며 바쁜 나날을 보냈다.

그 뒤 유류 파동이 닥쳐와 남편의 사업이 흔들릴 때는 제법 이름난 바이올린 레슨 선생이던 그녀의 도움으로 남편은 재기할 수 있었다. 그러는 사이 1남 1녀가 태어나고 가정과 사업이 안정되었다.

사업이 안정되자 남편은 업무차 세계곳곳을 돌아다니며 술과 여자에게 빠지기 시작했다. 도대체 방탕의 끝이 어디인지, 나중에는 드러내 놓고 비틀거리는 남편과 싸움을 하며 날마다 하나님에게 기도했다. 남편을 돌려 달라고.

이혼도 생각해 보았지만 그녀는 남편이 꼭 다시 돌아오리라고 믿었다. 그런데 1988년부터 중국으로 출장을 다니던 남편이 어느 날 이런 말을 했다.

"중국에 가보니 의외로 참 좋아. 동포들에게 하나님 이야기를 해주니까 밤새 해달라면서 먹을것도 가져오고 그래. 꼭 고향에 온 기분이었어. 가난하지만 참 순박해서 좋더라고. 그래서 결심했다, 중국 가서 살기로. 매일 술에 취해 운전을 하면서 여의도 다리를 넘어 다니는데도 죽이지 않고 살려 주신 하나님의 뜻을 이제 조금 알 것 같아. 모든 것 다 버리고 중국 가서 그 사람들을 위해 살기로 했어. 하나님 말씀도 전하고 그 사람들에게 도움되는 일을 하며 남은 인생을 살 거야. 당신도 같이 가자."

그때 그녀는 여의도의 한 아파트에 살고 있었는데 드나들 때마다 정중하게 인사하는 경비도 그렇고, 레슨할 때 바이올린 소리가 크게 들리지도 않는데 시끄럽다고 항의하는 옆집 아줌마들도 마음에 들지 않았다. 도대체 마음 깊은 정이라고는 없이 사람들 사이가 너무 삭막하기만 했다. 그녀는 어릴 때 느낀 그 사람 사이의 구수함과 정겨움을 찾고 싶었다.

그래서 남편과 함께 중국으로 가서 잃어버린 것들을 찾기로 했다. 불편하고 힘들더라도 순박한 사람들 속에서 다시 하나님에게 돌아온 남편과 함께 살고 싶었다.

그때는 남편의 사업이나 그녀의 레슨이나 모두 잘 되고 있어서 한 순간에 엎어 버리기가 아까웠다. 그때 유능한 개업의사 한 사람이 2년 동안 네팔에 자원봉사를 다녀온 후 해준 말이 떠올랐다.

"하나님에게 생선을 드릴 때 머리도 꽁지도 아닌 가운데 토막을 드리고 싶었습니다. 그래서 한창 성공하고 있을 때 자원봉사를 결심했던 것입니다."

한국에 남겨 두는 것이 있으면 힘들 때 다시 돌아오고 싶을 것이라는 남편의 말에 따라 가진 것을 모두 처분한 후, 남은 것들을 싸면서 그래도 하나라도 더 챙겨가려는 욕심이 부끄러웠다.

1993년 9월, 부부는 홍콩을 거쳐 다롄에 도착했다. 다롄에는 남편이 그 동안 출장을 다니며 친구가 된 다롄 외국어대 부총장이 있었고, 그분이 '다롄에는 문화생활을 할 여건이 전혀 안 되어 있으니 문화사업을 해보라'고 권유했던 것이다.

다롄의 첫인상은 꼭 폭탄 맞은 도시처럼 집집마다 유리창들이 깨져 있었으며, 어둡고 칙칙했다. 그렇지만 그곳에서 그녀는 어릴 적 향수를 느낄 수 있었다.

한국에서 세상의 탁류에 휩쓸려 살던 남편은 총신대와 고대 경영대학원을 졸업한 경력으로 외국어대 한국어과 객원교수가 되었고, 한편으로는 하나님의 전도사로 변신했다.

그녀는 그런 남편과 더불어 생각을 나누고 친구가 되는 일이 너무 행복했다. 처음으로 남편을 존경하기 시작했다.

다롄에서 그녀는 다시 피아노 학원을 열었다. 돈을 벌기 위해서가 아니라 가난한 중국 학생들에게 음악을 가르치고 싶어서였다. 바이올린 전공자로서 피아노 실력이 부족해 한국에서 피아노 선생님을 모셔왔다. 12대의 피아노로 50여 명의 학생을 가르쳤다.

레슨 비용은 그때나 지금이나 시간 당 30위안인데, 피아노 선생님들 수당을 주고 나면 운영경비가 모자라 항상 돈이 더 들어가야 했다. 그 학원은 다롄 문화국과 10년 동안 계약한 것이어서 2003년이면 문화국에 그대로 반환하기로 약속했다.

피아노 학원과 함께 한동안 한국 유치원도 운영했다. 다롄에 와 있는 한국 상사 주재원들의 아이들을 맡아 한글도 가르치고 김밥이나 떡볶이, 돈가스 등을 만들어 주면서 아이들과 함께 하는 시간이 그렇게 기쁠 수 없었다.

외국어대에서 중국학생들에게 한국의 말과 글을 가르치던 남편이 어느 날 대학에 한국문화원을 만들어야겠다고 했다. 대학에 일본도서관이 있어서 찾아가 보니 일본 책들이 많고 시설이 너무 잘되어 있어 많은 중국학생들이 그곳에서 일본에 대한 공부를 하고 있더라면서, 우리도 일본도서관보다 더 좋은 한국문화원을 만들자는 것이었다.

그때부터 부부는 창고를 하나 빌려 책을 사거나 한국의 여러 단체에 부탁해 기증받기도 하며 차곡차곡 모으기 시작했다. 95년 무렵이었는데 하는 일마다 계속 경비가 들어가는 바람에 가지고 있는 돈이 바닥나고 말았다.

하는 수 없이 그녀가 다시 한국으로 들어가 6개월 정도 레슨을 해서 돈을 모아 다롄으로 돌아오는 과정을 반복했다. 그런 와중에도 삼보컴퓨터에서 컴퓨터 10대를 기증해 준 일과 예술의전당에서 안 쓰는 의자를 기증해 준 일은 큰 도움이 되었다. 다롄의 한국기업들에서도 벽시계 두 대와 책꽂이 등을 기증해 주었다.

1998년 5월 28일, 남편이 그렇게 바라던 한국문화원이 부부의 3년 동안 준비로 다롄 외국어대의 한 건물 4층에 탄생되었다. 정보자료실, 열람실, 컴퓨터실, 인터넷 커피숍, 회의실, 소강당을 갖춘 당당한 모습으로 그 동안 모은 1만여 권의 책과 인터넷이 가능한 컴퓨터 12대, 다양한 한국영화 비디오, VCD, 각종 교양 비디오 등을 갖췄다.

열람실에서 조용히 책을 볼 수도 있고, 소강당에서 음악회나 세미나를 개최할 수도 있었다. 또 인터넷 커피숍에서는 한국영화를 볼 수 있어서 다롄 한국인들의 사랑방 역할을 했다.

다롄 한국문화원 초대원장으로 바쁜 나날을 보내던 남편이 북한을 다녀온 중국친구로부터 북한사람들에 대한 이야기를 들은 것은 6개월 뒤였다.

시장바닥에서 무슨 개떡 같은 것을 파는 장사꾼 주위를 서성대던 소년이 개떡 한 개를 장사꾼이 보는 앞에서 그냥 입에 넣고 씹어먹다가 장사꾼의 인정사정 없는 발길질과 주먹질을 받았는데, 모진 폭행을 당하면서도 끝까지 떡을 뱉어 내지 않고 삼키더라는 이야기를 듣고 남편도 울고 그녀도 울었다.

그날 부부는 빵 가게를 차리고 북한에 가는 사람들이 있을 때마다 부부가 만든 빵을 전해 주기로 결심했다. 그러자면 돈이 필요해 그녀가 다시 한국에 들어가 레슨을 하며 제빵학원을 다녔다.

열심히 한 탓인지 3개월 만에 자격증을 딴 후 빵공장에 취직해 설거지를 하며 기술을 배웠다. 그리고 6개월 후 다롄에 있는 빈집을 세 얻어 남편과 함께 깨끗이 수리를 한 후 빵 가게를 차렸다.

그녀의 제빵 기술만으로는 부족해 한족 기술자를 고용했는데, 장사는 밑지지 않지만 아직 북한에 간다는 사람을 단 한 명밖에 만나지 못해 빵 가게에 갈 때마다 마음이 무겁다고 한다.

단 한 명의 북한사람은 다롄에 파견된 과학자로 남편의 신앙심에 감동하여 기독교인이 된 사람이었다. 그 사람의 의사인 누님이 갑자기 세상을 떠나 충격을 받고 있을 때 남편을 만난 것이었다.

성경을 달달 외울 정도가 된 그 사람은 임기가 끝나 북한으로 돌아갈 때 남편과 의형제를 맺고 부부가 건네준 빵 보따리를 들고 갔다. 그후 남편은 가끔 '북한이 열리면 동생을 만나 북한에 교회를 세우겠다'고 말하곤 했다.

1999년 12월 31일, 그녀는 남편이 운전하는 승용차를 타고 단둥[丹東]으로 향했다. 남편은 북한이 바라다보이는 곳으로 가서 북한사람들을 위해 기도하며 2000년의 새해를 맞고 싶다고 했기 때

한국 책 1만여 권이 비치된 도서관에 선 김혜정 문화원장.

남편을 잃은 다롄에서 끝까지 빵집을 지키고 있는 김혜정 씨.

문이다.

그날 밤 12시, 두 사람은 압록강이 바로 앞에 보이는 곳에서 기도를 했다. 북한사람들도 배고프지 않고 아프지 않게 해달라고, 북한사람들이 행복하게 살 수 있게 해달라고 추위에 아랑곳하지 않고 밤새 기도를 했다.

2000년의 새해가 떠올랐을 때 부부는 다시 한번 기도를 하고 다롄으로 돌아가기 위해 출발했다. 그때가 아침 8시쯤이었다.

단둥을 벗어난 지 20분쯤 되었을까. 진눈깨비가 승용차 차창에 부딪히는 것을 바라보며 그녀가 말했다.

"여보, 이제 지친 것 같아요. 우리 이쯤에서 한국으로 돌아가 살면 안 될까요? 너무 힘이 드네요."

그때 그녀는 서서히 지쳐 가고 있었다. 처음에는 사람들이 순박해 좋았는데 점점 돈에 물들어 가는 사람들이 교활해지고 각박해지는 것이 그녀를 힘겹게 만들고 있었다.

운전하던 남편이 오른손으로 그녀의 손을 꼭 잡아 주며 말했다.

"그러지 마시게. 우리처럼 축복 받고 사는 사람이 어디 있나. 지금 우리가 가는 길은 아무나 갈 수 있는 길이 아니라는 것을 당신도 잘 알잖아."

그 말을 한 남편이 앞을 주시하며 운전하기를 2~3분쯤 되었을까. 갑자기 눈길에 차가 미끄러지면서 밑으로 굴렀다. 나중에 들은 이야기지만 도로 밑의 벌판으로 4미터 추락해 15미터를 굴렀다고 한다.

그녀가 차 안에서 정신을 차렸을 때 차는 옆으로 누워 있었고, 남편은 안전벨트에 매달린 채 그녀 위에서 눈을 감고 있었다. 그녀는 허리를 다쳤는지 몸을 움직일 수 없었는데, 남편의 머리에서는 한 줄기 피가 흘러 내리고 있었다.

그녀는 무슨 일이 일어난 것인지 생각도 못 한 채 그녀 위에 매달려 있는 남편의 얼굴을 가만히 바라보며 남편이 참 잘생겼다는 생각을 했다. 그때 남편의 얼굴에서 빛이 나고 있었던 것이다. 예수님의 그것처럼.

그러고는 퍼뜩 현실로 돌아와 소리를 지르기 시작했다. 2000년 1월 1일의 아침 벌판에는 차도 없었고 지나다니는 사람도 보이지 않았다. 더 이상 목이 쉬어 소리가 나오지 않을 때까지 소리를 지르다가 탈진 상태가 되었다.

그때까지도 남편은 계속 눈을 감고 있었다. 얼마나 지났을까. 밖에서 웅성대는 중국사람들의 소리가 들려왔고 곧 차가 '텅' 소리를 내며 제대로 앉았다. 사람들은 그녀와 남편을 고물 삼륜차의 짐칸에 눕히고 어디인가로 데려갔는데, 그곳은 병원도 보건소도 아닌 어떤 창고였다.

그녀가 짐칸에 누워 간신히 손을 움직여 옆에 누워 있는 남편의 손을 잡아보았을 때도 남편은 눈을 감고 있었다. 두 사람이 그녀부터 양옆에서 받쳐들어 창고에 집어던지고 밖에서 자물쇠를 채웠다. 그때 고물 삼륜차의 짐칸에 누워 있던 남편을 본 것이 마지막이 될 줄이야….

창고의 차가운 바닥에 내동댕이쳐진 그녀는 꼼짝하지 못하고 누운 채 남편이 걱정스러웠다. 저 사람들이 빨리 남편을 병원으로 데려가야 할 텐데, 그래야 아프지 않을 텐데, 남편이 많이 다쳤으면 어떡하나.

한참이 지났을 때 흰 가운을 입은 남자가 들어와 그녀에게 한마디 던진 후 그녀를 병원으로 데려갔다.

"지이시러(旣已死了, 이미 죽었다)."

그녀는 2002년 9월, 다롄의 한 호텔을 빌려 한·중 수교 10주년 기념 한국음악가 연주회를 개최했다. 벌써 6회째인 연례행사다. 한국의 음악 후배들인 실내악단 '소마 트리오(SOMA Trio)'와 오스트리아에서 성악을 하는 그녀의 딸 진원이가 기꺼이 행사를 빛내 주었다.

특히 소프라노인 딸이 '그리운 금강산'을 부를 때는 남편 생각으로 참을 수 없어 펑펑 울기도 했다. 이 행사에 와준 주중 한국 대사는 한국문화원의 낡은 컴퓨터를 모두 새로 바꿔 주겠다고 약속했고, 자리가 모자라 선 채로 연주회를 지켜본 중국과 일본, 한국의 많은 사람들은 뜨거운 갈채를 보냈다.

중국경제가 점점 좋아지면서 문화에 목말라 하는 사람들에게 한국의 고급문화를 제대로 전해줄 수 있는 길이 자리잡게 된 것이다.

전에 남편이 그녀의 손을 잡고 이런 말을 했었다.

"언제 죽을지 모르는 우리 나이에 아까울 게 뭐 있겠나. 이왕 있는 것 다 주기로 하고 온 중국 길, 여기서 우리 가진 것을 남김 없이 주고 이 땅에 묻히세."

이혼을 생각하던 젊은 부부가 그들을 찾아와 이틀 동안 함께 있다가 돌아가면서 메모를 남겼다.

'두 분 사시는 모습, 너무 행복해 보입니다. 어쩌면 서로 그렇게 존중하고 아껴 주시는지 소문대로입니다. 특히 사모님이 박 원장님을 세상에서 가장 존경한다고 하시던 말씀 영원히 기억하겠습니다. 저희 부부도 두 분처럼 가난해도 아름답게 서로를 존중해 주면서 살겠습니다.'

그녀는 존경하는 남편을 화장해서 중국 땅에 묻었다. 의형제처럼 지내던 외국어대 부총장이 '박 원장은 바다를 너무 좋아했다'며 뤼순(旅順) 앞바다가 내려다보이는 공동묘지를 선정해 주어 그곳에 남편의 유해를 묻었다. 날씨가 좋을 때는 한국 땅도 보인다고 했다.

그녀의 모든 것이던 남편을 묻고 온 후 그녀는 오직 기도만 했다. 앞으로 살아가야 할 길이 보이지도 않고 아직 결혼도 안 한 아이들도 걱정이 되었다. 솔직히 한국으로 돌아가려고 했다. 아니 이제 그만 다롄을 떠나고 싶었다.

3일째 밥 한 술, 물 한 모금 안 먹고 기도하던 밤, 꿈에서라도 남편을 만나게 해달라고 기도했다. 드디어 그 기원을 하나님이 들어주셨다. 잔잔한 웃음을 입가에 머금은 채 끈으로 연결된 카드 석 장을 들고 있었다.

그때 그녀는 세 가지 문제를 걱정하고 있었다. 그중 하나는 남편의 뜻을 따라 이곳에 남는다면 무슨 일을 해서 먹고살 것인가 하는 것이었고, 다음은 오스트리아에서 음악공부를 하고 있는 아들딸은 어떻게 결혼시켜야 할 것인가 하는 문제였다. 그리고 마지막으로 혼자서 남편이 남기고 간 일들을 잘 해낼 수 있을까였다.

그런데 그녀는 남편이 들고 있는 카드 석 장을 보고는 모든 일이 다 잘 될 테니 한국으로 돌아가지 말고 다롄에 남아 자신처럼 살다 돌아오라는 뜻으로 받아들였다.

그렇게 해서 그녀는 한국문화원 2대 원장이 되어 지금까지 남편의 뜻을 받들고 있다.

각박해진 인심과 중국생활에 회의가 들 때면 남편을 찾아간다. 남편이 좋아하는 바다를 바라보며 남편은 꿋꿋하게 이 일을 해나

갔는데, 나는 왜 저 출렁이는 바다처럼 마음이 요동치는가라고 생
각하면서 부끄러워했다.

그렇게 마음을 다스리고 돌아와서도 남편 없이 혼자 일을 해나
가는 것이 너무 힘들어 '이번엔 정말 돌아갈 거야'라고 결심하고
잠자리에 든 날 밤, 꿈속에 옆에서 누군가가 그녀의 손을 따뜻하게
잡아 주었다. 깜짝 놀라 돌아보니 남편이 옆에 서 있었다.

'어머! 남편이 죽은 줄 알았는데 늘 옆에 있다는 걸 잊고 있었
네.'

그런 생각이 퍼뜩 들었다가 잠에서 깨어났다.

그러고는 다시는 한국으로 돌아가지 않겠다고 결심하고 또 결
심했다. 항상 자신의 곁을 지키는 남편과 함께 다롄에서 한국과 중
국을 잇는 작은 다리가 되어 살다가 남편 곁으로 돌아갈 것이다.

다롄으로 가자 여러 사람들이 김혜정 씨를 꼭 만나 보라며 추천
해 주었다. 한국식당의 한 여자는 눈물까지 글썽이며 '그분이 꼭
책에 나와야 한다'고 말하기도 했다.

차분한 모습의 김혜정 씨를 어렵게 설득해 그녀의 빵 가게에서
인터뷰를 할 수 있었다. 그 동안 2백 명이 넘는 한국사람들과 인터
뷰했지만 자신의 이야기를 털어놓는 사람들이 감정에 북받쳐 눈물
을 흘리는 것을 본 적은 많았지만 물어 보는 필자나 받아 적는 한
명희 씨가 눈물을 흘린 적은 한 번도 없었다.

그런데 이번에는 말하는 사람은 울지 않았지만 듣는 사람이 울
었다. 눈이 새빨개지도록 울지 않을 수 없었다.

취재하는 사람들을 울게 만든 김혜정 씨는 인터뷰 끝에 이렇게
말했다.

"남편한테 야단 맞겠어요. 절대 드러내지 말라고 했거든요."
비가 많은 도시 다롄에는 그때도 비가 내리고 있었다.

고향 바다 그리며 눌러앉은 시인
'한스 차이나' 오태동

남자들이 술을 마실 때 그건 술이 아니라 현실이다.
현실을 폭탄주에 섞어 보약처럼 마시는 거다.
남자들이 담배를 피울 때 그건 못 말리는 악습이 아니라
닫혀 버린 하늘에 구름을 만드는 작업이다.
맨발로 땅을 헤매다 돌아온 남자가 지금 그대 곁에서 코를 골고 있다.
아라비안 소년이 되어 구름 담요를 타는가
손오공이 되어 불국으로 떠나는가
오, 선녀들로 가득 찬 몽류궁의 왕자여!
반쯤은 남을 짓밟아야 먹고살고
반쯤은 남의 등을 후려쳐야 먹고사는 판에
그래도 꿈이 그리운 한 남자가 조각구름을 타고
하늘을 날아다니고 있다
　　　　　　– 오태동의 시집 〈남자는 구름놀이가 하고 싶다〉 중에서

중국에 최초로 진출한 한국기업은 대우였다. 대우는 푸젠성〔福建省〕 푸저우〔福州〕에 한·중 합자로 냉장고 공장 프로젝트를 추진하고 있었다.

그때 중국에 정식으로 진출한 최초의 한국사람이 바로 50년생 오태동 씨다. 그는 대우 푸저우 프로젝트의 총경리(사장)로 1988년 1월, 부인 황인영 씨와 1남 1녀와 함께 홍콩을 거쳐 푸저우에 왔다.

한·중 수교 이전이던 당시 북한을 의식한 중국정부는 한국의 대우가 중국에 투자하는 것이 아니라 대우가 홍콩에 위장 설립한 회사가 중국에 투자하는 것으로 일을 처리했다. 총경리인 오태동 씨는 한국사람이 아니라 미국에서 태어난 화교 신분으로 위장해 줄 것을 요청해 왔고, 대우는 그것을 받아들일 수밖에 없었다.

그가 부임하고 며칠 후 푸저우시 고위관리들이 상견례 차 저녁 초대를 한 자리에서 평소 술을 잘 못 하는 그는 걱정이 태산 같았다. 독한 바이주〔白酒〕를 마실 자신도 없었지만 총경리로서 안 마실 수도 없는 자리였다.

그들이 바이주를 가득 채운 잔을 들고 '깐베이(건배)'를 외쳤을 때 그때까지 잔을 들지 않던 그가 말했다.

"한국을 떠나 중국으로 오는 비행기 안에서 나 자신과 약속한 것이 하나 있다. 첫 냉장고가 생산되기 전까지는 술을 끊겠노라고. 우리 회사에서 첫 냉장고가 생산되는 날 여러분과 깐베이를 하겠다. 여러분이 나를 존중한다면 내가 나 자신과 한 약속을 지킬 수 있게 해달라."

그렇게 말하고 난 그가 바이주를 따라 버리고 중국 차를 잔에 가득 채운 후 그들을 향해 깐베이를 외쳤을 때, 그들은 모두 박수를 쳐주었다.

6개월 후 첫 냉장고가 생산되어 대우 김우중 회장을 비롯한 중국의 고위간부들이 참석해 기념식을 하기로 한 전날 밤, 그는 푸저우의 고위간부에게 전화를 했다.

"걱정되는 일이 있어 잠이 오지 않는다. 상의할 일이 있는데 괜찮은가?"

"물론 괜찮다. 잠이 올 때까지 상의해 봐라."

"내일 기념식 때 내가 사고를 치려 한다."

"공장에 불이라도 지르려고 하는가?"

"맞다. 불을 지르려 한다. 괜찮은가? 우리 회사가 한국회사라는 것을 당당히 밝히고 나도 한국사람이라는 것을 밝힐 것이다."

"왜 그래야 하는가?"

"대우와 나에게 그렇게 하지 말아야 할 이유가 없기 때문이다. 그것은 중국과 북한의 문제 아닌가?"

"…나에게 전화한 일은 없었던 것으로 해달라. 내가 할 말은 그것뿐이다."

그는 이미 대우 엠블렘과 깃발을 준비해 두고 있었고, 한국의 언론에 보낼 보도자료도 준비해 두었다. 그가 걱정한 일은 자신의 그런 돌발행동으로 인해 화가 난 중국 정부에서 대우의 프로젝트 자체를 백지화시킨다면 대우에 큰 피해를 주지 않을까 하는 것이었다.

생각에 생각을 거듭한 끝에 그가 결론을 내렸다.

'만일 북한을 의식해 문제를 삼으면 총경리인 내가 그만두면 될 것 아닌가.'

다음날 기념식 행사 때 그는 계획대로 쿠데타를 일으켰다. 즐거워야 할 그날 기념식 행사에서 진짜 즐거운 사람은 그 하나밖에 없었다.

기념식 다음날, 한국의 모든 언론에는 '대우 중국 최초 진출'이라는 기사와 사진이 크게 보도되었다. 중국 정부는 그의 쿠데타를 문제삼지 않고 속앓이만 하다 그냥 넘어가고 말았다.

"중국직원들을 모아놓고 '나는 미국 출신 화교가 아니라 사실은 한국사람이고, 우리 회사는 한국회사 대우다'라고 당당하게 공표하던 그날이 저의 중국생활 14년 동안 가장 기쁜 날이었습니다."

3년 후, 그는 대우를 떠나 가족과 함께 한국으로 돌아갔다. 그가 처음 중국에 입국할 때 중국 정부는 가족의 입국은 허락해 주었지만 1남 1녀의 중국학교 입학은 허락해 주지 않았다. '아직 교육에서 외국인을 받아줄 입장이 아니다'는 것이 이유였는데, 그 바람에 그는 부인과 아이들을 홍콩으로 보내 학교를 다니게 해야 했다.

그때만 해도 한국은 중국을 오지로 생각해 그의 연봉에 '오지수당'을 얹어 주고 오성급 호텔에 숙소를 정해 주는 등 최고 대우를 해주었다. 홍콩의 가족에게도 고급 사택을 제공해 주어 경제적으로는 풍족했지만 졸지에 해외 이산가족이 되어 버린 3년의 기약 없는 생활에 의미를 찾을 수 없었던 것이다.

그 전에도 업무상 더러 가족과 떨어져 산 적이 있는데, 지금은 가족과 함께 사는 것이 소중하다는 생각에 결국 사표를 내고 한국으로 돌아갔다.

한·중 수교 이전인 그때 그의 중국 체험은 1992년 〈중국 땅에 심은 한 그루 나무〉라는 제목으로 출판되어 중국 진출을 희망하는 한국사람들에게 좋은 길잡이가 되어 주었다.

그리고 1991년 2월 가족과 함께 다시 중국 다롄으로 돌아왔다.

그는 푸저우에 있을 때 냉장고 판로 개척을 위해 중국 전역을 돌아다니곤 했다. 광개토대왕 시절에는 우리 땅이기도 했던 다롄

한국사람들의 존경을 받는 다롄의 시인 오태동 씨.

의 노호탄 지역에 올라가 남쪽으로는 황해가, 서쪽으로는 발해만
이 보이는 언덕에 서서 동해의 작은 어촌인 울진 출신의 그는 진한
감회에 젖어들곤 했다.

기후도 좋고, 바다는 물론 나무 한 그루, 풀 한 포기까지 고향의
그것과 너무 똑같아 마치 고향 바다에 와 있는 것 같았다. 거기서
그는 결심했다.

'나중에 내가 세계 어디에서 무엇이 되어 있더라도 꼭 다롄으로
돌아와 가족과 함께 정겹게 살아보리라.'

한국에서 새로운 일을 하면서 이왕이면 다롄과 관계되는 일을
찾고 있을 때 마침 중국 진출을 희망하는 축구공, 배구공, 농구공
등의 스포츠 용품을 생산하는 중소기업과 인연을 맺었고, 그 회사
의 총경리로 다시 다롄으로 오게 되었다.

그렇게 다롄과 다시 인연을 맺은 그를 다롄의 조선족들은 처음에는 남조선 사람으로, 한·중 수교 이후에는 남한사람으로, 88올림픽 이후에는 한국사람으로, 월드컵 이후에는 대한민국 사람으로 불러 주었다.

그도 다롄의 조선족 식당에서 구수한 된장국을 먹을 수 있는 것과 국적은 중국이지만 한국말을 하는 조선족들이 있음을 행복하게 생각했다. 게다가 다롄 시 정부에서는 아이들의 중국학교 입학을 허가해 주어 그야말로 천국에 온 기분으로 다롄 생활을 시작할 수 있었다.

그가 다롄의 건설업자들을 한데 모아 한국에 데려가서 한국의 앞선 건축자재와 건축기술을 알려줄 계획을 세우고, 사람들을 모으고 있던 바로 그때 한국에서는 성수대교가 무너지고 삼풍백화점이 주저앉아 버렸다. 그는 다롄에서 도무지 얼굴을 들고 다닐 수 없어 당장 보따리 싸서 돌아가고 싶었다.

그때 이외에는 다롄을 떠날 생각이 없었던 오태동 씨는 스포츠용품 생산 공장이 자리잡은 지 4년 후 조용히 그 회사를 떠났다.

"저는 다람쥐 쳇바퀴 도는 생활에는 잘 적응을 못 합니다. 견디기가 어려워요. 돈이 있으면 뭐합니까. 생활이 내 것이 아닌데."

봉제사업만 하더라도 일본에서 한국으로 다시 중국으로 이전해 가듯 경영권도 마찬가지라고 했다. 자신보다 유능한 사람이 있으면 그 사람에게 경영권을 물려 주어야 한다는 것이다.

오씨는 그후 사람과 자연이 함께하는 일터를 위한 기업문화 컨설팅회사 '한스 차이나'(HANS China)를 설립해 다롄에서 지금까지 활동하고 있다.

다롄에서 7천 명을 고용하고 있는 가장 큰 한국 신발회사인 풍원제화가 중국 진출 초창기에 고전을 하다가 총경리를 맡아 회사를 정상화시켜 달라는 의뢰를 해왔다. 삼보컴퓨터도 중국 진출 초창기 때 역시 같은 의뢰를 해왔다.

그런 식으로 지금까지 12년 동안 8개의 크고 작은 한국기업들이 다롄에 진출하면서 초기에 경영이 어려울 때 그에게 경영을 의뢰해 그는 그 동안 쌓아온 중국친구들과의 관시를 활용하면서 경험과 철학을 바탕으로 1~2년 만에 맡은 회사를 정상화시켜 주었다.

"어떤 노하우가 있기에 어려운 회사들을 살려 내셨습니까?"

"마케팅이나 기술, 경영은 세계 어디를 가든 마찬가지지요. 문제는 사람입니다. 사람만은 세계가 저마다 다릅니다. 중국에서 중국사람과 함께 사업하려면 중국사람을 잘 알아야 합니다. 중국뿐 아니라 어느 나라나 그 나라에 투자하려면 그 나라 사람들의 인성과 습관을 아는 것이 성패의 열쇠라 할 수 있죠. 사람의 기본적인 마음이야 어디든 다 같겠지만 습성이나 관습은 모두 다르다는 것을 인정해야 합니다. 중국에서 성공하려면 일하는 사람들에게 애정을 가지고 그들이 하는 일의 속도를 조절해 주어야 합니다. 1~2년짜리 계획은 실패하기 쉬우니 적어도 10년 앞을 내다보고 계획을 세워야지요. 중국사람들과 더불어 느긋하고 유쾌하게 살겠다는 자세가 필요한 겁니다."

오태동 씨는 자기가 습득한 모든 것을 털어놓았다.

"또 하나 중요한 것은 중국사람의 생명인 자존심입니다. 세계지도를 보세요. 중국사람들이 자존심 갖지 않게 생겼습니까? 중국이란 이름도 보세요. 자기들이 세계의 중심이고 나머지 나라는 모두 변방이란 뜻이잖아요. 중국학교에서는 어릴 때부터 자존심 교육을 시키고, 마오쩌둥은 여자들의 자존심을 잔뜩 키워 주었지요. 한국

사람이 중국사람을 대할 때 문제가 그겁니다. 자신이 중국사람보다 더 돈이 많고, 배운 게 많고, 유능하다고 생각하고 중국사람의 자존심을 짓밟곤 하죠. 그러다 실패하고 칼에 찔리는 겁니다. 중국사람이 신나서 일하게 만들려면 자존심에 불을 붙여줘야 합니다. 자존심을 최대한 살려서 스스로 움직이게 만들어야 하는 거죠."

둥베이 3성에서 발행되는 〈둥베이저널〉과 다롄에서 발행되는 한국 신문을 비롯해 한국의 〈한겨레신문〉, 〈동아일보〉, 〈월간조선〉 등에 중국관련 칼럼을 게재하는 그는 한국의 대학들과 경제관련 단체들의 초빙을 받아 중국관련 강의도 하고 있다.

그러나 사실 그의 전공은 경영과는 연관성이 적은 사학으로, 고대 사학과를 졸업했다.

"중국생활 14년에 경제적으로나 정신적으로 성공했다고 생각하십니까?"

"성공했지요. 지금은 아내가 아이들을 데리고 한국으로 돌아가 대학에 보내고 자기는 약사 일을 하고 있습니다만, 한국에 우리 가족 살 만한 집 하나 있고 나와 아내가 일을 하고 있으니 먹고살 걱정은 없어요. 아이들도 중국말 잘 하고 중국관련 공부를 하며 스스로 살아가고 있으니 이제 신경쓸 일도 없지요. 경제적으로야 그만하면 충분하지 않습니까? 다만 그 동안 제가 중국사람들과 일을 하면서 바이주를 너무 마셔 간이 나빠졌습니다. 하지만 건강이 한 군데 안 좋아지니까 좋은 점도 있더라고요. 사람이 더 겸손해지는 것 같아서…."

1992년 오태동 씨는 다롄에 한글학교를 세우고 초대교장을 맡았다. 처음에는 교실이 없어서 일요일마다 사무실, 식당, 학원 등을 돌아다니며 중국학교에 다니는 한국학생들에게 한글과 한국의 문화를 가르쳤다. 하지만, 학생이 1백여 명이 넘는 지금은 반듯한 다롄 한글학교 건물이 있다.

그 무렵 한국정부에서 한국 교과서를 보내왔을 때는 그 교과서를 들고 눈물을 흘렸다고 한다.

 ## 중국사람에게 한국 떡 파는 다롄 떡장이

한국사람들에게는 웨이하이와 더불어 잘 알려져 있는 다롄. 배로 17시간 거리여서 따이공이 많은 것으로도 잘 알려져 있고, 한국과의 밀입국과 밀수의 근원지로도 잘 알려져 있다. 둥베이 3성 중 하나인 랴오닝성에 속해 있으며 시내 인구 약 2백만.

랴오둥[遼東] 반도 최남단 도시이며 삼면이 바다로 둘러싸여 있고, 그 바다에는 2백26개의 섬들이 있다. 비가 많은 것만 빼고 한국처럼 사계절이 분명한 것이 특징이며, 고운 모래와 빼어난 풍경으로 유명한 부가장 해수욕장과 시내 한복판의 중산광장이 유명하다.

50년 동안이나 일본의 통치를 받은 다롄 시내에는 아직도 그때 설치한 철길 위로 전차들이 다니는데, 한때 다롄시 정부에서 철길을 철거하려고 했으나 다롄에 들어와 있는 일본기업들이 협상을 벌인 끝에 철거를 막았다.

웨이하이의 택시는 기본요금이 5위안인데, 8위안을 받는 다롄에는 중국의 다른 도시에서는 볼 수 없는 것이 하나 있다. 싼룬처[三輪車]라고 하는 세 발 달린 작은 택시가 그것인데, 기본요금 5위안으로 딱 두 사람만 타게 되어 있다. 그 싼룬처의 운전기사는 모두 장애인들인데, 다롄시 정부가 마련한 배려다.

또한 일본을 빼놓고 세계 어느 도시나 일본사람보다는 한국사람이 더 많은데 다롄만은 반대다. 한국사람이 3천 명 정도 살고 있는데 비해 일본사람은 약 6천 명 정도 산다.

한국사람에 대한 정보를 얻기 위해 한인회 사무실을 찾아갔을 때 그곳에서 일하는 조선족 여직원 최금화(26세)씨와 전청란(25세)씨가 반갑게 맞아 주었다. 차를 내오고 각종 자료를 찾아주며 친절을 아끼지 않았다. 일 솜씨 또한 여간 재빠르고 똑똑한 게 아니어서 한국사람들에게 큰 도움이 될 것이라는 생각이 들었다.

다롄에서는 만나는 한국사람마다 이런 말을 했다.

"다롄에는 크게 성공을 한 사람이 없다. 다롄에 거주하는 한국사람 중 반은 한국에서 사고 치고 도망 온 사람이다. 사업하는 사람들 반은 사업자등록증을 안 냈으니 세금도 안 내고, 자기 집에서 컴퓨터 한두 대 놓고 근근이 무역이나 하는 사람들이다."

그런 다롄에서 첫 인터뷰 대상은 두양혜업이라는 신발공장으로 크게 성공했고, 현 다롄 한인회장으로서 한국사람들의 존경을 받는 최용수 씨였다.

그를 만나기 위해 8시간을 기다렸지만 첫 전화 통화에서는 인터뷰를 할 것처럼 하더니 다음 통화에서는 끝까지 인터뷰를 하지 않겠다고 해서 기다리던 사람을 맥빠지게 했다.

다롄에서는 풍원제화의 유부열 씨, 다롄 컨트리의 우범정 씨, 포금강판의 조성준 씨, 쌍용종합상사의 정치영 씨, 삼성종합상사의 김손희 씨, 일성제화의 정인수 씨 등의 사업이 활발했고, 한국 아구찜으로 유명한 고향집의 양종철 씨와 최고급 가라오케로 유명한 파레스의 이승원 씨도 성공을 거두었다.

'식품나라' 라는 한국떡집의 오한웅 씨는 시인 오태동 씨의 조카로 삼촌의 권유로 떡 장사를 하게 되었다. 다렌 외국어대와 랴오닝 사범대학에서 중국말을 배우며 할 일을 찾던 중 '중국사람들에게 한국의 떡을 한번 먹여 보라' 는 오태동 씨의 권유를 받고 한국으로 돌아가 1년 동안 떡과 함께 살았다.

떡다운 떡을 만들어 진짜 '떡장이' 가 되어 보자고 결심한 오씨는 동네 떡집에서 물일부터 시작해 나중에는 궁중요리의 대가 황혜성 선생의 제자인 박경미 씨로부터 떡을 배웠다.

"떡장이 오한웅, 하느님께서 우리 관계를 어찌 엮으셨는지 모르지만 중요한 건 서로에게 질긴 인연이 될 거라고 생각해요. 함께 떡 만드는 사람이 되어서 좋아요."

그런 박경미 선생의 격려를 가슴에 품고 다렌으로 돌아왔다.

'떡이 익어 가는 향내를 맡을 때가 가장 행복한 순간' 이라는 다렌의 한국 떡장이 오한웅 씨는 '아직 연륜이 붙지 않아 떡 맛이 깊지가 않다' 며 겸손해했다.

삼보컴퓨터 다렌 대리점의 김정배 씨는 자신의 별명을 '미스터 컴' 이라고 했다. 1999년 12월에 다렌으로 온 김씨는 항공대 출신으로 아시아자동차 기술연구소에서 근무하다 퇴직했다.

용산전자상가에서 컴퓨터 장사를 하는 후배에게 얹혀 일을 배우다가 다렌에서 사업하는 큰형 친구의 안내로 다렌에 오게 되었다. 한국 돈 1천5백만 원을 들여 다렌의 컴퓨터 전문상가에 7평 정도의 삼보 대리점을 개업한 후 직원 4명을 두고 시작한 지 1년 반 만에 약 1백 개의 한국기업들과 거래를 텄다.

그 기업들도 대부분 자기 집 거실에서 사업하는 사람들이다.

"자본이 필요한 도매 딜러가 되어야 돈을 버는데 저는 아직은 그냥 먹고만 사는 영세사업자일 뿐입니다."

1970년생인 김씨는 이곳을 베이스 캠프 삼아 중국과 중국말을 더 배워 무역 일을 하고 싶다고 했다. 8시에 출근해 오후 5시면 어김없이 퇴근하는 그의 이곳 생활이 일과 여가의 구분이 분명해 한국보다 마음이 더 편하다고 했다.

일이 끝나는 오후 5시 이후에는 술 마시는 일 이외는 별로 할 일이 없어 일 년에 4백 일 술을 마신다는 한국사람도 많은 다롄에서 김씨는 조선족 여자를 만나 아직 결혼식은 안 하고 혼인신고만 한 채 같이 살고 있다.

그는 말했다.

"받은 것이 있으면 꼭 반드시 돌려 준다는 사람들의 나라에서 지킬 것을 반드시 지키기만 하면 한국보다 살기가 좋습니다."

김씨는 다롄에서 10년 이상 사업을 잘 하고 있다는 태평양해운의 최헌주 씨와 국보해운의 김형도 씨를 추천해 주고 전화도 연결해 주었으나 두 사람 모두 인터뷰를 사양했다.

'아마 1년에 4백 일 술 마시는 사람들'이어서 그랬을 것이라며 김씨는 웃었다.

1957년생인 김현욱 씨. 한국에서 슈퍼마켓이나 목욕탕에서 쓰는 용품들을 생산 판매하는 사업을 하다 부도가 났다. 부도에 대해 잘 몰라 보기 드물게 4차 부도까지 내고서야 파산하게 되었는데, 집안의 모든 물건까지 빨간 딱지가 붙고 가족은 친척집으로 흩어져야 했다.

빚쟁이들한테 시달리다 못해 온 가족이 자살해 버리고 싶었을 때 어디서 돈을 구했는지 아내가 3천 달러를 찔러 주며 외국으로 가서 다시 한 번 재기해 보라고 하던 날 그는 아내를 붙들고 오랫동안 울었다.

그가 처음 택한 외국은 먼 친척이 살고 있는 스페인이었다. 스페인 라스팔마스에 도착한 그는 2주 동안 아무 일도 안 하고 바닷가만 서성거렸다. 아내와 아이들이 자기 대신 빚쟁이들에게 시달릴 생각만 하면 당장이라도 돌아가고 싶었지만 '당신이라도 몸을 피해 외국에서 꼭 성공하기를 빈다'는 아내의 소원 때문에 마음만 괴로웠던 것이다.

이국에서 그렇게 방황하다 보니 주머니에 남은 돈은 달랑 1천여 달러. 한국사람들을 찾아다닌 끝에 한국사람이 선주인 배에서 선원으로 6개월을 일해 5천 달러를 모을 수 있었다.

선주는 '제2의 오나시스'로 불리는 김영주 씨인데, 김씨와 같은 수산고 출신으로 수산고 졸업 항해 때 배가 라스팔마스에 닿자 육지에 내렸다가 배를 다시 타지 않고 눌러앉은 사람이다.

김영주 씨는 손짓발짓으로 항구의 한 어구상을 찾아가 일을 달라고 하소연한 끝에 점원으로 취직했고, 스페인 주인은 말은 잘 못 하지만 성실하고 머리 좋은 김씨를 좋아하다가 결국 사위로까지 삼게 되었다.

이후 김씨는 장인의 사업을 점점 번창시켜 배를 1백50척이나 가지고 세계의 해운을 좌지우지하는 제2의 오나시스가 되었다.

선원 일로 5천 달러를 모은 김현욱 씨는 그때라도 한국으로 돌아가고 싶었지만 차마 그럴 수 없어 1996년, 한국과 가장 가깝고 물가가 싼 중국으로 와서 한국의 가족을 불러들였다.

중국에서 그는 액세서리 상점을 내어 장사를 시작했는데, 장사가 차츰 안정되면서 가게를 4개까지 늘릴 수 있었다. 그러나 영업집조가 없어 어느 날 갑자기 중국공안들이 덮쳐 모든 것을 빼앗기고 말았다.

그런데도 가족과 함께 있으니 없는 힘도 저절로 생기더라는 김씨는 절망하지 않고, 다시 시작해 지금은 '다미네 집'이라는 작은 식당과 새로 낸 액세서리 가게를 운영하면서 씩씩하게 살고 있다.

"저 때문에 한국에서 피해를 본 사람들에게 늘 죄의식을 가지고 살고 있습니다."

김현욱 씨는 그렇게 말했다. 다롄의 한국문화원장 김혜정 씨를 추천하면서 눈물을 글썽인 사람은 바로 그의 부인이었다.

필자 부부가 머물렀던 민박집 주인, 한국사람 김모씨는 따이공으로 1년 내내 배에서 살고 있는 사람이다. 그는 베트남 전쟁 때 사이공에서 여관과 식당을 운영하던 중 베트남으로 돈벌러 온 조선족 여자 박모씨를 만나 함께 일을 하며 살림을 차렸다.

그후 중국 다롄으로 건너와 민박집을 차려 부인에게 맡기고 자신은 따이공으로 나섰는데, 한국에도 부인과 아이들이 있어 이중살림을 하고 있다.

김씨가 배에서 내려 일주일에 딱 하룻밤 자고 간다는 일요일에 그를 만나 인터뷰를 하자고 했으나 끝까지 거절하는 그의 표정이 무척 안쓰러웠다.

다롄에는 그렇게 사연 많은 한국사람들이 사진을 찍거나 이름을 밝히지 못한 채 살아가고 있다.

어긋나기만 하는 한국인과 조선족

조선 시대의 부패한 학정과 일제의 간악한 수탈을 견디기 어려웠던 이 땅의 가난한 농민들은 그대로 굶어죽을 수 없어 살길을 찾아 떠날 수밖에 없었다. 그들 중 많은 이들이 북쪽 국경의 강을 건너갔다.

그들은 청나라 황제 강희제의 사냥터로 작물재배, 벌목, 목축 등 모든 경작활동이

금지되어 온 압록강, 두만강 이북의 수천 리 황량한 벌판에 닻을 내리고, 맨손으로 땅을 일궈 삶의 터전을 마련했다. 그곳이 오늘날 중국에서 '둥베이 3성(東北三省)'이라고 하는 곳이다. 한국에서는 간단히 만주라고 한다.

그들은 살아남기 위해 목숨을 걸고 땅을 일구어 뿌리를 내리고, 조국이 일본에 점령되었을 때는 독립투쟁의 본거지를 제공해 주었다. 그들이 1991년 통계로 지린 성 1백18만1천9백64명, 헤이룽장성 45만2천3백98명, 랴오닝성 23만3천78명 등 총 1백92만5백79명으로 중국 50개 소수민족들 중 14위의 인구를 차지하는 조선족의 뿌리다.

조선족자치구인 옌볜(延邊)에만 약 60만의 조선족이 살고 있었다. 그러나 지금은 대부분의 젊은이들이 '코리아 드림'을 찾아 한국으로 떠나거나 돈을 벌어 대도시로 빠져나가는 바람에 4천~5천 개의 마을은 폐허가 되다시피 했고, 거주 인구의 70퍼센트를 차지한 조선족 비율은 39퍼센트로 떨어져 조선족 공동체의 위기를 맞게 되었다.

1992년 한·중 수교 이후 수많은 한국의 기업들이 동포인 조선족이 살고 있는 둥베이 3성으로 진출했지만 대부분이 뼈아픈 실패를 겪고 철수했다.

당시 월급으로 우리 돈 2만~3만 원만 주면 되는 조선족을 통해 중국 진출을 시도한 한국사람들은 사업감각이 부족해 제대로 내용을 전달하지 못하는 통역과 책임을 완수할 줄 모르는 '철밥통 근성', 그리고 죽어도 잘못을 인정하지 않는 공산당 습성을 가진 조선족 때문에 자신들이 실패했다며 맹렬히 조선족을 비난했다.

하지만 조선족들은 자신들의 가난을 무시하고 거만을 떨고, 큰소리 잘 치고, 폭탄주를 마시며 여자나 밝히는 한국사람을 비난했다. 이때 한국사람들은 약 1만7천 명의 조선족에게 사기를 쳐서 가정을 파탄에 이르게 하고, 자살까지 하게 했다.

그때부터 한국사람과 조선족 사이는 어긋나기 시작했다.

"중국 쪽을 향해서는 오줌도 안 누겠다."

중국에서 실패하고 철수한 한국사람들은 이렇게 다짐했다.

"남북 간에 전쟁이 나면 북한군이 되어 한국놈들을 모조리 죽여 버리겠다."

한국사람들에게 해를 입은 조선족은 또한 그러면서 이를 갈았다.

하지만 그들도 선조들이 그런 것처럼 가난을 벗어나기 위해 자신들의 15년치 월급인 한국 돈 1천만 원씩을 주고 한국으로 몰려오기 시작했다. 지금은 약 14만 명이 한국에서 불법체류를 하면서 공사장, 공장, 식당, 술집 등에서 힘든 일을 하며 1백만 원 이하의 월급을 받아 어렵게 생활하고 있다.

또한 월 평균 1백여 명의 조선족 여자들이 한국 남자와 결혼하기 위해 갖은 수를 다 쓰며 한국으로 오고 있고, 때로는 밀입국 배를 탔다가 목숨을 잃기까지 했다.

한국에 온 조선족은 사력을 다해 돈을 벌었다. 돈 되는 일이면 무슨 일이든 가리지 않았다. 그래야 한국에 오느라 진 빚을 갚고 조금이라도 모아 집에 보낼 수 있었던 것이다.

한국사람은 그런 조선족을 무시하고 천대했다. 싼 임금으로 고용해서 실컷 부려 먹고는 불법 체류자로 고발해 추방당하게 하고, 성폭행 하고, 손가락이 잘려 나가도 병원 대신 차가운 거리로 내몰았다. 심지어 포상금을 노리고 불법 체류자인 조선족을 고발하기도 했다.

무엇보다 조선족의 가슴에 비수를 꽂는 것은 한국사람이 같은 동포인 조선족들을 자기 집에서 기르는 애완견만큼도 취급하지 않았다는 사실이다. 그래서 그들은 한을 품었고, 그 한은 점점 깊어졌다.

상하이에서 만난 1959년생 김선옥 씨는 '고려원'이라는 조선족 식당을 운영하고 있는데 1991년 11월부터 2000년 7월까지 한국에서 살다가 주민등록증 위조범으로 체포되어 추방당했다. 한국에서 평생 살고 싶어 타일 일을 하면서 한국인 브로커에게 8백만 원을 주고 가짜 주민등록증을 만들었다가 적발된 것이다. 누군가가 신고한 것이다.

그가 말했다.

"우리 조선족도 국적은 중국이지만 그래도 한국인과 피를 나눈 동포 아닙니까. 그러면 한국에서 다른 나라 사람들보다 살기가 더 좋아야 하는데 그게 안 되는 겁니다. 한국사람들이 자꾸 신고하거든요. 다른 건 다 좋은데 그게 서러워요. 다행히 제가 만난 한국사람들은 대부분 좋은 분들이었어요. 더러 못된 종자들도 있었지만 말입니다. 조선족들도 대부분 행동 똑바로 하고 일 열심히 하는데 어디 사람이 다 똑같겠어요? 한국 갔다온 조선족들은 다시는 한국에 안 간다고 합니다. 하지만 저는 그래도 갈 수만 있다면 다시 가고 싶습니다."

중국에서 조선족의 1차 희망은 중국회사에 취직하는 것이 아니라 중국에 진출한 한국회사에 취직하는 것이다. 직종에 따라 다르지만 중국 회사에서는 월급을 약 5백 위안밖에 받지 못하는 데 비해 한국회사에서는 약 1천 위안은 받을 수 있기 때문이다. 심지어 가라오케에서 '2차'를 가더라도 중국여자는 5백 위안인데, 조선족 여자는 1천 위안을 받는다.

그래서 조선족은 한국회사에서 통역으로, 운전기사로, 사무직으로 일하며 그 인연으로 한국에 가서 돈을 벌 수 있는 기회나 한국 사업가에게 자신의 명의를 빌려 주고 돈을 벌 기회나 어떤 형태든 한국에 있는 회사와 거래를 터서 돈을 벌 수 있는 기회를 찾는 것이다.

그러면서도 중국의 조선족은 모두 잘 알고 있다. 한국에 간 조선족이 한국사람들에게 어떤 수모를 당하는지를.

그래서 조선족은 자신의 명의를 빌려 주고 대가를 받고 있어도 사업이 잘 되면 '내 회사 내놓으라'고 협박하고, 거액의 공금을 훔쳐 도망가고, 회사 물건을 모조리 빼돌리고, 심지어 한국사람을 칼로 찔러 죽여도 나쁜 일을 했다고 생각하지 않는다. 동포를 학대한 한국놈들에게 멋지게 복수했다고 생각하는 것이다.

1999년부터 2001년 사이에만 중국에서 19명의 한국사람이 살해되었고, 약 2백 명이 납치, 감금 등을 당하고 큰돈을 뜯겼다. 24명이 탄 원양어선에서 7명의 중국선 원들이 한국사람 11명을 칼로 찔러 죽인 사건도 있었다. 조선족 젊은 여성을 이용해 한국사람을 유혹한 후 '꽃값'을 안 준다고 칼로 난자한 일도 있었다.

물론 범인 모두가 조선족만은 아닐 것이다.

하지만 중국에서 사업하는 한국사람 치고 조선족에게 한두 번 피해 보지 않은 사 람이 드물 만큼 조선족은 한국사람에게 해를 입힌다. 그로 인해 중국 땅에서 오도가 도 못 한 채 빈민생활을 하고 있는 한국사람이 수만여 명이나 된다. 그들은 또 원한 에 사무쳐 조선족에게 칼을 갈고 있다.

결국 한국사람과 조선족은 서로 등을 돌리다 못해 앙숙이 되어 서로를 증오하고 있다.

어떤 한국사람은 이런 말을 했다.

"조선족은 다만 한국말을 할 줄 아는 중국사람일 뿐입니다."

조선족이 싫어 〈조선일보〉도 안 본다는 한국사람도 있었다. 그의 말은 이러했다.

"조선족은 한국사람 앞에서 어떻게 표정관리를 해야 순진하게 보이는지 잘 압니 다. 그래서 인정받은 다음 때를 기다렸다가 반드시 비수를 들이댑니다. 중국에서 우리 가 가장 조심해야 할 사람은 미국인도 일본인도 중국인도 아닌 바로 조선족입니다."

필자는 중국에서 약 1백 명의 한국사람들을 취재했는데 90명이 같은 말을 했다.

"중국말을 못 했을 때는 할 수 없이 조선족을 썼지만 지금은 꼭 필요한 1~2명만 쓰고 나머지는 한족을 씁니다. 중국에서 실패하는 가장 큰 요인은 조선족을 믿는 것 입니다."

그러나 그것이 전부는 아니었다. 조선족 가운데는 아직도 한국사람을 동포로 생 각하고 형제애로 감싸주는 사람들이 많다. 물론 그들은 대부분 한국사람들과 사업을 하거나 다른 관계를 맺어본 경험이 없는 사람들이다. 다시 말해 아직 한국사람에 대 해 순수한 감정이 있는 순수한 조선족들이다.

우루무치에서 만난 공산당 간부 출신인 김석종 국장은 우루무치 이주 초기에 물 정을 몰라 곤경에 처한 한국사람들을 기꺼이 도와주었고, 지금도 도와주고 있다. 필 자에게도 물론 소중한 정보를 많이 가르쳐주었다.

란저우의 김기운 씨는 한국에서 온 처음 보는 나그네에게 숙식을 제공해 주게 된 것을 기뻐했고, 취재 중 손발이 되어주는 것을 즐거워했다. 필자는 헤어질 때 돈을 건넸다가 '같은 동포끼리 이게 무슨 짓이냐!'고 야단을 맞기도 했다.

이 책에 등장한 김명권 씨, 최종수 씨, 조병두 씨 등은 조선족 파트너와 더불어 사업을 잘 꾸려나가 크게 성공했다.

조선족 4세인 베이징의 권정 양은 2000년 대입에서 세계 10대 대학인 베이징대의 문과 수석을 차지했고, 조선족 2세인 조남기 씨는 중국인민 해방군 위후군 부대장으로 중국 조선족 중 최고의 지위에 올랐다. 30대 초반의 조선족 여자 중에 김복선 씨는 이불 공장으로, 김해선 씨는 이벤트 사업으로, 박춘자 씨는 화가로 각각 크게 성공을 했다.

상하이에서 이우〔義烏〕로 가는 기차 안에서 공안들이 한족 여자 2명의 짐을 수색하려 하자 그 여자들은 거칠게 반항했다. 여자들을 힘으로 제압한 공안들은 짐을 수색한 후 여자들을 끌고 갔는데 그때 필자는 그 장면을 모두 비디오로 찍었다.

승객들 중 누가 그 사실을 말해 주었는지 잠시 후 공안 한 명이 필자에게 와서 비디오를 보여 달라고 했다. 좀전의 그 장면을 지우라는 것 같았다.

필자는 그럴 생각이 없었고, 이해도 되지 않아 영어로 항의를 하며 비디오를 내놓지 않았다. 그러자 공안은 강제로 비디오 테이프를 빼앗으려고 했는데, 그때 그 상황을 지켜보던 사람들 중 조선족 청년이 나서서 필자의 편을 들어 주었다.

"중국이 나라를 개방했으니까 한국에서 여행자가 들어온 것이고, 중국의 풍물을 사진으로 찍는 것인데 네가 왜 그걸 막느냐? 이건 중국정부에서 허락한 일이 아니다."

조선족 청년은 그렇게 따졌다. 그건 바로 필자가 하고 싶은 말이었다. 그 청년의 도움으로 필자는 끝까지 비디오 테이프를 지킬 수 있었다.

한국사람과 조선족은 분명 같은 민족이다. 국적에 관계 없이 한국에 살고 있는 4천7백만 한국인과 세계에 흩어져 있는 6백 만 코리안 역시 같은 민족이다. 대부분의 문제는 4천7백만 한국인에게 있는 것이 아닐까.

한국사람들이 조선족과 계속 어긋나기만 하는 이유는 잘사는 나라 사람은 환대하고, 못사는 나라 사람은 천대하는 우리들의 근성과 편견에서 비롯되는 것은 아닐까.

서구의 가난한 배낭족들이 즐겨 찾는 광화문 어떤 여관으로 찾아가 외국어를 배운답시고 젊은 여성들이 자기 돈 써서 밥 사주고 술 사주고 관광안내 해주며 몸까지 바친 적도 있지 않았는가. 그런데 못사는 나라 사람들에게는 왜 그리도 인색하고 야박한지.

상하이 지사 근무를 끝내고 한국으로 귀국했던 한 회사 지사장의 어린 아들이 학교에서 '거지 같은 나라에서 살다 온 거지'라고 왕따당하는 바람에 적응을 못 하자, 아버지는 결국 회사에 사표를 내고 다른 무역회사 중국 지사장으로 발령을 받아 중국으로 돌아간 일도 있었다.

우리보다 못사는 나라 사람을 보는 우리의 편견이 달라지지 않는 한 중국에서 한국사람은 계속 칼에 찔릴지 모를 일이다. 어쩌면 중국뿐만 아니라 다른 후진국에서도 말이다.

6

선 양

모진 북풍 살아 넘은 '빵 아저씨'
'코코세계' 장형석

북국(北國)의 유난히 추운 겨울밤. 중국 서민들이 입는 두껍고 낡아빠진 카키색 외투를 껴입고, 털모자와 털장갑으로 무장한 한 한국 사내가 고물 자전거를 타고 김치배달을 하러가고 있었다.

고물 자전거의 양쪽 손잡이에는 김치를 담은 비닐 봉지가 두 봉씩 매달려 추위를 견디었다. 사내는 그 김치를 한국 유학생들에게 팔아 한국에 있는 네 살짜리 외동딸의 교육비를 모으는 중이었다.

그런데 어느 순간 손잡이에 매달려 북국의 날카로운 바람에 몸부림치던 김치 봉지 하나가 터져 버렸다. 중국산 비닐봉지는 무게는 물론 추위에도 약했다.

돈이 없어 점심을 중국라면 하나로 때우고 저녁은 굶은 터여서 자전거 타기에도 지쳐 있던 사내는 자전거를 세워 두고 땅에 쏟아진 김치를 가만히 내려다보았다.

둥베이 3성의 차디찬 겨울 바람이 사내의 온몸을 강타했다. 몸을 부르르 떨던 사내는 그 자리에 쪼그리고 앉아 아스팔트에 떨어진 김치를 한 조각 한 조각 주워담기 시작했다.

그러더니 사내의 눈에는 급기야 눈물이 맺히기 시작했다.

'이 중국 땅에서 반드시 성공하고 말겠다. 지금의 내 모습을 죽어서도 잊지 않고 반드시 영광스러운 옛 이야기가 되도록 하고 말겠다.'

한양대에서 통신공학을 전공하고 5년 간 안양의 LG연구소에서 연구원으로 근무했던 1960년생 장현석 씨. 내성적인 성격으로 조직생활에 적응을 못 하던 그는 개인사업을 하겠다며 사표를 냈다. 4년 전부터 중국 선양[沈陽]에 드나들며 피자 집을 내려고 하는 선배와 동업을 하기로 했던 것이다.

1991년에 결혼한 부인 이희경 씨와 딸 예란이는 한국에 남겨두고 1993년 8월 그는 상하이를 거쳐 선양에 도착했다. 세계적인 도시 상하이에서 피자 집과 햄버거 집 앞마다 10~20미터씩 줄을 서 있는 중국사람들을 보고는 성공의 예감을 가졌지만, 석탄으로 보일러를 가동하는 선양의 잿빛 하늘과 지저분한 거리 앞에서는 걱정이 되었다.

그러나 중국 경험이 있는 선배를 믿었기에 집은 물론 가진 것 다 팔고 은행 빚까지 얻어 30만 달러를 투자해 1994년 6월, 한국사람으로는 최초로 중국 땅에 피자 집을 개업했다.

선양에서 피자 집을 실패하고 각고 끝에 '빵 아저씨'로 일어선 장현석 한인회장.

　실내장식도 고급스럽게 하고 한국에서 피자 기술자를 불러와 조선족들에게 기술교육을 시키고, 큰돈 들여 세종 호텔 주방장을 불러와 조선족 주방장에게 기술교육도 시키며 피자를 만들어 내놓았지만 장사는 영 신통치 않았다.

　베이징, 상하이 등의 대도시와는 달리 선양 사람들에게는 피자 맛이 너무 낯설었던 것이다. 중국 동북쪽의 이 낙후된 도시에서는 피자가 무엇인지 모르는 사람이 너무나 많았다.

　개업하고 나서 5개월 후 자신도 선양에서 제빵 사업을 할 것이라는 한국 사업가가 그를 찾아온 일이 있었다. 이미 자신의 제빵 기술자는 선양에 들어와 있고, 한국에서 설비가 들어오기를 기다리는 중이라는 그 사람은 자기가 데리고 온 기술자를 빌려줄 테니 훗날 어려운 일이 생기면 도와 달라고 했다.

그는 선뜻 동의했다. 그러나 그 사람의 기술자가 그의 조선족 기술자들에게 기술을 가르쳐준 지 2주 후 한국에서 설비가 들어왔다며 그들이 떠나고 났을 때 문제가 생기기 시작했다.

조선족 피자 기술자가 갑자기 그만두겠다며 나간 것이다. 다음에는 주방장이 나갔다. 일을 잘 해 그가 아꼈던 조선족 직원도, 나중에는 조선족 매니저까지도 그만두었다. 전에 제빵 사업을 하겠다며 기술자를 빌려 주었던 그 사람이 20명의 직원 중 필요한 알짜만 쏙 빼간 것이다.

그 무렵 동업자인 선배는 따로 이전부터 중국사람과 합자로 무역회사를 운영하고 있었는데, 그 중국 파트너와 이익분배 문제로 소송을 당하고 있었고, 선배와 동업으로 만든 그의 피자 집에도 곧 차압이 들어올 판이었다.

그런 상황에서 엎친 데 덮친 격이었다. 자신이 투자한 전 재산 30만 달러를 지키기 위해 소송을 준비하던 그는 빈 껍데기만 남은 피자 집에서 실의에 빠졌다.

자신이 공들여 기술을 가르쳤던 조선족 직원들의 배신과 동포 사업가의 협잡 앞에서 그는 전의를 완전히 상실한 채 1994년 12월, 30만 달러를 투자한 지 6개월 만에 빈손이 되어 문을 닫고 말았다. 완벽한 파산이었다.

5평쯤 되는 낡은 창고에서 조선족 아주머니 한 명과 김치를 만들어 '김치 아저씨'로 통할 만큼 열심히 팔러 다니던 장현석 씨. 그는 차압이 들어온 피자 집에서 제빵 기계 한 대와 밀가루 반죽하는 믹서 한 대를 빼두었다가 6개월 후부터 그 창고에서 한국 빵을 만들기 시작했다.

조선족 주방장은 배반했지만 부주방장은 그에게 등을 돌리지 않았다. 또한 피자 집 문을 닫던 날 남은 직원들을 모아놓고 작별 인사를 하며 마지막 월급을 줄 때 그 월급을 안 받겠다는 사람들도 있었다.

"사장님이 우리보다 더 돈이 필요하실 텐데 우리는 나중에 주셔도 괜찮습니다. 그 돈으로 다시 사업을 일으키는 데 쓰십시오."

그가 빵을 만들기 시작하자 어디서 소문을 들었는지 그 직원들이 찾아와 월급 안 받을 테니 돕게 해달라며 팔을 걷고 나서 주었다.

"인생의 밑바닥에서 돈 없이 만나 맺은 관시가 중요한 거지, 사업상 필요해 돈으로 맺은 관시는 오래가지 못합니다."

그가 필자를 똑바로 바라보며 한 말이다.

전문기술자가 만든 빵이 아니어서 한국사람의 입에는 맛이 없을지 몰라도 그의 조그만 창고에서 만든 카스텔라, 앙꼬빵, 곰보빵들은 중국 빵 하나가 다섯각(약 80원)이었을 때 2위안(약 3백20원)을 받아도 없어서 못 팔 정도가 되었다.

처음에는 한 한국식당 한편에 테이블 하나를 두고 빵을 팔았는데, 한국 빵을 한번 맛본 어린이들은 계속 중국 빵 대신 한국 빵을 사달라고 부모에게 졸랐다. 특히 카스텔라가 가장 많이 팔렸다. 선양 최초의 한국 빵이 그 달콤함으로 히트를 한 것이다.

그렇게 해서 그는 빵 가게를 시작하게 되었고, 그 해 1년 사이에 다섯 군데의 빵 가게를 열고, 백화점까지 진출하게 되었다. 빵 공장도 큰 곳으로 옮겼음은 물론이다.

'김치 아저씨' 대신 '빵 아저씨'로 통하게 된 그는 자신의 브랜드인 '아메리카 면보'(미국 빵)를 널리 알려 선양에서 모르는 사람이 없을 정도가 되었다.

그렇게 정신없이 2년을 보낸 어느 날, 그는 직원들이 모두 퇴근하고 난 빵공장에 혼자 앉아 얼마나 벌었는지 계산해 보았다. 다섯 군데의 빵 가게를 관리하면서 줄 것 다 주고 뺄 것 다 빼고 나자 한 달에 한국 돈 1천만 원씩은 벌었음을 알게 되었다. 정말 그렇게 돈을 많이 벌었는지 자신도 의아해했다.

1996년 7월, 선양의 대학 밀집지역인 베이항[北行]에 1층은 빵공장과 빵 가게, 2층은 피자와 햄버거 집을 개업하고 이 건물을 '코코세계 1호점'이라고 명명했다. 1백20만 위안(약 2억 원)을 투자한 코코세계 1호점은 1, 2층 2백 평 규모로 종업원 50명에 월 평균매출 30만 위안(약 4천8백만 원)을 기록하고 있다.

어떤 한국여자 유학생이 코코세계 1호점에 들어와 진열되어 있는 피자들을 둘러보다 그대로 발길을 돌려 나가면서 눈물을 흘리는 것을 우연히 보았다.

한국에서는 얼마든지 사먹을 수 있었겠지만 중국에서 어렵게 공부하며 비싼 피자 한 판을 사먹을 수가 없어 눈물을 보이는 그녀에게 장씨는 피자 세 판과 햄버거, 빵 등을 한 보따리 공짜로 싸주었다.

그 보따리를 가슴에 안고 문을 나서며 흐느껴 울던 그 유학생의 뒷모습이 아직도 잊혀지지 않는데, 어려운 일 있으면 언제든지 찾아오라고 했지만 그후 한 번도 나타나지 않았다고 한다.

한국의 인테리어 전문가들을 데려와 멋지게 꾸민 코코세계 1호점은 선양 요식업자들의 벤치마킹 대상이 되기도 했다.

베이항은 젊은 사람들이 많아 활기찬 소비지역인데도 유독 한 곳만은 망하는 식당이 있었다. KFC와 맥도날드를 끼고 있어서 위치가 좋은데도 중국사람 두 명이 들어왔다가 둘다 망해 나가 괴상

한 소문까지 퍼질 정도였다.

그는 그 자리에 빵 가게를 열 생각을 가졌지만 문제는 그 규모가 1백50평이나 되어 빵 가게로는 너무 크다는 것이었다. 그래서 이리저리 궁리하다가 한국에서 철판볶음밥집을 하는 삼촌을 떠올렸다.

현란한 동작의 쇼와 함께 보여주는 볶음밥 퍼포먼스. 볶음밥의 원조인 중국에 최초로 한국 철판볶음밥의 맛과 퍼포먼스를 보여주자고 계획을 세운 후, 1997년 5월 한국에서 삼촌을 모셔왔다.

한족 직원들에게 기술을 가르쳐준 후 드디어 80만 위안을 투자한 '코코세계 2호점' 개업을 앞둔 하루 전날 기술을 배운 한족 직원 5명이 스트라이크를 일으켰다. 월급을 두 배로 올려 주지 않으면 그만두겠다는 것이었다.

다음 날이 개업이었지만 그는 배짱있게 맞섰다.

"갈 테면 가라. 너희 같은 기술자들은 나에게도 필요없다."

그리고 다음날, 삼촌이 퍼포먼스를 하고 그가 어설픈 솜씨로 밥을 볶았는데 그런 대로 장사가 잘 되어 위기를 넘길 수 있었다.

돌아간 줄 알았던 한족 직원들이 식당 밖에서 상황을 지켜보다가 장사가 끝나자 안으로 들어와 다시 일을 하게 해달라고 부탁했지만 그는 두말 없이 내쫓아 버렸다.

그들은 자신들이 없으면 장사를 못 할 것이고, 그러면 자신들의 요구를 들어줄 수밖에 없을 것이라고 계산했지만 그는 눈 하나 깜짝하지 않았다. 중국에 자신이 있었던 것이다.

다음날 새로 직원들을 뽑아 기술을 가르쳤는데 그들 역시 스트라이크를 일으켜 또 내쫓을 수밖에 없었다. 그러고 나서 또 뽑아 가르쳤더니 그들 역시 마찬가지였다. 알고 보니 처음에 스트라이크를 일으켰던 한족 직원들의 사주를 받았던 것이다.

'중국사람들이 이것밖에 안 되나' 하고 고민을 거듭하던 장현석 씨는 삼촌도 한국으로 돌아간 후라서 달리 방법이 없어 자신이 직접 기술자가 되기로 했다.

한 달 동안 코코세계 2호점 문을 닫고 혼자 매일 하루 10시간씩 철판볶음밥 퍼포먼스를 연습하기 시작했다. 삼촌만큼은 안 되더라도 누가 봐도 기술자로 인정할 만큼 실력을 연마하고 나서 한 달 뒤 새 직원들을 뽑아 자신이 직접 기술을 가르쳤다.

그러자 전과는 다른 변화가 생겼다. 자신들에게 월급을 주는 사장이 직접 기술까지 가르쳐주는 데에야 더 이상 스트라이크를 일으킬 수 없었던 것이다.

그리하여 자리를 잡은 코코세계 2호점은 쇠고기, 닭고기, 해물 등을 이용한 철판볶음밥을 메뉴로 종업원 30명이 월평균 25만 위안(약 4천만 원)의 매출을 기록하고 있다. 코코세계 2호점을 시작하면서 그는 아메리카 빵 가게 다섯 군데를 팔았다. 현금장사이기는 하지만 그것까지 관리하기는 벅찼던 것이다.

장현석 씨는 자신의 전재산인 30만 달러를 날린 선양에서 지금 그 이상의 돈을 벌고, 다시 30만 달러를 투자해 만든 코코세계 1, 2호점에서 80명의 직원들을 거느리고 한 달 평균 약 8천8백만 원의 매출을 올리고 있는 것이다.

1997년 9월, 선양에 처음으로 한글학교가 탄생했다.

당시 약 4천 명의 한국사람들이 거주하고 있었는데, 그 동안 한글학교에 관심은 가지고 있었지만 자신들의 주머니를 털 형편이 못 되어 그 일에 선뜻 나서는 사람은 아무도 없었다.

그때 그가 팔을 걷어붙이고 나섰다. 기반이 잡힌 한국사람들을 찾아다니며 뜻을 모으고, 교회를 빌려 기금 마련 자선 바자회를 열고, 그것도 모자라 자신의 주머니를 털어 중국학교의 교실 한 칸을 빌려 한글학교를 연 것이다. 매주 토요일에 한국 학생 47명이 한글학교에 모여 한글과 한국의 문화를 배우기 시작했다.

중국학교의 수업은 엄격하기로 유명하다. 두 팔을 곧게 뻗어 두 손을 무릎 위에 올려놓고, 허리를 꼿꼿이 펴고 앉아 수업을 들으며, 화장실 갈 때도 반장이 인솔해 군인들처럼 줄 맞춰 다녀온다.

중국학교에서 주 5일을 그렇게 공부하는 한국 학생들이 주말에는 한글학교에서 한국에서처럼 자유롭게 행동하고 마음껏 복도를 뛰어다녔는데, 중국 선생들은 이 점을 못마땅하게 생각했다. 사사건건 한국 학생들에게 잔소리를 해대고 교장인 그에게도 '당신들은 교육을 이렇게 시키느냐'며 항의하는 일이 잦았다.

한국 학생들이 일주일에 단 하루라도 한글을 배우며 자유롭게 뛰어 놀기를 바랐던 그는 다시 한번 기금 마련 일일찻집을 열어 뜻있는 한국사람들에게 호소했다.

"우리 꿈나무들이 자유롭게 한글을 배우게 하기 위해서는 제대로 된 교실이 필요합니다. 우리만 사용할 수 있는 한글학교를 세우는 데 여러분의 도움이 필요합니다."

대사관과 영사관에도 지원을 요청하고 도움을 받아 2001년 9월, 조선족이 다니는 중학교의 건물 중 교실 8개가 있는 단독 건물을 빌려 새로운 한글학교를 세웠다.

매일 문을 여는 매일유치원과 주말에만 공부하는 초등학교와 중학교까지 모두 1백60명의 한국학생들이 이 한글학교에 다니며 27명의 한국인 자원봉사 선생님들에게 한글과 한국문화를 배우고 있다.

장현석 교장 선생님이 세운 선양 한글학교는 중국 내의 모든 주말 한글학교들 중 가장 공을 많이 들인 것으로 평가받고 있다. 한글학교에서는 성인들을 위해 중국어강좌, 주부꽃꽂이강좌, 영어강좌, 인터넷강좌, 침술강좌, 청소년축구교실 등을 열어 선양 거주 한국사람들의 길잡이 역할도 하고 있다.

이런 공로 덕에 장현석 씨는 2001년에 자신도 모르는 사이에 선양 한인회장에 선출되었다. 그가 한국으로 출장간 사이에 선양의 한국사람들이 모여 뽑은 것이다.

타의에 의해 한인회장이 된 그는 선양교도소에서 수감생활을 하고 있는 40여 명의 한국인 재소자부터 찾았다. 중국사람들을 상대로 사기를 치거나 여자 문제로 수감생활을 하고 있는 사람들도 있었지만 선양에서 열심히 사업하다 실패해 1천만~2천만 원 정도 경제적 피해를 당한 중국 파트너의 고소로 7년이나 10년의 징역을 언도 받은 사람들도 적지 않았다.

한국에서라면 그렇게까지 중형은 받지 않는 사건이지만 중국 법은 크든 작든 중국사람에게 피해를 입힌 외국인에게 엄격하기만 하다.

처음에는 중국 범죄자들과 한방에 수감되어 폭행도 많이 당했지만 이제는 처우가 좀 나아져서 외국인은 외국인끼리 한방을 쓰게 한다고, 겨울에 지급 받은 겨울내복을 여름에는 소매를 잘라내고 입다가 다시 겨울이 되면 붙여 입는 재소자들에게 겨울내복을 전해주고 돌아올 때마다 그는 저절로 한숨이 나온다고 했다.

중국사람과 합자로 투자했다가 소송에 휘말린 한국사람들에게 법적 도움을 주고, 사업 실패로 오갈 데가 없어 선양공원에서 부랑자 생활을 하는 한국사람들에게 일자리를 만들어 주는 것이 그에게는 가장 큰 일이었다.

선양의 시타[西塔] 지역은 약 5만 명의 조선족과 7천 명의 한국 사람들이 어울려 살고 있는데, 좋은 일도 많지만 사건도 많다. 서로 사기를 치다가 이해관계가 얽히면 감금하고 폭행을 해 죽이기까지 한다.

웃지 못할 사건이 하나 있었다.

순진한 농촌 총각이 브로커의 중개로 조선족 처녀와 결혼하기 위해 옌지[延吉]에 왔다. 그런데 안내하던 조선족 브로커가 총각에게 수면제를 섞은 음료를 먹이고 잠든 사이에 돈과 여권은 물론 팬티만 달랑 남긴 채 옷까지 모두 훔쳐갔다. 잠에서 깨어난 총각은 팬티만 걸치고 옌지의 추운 거리를 헤매며 한국말로 하소연했다.

"나는 한국사람입니다. 도와주세요."

그러나 중국사람들은 그 말을 못 알아들으니 미친놈으로 취급하고 그냥 지나쳤고, 어쩌다 말을 알아들은 조선족이나 한국사람들은 '한국사람이 저러고 다닐 까닭이 없다'고 생각하고 그냥 지나치는 것이었다.

추위와 굶주림에 지친 총각은 옌지 역 대합실에 쭈그리고 앉아 이틀동안 쉬어터진 목소리로 하소연하다가 마침 기차를 타러 나온 선양의 한 목사에게 발견되었다.

그 목사가 아무리 생각해도 말은 분명 한국말인데 중국 땅에서 저러고 있는 한국사람은 본 적이 없는 터라 긴가민가하다가 문득 총각이 입고 있는 팬티가 '쌍방울' 표인 것을 보고 한국사람이 분명하다고 판단해 선양의 교회로 데리고 왔다.

그러고서 한국의 집으로 전화를 걸어 '장가들려고 중국에 간 우리 아들'임을 확인할 수 있었다. 장현석 씨와 목사의 도움으로 그 농촌 총각은 죽을 고비를 넘기고 겨우 한국으로 돌아갈 수 있었다.

장현석 씨는 조선족에 대해 이렇게 말했다.

"돈벌러 한국 가는 조선족들은 대부분 중국에서 배운 사람들이 많지요. 그런 사람들이 한국에서 남자는 공사판, 여자는 식당 주방에서 일을 하니 제대로 대우를 못 받아요. 공사판이나 식당 주방에서 일하는 한국사람들이 같이 일하는 조선족들처럼 배운 사람이라고는 말할 수 없지 않습니까. 개중에는 나쁜 사람도 있을 것이고. 그 조선족들이 나중에 중국으로 돌아와 자신이 받았던 부당한 대우를 한껏 과장해서 말들을 해요. 한국사람들은 모두 나쁜 놈들이라고요. 1997~98년 경에는 좀 살벌했어요. 한국사람이 길을 지나가고 있으면 자기들끼리 식당에서 밥 먹다 말고 큰소리로 '야! 저기 한국놈 지나간다' 며 손가락질하고 소리치기도 했어요. 그런데 이제는 많이 좋아졌습니다. 10년쯤 같이 어울려 살다 보니 한국사람만 만나면 큰돈 벌 줄 알았던 조선족들도 이젠 살만해져서 그래도 이만큼이라도 살게 된 게 다 한국사람 덕분이라는 걸 깨달은 거지요. 그리고 한국사람들도 이런저런 사정을 다 알고 들어와 처음보다 사업 실패율이 훨씬 낮아졌습니다. 한국사람과 조선족이 이제는 서로 이해하며 살지요. 한국에서 조선족이 자신을 핍박하는 한국사람에게 '나도 중국 가면 잘산다' 면서 이를 갈던 일은 이제 옛말이 되었습니다."

코코세계 1호점의 한족 지배인에게 성희롱당한 한족 여직원이 울면서 그를 찾아와 하소연하고 돌아간 날 밤, 그는 자신이 철석같이 믿고 있던 그 지배인과 단둘이 마주앉았다. 그 지배인은 이미 자신의 직위를 이용해 4명의 여직원들을 희롱한 바 있었다.

"긴 말 안 하겠다. 그만두든가 다시는 성희롱을 안 하겠다고 각서를 쓰든가 하라."

싸늘하게 웃던 그 지배인은 자리를 박차고 나가 버렸고, 다음날 세무서에 그를 고발해 버렸다. 수입을 적게 신고한 악질 외국인이라고. 물론 그런 사실이 없어 문제는 없었지만 장현석 씨는 그때 다 때려치우고 한국으로 돌아가고 싶었다고 한다.

2002년 7월, 선양시 정부가 시타 지역에서 중국 최초로 '한국인의 날' 선포식을 했을 때와 한글학교가 단독 건물을 얻어 이전했을 때가 그는 가장 기뻤다고 했다.

그가 들려준 말 중에는 이런 충고들이 귀에 남았다.

"한국의 젊은이들이 대기업에 취직하는 것만 목표로 삼지 말고 창의적인 일을 찾아 자신의 일을 할 것을 권합니다. 성공하는 사람은 대기업에 근무하는 사람들이 절대 아닙니다. 또한 중국에 투자하기 전에 먼저 중국에 와서 실패한 사람의 이야기보다 성공한 사람의 이야기를 꼭 들어 보셔야 합니다."

검도복과 죽도로 중국 재패
한국기업협의회장 안경찬

1957년 생인 그가 대학을 졸업하고 대구에 있는 한 공고에서 2년 정도 교편을 잡고 있을 때 '신군부'가 발호해 한국을 멍들게 했다. 그때 그들이 내린 명령 중에서 '모든 선생님들은 영어나 일어 중 반드시 한 가지씩을 유창하게 할 수 있게 하라'는 것이 있었다.

고등학교 때 제2외국어로 일어를 택했던 그는 퇴근 후 다른 선생님들과 함께 일어학원을 다니며 선생님들과 그룹을 만들어 열심히 공부한 끝에 6개월 후에는 별 무리 없이 뜻을 전달할 정도가 되었다.

그때 그의 매형은 검도복을 생산하는 회사에서 일본 수출 업무를 담당하고 있었다. 일본 바이어가 찾아오면 매형은 그를 통역 자격으로 불러 함께 식사도 하고 술자리도 가졌다.

한번은 일주일 동안 일본 바이어와 붙어 다니며 친해져서 무심코 '일어를 제대로 배우려면 언젠가 일본으로 한번 가야 하는데'라고 했더니, 즉석에서 일본 바이어가 '그렇다면 내가 도와줄 테니 다음달에 들어오라'고 했다.

그래서 그는 학교를 휴직하고 2주 후 도쿄로 날아가 일본 유학생이 되었다. 일어연수 과정을 다니며 하루 숙박비 1천 엔짜리 여관에서 생활하다가 그 돈이 아까워 검도복 공장과 판매점을 하는 그 바이어에게 '검도복 공장에서 일할 테니 잠만 재워 달라'고 부탁해 승낙을 받았다.

그렇게 해서 일본에서 검도복 만드는 기술을 배운 그는 1년 후 대구로 돌아와 한 여관의 지하실을 빌려 1985년부터 검도복을 만들기 시작했다. 학교 선생님보다는 훨씬 낫겠다고 생각한 것이다.

그가 만든 것은 검도복과 죽도, 태권도복, 유도복이었는데 주로 죽도를 만들어 일본에 수출했다. 그러나 질이 좋은 일본이나 타이완 산 대나무를 구입하려면 단가가 높아 타산이 맞지 않았다.

게다가 한국의 임금상승까지 겹쳐 여러 번 위기를 맞던 끝에 1989년 6월, 싸고 좋은 대나무가 지천이라는 중국 저장성[浙江省]

의 오지 벽촌으로 혼자 대나무를 찾아 들어갔다. 상하이 공항에서 차로 7시간이 걸리는 그 벽촌마을로 들어가는 길 중간 중간에는 단발머리의 중국여자들이 뜨개질로 바지를 뜨고 있어 눈길을 끌었다.

상하이에서는 문화혁명 이후 발빠른 일본기업들이 많이 진출했으나 정보가 부족하고 중국의 특성을 잘 몰라 실패하고 돌아가는 사례도 많았다.

대나무밖에 보이는 게 없던 그 벽촌마을에서 그는 그 지역 최초의 외국 독자기업으로 회사를 설립하고 공장을 세워 검도복과 죽도를 만들었다. 그러기를 3개월, 조선족이 한 명도 없던 그곳에서 간단한 중국말 몇 마디와 손짓발짓으로 의사소통을 하며 처음에는 한국에서 가져간 고추장에 밥을 비벼먹다가 나중에는 중국 벽촌 사람들과 똑같은 식사를 하며 살았다.

10만 평의 대지 위에 2천 평의 공장을 짓고 나서 직원 50명을 뽑아 기술교육을 시켜 숙련공으로 만든 후, 또 직원을 뽑으려고 당시 월급 1백 위안(약 1만6천 원)인 직원 50명을 뽑기 위해 옥편을 뒤져 어설프게 종이에 써서 채용 공고문을 만들어 공장 문에 붙여 놓았다.

그런데 집들이 드문드문한 그 벽촌에서 종이조각 하나 보고 도대체 어디서 그렇게 많은 사람들이 몰려왔는지 무려 1천5백여 명이나 면접을 보러 왔다.

그 '월급'이라는 것을 받을 수 있는 신분이 된 직원은 자기네 동네에서 유지로 행세하게 되었던 것이다. 지금은 중국에서 사업하는 한국사람들을 모두 '라오반〔老板, 사장님〕'이라고 부르지만 당시는 '라오스〔老師, 선생님〕'라고 불렀다.

직원 50명 전원을 기숙사 생활을 시키며, 주방 직원 5명을 두고 하루 세 끼를 자기들이 정한 메뉴로 제공해 주었는데, 어느 날 그가 식당에 들어가 보니 식사라는 것이 흰밥에 한국의 미나리보다 조금 긴 '칭차이' 나물 한 가지와 돼지기름 한 덩어리가 전부였다.

직원 부식비를 여유 있게 지급하던 그는 돼지고기도 아니고 돼지기름을 메뉴로 내놓는 주방 직원 5명을 당장 해고해 버렸다. 주방에서 도둑질을 한다고 생각했던 것이다.

그러나 새로 뽑은 주방장에게 지시해 식사 때마다 돼지고기나 쇠고기를 듬뿍 먹게 해주었으나, 얼마 후 직원들이 점점 힘이 없어 보이고 생산성이 떨어지기 시작하는 것이었다. 그때 그는 중국사람들은 꼭 기름기를 먹어야 하는 식성임을 뒤늦게 깨달았다.

첫 월급 날, 직원은 2백 명으로 늘어나 있었다. 경리에게 월급을 준비해 두라고 지시하자 경리는 1백 위안짜리 지폐 한 장을 월급 봉투에 넣으면 그만인 것을 은행에 가서 모두 1위안짜리 지폐 1백 장씩으로 바꿔 일일이 봉투에 넣고 있었다.

왜 그러느냐고 물었더니 대답이 이러했다.

"선생님, 사실 우리들 중 1백 위안짜리 지폐를 본 사람이 거의 없습니다. 그래서 직원들이 의심할까 봐 이렇게 하는 것입니다. 또한 1백 위안짜리 지폐 한 장을 받는 것보다 1위안짜리 지폐 1백 장을 하나하나 세어 가면서 받는 것이 더 기분 좋습니다."

그는 중국사람과 인간적으로 '접촉'하고 싶었다. 사람과 사람으로 정을 나누고 이해를 공유하며 사랑하고 싶었다. 그래서 그 벽촌에 들어가면서부터 한중사전과 회화 책을 끼고 살았다.

오후 5시면 어김없이 직원들을 기숙사로 퇴근시키고 자신은 사무실에 남아 중국말 공부를 했다. 그럴 때 마을 아낙네가 찾아와 같이 밥을 먹자고 집으로 초대해 따뜻한 저녁을 함께 하고 중국말을 가르쳐주기도 했다. 그러면 그는 자신의 티셔츠 한 장을 안 받겠다는 사람에게 억지로 주고 도망치다시피 했는데, 그런 것을 그는 '인간적인 접촉'이라고 표현했다.

죽도 공장을 시작하고 두 달쯤 지났을 무렵, 직원이 마을에 좋은 영화가 들어왔으니 같이 가서 보자고 해 따라가 보았다.

그런데 그 영화가 다름 아닌 한국영화였다. 김정훈이라는 아역배우가 주인공이었던 〈꼬마신랑〉. 15년 전에 한국에서 보았던 영화다. 그 영화가 중국 대도시도 아니고 어떻게 오지까지 흘러 들어와 조선족과 한국사람은커녕 외국인도 한 명 없는 그곳에서 다시 만나게 될 줄이야! 그는 눈물이 저절로 흐르더라고 했다.

한번은 이런 일도 있었다. 공장에서 직원들과 함께 일하고 있는데 갑자기 한국사람 한 명이 그를 찾아온 것이다. 깜짝 놀라 사무실로 안내하여 자초지종을 들어보니, 그 사람은 그와 비슷한 나이로 벌써 4년째 중국 오지로 대나무를 찾아다니며 돗자리 만드는 일을 해왔다고 한다.

가는 곳마다 한 번도 한국사람을 만난 적이 없었는데 여기서 이렇게 한국사람을 만나게 될 줄은 몰랐다며 그가 눈물을 흘리는 것을 보고 그도 함께 울었다. 두 사람은 그날 밤새 술을 나누며 한국 이야기를 했다.

직원들 월급날이 되기를 은근히 기다렸다는 안경찬 씨는 그날이 되면 황제의 기분을 느꼈다고 한다. 한국에서라면 별것 아닌 2만 위안(3백20만 원)의 돈으로 2백 명의 중국사람들을 기쁘게 하고, 그들은 자신을 황제처럼 떠받들어 주었기 때문이다.

"정말 우쭐한 기분이었습니다. 그러나 한 번도 직원들의 월급을 무시해 본 적은 없습니다. 1백 위안이라는 월급이 우리에게는 아무것도 아니겠지만 그곳 사람들에게는 한국 돈 1백만 원과 같았기 때

검도복과 죽도로 중국에서 성공한 안경찬 씨.

문입니다. 그 사람들은 그 돈으로 한 달 동안 돼지고기에 바이주를 놓고 가족과 둘러앉아 웃음꽃을 피우며 행복할 수 있었기 때문이죠."

3개월 후 그가 일본 바이어에게 처음 보낸 것은 검도복 한 컨테이너였다. 소비자 가격으로 최고품은 한국 돈 2천만 원까지 나가는 비싼 검도복이 일본에 도착하고 보니 곰팡이가 잔뜩 피어 있었다.

소식을 듣고 부랴부랴 일본으로 날아가 확인해 보니 정말 팔 수 없는 물건으로 변해 있었고, 그 바람에 신용까지 추락해 버렸다. 중국을 제대로 배우고 싶어했지만 그가 한 가지 실수를 한 것이다.

그것은 영상 30℃가 넘고, 게다가 습도까지 높은 남방 지역에 공장을 차렸다는 점이다. 모든 것을 잘 했지만 지역 선택을 잘못한 것이 결정적인 패인이 되고 말았다.

곰팡이 문제를 해결해 보려고 1년 반을 더 버텼지만 기후까지 바꿀 수는 없는 일이어서 결국 깨끗이 손을 털고 한국으로 돌아와야 했다.

"막연히 중국에 진출하고 싶은데 어떻게 해야 하느냐는 상담을 자주 받아요. 그런데 그게 잘못된 생각이라는 거죠. 세계지도를 보세요. 중국이 얼마나 큰 나라인지. 그 넓은 땅 지역마다 기후와 사람과 정책과 물가와 입지조건이 모두 다르거든요. 그러니까 무작정 중국에 가서 사업 해보자는 생각은 버려야 해요. 이런 사업을 중국의 어디에서 해보겠다든지 중국의 무슨 지역에서 사업을 해보고 싶은데 그 지역에서는 어떤 사업이 좋겠느냐와 같은 상담에는 해줄 말이 많지요. 그러니까 지역 연구를 하지 않으면 안 된다는 거죠. 이거 비싼 수업료 내고 배운 겁니다."

1년 8개월의 중국생활을 접고 빈손으로 한국으로 돌아갔을 때, 공항에서 만난 아내가 잠시 동안 자신을 알아보지 못하더라고 한다. 그만큼 살이 빠져 있었던 것이다.

1991년 4월, '의지의 한국인' 안경찬 씨는 이번에는 선양으로 갔다. 습도 때문에 남방에서 실패한 일을 북방에서 다시 도전해 보고 싶었던 것이다. 선양의 기후는 한국과 똑같이 사계절이 분명하고 여름 말고는 습도가 적어 자신의 일과 잘 맞고, 인건비도 한 달에 3백 위안으로 다른 대도시보다 저렴해 타산도 맞았다.

한 달 간의 시장조사를 마친 그는 그해 6월, 고대 중국 불교 전파의 통로였던 선양 바이타[白塔] 지역에 3층 건물을 세 얻어 공장을 준비했다.

그러면서 사업자등록증을 받기 위해 자전거를 타고 관공서를 출입했다. 그런데 담당 공무원을 찾아갈 때마다 '내일 오라', '모레 다시 오라'를 반복하며 한 달이 넘게 끄는 것이었다.

그러자 한 조선족이 귀띔해 주었다.

"돈이 필요해서 그런가?"

다음날 그는 그들의 한 달 월급인 3백 위안을 공무원에게 찔러 주었고, 며칠 후 선양 최초의 외국 독자기업 1호로 사업자등록증을 받게 되었다.

그렇게 해서 1991년 11월 29일, '선양 동경체육용품 유한공사'가 첫 가동을 시작했다. 지금은 직원이 6백 명이지만 처음에는 3백 명을 교육시켜 일을 시작했는데, 업무량이 많아 수당을 주고 야근을 시키려고 하면 부인은 공장에 남아 야근을 하고, 남편은 집에 가서 아이 밥 해주어야 한다며 집에 보내 달라고 하더라고.

한국의 음력설에 해당하는 중국의 춘절은 휴일이 15일이나 된다. 고향으로 돌아가기 위해 13억 인구의 대부분이 기차를 타고 3~4일씩 가야 하니 15일도 결코 길지는 않은 것이다. 그래서 회사도, 시장도, 상점도 모두 문을 닫고 비어 있을 때가 혼자 살고 있는 한국사람들에게는 가장 고생스러운 시기다.

그해 춘절에는 눈이 많이 왔다. 휴대용 가스레인지로 생전 처음 손수 밥을 하고, 프라이팬에 돼지고기와 배추를 썰어 넣고 고추장을 풀어 두루치기를 만들어 마당에 내리는 눈을 보면서 먹던 날, 한국의 아내와 세 아들이 보고 싶어 이번에는 절대 울지 않겠다던 결심은 어디로 가고 그냥 눈물이 나더라고 했다.

그때 공장 직원 3백 명 중 90퍼센트는 조선족이었다. 1993~94년, 조선족들 사이에서는 한국에 가는 열풍이 대단했다. 1980년대에 중국 한약을 가지고 들어가 한국의 친척들에게 팔아서 돈을 번 이야기와 한국에서는 중국의 1년치 월급을 한 달에 버는 이야기가 붐을 일으킨 것이다.

그래서 조선족들은 어떻게 해서라도 중국에 진출한 한국기업에 취직하려 했고, 한국사람을 잘 사귀어 한국에 가는 행운을 꿈꾸고 있었다.

1993년 7월. 조선족 2백70명이 스트라이크를 일으켰다. 선양 외자기업들 중 최초로 스트라이크가 생긴 것이다.

조선족들의 요구는 딱 두 가지였다. 자기들을 한국에 보내 주든지 월급을 한국처럼 1백만 원을 주든지 하라는 것이었다. 주동자들은 공장을 점거하고 빨리 결정하라며 기계를 파괴하거나 기물을 부수는 행패도 서슴지 않았다.

중국 어디서든 한국 기업은 중국말밖에 모르는 한족보다는 한국말을 하는 조선족에게 더 많은 월급을 주고 있다. 그것은 같은 동포라고 생각해서 배려해 주는 것일 뿐 결코 업무능력 때문이 아니다. 그 역시 같은 이유로 한족보다는 조선족을 골라 고용했던 것인데, 그것이 그만 문제가 되고 말았다.

한 달 동안 공장 문을 닫고 그는 고민에 빠졌다. 조선족들의 요구는 어느 것도 들어줄 수 없었다. 그렇다고 모두 해고했다가 어떤 복수를 당할지도 모르고 노동국의 중징계를 피할 수도 없었다. 그렇다고 언제까지나 공장 문을 닫고 있다가는 또 손을 털고 돌아가야 했다.

'이렇게 또 실패하고 돌아가야 하는 건가?'

공장을 벗어나 바이타 거리를 배회하던 그에게 우연히 지나가는 '아이스케키' 장사가 눈에 띄었다. 그것은 뒤이어 떠오른 하나의 아이디어와 함께 그에게는 '신의 선물'이었다.

"아이스케키를 몇 개나 갖고 있나?"

"지금 이 통에 50개가 들어 있는데요."

"한 개 얼마냐?"

"2각(16원)이요."

"너 지금 아이스케키 9백 개 더 가져올 수 있냐? 지금 당장."

"예? 9백 개나요? …그러다가 사장님 마음이 바뀌면 나는 어떡합니까? 선불을 주세요."

그는 아이스케키 9백 개 값인 1백80위안을 선뜻 내주었다.

잠시 후 공장 안에서 할 일도 없이 한낮의 무더위에 지쳐 있던 3백 명에게 시원한 아이스케키 3개씩이 나눠지자 직원들은 환호성을 지르기도 했다. 그리고 그들이 집으로 돌아가던 저녁 길에 수박 2덩어리씩을 더 나누어 주었을 때는 누구나 할 것 없이 얼굴에 웃음을 띠었다. 그가 한 개에 2위안짜리 수박을 두 트럭이나 싣고 왔던 것이다.

다음날 선양에는 3백 명이나 되는 직원들에게 아이스케키와 수박을 나눠준 한국인 사장에 대한 소문이 퍼졌고, 랴오닝신문사와 방송사에서 기자들까지 찾아오는 이변이 발생했다.

그때는 물론 악다구니를 쓰던 조선족 직원들도 이미 공장의 생산 라인에 모두 달라붙어 있었다. 그가 아이스케키와 수박으로 직원들과 '인간적 접촉'에 성공한 것이다.

안경찬 씨는 현재 선양시에 등록되어 있는 6백60개의 한국기업 중 실제로 경제활동을 하고 있는 3백8개의 기업들의 모임인 선양한국투자기업협의회 회장으로 있다.

10대를 거쳐 11대도 회장으로 뽑힌 그는 총영사와 함께 선양의 한국기업들을 차례로 찾아가는 기업탐방으로 유명한데, 한국기업들의 애로사항을 현장에서 직접 총영사가 듣게 함으로써 문제 해결과 의욕고취에 도움이 되게 하는 것이다.

'마당발'로 통하는 그는 이수성 전 총리가 중국에 왔다가 선양을 찾았을 때, 한국기업인들을 격려해 주는 저녁식사 자리에 참석했다.

마오쩌둥이 좋아했다는 마오타이보다 더 좋다는 중국 최고의 술 '우량예〔五粮液, 스촨성에서 생산되는 소주로 다섯 종류의 곡물로 만들어진다〕'를 마시며 유쾌한 시간을 보내고 있을 때 그가 이수성 전 총리에게 물었다.

　"서울대 총장으로 계셨으면 지금은 모두의 존경을 받고 계실 텐데 왜 정치판에는 들어오셔서 이런 꼴을 당하십니까?"

　이 전 총리는 그를 쳐다보더니 대답했다.

　"안 회장은 입바른 말씀도 잘 하시는구먼. 그래요, 내가 잘못했소. 정치판에는 들어오지 말았어야 했는데…. 그러나 이제 와서 어찌하겠소."

　술자리가 끝나고 서로 이 전 총리와 사진을 찍으려고 기회를 엿보고 있을 때 이 전 총리가 한편에 비켜서 있던 그를 불렀다.

　"안 회장, 이리 와서 나하고 한번 찍읍시다. 내가 혹시 이 다음에 대통령이라도 되면 이 사진 들고 찾아와요. 청와대에서 밥 한 끼 낼 테니."

　한국에서 중소도시의 시장이 국장들 30여 명과 함께 선양을 찾았을 때 부시장에게서 연락이 왔다. 한국기업인들과 저녁 같이 먹고 사진 좀 찍자는 것이었다.

　무려 30여 명이 선양의 한 오성 급 호텔에 머물며 관광이나 다니는 그들을 만나러 바쁜 시간을 쪼개 혼자 찾아갔다.

　"왜 혼자 오셨습니까? 여기 사람들은 그렇게 바쁩니까?"

　"예, 우린 무척 바쁩니다. 바쁘게 사업을 해야 한국에 달러를 보낼 수 있거든요."

　"아니, 그저 사진이나 한번 찍자는 건데 이렇게 협조를 안 해주십니까? 우리 시장님 모시고 먼길을 왔는데."

"관광 오신 모양인데, 그럼 호텔에서 맛있는 것 드시고 재미있게 놀다 가세요. 바쁜 우리를 사진이나 찍자고 불러내지 마시고. 우리가 당신들 해외시찰 할 때 들러리로 사진이나 찍히는 실적용입니까?"

그러자 코미디언 출신의 시의원이 끼여들었다.

"말씀이 너무 심한 것 아니오? 서로 좋자고 하는 일인데, 당신 너무 건방져!"

"뭐, 건방져? 야, 인마! 우리는 중국 땅에서 피눈물 쏟아가며 달러 벌어 조국으로 보내는데 너희들은 지금 뭐하고 있는 거야! 이 호텔 방 값이 도대체 얼마인 줄이나 알아? 이 돈이 너희들 월급에서 나와? 정신차려! 국민세금으로 사진이나 찍으려고 해외나들이를 다녀? 부끄러운 줄 알라고! 그리고 나한테 질문하려면 좀 대답할 가치가 있는 걸 물어야지. 기껏 질문한다는 것이 인구가 얼마냐, 한국사람은 몇 명이나 있느냐, 날씨는 어떠냐, 그걸 질문이라고 하냐? 그래도 한 시를 대표한다는 작자들이라면 그런 기초지식도 없이 무작정 와서 뭘 어떻게 하겠다는 거냐, 이 한심한 놈들아!"

두 살 때 돌아가신 아버지의 얼굴을 나중에 커서 사진으로나 볼 수 있었다는 안경찬 씨는 47차례나 선을 본 끝에 48번째 지금의 부인을 만나 딱 네 번 데이트하고 결혼해 세 아들을 두었다. 결혼할 때 서로 돈이 없어 결혼반지도 4년 후에나 겨우 해주었을 만큼 가난하게 살다가 선양으로 건너와 혼자 8년 동안 일만 했다.

8년 후 선양에서 가족이 합쳤을 때, 서로가 너무 낯설어 남과 같더라고 했다. 특히 혼자 사는 것에 익숙해 있던 그에게 부인이 자꾸 간섭하고 잔소리를 하자 갑자기 사는 것이 힘들어져 한때는 이혼을 생각하기도 했다는데, 이제는 서로 오래된 친구처럼 그렇게 편안할 수가 없다고 한다.

KBS에서 그를 취재했을 때 그의 큰아들이 담당 PD와 옆방에서 따로 인터뷰한 내용을 그는 방송을 보고서야 알게 되었다.

"우리 아버지는 사회적으로는 성공하셨지만 가정적으로는 빵점이에요."

그가 저장성의 벽촌에서 한국영화 〈꼬마신랑〉을 보면서 혼자 눈물을 흘렸을 때, 그것은 김정훈을 보고 운 것이 아니라 아들들 생각에 울었던 것인데 그는 아직 그 말을 해주지 않았던 것이다.

선양에 공로가 많은 사람에게 주는 명예시민증을 LG와 삼보컴퓨터에 이어 개인으로는 처음 받았고, 인구 3만으로 시장도 없었던 바이타 지역에 자기 공장 직원들 때문에 처음으로 시장이 생기게 한 그는 인터뷰가 끝난 후, 키가 184센티미터나 된다는 큰아들 자랑을 30분 동안이나 했다.

 ## 기업형 식당부터 공원 부랑자까지

선양에 살고 있는 10만여 명의 조선족과 1만여 명의 한국사람 중 그 절반이 밀집해 삶의 터전을 이룬 시타[西塔]. 그곳은 예전부터 둥베이 3성의 조선족들이 밀집해 한국의 전통문화를 그대로 보존하며 살다 한·중 수교 이후 한국사람들이 말이 통하는 조선족들을 찾아 이곳으로 오면서 자연스럽게 한국인 밀집지역으로 형성된 동네다.

이곳에는 한국사람들이 운영하는 선양 한글학교와 미용미발학교

등 교육기관 10곳과 호텔 21곳, 무역회사 24곳, 식당 80곳, 노래방 50곳, 식품점 45곳, 부동산 25곳, 사우나 16곳, 컴퓨터점 10곳, 주방용품점 3곳, 미용실 6곳, 병원 3곳, 여행사 6곳, 민박집 55곳, 전자회사 10곳, 화장품점 10곳, 옷가게 3곳, 비디오 대여점 2곳, 수리센터 4곳, 생수배달집 6곳, 예식장 2곳, 당구장 4곳, 약국 2곳, 인쇄소 5곳, 커피숍 13곳, 자동차정비소 2곳이 있다.

이외에도 시계점, 세탁소, 에어컨 판매점, 인테리어점, 장식재료점, 참기름집, PC방, 태권도장, 통닭 배달점 그리고 개업행사 대행업체까지 생활에 필요한 모든 상점들이 한글간판을 빛내고 있다. 중국 말 한마디 못 해도 충분히 살 수 있는 중국 유일의 한국촌인 것이다.

인구 7백만으로 유동인구까지 포함하면 인구 1천만인 선양은 둥베이 3성의 교통요지이며 한때는 비행기 공장과 화학 공장 등으로 유명한 중공업도시였으나 이제는 유통도시로 탈바꿈하고 있다.

해방 후 한때 '봉천 개장수'라는 말이 있었다. 일제 때 봉천에 독립투사들이 많았는데 독립운동과는 아무 관계도 없는 개장수가 해방이 되자 고국에 돌아와 봉천에서 우연히 알게 된 한 독립투사의 이름을 팔아 자신도 독립투사인 것처럼 행세했다는 이야기다.

그 봉천이 바로 지금의 선양이다. 만일 북한의 신의주가 개발되면 신의주-단동-선양을 거쳐 베이징이나 하얼빈까지 그 철도가 연결된다고 한다.

계산이 빠르고 온순하며 싸우더라도 끝까지 말로만 싸우는 남방 사람들에 비해 성격이 급하고 흑백이 분명하며 싸우더라도 말보다는 주먹이 앞서는 북방사람들을 중국에서는 '동북호랑이'라고 부르는데, 그 북방 사람들 틈에서 지금 1만여 명의 한국사람들과 1천5백여 명의 한국 유학생들이 성공의 길을 헤쳐 나가고 있다.

대한항공, 삼보컴퓨터, 태평양, 농심, 린나이 등의 대기업과 전자부품, 검도복, 스웨터, 신발, 속눈썹, 레저용품 등을 생산하는 3백8개의 중소기업이 활동하고 있는데 기업이라고 부를 만한 큰 사업보다는 적은 자본으로 소규모 자영업을 하는 사람들이 훨씬 더 많다.

월드컵 때는 6천여 명이나 한 곳에 모여 저마다 '붉은 악마' 티셔츠를 입고 조국을 응원하는 열기를 보여주었다. 그러나 한국사람들과 조선족들이 밀집해 살다 보니 자연 사건과 사고도 많고, 한국에서 말못할 사연으로 도망 온 사람들도 많다. 시타의 한 공원에는 오갈 데가 없어 부랑자 생활을 하는 사람들도 있다.

특히 시타에는 초기의 실패와 어려움을 극복하고 오늘을 이룩한 '어마어마한' 초대형 식당들이 눈에 많이 띈다.

보기만 해도 자랑스러운 기업형 한국식당으로는 백제원, 경회루, 신라성, 설악산 등이 있는데 백제원의 여태근 씨는 한국에서 14년 동안 세무공무원으로 일하다 선양으로 건너와 식당을 창업하여 선

선양 시타의 한글 간판들. 이곳의 주인은 모두 한국 사람들이다.

양에 최초로 한국음식을 선보이며 기업형 식당의 원조가 되었다.

그는 또 선양 최초의 한국사우나, 가라오케, 호텔로 사업을 확장시켰다. 어떤 이는 그를 선양의 한국사람 중에서 현금을 가장 많이 가지고 있는 사람으로 꼽기도 했다.

한국 전통 양식과 전통 음악이 특징인 경회루의 봉태선 씨는 10년 전 한국에서 사업에 실패하고 선양으로 들어와 시타에 작은 식당을 차렸다. 그 무렵 한·중수교가 이루어지고 한국사람들이 선양으로 밀려오기 시작하면서 한국갈비가 히트를 했고, 뒤따라 중국사람들에게도 인기를 얻어 지금은 시타의 한복판에 사우나까지 세워 당당히 성공했다.

봉씨는 어려운 한국사람들과 중국사람들을 남몰래 도와주는 것으로도 평이 좋았으나 '나는 책에 나올 만한 사람이 못 된다'며 끝내 인터뷰를 고사했다.

중국배우들과 부자들이 단골로 드나드는 신라성의 나순희 씨.

선양의 기업형 한국식당 '신라성' 의 나순희 씨와 식당 내부.

그녀는 남편과 이혼하고 나서 인천에서 여관을 운영하면서 세관원들과 알게 되어 처음으로 중국 이야기를 들었다. 여관은 단골 세관원들과 손님들 덕에 장사가 잘 되었지만 자신의 요리 솜씨로 중국에서 사업을 하고 싶어 92년 선양으로 와서 공장들이 많은 철서지역에 작은 식당을 차렸다.

한국 불고기를 중국사람의 입맛에 맞게 개발해 한국사람들보다는 중국사람들에게 더 큰 인기를 끌었는데, 3년 만에 시타로 이전해 지금의 신라성을 일으켰다.

신라성을 찾아갔을 때 9개의 방과 3백 석의 홀에는 90퍼센트가 중국사람들인 손님들로 가득 차 있었다. 다른 한국식당에는 없는 자신만의 메뉴를 개발해 처음에는 손님들에게 서비스로 내놓은 후 그 반응을 보고 연구해 맛을 보완한 다음 3~4개월 후부터는 정식 메뉴로 내놓고 있는 그녀는 정말 자신의 음식을 사랑하고 요리에 대한 열정이 대단했다.

오토바이 장갑과 바지, 재킷 등을 생산해 연간 1천만 달러 이상을 유럽으로 수출하고 있는 현진봉재의 전용식 씨. 그의 공장이 지금은 직원만 1천4백 명이지만 14년 전에는 그도 비참했었다고 한다.

한국에서 사업에 실패하고 선양으로 와서 또 실패해 중국 서민들과 똑같이 먹고 자며 그마저 못 해 부랑자 생활까지 감수한 끝에 재기에 성공했다는 것이다.

그는 선양에서 가장 오래 산 한국사람으로 고생도 가장 많이 했으며 지금 가장 성공한 사람으로 평가받고 있는데, 정중하게 거절하는 그에게 전화로 '협박'까지 했으나 끝내 만나 주지 않았다.

세계 20여 국을 가보았다는 이건우 씨. 10년 전 중국의 남쪽 지방에 2억 원을 투자해 가구공장을 차렸으나 남쪽 지방의 습도 때문에 실패했다. 그곳에서 가구를 만들어 한국으로 보내면 습도에 젖은 가구가 뒤틀려 버린 것이다.

그후 중국 전역을 여행하면서 시장만 눈에 띄면 기차를 내려 중국의 고가구나 골동품을 수집하기 시작했다. 나중에 그것들을 서울의 인사동에 내다 팔며 전시회를 열 계획을 세우고 있는 그는 그러나 지금은 시타에 있는 월세 5백 위안짜리 조선족 민박집 방 한 칸에서 살고 있다.

그는 이런 이야기를 해주었다.

신발을 생산하는 어떤 한국 공장에서 해마다 생산량은 증가하는데도 이상하게 늘 적자였다. 새로 부임해 온 한국 사장이 눈에 불을 켜고 원인을 조사해 보았더니 다른 중국 신발공장에서 자기네 것과 똑같은 가짜 한국신발을 만들어 반값에 유통시키고 있었던 것이다.

중국 공안국 직원들을 데리고 그 공장을 덮치고 보니 창고에 쌓여 있는 재고가 자기네보다 3배는 더 많았다. 공안국에서는 그 중국 공장에 약간의 벌금만 부과할 뿐 폐쇄조치 같은 것은 취하려고 하지 않았다. 그래서 하는 수 없이 그 공장에 '제발 신발을 잘 만들어 우리가 욕은 먹지 않게 해달라'고 오히려 부탁을 했다는 것이다.

또 하나는 한족 직원들이 신발을 빼돌리는 것이었는데 완성된 신발을 공장 담 밖에 미리 준비해 둔 드럼통 속으로 던져 넣거나 땅을 파서 그 안에 박스를 묻고 숨겨 두었다가 나중에 꺼내가는 것이었다.

그래서 사장은 땅에 콘크리트를 두껍게 깔고, 담을 두 배로 높이고 철조망까지 쳐두었는데, 다음해에는 그 신발공장이 흑자로 돌아섰다고 한다.

이건우 씨는 또 '중국에서는 큰돈을 투자해 사업을 벌이지 않는 것이 남는 것'이라는 말도 했다.

7

상하이

남편을 기다리며 커피를 마시는 꽃집
'꽃이 있는 풍경' 최현숙

'그렇게 깨끗하고 맑을 수가 없는' 사천강이 흘러 지나는 강원도 평창의 한 작은 마을. 강둑에는 소녀가 앉아 있었다.

하얀 개망초꽃과 노란 달맞이꽃들이 지천으로 피어 있는 사천강 강둑에서 소녀는 방과후면 늘 혼자 앉아 사색하기를 좋아했다. 어쩌다 친구들과 함께 가더라도 깔깔대며 수영하는 친구들과 따로 떨어져 늘 그 자리에 혼자 앉아 있었다.

부부싸움도 가장 낮은 목소리로 하시는 공무원인 아버지는 집 뒷마당에 공들여 텃밭을 가꾸셨다. 고추밭이 가장 크고 상추, 가지, 오이, 호박, 수박, 포도, 담쟁이, 넝쿨장미 등이 풍성하게 흐드러져 있다. 소녀는 그 텃밭 앞에 놓인 벤치에 앉아 헤르만 헤세를 읽기를 또한 좋아했다. 그곳도 소녀만의 자리였다.

1961년생, 5남매의 넷째딸로 초등학교 선생님이 꿈이었던 그녀는 평창여고에서 1, 2등을 다투었지만 춘천교대 입학시험에 낙방하고 말았다. 그러고는 남들이 선망하는 간호사가 자신에게는 가장 무서운 직업이었지만 아버지의 뜻에 따라 재수 대신 강릉 간호전문대에 입학했다.

그때까지 주사 한 번 맞아본 적 없고, 주사 맞는 것을 쳐다보지도 못하던 그녀는 '딱 6개월만 다녀보자. 그 사이 주사 놓는 건 안 가르치겠지' 라고 생각했다.

그후 주사 실습이 시작되는 1학년 2학기 때 학교를 그만두고 학원도 없는 강릉에서 자취를 하며 재수하여 이듬해 강원대 생물학과에 합격했다. 간호사보다는 선생님이 되고 싶어하는 딸의 마음을 아버지가 이해해 주셨던 것이다.

교직과목을 이수한 그녀는 졸업 후 강원도에서 5명을 뽑는 임용고시에 합격했지만 군복무를 필한 남자 2명만 발령이 나고, 여자 3명은 발령 유효기간인 1년이 다 지나도록 소식이 없었다. 1년이 지나면 무효가 되어 어디에도 그녀의 자리를 찾을 수 없게 되었다.

그런 그녀에게 한 남자가 다가왔다. 강원대 건축과 출신인 1958년 생 한영규 씨였다. 그녀가 대학교 2학년이었을 때 학교에서 그녀를 처음 보고 거침없이 그녀에게 돌진했던 키 크고 잘생긴 사나이였다. 그가 학교를 졸업하고 군대를 제대하고 나서 어느 날 그녀 앞에 나타난 것이다.

1986년 10월, 그녀는 그와 결혼함으로써 학교 교단에서 찾지 못한 자신의 자리를 찾았다.

그리고 결혼생활 14년. 아들 하나 딸 하나를 반듯하게 키우는 일을 통해 새로운 자신을 발견하게 되는 것도 재미있었고, 잠실의 단칸방 전세에서 시작해 분당에 번듯한 아파트를 마련하기까지 살림하는 재미도 쏠쏠했다.

분당에서 이웃 엄마들과 어울려 테니스도 배우고, 볼링도 치며 함께 5천 원짜리 비빔밥을 사먹는 것도 재미있었고, 설계사무실에 다니던 남편과 함께 음식을 만들고 함께 설거지를 하는 것도 행복했다.

모든 것이 평화롭고 안락했다. 그러나 IMF가 터지기 전까지였다. 1998년이 되어 남편의 직장은 문을 닫았다.

그때 원예과 출신인 그녀의 시동생은 중국에서 대규모 화훼농장을 운영하고 있었다. 시동생은 형이 직장을 잃고 곤경에 처해 있다는 사실을 알고 함께 일할 것을 권유했고, 1998년 10월 남편은 중국으로 떠났다.

그후 '한국에서 정리하고 빨리 아이들 데리고 중국으로 들어오라'는 남편의 요구에 일 년 반 동안이나 결단을 내리지 못하고 버티다가 2000년 2월, 그녀도 중국으로 건너갔다.

중국 여행을 하면서 필자는 베이징에서는 30위안(약 4천8백원)짜리 싸구려 호텔에서 묵을 수 있었으나 상하이에서는 그럴 수가 없었다. 가장 싼 한국 민박집도 하루에 1백50위안(2만4천 원)이었고, 싸구려 호텔도 최하 2백 위안(3만2천 원)이어서 가난한 떠돌이는 속이 쓰렸다.

그러다가 비자를 연장하기 위해 30대 후반의 남재임 씨를 만났다. 그녀는 무역업을 하는 남편 이현옥 씨와 세 아들과 함께 살며

'꽃이 있는 풍경'의 최현숙 씨는 언제나 차분한 모습이다.

한국 여행자들의 비자 업무를 대행해 주고 있었는데, 처음 만난 필자에게 선뜻 호의를 베풀어 주었다.

"상하이는 물가가 너무 비싸니 호텔에서 주무시지 말고 우리 집에 계시다 가세요."

그러면서 고맙게도 아파트 방 한 칸을 내주어 염치 불구하고 그집으로 따라갔다.

그녀의 아파트에서 잠을 자고 인터뷰를 위해 시내로 나가는 길, 아파트 길 건너편에 한글로 쓴 '꽃이 있는 풍경' 이라는 간판이 눈을 확 잡아끌었다. 7평 정도의 꽃으로 둘러싸인 공간에서 때마침 내리던 비를 바라보며 단정한 외모의 여성 한 분이 차분하게 커피를 마시고 있었다. 조용한 음악소리가 문 밖까지 새어 나왔다.

다음날도 비가 왔다. 인터뷰를 마치고 돌아오는 길에 보니 꽃

물가 비싼 상하이에서 필자의 숙식을 해결해준 남재임 씨와 세 아들.

속에서 그녀는 또 커피를 마시며 책을 읽고 있었다. 자신도 모르게 필자는 꽃집 문을 열고 들어갔다.

"저는 너무 평범한 사람이라 이야기할 것도, 쓸 것도 없어요."

그녀는 인터뷰를 극구 마다했다. 그러면서 커피를 한 잔 내놓았다. 그녀와 함께 커피를 마시면서 필자는 사람이 앉아 있는 자태가 어쩌면 그리도 차분할 수 있는지 그 분위기가 참으로 좋아 보였다.

그 꽃집 주인이 바로 최현숙 씨였다. 한국에서 아이들에게 사교육을 시켜야 하는 부담과 오직 대학에 보내기 위해 중·고등학교에 아이를 보내야 하는 공교육의 현실이 너무나 못마땅해 결국은 남편의 뜻에 따라 아이들을 데리고 중국으로 왔다는 그녀.

지금은 중2와 초등학교 6학년인 아들딸을 중국 학교 대신 상하이 한국학교에 보내고 있는데, 한국의 주입식 수업이 아니라 스스로 찾아서 배우는 열린 교육이어서 아이들도 무척 좋아한다고 했다. 그런 아이들을 보며 자신도 행복해 중국에 오기를 참 잘 했다고 여긴다고 말했다.

그녀는 월세 5천 위안(약 80만 원)에 얻은 40평 아파트에 살며 월세 4천 위안에 가게를 얻어 조선족 남자 직원을 한 명 두고 꽃집을 시작했다. 그러나 장사라고는 처음 해보는 일이라 도매시장에서 꽃을 사와 잘 다듬어 진열해 둔 첫날, 한국 손님이 들어와 이것저것 물어봐도 값을 도저히 말하지 못해 남편이 미리 적어둔 종이를 보며 더듬더듬 읽었고, 마침 준비가 안 된 꽃의 주문이 들어오면 식은땀을 흘렸다고 한다.

진열해 둔 꽃들에게 부끄러워 '저 꽃들이 빨리 사라져 주었으면' 하는 생각까지 하던 초창기를 지나 지금은 동양란, 호적, 장미, 백합, 금어초, 마가레트, 소국, 선인장들 속에서 책까지 볼 수 있게 되었고, 월 평균 1만 위안의 안정적인 수입을 올리게 되었다고 한다.

꽃을 사랑하던 그녀의 시동생은 지난해에 심장마비로 세상을 떠나고 말았다. 호텔 목욕탕에서 앉은 채로 숨을 거둔 것이다.

그래서 그녀의 남편은 상하이에서 기차로 20시간이 걸리는 광저우로 가서 시동생의 화훼농장을 대신 관리해 주는데, 한 달에 한 번 정도 초췌한 얼굴로 집에 돌아온다고 한다. 그런 남편과의 사랑이 더 애틋해졌다면서 그녀는 차분하게 웃었다.

"꽃을 사러 오는 사람보다 비오는 날 커피 마시러 오는 사람이 더 많았으면 좋겠어요."

중국 상하이의 한 아파트 단지에 있는 한국 꽃집 '꽃이 있는 풍경'은 어쩌면 이 세상에서 그녀에게 가장 잘 어울리는 그녀만의 자리인지도 모른다.

상하이의 한국 아이들은 다 내게로 오라
'꿈나무 놀이방' 김정수

숙명여대에서 사회복지학을 전공한 1966년생 김정수 씨는 졸업 후 3년 간 무역회사에서 근무했다.

3남매의 장녀인 그녀는 어머니의 강요에 못 이겨 3년 동안 맞선을 50번도 더 보았지만, 어쩌다 마음에 드는 상대가 있어도 두세 번 만나다 보면 싫어지곤 해서 부모님의 속을 태웠다. 무역회사를 그만두고도 어머니의 손에 이끌려 50여 번의 맞선을 더 보았으나 변하는 것이라고는 아무것도 없었다.

그녀도 부모님도 지칠 만큼 지쳤을 때 그녀는 일본 유학을 결심했다.

"결혼 같은 것 안 하고, 하고 싶은 일 하며 살겠어요."

그녀가 폭탄선언을 하자 어머니는 한 달 동안 몸져누우셨고, 건설회사에 다니던 아버지는 날마다 술을 마시고 들어오셨다.

29세 때, 일본 도쿄로 건너가 2년 반 동안 언어학원을 다니며 이세탄 백화점에서 시간당 8백 엔짜리 아르바이트를 했고, 매주 토·일요일에는 재활원 학교에서 봉사활동을 했다.

이세탄 백화점에서 처음 일 년 동안은 일본 직원들의 '이지메(苛め, 괴롭힘)'로 마음고생을 많이 했다. 그런데 힘들어하는 상황이 생길 때마다 따뜻한 말로 위로해 주는 사람이 있었다. 같은 야채부에서 아르바이트를 하던 중국사람 장씨였다.

도쿄의 한 전문대학에 유학 중이던 상하이 출신의 장씨는 그녀보다 한 살 아래이지만 책임감이 강하고 판단이 정확한 청년이었

'꿈나무 놀이방'의 김정수 씨.

다. 장씨는 그녀가 힘들어하거나 아플 때마다 그녀의 친구가 되어 주었고, 그녀 역시 장씨를 정신적 지주로 생각하게 되었다.

그런 어느 날, 비오는 신주쿠 거리를 우산을 함께 쓰고 걸으며 자판기 커피를 마시면서 데이트를 하다가 장씨가 프러포즈를 해왔다.

"프러포즈를 어떻게 하는 건지 모르겠지만 나 지금 너한테 프러포즈한다."

두 사람은 각자 부모님에게 프러포즈를 주고받았다는 사실을 알리기 위해 서울과 상하이로 돌아갔고, 양가의 승낙을 얻어 1998년 12월, 서울에서 전통혼례로 결혼식을 올렸다.

"백 번도 넘게 맞선을 봐도 안 되기에 내 속이 얼마나 탔는데 다 제 짝이 있었던 게로구나. 네 인연이 일본에 있었다니."

결혼식 날 어머니가 기뻐 우시면서 하신 말씀이다.

그녀는 1999년 2월, 상하이에서 장씨와 신혼생활을 시작하고 그해 10월, 그들이 살고 있는 아파트 1층을 세 얻어 '꿈나무 놀이 방'을 열었다. 같은시기에 상하이 화둥(華東) 사범대학에서 2년 과정의 어학연수도 받았다.

"외국생활에서는 여자도 반드시 일이 필요해요. 그렇지 않으면 우울증에 걸릴 수도 있어요."

그녀는 자신이 하고 있는 일에 큰 보람을 느낀다고 말했다.

"제가 칭찬해 주면 아이들이 기뻐하고, 제가 정성을 다하면 아이들도 즐겁게 따라와 주고 하는 일이 너무너무 좋아요."

상하이에 살고 있는 한국 상사 주재원들과 사업하는 사람들의 4~5세짜리 아이들 14명에게 한글과 예의, 그리기, 만들기 등을 가르치며 한 아이 당 한 달에 1천4백 위안(약 23만 원)을 받고 있다.

"여기 한국 엄마들 모두 부유층 사모님들이에요. 회사에서 아파트 주지, 자동차 주지, 월급과 판공비도 많이 주거든요. 물론 대부분의 엄마들은 남편 월급 아껴서 저축도 많이 하고, 아이들 가정교육도 잘 시키며 낭비 안 하고 알뜰하게 살지만 더러는 그렇지 않은 엄마들도 있더라고요."

그녀는 상하이에 살고 있는 한국 부인들의 살아가는 모습을 소상하게 알고 있었다.

"한국말 할 줄 아는 조선족 가정부는 한 달에 1천2백 위안, 한국말을 못 하는 중국인 가정부는 7백 위안을 주는데 여기 사는 한국 사람들은 대부분 임금이 싼 중국인 가정부를 두고 있어요. 그런데 집안일 할 것도 없는 엄마들이 그렇게 바쁠 수가 없어요. 매일 쇼핑에, 골프에, 외식에, 사우나에 세월 가는 줄 몰라요. 여기 살다 한국으로 돌아간 엄마가 전화해서 그런대요. 야, 거기 있을 때가 좋았어. 돌아오기 전에 왕비처럼 실컷 누리고 살다 와."

　무역 일을 하는 중국인 남편과 일상생활은 물론 가끔 부부싸움을 할 때도 일본어로 한다는 김정수 씨는 두 살 된 딸을 바로 옆에 재우고 남편의 팔을 베고 잠들 때가 가장 행복하다고 했다.

한국과 중국을 잇는 다리가 되어
〈상하이 좋은 아침〉 김구정

　느막염인 줄 알고 입원했던 병원에서 때늦은 말기암으로 판정된 어머니와 4개월 동안 침식을 같이하며 어머니의 마지막 가는 길을 지킨 2남 1녀의 외동딸 김구정 씨. 곧 돌아가시게 될 것이라고 어머니에게 말해준 사람도 그녀이고, 마지막 눈을 감을 때 손을 잡고 있었던 사람도 그녀이다.

　상을 치르고 난 그녀는 인생의 모든 것에 의미를 잃었다.

　1963년생으로 경희대 국문과를 졸업하고 잡지사에 들어가 잡지사의 꽃인 편집장으로 있던 때였다. 자신의 황금기였던 그때 그녀는 사표를 내고 삶의 변화를 찾아서 조용히 한국을 떠나 중국 베이징으로 날아갔다. 1998년 11월, 그녀의 나이 35세 때였다.

　베이징의 한 대학에서 중국어를 공부하던 여름방학 때 상하이로 여행을 갔다.

　당시 한국사람 2천여 명이 살고 있던 상하이에서 그녀는 중국

제2의 도시에 아직 한국 잡지가 하나도 없다는 사실을 알게 되었고, 한국사람들 가운데 지도적 위치에 있는 이들을 만나 상의한 끝에 1999년 10월, '도서출판 좋은 아침'을 설립하였다. 그러고는 곧바로 상하이 최초의 섹션 생활정보지 〈상하이 좋은 아침〉을 창간했다.

중국의 시스템을 잘 알지도 못한 채 무작정 뛰어들어 중국 관리들과 싸우기도 수십 번. 그러면서 "잡지 내용이 다른 지역의 한국 잡지들보다 훨씬 알차고 편집도 세련되며 모양이 예쁘다"는 칭찬을 들었다. 그렇지만 광고비가 제대로 들어오지 않아 처음 1년 동안은 경제적으로 매우 어려웠다.

그 무렵부터 한국 기업과 한국사람들이 상하이에 대거 몰려들기 시작했다. 그래서 창간 2주년을 맞았을 때는 사무실 겸 숙소로 사용하는 40평 아파트 유지비와 한국인 직원 4명, 조선족 직원 6명의 인건비를 겨우 맞출 수 있게 되었다.

76쪽 분량의 〈상하이 좋은 아침〉은 한국 소식과 중국 소식을 비롯해 경제·문화·교양 섹션 등으로 나뉘어 있는데, 그 내용이 다양하고 풍부하다. 또한 '상하이 농심'의 총경리 김승희 씨, '아시아나 항공' 상하이 지점장 김종진 씨 등 9명의 고문과 작가 김은우 씨, 시인 문정아 씨 등 10명의 편집위원이 쓰는 '중국 조기유학 열풍 진단'이나 '무한 질주하는 중국 경제' 등의 기획특집 기사들은 일시적인 방문객인 필자에게도 큰 도움이 될 정도였다.

제작비와 인건비, 사무실 유지비 등을 합해 월 1백50만 위안(2천4백만 원)이 드는 운영비를 아직은 혼자 힘으로 꾸려가고 있다는 마흔 살의 미혼 여사장 김구정 씨.

"왜 결혼 안 하셨어요?"

"하하하! 그런 바보 같은 질문이 어디 있어요? 결혼을 하겠다거나 안 하겠다고 발버둥친 적도 없는데 여기까지 왔네요. 결혼하는 일도 노력을 해야 한다던데 아마 제가 노력을 안 했나 봐요. 결혼해서 내 남편, 내 아이만 끔찍이 챙기며 사는 여자들의 모습이 싫었거든요. 저는 항상 이웃 사람들과 나누며 살고 싶었어요. 그들이 바로 자신이기 때문이죠."

그녀를 만난 것은 2002년 4월 2일 아침이었다. 그런데 그로부터 2주 전, 〈상하이 좋은 아침〉의 사무실로 상하이시 공안국과 문화출판국 그리고 공산당 직원 20여 명이 예고 없이 들이닥쳤다. 그들은 그 동안 발간된 모든 잡지와 장부와 서류들을 압수해 갔고, 그녀를 비롯한 전직원이 조사를 받았다.

중국 내에서 발행되고 있는 한국 교민들을 위한 신문과 잡지는 모두 비매품으로, 한국 교민들의 내부 교류용으로 만들어 무료로 배포하고 있는데, 언론과 종교가 통제된 중국에서는 그것조차 불법이었던 것이다.

그 한국 신문과 잡지들이 무료 간행물이며 정치나 사상을 다루는 것이 아니라 단순한 생활정보지임을 잘 알고 있는 중국 당국에서는 불법이기는 하지만 그것도 중국 경제에 도움이 된다고 판단해 그 동안 눈감아 주고 있었다.

그런데 갑자기 당국이 태도를 바꿔 사찰을 단행했으니, 중국 내의 모든 한국 신문과 잡지들은 긴장할 수밖에 없었다.

필자가 그녀를 만났을 때는 한인회의 지도층 인사들이 그녀를 위해 발벗고 나서서 힘을 쓰고 있었다. 폐간까지 갈 것 같지는 않고 조금 쉬었다가 다시 시작하면 될 것이라고 예상했다.

그 와중에도 침착하고 당당하기만 한 그녀는 당국의 사찰 이유에 대해 이렇게 추측하며 고개를 갸웃거렸다.

"한 달 전에 탈북자 몇 명이 찾아와 도와준 적이 있는데, 그 일 때문인지 모르겠어요."

그때 옆에 있던 조선족 편집 디자이너 이향화 씨는 필자에게 이런 말을 했다.

"아침에 갑자기 20여 명이 들이닥쳤을 때 우린 정말 깜짝 놀랐어요. 죄 지은 것도 없는데 무서워 다리가 달달 떨리더라고요. 그런데 사장님은 표정 하나 안 변하고 당당하게 그 사람들한테 이게 무슨 짓이냐고 야단을 치시는 거예요. 너희들이 이렇게 해도 난 다시 시작할 거라고 막 소리도 치시고요. 와! 우리 사장님 정말 대단해요. 여자가 어디서 그런 배짱이 나오는지 모르겠어요."

작가와 독자 사이에 다리를 놓아 주는 에디터(edditor, 편집자)라는 말을 너무 좋아해 자신의 ID까지 에디터 라인(edditorline)으로 정한 〈상하이 좋은 아침〉의 김구정 사장은 한국과 중국, 한국사람과 중국사람을 이어주는 작은 다리가 되고 싶다고 했다.

그 후 문제가 잘 해결되어 〈상하이 좋은 아침〉은 계속 그 다리가 되주고 있다는 말을 듣고 마음이 놓였다.

 일은 한국사람이 하고, 돈은 중국사람이 먹고

2002년 5월, 인구 1천7백만이 살고 있는 상하이[上海] 최대의 쇼핑명소 난징루[南京路]에 한국 상품만 판매하는 한국 백화점이 개장했다. 패션몰 기획관리업체인 한국의 선워즈산업(대표 하형수)이 중국 최대의 소매 유통업체인 우의집단(友誼集團)이 운영하는 상하이 우의백화점의 경영권을 인수한 것이다.

난징루에는 대형 쇼핑센터가 1백여 개나 밀집해 있고, 하루 유동인구가 3백만 명에 달해 상하이의 명동이라 불린다. 선워즈산업은 인수한 백화점의 이름을 우의일향백화로 개명하고 백화점 형태에 동대문 패션 몰 운영방식을 가미한 새로운 패션 전문점을 선보였다.

8층 규모의 이 백화점에는 1천여 개의 한국업체가 입점해 중저가 의류, 잡화, 명품 등 한국 상품만을 판매하며 한국 중소기업을 위한 전시 및 사무공간도 마련해 두고 있다.

1996년, 한국의 신세계백화점이 상하이의 백화점 1개 층을 임대해 일 년 간 한국 상품을 판매한 적은 있으나 건물 전체가 한국 상품 전문점으로 개업한 것은 중국에서 처음 있는 일이어서 한국의 자긍심을 한층 높여주고 있다.

유학생 3천여 명을 포함해 약 1만8천 명의 한국사람이 살고 있는 상하이에는 한국사람들의 대부라 불리는 사람이 있다.

상하이 최초의 한국사람인 1941년생 이평세 씨다.

그는 죽은 사람에게 입히는 수의(壽衣)를 만드는 중국산 삼베를 사서 중국에서 가공하여 수입하기 위해 1987년 10월, 상하이에 사무소를 개설하는 것으로 중국과 첫 인연을 맺었다.

그가 사무소 직원으로 고용한 조선족 청년은 일본 유학까지 한 인텔리였다. 그런데 얼마 후 그 직원이 거액의 회사 공금과 삼베를 빼돌려 잠적해 버렸다. 눈이 뒤집힌 그는 2년 동안 중국 구석구석까지 그를 찾아 헤맸고, 결국 옌벤에서 찾아내는 데 성공했다.

그러나 그때는 이미 그 직원이 술과 도박과 여자로 돈을 모두 탕진한 뒤였다. 옌벤 하늘을 보고 '하하하' 크게 한 번 웃고 난 후 그는 다시 상하이로 돌아와 고민 끝에 1993년 9월, 상하이 최초의 한국식당 '아리랑'을 열고 '우달건축'을 창업했다.

아리랑은 당시 상하이에 북한식당 '금강산'이 있는 것을 보고 어디가 잘되나 한번 붙어보자 하는 심정에서 차렸다고 한다. 숯불갈비 전문점인 아리랑은 그후 상하이시 관광지정 업소가 되었다. 상하이 어디에서든 택시를 타고 '아리랑'이라고만 하면 데려다준다.

상하이의 초대 한인회장은 물론 여러 차례 한인회장을 지내면서 곤경에 처한 한국사람들을 도와주는 일 역시 그의 몫이었으나 지금은 건강이 안 좋아 폭넓은 활동을 하지 않고 있다.

고대 입학과 출신인 그는 공병장교로 베트남전에도 참전했으며, 강원도 평창의 산림조합원으로 직장생활을 시작해 인천서 공구상점의 점원 일도 했고, 레코드 회사에서 〈가요반세기〉 음반도 제작했으며, 출판사에서 〈김두한 전기〉도 출판해 보았다. 그 후 조경업, 잠업, 사료업, 약품업, 섬유무역 등을 하며 파란만장한 사업 역정 끝에 중국 상하이에서 화려하게 꽃피어 신나는 50대를 보낸 것이다.

그는 지금 상하이에서 한국사람들끼리 모여 살며 사업을 할 수 있는 코리아타운을 구상하면서 한국사람들의 길잡이 역할을 하고 있다.

한때는 이민을 가고 싶어서 오스트레일리아로 혼자 날아가 시드니, 브리스번, 아들레이드 등지를 돌아다녔다. 그러다 아들레이드의 한 해수욕장에 들렀는데, 그 넓은 바닷가에 어떤 노부부만 외롭게 일광욕을 하고 있더란다.

거기서 혼자 수영을 하면서 아무래도 우리에게는 이런 외로운 곳

상하이 한국인들의 대부 이평세 씨. 파란만장한 삶을 거쳐 상하이에 정착했다.

상하이 한국인들의 점잖고 철학적인 리더 정태상 씨.

보다는 목욕탕 같은 해운대에서 서로 살을 맞대고 사는 것이 더 좋다는 생각이 들어 이민을 포기했다고 한다.

　성균관대학교 경영학과 출신인 1945년생 정태상 씨 또한 이평세 씨와 더불어 상하이 한인사회의 리더로 통하고 있다.

　극동건설에만 1923년 근무한 '골수 극동맨'인 그는 극동건설의 해외영업부장이던 1991년, 훈춘개발에 관한 프로젝트로 중국과 처음 인연을 맺었다. 1995년에는 1억 달러를 투자해 아파트 4백50세대를 짓기 위해 상하이로 이주해 1997년에 착공했으나, IMF 사태로 극동건설이 법정관리에 들어가면서 땅만 파다 공사가 중단되었다.

　그후 화학원료를 담는 백을 제조하는 중국회사의 총경리(사장)로 자리를 옮겨 현재 8백 명의 중국 직원들을 지휘하며 연 2천만 달러의 매출을 올리고 있다.

　그에게 들은 말 중에는 박수를 치고 싶었던 대목이 여럿 있다. 바로 이런 것들이다.

　'한국은 학벌로 월급에 차별을 두지 말고 능력으로 차별을 두어야 한다. 그래야 지금처럼 죽어라 하고 무조건 대학에 가는 작태를 막을 수 있다.'

　'창춘에서 우연히 40대 한국인 선교사 부부를 만났는데, 그들은 전에 미국이민 가서 건축으로 크게 성공했던 사람들이라고 하더라. 넓은 저택에, 큰 차에 빵빵거리고 살다가 어느 날 갑자기 미국생활을 싹 정리하고 중국의 오지만 돌아다니며 선교를 하고 있는데, 공안들에게 쫓기며 제대로 먹지도 못하고 자지도 못하지만 그래도 어느 때보다 행복하다고 하더라.'

　'한국은 외채를 쓰지만 중국은 외국투자를 유치한다. 마치 노름방을 빌려 주거나 당구장 장사를 하는 것과 같다. 내 방에서 너희들 끼리 노름하고 고리만 내라는 것이고, 너희들끼리 당구 치고 당구 비만 내라는 것이다.'

'결혼할 때 난 아내에게 이렇게 말했다. 이제부터 우리는 부부가 되었으니 당신의 반만 나를 주시오. 나도 나의 반만 당신에게 주겠소. 그 반씩으로 우리의 결혼생활을 하고 나머지 반으로는 각자의 삶을 살아갑시다.'

그는 서울에서 보석점을 운영하는 부인과 공무원으로 근무하는 두 아들과 떨어져 중국 상하이에서 혼자 살고 있다. 술도 담배도 끊고 독서와 골프를 즐기며, 오직 일과 곤경에 처한 한국 사람들 도와주는 데에 자신의 마지막 정열을 쏟는다고 했다.

전문대 전자통신과를 졸업하고 중국 농수산물을 수입하는 무역회사에서 3년 동안 근무했던 66년생 한동빈 씨는 직장생활을 정리하고 상하이에서 새로운 성공의 꿈을 피우고 싶었다.

상하이 출장 때 눈여겨봐 두었던 것은 즉석사진관 사업으로 중국에서 생활수준이 가장 높은 상하이에서는 승산이 있어 보였다. '중방'(中方, 중국 측 파트너)과 50 대 50으로 참여하기로 하고 2000년 9월, 14만 달러를 들여 합자회사를 세웠다.

즉석사진 촬영기를 1대 당 1만8천 위안에 사다가 5만 위안에 팔고, 그것을 사간 사람은 사진 한 장 당 20위안을 받는 장사를 시작했다. 한국인 직원은 비싸서 못 쓰고 영업, 회계, 관리, 엔지니어 등 중국인 직원 20명을 뽑아 조선족 통역을 두고 시작했다.

하지만 중국인 직원들은 좀처럼 조선족 통역의 말을 들으려고 하지 않았다. 자연히 회사는 중방에 의해 움직여지고 자신은 뒤에 앉아 필요한 돈이나 대줄 수밖에 없었다.

그런데 처음에는 잘 팔리지 않던 기계가 날이 갈수록 판매에 호조를 보여 1년에 50대를 팔게 되었다. 그러자 중방이 말했다.

"갈라서자. 너와는 사업 스타일이 안 맞아서 더 이상 같이 못 하겠다. 나는 나대로 할 테니 너는 너대로 해라."

장사가 잘 될 것 같으니까 혼자 다 해먹겠다는 수작이었다. 2천8백 위안짜리 부품을 3천8백 위안이라고 속이고 돈을 빼먹는 것까지는 모른 척하고 넘어갔지만 이건 아니었다.

"그럼 내 돈 14만 달러랑 1년 동안 들어간 운영자금, 내 배당금을 내놓아라."

"1년 동안 판 기계 50대를 회수해 올 테니 그거 가져가거라."

아무리 어르고 달래도 통하지 않자 법률사무소를 찾아다니며 상담한 끝에 투자의 반인 7만 달러를 받아 내는 것으로 끝을 내야 했다.

중국에서 외국인이 중국인과 분쟁을 일으키면 다른 나라와 마찬가지로 중국의 법은 항상 중국인의 편에 선다.

"싫으면 너희 나라로 돌아가라."

사업을 같이하는 외국인이 중국인에게 가장 자주 듣는 말이다.

한동빈 씨는 그후 중국에서 가장 세련되고 고집이 세다는 스물한 살 상하이 아가씨의 저돌적인 구애를 받아 결혼하게 되었다. 그래서 지금은 부인의 명의로 새로운 사업을 구상하는 중이다.

그가 전해준 중국의 현실 한마디.

"한 법률사무소를 찾아갔더니 50대 후반의 한국 아저씨가 울고 계시더라고요. 중방과 합자로 6년 동안 레미콘 회사를 운영했는데 중방이 배반해서 은행 빚만 5억 원을 지게 되었대요. 그래서 은행에서 압류가 들어오고, 여권까지 빼앗아갔다는 거예요. 우 선생님, 법률사무소에 한번 가서 하루만 앉아 있어 보세요. 가슴 치는 한국 사람들 무척 많습니다. 주고객이 누군지 아세요? 중국인 명의를 빌려서 사업하는 소규모 무역회사들이에요. 잘되면 내 회사 내놔라 하니까요. 중국 사람들 무서워요, 무서워."

1970년생 이창수 씨. 경희대 중국어과를 졸업하고 노래반주기 제조회사에 입사했으나 IMF 때 부도가 났다. 그 다음에는 문구회사에 들어갔는데 1998년 10월, 회사에서 그를 중국 상하이 지사로 파견했다.

상하이에 온 지 10개월 후, 한국식당에서 저녁을 먹다가 우연히 옆 테이블에서 혼자 밥을 먹고 있는 한국 남자와 이야기를 나누게 되었다. 그 남자의 직업은 상하이에서 노래방 기계를 판매하는 것이었다.

처음 만난 자리에서 의기 투합해 '같이 일 좀 하자'는 그를 따라 문구회사를 그만두고 3년째 상하이의 가라오케와 노래방을 돌며 노래방 기계를 팔고 있다는 이창수 씨로부터 상하이의 밤의 세계에 대해 들었다.

중국에서 가라오케라고 부르는 곳은 한국의 룸살롱과 같은 곳이고 KTV라고 부르는 곳은 타이완의 룸살롱과 같은 곳이다. 상하이에는 한국인이 운영하는 가라오케가 12곳, 조선족이 운영하는 가라오케가 16곳 그리고 중국인이 운영하는 곳은 3천여 곳이나 된다고 한다.

상하이에 거주하는 조선족은 2만여 명이라고 한다. 그 가운데 옌볜파, 지린파, 헤이룽장파 등으로 대립하고 있는 조직폭력배는 5백여 명. 그중 가장 강한 조직은 옌볜파이고, 상하이 제1의 주먹은 옌볜파 보스인 30대의 조모씨라고 한다. 그 조모씨가 상하이의 모든 가라오케에 술 배급을 독점하고 있다고.

그 3개 파의 조선족 조폭들이 업소를 보호해 준다는 명목으로 한국 가라오케의 영업부장 자리를 꿰어차고 앉아서 돈을 뜯어 낸다고 한다. 그들을 고용하지 않으면 한국 가라오케를 찾아가서 자기들끼리 싸우는 척하면서 비싼 돈을 들여 만들어 놓은 시설과 기물들을 때려부수거나 밤새 죽치고 앉아 공짜 술을 마시며 소란을 피운다고 한다.

'배운 것도, 가진 것도, 호적조차 없다' 며 배짱을 부리는 조선족 조폭들은 2만 위안을 받고 청부살인을 하기도 하는데, 그들의 고향인 둥베이 3성에서는 1만 위안에도 사람을 죽인다는 것이다.

1999년, 상하이의 한국인 가라오케에서 살인사건이 발생했다. 술에 취한 한국인 손님이 가라오케 복도에서 조선족 웨이터에게 욕을 하자 뒤에 있던 조선족 조폭이 칼로 난자를 했던 것이다.

이창수 씨도 한국 가라오케에 수금하러 갈 때보다 조선족 가라오케에 수금하러 갈 때 더욱 예의를 갖춰서 최대한 정중하게 대한다고 한다.

1년 동안 범죄와의 전쟁을 선포했다가 1년 더 연장한 중국 공안 당국의 속사정에는 이처럼 소수민족으로서 성실하게 살고 있는 대부분의 조선족 동포들을 부끄럽게 만드는 일부 조직폭력배들의 역할도 한몫을 하고 있었던 것이다.

상하이에는 1998년까지만 해도 한국 노래방기계를 판매하는 회사가 다섯 군데나 있었지만 지금은 이창수 씨 혼자 남았다고 한다.

중국인 직원 4명을 고용하고 있는 이창수 씨는 월 1만 위안 정도의 수입으로 부인과 외동딸과 함께 근근이 살고 있지만, 앞으로 자본을 축적한 후 앰프 제조 및 판매회사를 세우겠다는 꿈을 가지고 있었다.

중국 처녀와 한 호텔 방에 들어

중국에서 외국배가 가장 많이 들어오고, 중국에서 돈을 가장 많이 버는 도시가 바로 상하이다. 중국 공산당의 탄생지이자 문화대혁명의 근거지이며 장쩌민 주석과 주룽지 총리 등의 지도자를 배출한 도시이기도 하다.

중국은 1842년의 아편전쟁 이후 황푸〔黃浦〕 강변의 와이탄〔外灘〕 지역을 개방해 미·영·프의 조계(租界)로 내주어 치외법권 지역으로 삼았고, 외국자본이 중국에 진출하는 교두보가 되었다.

지금은 상하이 시민의 사랑 받는 휴식처이자 연인들의 데이트 장소가 되어 있는 이 지역을 통해 상하이는 중국에서 외국 문물을 가장 먼저 받아들인 도시가 되었고, 그런 도시답게 수많은 서양식 고전 건물들이 가득 들어찼으나 비슷한 모양은 하나도 없을 만큼 세련된 도시가 될 수 있었다.

상하이의 젖줄인 황푸강 동쪽은 서울의 크기만한 푸둥〔浦東〕이다. 세계 70개 국에서 7천여 개의 기업이 진출해 있는 상하이 중심지역으로, 와이탄에서 바로 건너다보이는 세계 3위이자 아시아 1위인 468미터의 동방명주탑의 야경은 상하이의 또 하나 명물이 되었다.

베이징에 왕푸징루가 있다면 상하이에는 난징루〔南京路〕가 있다. 왕푸징루 못지 않은 수많은 건물들의 화려함과 엄청난 인구들 속에서 누구나 상하이의 자존심을 느낄 수 있을 것이다.

"알라 상해닝."

'나는 상하이 사람'이라는 상하이 사투리다. 이 말 속에는 상하이 사람들의 무한한 자존심이 가득 배어 있다.

베이징 사람을 '투파오츠(촌놈)'라고 부르는 중국 유일의 도시, 중국에서 가장 멋쟁이이자 콧대 샌 여자들의 도시, 사람들의 모든 정력과 관심을 경제생활에 두고 치밀한 계산으로 이익을 창출해 내는 도시, 중국에서 유일하게 상하이 사람들만 사용하는 사투리를 쓰는 도시 상하이는 비싼 물가 또한 서울에 못지않다.

선전을 거쳐 광저우 역에 도착한 오후 4시, 상하이로 가는 기차표부터 찾았으나 다음날 표는 있었지만 그 날 표는 모두 매진이었다. 광저우에서 상하이로 가는 기차는 오후에만 두 차례 있었는데 21시간이 걸렸다.

아내 한명회가 상하이 공항에 도착하는 것이 이틀 후 오후 3시30분이었으니 그 날 기차를 타지 못하면 한씨가 큰 곤경에 처하게 되는 것이었다. 상하이로 가는 표는 많으니까 걱정 안 해도 된다는 선전 한국사람들의 말을 믿었던 것인데, 그게 아니었다.

상하이 인민광장의 세련된 젊은이들.

택시를 타고 광저우 동역으로 달려갔으나 거기에도 그날 표는 한 장도 없었다. 표가 없다는 매표소 직원에게 알아듣지도 못할 영어로 사정할 수도 없는 노릇이었기에 두 번 더 확인했다. 그러나 대답은 같았다.

"메이요우(沒有, 없다)."

매표소 직원들이 암표상들과 짜고 표를 빼돌리느라고 중국 기차역에서는 어디에서든 표 사기가 하늘의 별따기였는데, 호텔에 부탁하면 쉬운 일이지만 하루 숙박비에 해당하는 30위안의 수수료가 들었다.

낯선 상하이 공항에 내려 나를 기다리며 애를 태울 한씨가 눈에 어른거려 버스라도 타거나 아니면 있는 돈 다 털어 택시라도 탈 생각에 역 바깥으로 나오는데, 웬 반듯하게 생긴 청년이 따라나오며 말을 걸어왔다. 기차표가 있다는 말 같았다. 암표상이라고 생각했다.

'그렇지! 암표상에게 표를 살 생각은 못 했구나. 나는 정말 바보다.'

종이와 볼펜을 꺼내들고 필담을 나눈 끝에 저녁 6시 58분에 출발하는 3백98위안짜리 보통침대 표를 깎아서 3백 위안에 사는 데 성공했다.

'혹시 가짜 표는 아닐까?'

그런 생각도 했지만 그래도 할 수 없는 일. 일단 기차만 타면 누워서든 앉아서든 서서든 상하이까지 갈 수 있는 것 아니냐 싶었다. 그때가 저녁 6시 30분이었는데 표를 구하느라 2시간 반을 이리저리 뛰어다니다 보니 선전에서 점심도 굶은 터여서 배도 고프고 피곤하기도 했다.

기차표의 침대번호를 확인하고 기차 앞에 서서 표 검사하는 승무원에게 다가갔다. '이 기차표가 진짜 표여서 21시간 동안 침대에 누워 가면 정말 좋겠는데, 제발 그래주기를….'

그렇게 빌고 있는 내 기대를 승무원은 단 한마디로 깔아뭉개 버렸다.

"짜표〔假表, 가짜표〕!"

침대 칸에서는 서서는 갈 수 없는 모양인지 좌석 칸으로 보내졌는데, 사람들이 어찌나 많은지 자리가 없어 '짜표'를 들고 사람들을 헤치며 간신히 화장실 옆까지 갔다. 세면대에 배낭을 내려놓고 그 위에 취재가방을 올려둔 후 기대어 서 있었다.

또 한 사람이 들어오더니 바닥에 보따리를 내려놓고 그 위에 앉았다. 좌석 칸 안통로에도 흡연구역에도 서 있거나 앉아 있는 사람들이 많았다. 몇 사람은 나처럼 '짜표'를 샀다며 맥없이 웃기도 했다.

두어 시간 후쯤 출입문 쪽에 앉아 있는 사람이 없는 것을 발견하고 사람들에게 불편을 줄 수 있는 세면실에서 그쪽으로 자리를 옮기고 배낭을 깔고 앉았다.

피곤이 몰려와 촬영 가방에 엎드려 자고 있을 때 누군가 깨웠다. 승무원이 따라오라는 손짓을 했다. 짐을 챙겨들고 따라가 보니 마주보고 3명씩 6명이 앉는 자리에 빈 자리가 하나 있었다.

"셰셰, 굿 보이!"

배낭은 의자 밑에 넣어 두고 취재가방은 무릎 위에 올려둔 채 그때부터 앉아서 자기 시작했는데, 어떤 사람은 앉아서 자다가 도저히 안 되겠는지 3명이 앉아 있는 의자 밑으로 들어가 신문지를 깔고 자기도 했다. 중국사람들은 때와 장소와 상황에 관계없이 먹고 마시고 자는 것은 세계 제일이다.

눈을 떴을 때는 아침 8시경, 화장실 한 번 안 가고 앉아서도 잘 잔 것이다. 취재가방을 멘 채 화장실과 세면실을 다녀오자 앞자리의 청년이 사발면을 먹고 있었다. 그것을 보니 갑자기 허기가 돌았다. 광저우에서 허겁지겁 표를 구하느라 출발할 때 아무것도 사지 못한 것이다.

5위안을 꺼내 청년에게 주면서 창가에 놓아둔 사발면을 가리켰다. 그런데 무슨 뜻인지 알고 그러는지, 모르고 그러는지 손을 내저었다. 무안하기도 하여 자는 척하고 의자에 기대 눈을 감고 있는데 웬 영어가 들려왔다.

"깨워서 미안한데, 이거 먹어라."

청년 쪽 자리의 창가에 앉아 있던 여자가 빵과 우유를 내밀고, 내 쪽 자리 창가에 앉아 있던 여자가 사과와 팥죽을 내밀었다. 그것을 받고 나는 그녀들에게 10위안씩을 내밀고 한국담배 두 갑씩을 주었는데, 담배는 받았지만 돈은 끝내 받지 않았다.

레지던트인 남편과 아홉 살 된 아들 하나를 두고 있다는, 영어 이름이 주디(중국이름은 잊어버렸다)라는 32세 여성과 20세 처녀 순팅이었다.

주디는 간호사인데 친정인 광저우에 갔다가 상하이로 돌아가는 중이었고, 순팅은 광저우에서 컴퓨터 회사에 다니다 그만두고 상하이에서 더 좋은 일자리를 찾으러 가는 중이라고 했다.

주디의 영어는 나와 비슷했고, 순팅의 영어는 조금 낮은 수준이라 주로 주디와 말을 하게 되었는데 둘 다 여행을 좋아한다고 해서 내가 다른 나라 이야기를 많이 해주며 시간을 보냈다. 가끔 주디가 순팅에게 중국말로 통역해 주기도 하며 둘 다 재미있어 하는 것 같았다.

그러다가 순팅이 중국말로 주디에게 물었고, 주디가 영어로 내게 통역해 주었다. 순팅이 자기를 어떻게 생각하느냐고, 자기가 예쁘냐고 물었다는 것이다. 그래서 내가 지금 반하고 있는 중이라고 말해 주었다. 사실 인물로 친다면 잘 차려입은 주디가 훨씬 더 미인이었고, 순팅은 수수한 차림에 평범한 얼굴이었다.

상하이에 도착한 오후 4시, 짐을 챙기며 주디와 순팅에게 물었다.

"나는 싼 호텔을 찾아갈 건데 너희는?"

주디는 집으로 간다고 했고, 순팅은 '호스피틀'(hospital, 병원)로 간다고 했다.

"아니, 순팅 너도 간호사야?"

"응."

어쩐지 좀 이상했다. 아까는 분명 컴퓨터 일을 한다고 했는데, 그렇다면 병원 사무실에서 일을 하나?

"그럼 너희 병원에 빈방이나 빈 침대 있어? 있으면 나 오늘밤만 머물게 해줄 수있니?"

"그럼, 문제없지."

그때는 아직 상하이에서 가장 싸다는 50위안짜리 캡틴호스텔을 알지 못해 최하 1백50위안은 주어야 하는 상하이의 비싼 호텔비를 절약해 보려고 했던 것이다. 배낭여행은 언제나 교통비와 숙박비와의 전쟁이다.

두 번째로 찾은 상하이에는 마침 봄비가 내리고 있었다. 순팅의 짐은 5개, 그것을 다 어떻게 들고 와서 기차를 탔는지 참 놀라웠다.

내 배낭을 메고 취재가방을 목에 건 후, 무거워 보이는 순팅의 큰 가방 두 개를 양손에 하나씩 들어 주었다. 둘 다 안에 돌멩이를 가득 채워 넣었는지 완전히 돌덩어리였다. 그때까지는 그래도 그것이 1백50위안짜리 아르바이트를 하는 것이라고 생각했다.

역 앞에서 주디와 작별한 후 내리는 비를 그대로 다 맞으며 순팅을 쫓아다니기를 한 시간 반. 호스피틀이 아직 멀었느냐고 물으면 그냥 따라오라는 손짓만 하는 순팅이 좀 이상했다. 한 방향으로만 가는 것이 아니라 여기 갔다 저기 갔다 하다가 또 다른 길로 접어들었다.

빗속에서도 진땀이 흐르고 두 팔과 어깻죽지가 끊길 지경이었다. 취재가방 속의 장비들과 원고도 걱정이 되었다.

'이건 분명히 나와 순팅 중 한쪽이 뭔가를 잘못 알고 있는 거다.'

앞서가는 순팅을 불러 세워 길가의 상가 안으로 들어갔다. 짐들을 내려놓고 나니 몸이 늘어졌다.

"순팅. 너 지금 호스피틀 찾는 거야?"

"응."

"그런데 왜 못 찾아?"

"지금 찾고 있는 중이야."

"네가 말하는 호스피틀이 뭐야? 아픈 사람 주사 놓는 데야?"

팔뚝에 주사 놓는 시늉과 청진기 대는 시늉을 해 보였다.

"아니, 아니. 잠, 잠자는 데야."

순팅은 자는 시늉을 했다. 그렇다면 이게 뭐란 말인가. 지금까지 호스피틀이 아니라 호텔을 찾아 돌아다니고 있었다는 것 아닌가.

"너 호텔 찾고 있는 거야?"

"응."

다시 한번 물었다.

"너 호스피틀 찾고 있는 거야?"

"응."

이 꼬맹이는 호텔과 호스피틀을 같은 단어로 생각했거나, 호텔을 호스피틀로 잘못 알고 있거나 둘 중 하나였던 것이다. 결국 가난한 순팅은 내가 그래왔던 것처럼 싼 호텔을 찾아 비를 쫄딱 맞으며 그 무거운 짐들을 지고 메고 들고 한 시간 반을 돌아다닌 것이다.

기가 막히고 허탈했다. 1백50위안 아끼자고 내가 무슨 짓을 하는 건가?

배고팠을 때 주었던 순팅의 사과와 팥죽만 아니었다면 나는 등을 돌렸을 것이다. 순팅의 보따리가 3개만 있었어도, 아니, 순팅이 온통 비에 젖은 생쥐 꼴만 아니었어도 등을 돌렸을 것이다.

순팅을 데리고 제일 먼저 눈에 띈 길 건너편의 큰 호텔로 들어갔다. 순팅은 나를 엘리베이터 앞에 서 있게 하고 자신이 나서서 체크인을 했다. 아직 중국에서는 부부 아닌 남녀의 호텔 출입이 완전히 자유로운 것은 아니다.

나와 돈을 반반씩 내서 자기가 혼자 자는 것처럼 방을 빌린 후 함께 자려던 생각이었을지도 모를 순팅은 잠시 후 내 쪽으로 와 쭈뼛쭈뼛거리며 '3백 위안' 이라고 했다.

각오는 하고 있었지만 1백50위안 아끼려다 3백 위안 쓰게 되었으니, 또 내가 지금 이거 무슨 짓을 하고 있나 싶었다. 어떻든 돈을 주자 다시 카운터로 가서 열쇠를 받아온 순팅을 따라 트윈베드룸으로 올라가서 짐들을 내려놓으니 그때가 오후 6시.

순팅이 방 값으로 1백 위안을 내밀었으나 받지 않았다. 저녁 안 먹겠다는 시늉을 한 순팅이 먼저 샤워를 하고 난 다음 욕실에 들어가 뜨거운 물을 가득 채운 욕조에 길게 누우니 살 것 같았다.

목욕을 마친 후 옷을 갈아입고 나오자 순팅은 얼룩무늬 핫팬츠에 얼룩무늬 민소매를 입고 침대에 누워 TV를 보고 있었다. 의자에 앉아 담배를 피우며 TV를 보고 있는데 자꾸 순팅 쪽으로 눈길이 갔다.

스무 살 향기가 홀로 지새는 나그네를 자극하고 있었다. 내 눈길을 의식했는지 못했는지 순팅은 이불도 덮지 않고 그대로 누워 있었다.

호텔 밖으로 나오자 여전히 비가 내리고 있었다. 호텔 앞의 길가에서 오른쪽으로 갈까 왼쪽으로 갈까 망설이다가 오른쪽 길로 걸어갔는데 운 좋게도 10미터쯤 가자 가게가 나왔다.

바이주 한 병과 육포를 사들고 다시 방으로 올라가 그때부터 빗속에 마시기 시작했다. TV만 물끄러미 보고 있던 순팅은 피곤했던지 밤 9시쯤 잠이 들었다. 순팅이 잠들자 TV를 껐다.

빗줄기는 점점 세어지고 밤은 점점 깊어 갔다. 취기가 오를 때 침대에 누우면 금방 잠이 들 것 같았지만 빗소리 때문인지 잠이 오지 않았다. 혼자 별 상상을 다 해보다가 기어코 술병의 끝을 보고 말았다.

그러고 나서 스무 살 살결이 눈부신 중국처녀가 반라의 무방비 상태로 잠들어 있는 방에서 나는 완전히 전투 능력을 상실한 채 기절해 버렸다.

다음날 아침 9시쯤 일어났을 때 순팅은 벌써 나갈 준비를 하였다. 우리는 호텔을 나와 근처 식당에서 국수 한 그릇씩을 사먹고 작별을 했다.

'댕큐' 라고 인사를 한 스무 살 처녀 순팅은 그 무거운 보따리 5개를 들고 일자리를 찾아 어딘가로 떠났고, 나는 한명희 씨를 마중하기 위해 공항으로 갔다.

8
이우

시멘트 바닥에서 지며 5년 만에 1백억 돌파
'중한무역공사' 조승일

97년 8월, 찌는 듯한 무더위 속에 저장성[浙江省]의 이우[義烏] 역에는 허름한 반소매 티셔츠와 반바지 차림의 28세 난 한국 청년이 20킬로그램짜리 배낭 하나를 맨 채 붐비는 장사꾼들 사이를 빠져 나오고 있었다.

마중 나온 이도 없고, 정해둔 숙소도 없는지 한동안 역 광장 이곳저곳을 기웃거리던 청년은 이윽고 배낭에서 중국어 회화 책을 꺼내들고 택시를 잡았다.

"가장 싼 숙소로 가자."

"홍로 빈관이 가장 싸다. 하루 70위안이다. 그런데 거기는 이우에서 장사하는 파키스탄 사람들의 아지트다. 파키스탄 사람들 중에 나쁜 놈들이 도끼로 방문을 부수고 들어가 강도 짓을 한 적도 있어서 좀 위험하다. 다른 데로 가지 그러느냐?"

"다른 데는 얼마냐?"

"1백 위안."

"난 돈이 없다. 그냥 홍로 빈관으로 가자."

홍로 빈관에서 묵은 일주일 동안 택시 운전사에게서 듣던 만큼 위험한 상황은 발생하지 않았지만 새벽마다 꼭 5~6통씩 전화가 걸려왔다.

"예쁜 아가씨 보내 줄게. 중국 여자는 2백 위안, 조선족 여자는 8백 위안."

중국말이 안 돼 어떻게 밥을 사먹어야 할지, 한국의 아내와 부모님에게 어떻게 전화를 해야 할지도 몰랐던 청년 조승일. 그는 가게에서 사온 빵과 우유로 이틀 동안 끼니를 때우다가 사흘째에는 용기를 내어 근처 우동집 비슷한 데에 들어가서 메뉴판을 보고 아무거나 찍었는데 그것이 하필이면 '닭발우동'이었다.

그릇 안에 발톱까지 생생한 닭발 두 개가 들어 있는 우동을 앞에 놓은 청년은 너무 배가 고파 닭발만 들어낸 채 숨 한 번 크게 들이쉬고 순식간에 먹어치웠다.

그러면서 매일같이 이우 소상품 시장을 배회하고 있던 청년에게 어느 날 느닷없이 한국말 소리가 들려왔다. 팔찌를 들고 다니며 파는 중국 아가씨가 그를 발견하고는 한국말로 '팔찌! 팔찌!' 하고 외쳤던 것이다.

깜짝 놀란 청년은 중국어 회화책을 펴들고 물었다.

"여기 한국사람 있나?"

"그래, 있다."

"가르쳐줄래?"

"따라와."

그래서 만나게 된 사람이 김모씨였다. 김씨는 한국의 한 액세서리 회사의 직원으로 이우에 파견 나와 있었는데, 알고 보니 청년의 고등학교 15년 선배였다.

청년은 선배의 도움으로 창고가 딸린 조그만 사무실을 얻고, 조선족 통역도 한 명 구할 수 있었다.

그냥 배낭여행을 떠나더라도 준비가 필요한 법인데 청년은 아는 이 하나 없는 중국 땅에서 사업을 해보겠다고 하면서도 현지 사정에 대해서는 아무것도 모르고, 아무 준비도 없이 배낭 하나 메고 무작정 떠났던 것이다.

외국도 처음, 무역 업무도 처음인 사람이 가진 것이라고는 단돈 5백만 원과 중국어 회화책 한 권뿐이었다.

"중국 이우에 가면 싼 물건들이 산더미처럼 쌓여 있고 경쟁할 한국사람도 없어 기반 잡기가 쉬울 것이다."

지나가는 말처럼 친구가 했던 말 한 마디만 믿고 막연히 먼길을 떠났던 '이우의 돈키호테', 중한무역공사의 조승일 사장.

그는 39℃까지 올라가는 이우의 여름을 견디며 많은 것을 배웠다. 조선족 통역을 통해 사무실에 달랑 침대 하나는 들여놓았지만 거기서 자다가는 땀띠만 잔뜩 생길 것 같아 시멘트 바닥에 신문지를 깔고 잠들고, 중국 라면으로 한 끼, 조선족 식당에서 김치찌개로 한 끼, 그렇게 두 끼로 하루하루를 버티며 6개월 간 이우 시장을 헤집고 다닌 결과였다.

노트 한 권 들고 이우 시장의 길을 돌아다니며 물건들의 종류와 가격 등을 빽빽이 적어 넣었다.

그러다가 발견한 것이 이우에는 컴퓨터 파는 가게가 없다는 것이었다. 그래서 조선족 통역과 함께 한국에서 보내온 컴퓨터 한 대를 낑낑거리며 들고 다녔다. 이우의 크고 작은 기업체들을 찾아 그렇게 6개월 동안 돌아다녔지만 한 대도 팔지 못했다. 당시만 해도 이우는 그만큼 낙후되어 있었던 것이다.

자신감도 없어지고 돈도 바닥이 보였지만 그는 포기하지 않았다. 컴퓨터는 잠시 접어 두고 소상품에 눈을 돌렸다. 한국의 친구와 친지들에게 수없이 수소문한 결과 미국 LA에서 큰 액세서리 점포를 운영하는 친구와 연결이 되었다.

1999년 10월, 이우에 온 지 1년 2개월 만에 첫 주문을 받았다. 머플러와 모자였다.

주문을 받고 물건을 만들어 라면박스 세 배 크기의 카톤박스 10개를 친구에게 보냈는데, 그래봐야 전체 가격은 2백 달러였고, 그가 받는 커미션은 물건값의 10퍼센트였다. 그래도 그는 거래할 첫 바이어가 생겼다는 사실에 기뻤다.

그 이후 목걸이, 귀고리, 팔찌 등의 액세서리와 눈물 스티커, 별 스티커 등의 주문이 계속 들어왔다. 유일한 바이어인 친구를 위해 그는 이우에서 가장 싼 공장을 찾아 친구가 원하는 품질이 만들어질 때까지 그 공장에서 살았다.

한편으로는 한국에 있는 사람들을 동원해 한국이나 외국에서 액세서리 점포나 잡화점을 운영하는 한국사람을 찾았다. 그러던 중 2001년 2월, 드디어 LA 친구로부터 큰 주문이 들어왔다.

미국에서 '포니 테일', 한국에서 '곱창'이라고 부르는 가발로 만들어진 머리 묶는 줄 1백20만 개였다. 한 개에 1위안 30전씩 모두 1백50만 위안, 우리 돈 약 2억4천만 원에 달하는 엄청난 거래였다.

도망치지 않고 정면대결로 위기를 극복한 이우의 젊은 사업가 조승일(오른쪽에서 두 번째) 사장이 직원들과 함께.

그에게는 너무 큰 일이라 가슴이 뛰었다. 나에게도 이제 기회가 오나 보다 싶어서 잠까지 설쳤다.

싸고 품질이 좋은 공장을 찾아 하청을 주고 먼저 10만 개를 납품 받아 철저히 품질검사를 한 후, LA로 보냈다. 그런데 약속한 날에 돈이 오지 않았다.

불길한 마음이 들어 친구에게 전화를 하자 냉정한 목소리로 이렇게 말했다.

"멕시코 사람들의 불법입국을 금한다고 국경을 막았다. 그 물건은 멕시코에서 히트한 상품이라 멕시코 사람들이 들어와야 팔 수 있는 건데 국경을 봉쇄해 버렸으니 팔 방법이 없다. 네가 보내준 10만 개도 창고에 그대로 쌓여 있으니 나머지 1백10만 개는 보내지 마라. 주문은 없었던 것으로 하자. 10만 개도 반품시키겠다."

머릿속이 핑 돌았다. 이미 그의 하청을 받은 공장에서는 1백10

만 개를 만들어 놓고 빨리 가져가라고 성화를 하던 터였다.

"네가 그러면 내가 어떻게 되는 줄 아느냐? 너 지금 나를 죽이겠다는 거냐? 약속대로 물건을 받아 두었다가 국경이 열리면 그때 팔아도 되지 않느냐?"

하늘이 노랗게 되었다가 빨갛게 보이기도 했다. 머릿속의 모든 기억들이 전부 사라져 버리는 사고의 진공 상태에서 한 달 동안 매일 밤마다 친구에게 사정을 했다.

자신이 2억4천만 원을 하청공장에 주고 물건을 모두 사버리면 그만이겠지만 그야말로 '먹고 죽으려고 해도' 단돈 1천만 원이 없었던 그로서는 어찌할 방도가 없었다. 방법이 있다면 단 하나, 한국으로 도망가는 것뿐이었다.

옆에서 보다 못한 조선족 통역이 조심스럽게 거들었다.

"나도 도망갈 테니까 사장님도 도망가세요. 그러면 그만이에요."

사무실 시멘트 바닥에 누워 한국의 아내와 부모님을 생각하며 울다가 웃다가 하기를 한 달 만에 그는 자리를 털고 일어났다. 그리고 하청공장을 찾아가 사장을 만났다.

"내가 친구를 너무 믿은 것이 잘못이었다. 미안하다. 사장님 돈 떼어먹고 도망가지 않겠다. 대신 시간을 달라. 한국식으로 일수를 찍자. 매일매일 3백 위안씩 갚아 나가겠다."

이미 눈치를 채고 있던 중국인 사장도 한참을 생각하더니 어쩔 수 없었던지 동의를 해주었다.

"네 사정은 이해하겠다. 일수 찍는 것도 좋은데 대신 네 여권을 맡겨라."

거래가 잘못되면 깡패들을 보내 처리하기도 하는 이유에서 실패의 벼랑 끝에 몰리고서도 도망치기보다는 당당히 정면 돌파를 선택한 조승일 씨는 그렇게 해서 잠깐 숨통을 틀 수 있었다.

"그때 도망갈 수도 있었지만 한 번 도망가면 계속 도망가는 일만 생길 것이라는 생각이 들었습니다. 차라리 깨지더라도 당당히 정면승부를 하고 여기서 깨져야지요. 깨져도 한 번만 깨져야지 도망갔다가는 계속 깨지는 인생을 살게 될 것 같았습니다."

성공할 사람들의 일은 하늘도 돕게 되어 있는 것인지, 그는 이틀 후 이우의 물건을 수입하기 원하는 한국의 바이어와 연결이 되었다. 그때 그는 솔직하게 털어놓았다.

"저는 지금 죽고 싶을 만큼 어려운 상황입니다. 최선을 다해 사장님을 도울 테니 사장님도 저를 도와주십시오."

그의 사정을 다 듣고 난 한국의 사장은 한마디 했다.

"젊은 사람이 결백해서 좋소. 나도 돕겠소. 샘플을 보고 나서 우선 5천만 원어치쯤 주문하겠소. 그후에 또 봅시다."

그 사장은 계속해서 한국의 바이어들을 10여 명 연결시켜 주었다. 특히 브라질에서 가장 크다는 한국인 바이어와 대전의 한 바이어는 지금까지도 그에게 큰 도움이 되고 있다.

새벽 6시부터 시장을 돌며 주방용품, 생활용품, 액세서리 등의 샘플을 사서 바이어들에게 보내준 후 주문을 받아 공장에 하청을 주고, 밤을 새우다시피 철저히 품질검사를 해서 바이어들에게 보내주기를 10개월. 대전의 한 바이어에게만 한 달에 40피트짜리 컨테이너 4개를 실어보낼 정도였다. 그 10개월 동안 매출이 30억 원.

2002년 1월, 그가 헤어밴드 공장에게 진 빚을 다 갚은 날, 그 공장 사장이 찾아왔다.

"이렇게 빨리 갚을 줄 몰랐다. 이제껏 살면서 이렇게 많은 빛을 끝까지 갚는 한국인은 처음 봤다. 중국인 중에도 그런 사람은 없다. 나와 다시 거래하자. 꼭 너와 다시 거래해서 같이 성공하고 싶다. 한국사람 최고다."

그는 지금 1년에 10만 위안(1천6백만원)의 임대료를 내며 깨끗한 4층 건물을 통째로 쓰고 있다. 1층은 창고, 2층은 사무실, 3~4층은 자신과 조선족 직원 6명의 숙소로 사용하고 있는데 사무실 돌아가는 풍경이나 사람들 일하는 모습에 생기가 넘쳤다.

액세서리보다는 주방용품이나 욕실용품 등의 2백여 가지 품목에 치중하고, 이우 시장의 상품들을 바이어들에게 샘플로 보내주기보다는 자신이 직접 개발한 상품들을 보내주는 쪽으로 방향을 바꾸고 있는데, 그 대표적인 예가 '가스 절약기'라고 했다. 가스가 절약되는 가스 레인지다.

자신이 개발한 물건으로 바이어가 성공할 때 자신도 성공할 수 있다는 철학을 그는 가지고 있었다. 그래서 한 가지 한 가지씩 소상품 디자인과 품질 개발에 큰돈을 투자하고 있다고. 그렇게 남들과 다르게 일을 하는 것이 고속성장의 비결이라고 하는데 올해 매출 목표 1백억 원은 무난히 달성할 것이라고 자신하고 있었다.

지금은 중국 물건을 한국으로 보내고 있지만, 3년 후부터는 한국 물건을 중국에 팔겠다고 했다. 특히 플라스틱 용품은 한국 제품이 디자인과 질이 월등하고 값도 더 싸서 중국이 못 따라오고 있다는 것이다.

어렸을 때부터 가족들에게 말해 왔던 자신의 꿈은 부부가 손잡고 세계일주를 하는 것이었다는 33세의 조승일 사장과 저녁식사 시간을 포함해 3시간 동안 인터뷰를 했다.

그는 곧 서울 출장을 가야 한다면서 다음날 아침, 물건들을 확인하기 위해 공장에 가야 한다고 했다. 공장에 갔다와서 밤 10시에 필자의 숙소로 올 테니 그때 다시 만나 못다한 이야기를 마저 듣기로 했다.

그러나 이튿날 저녁, 그는 숙소에 오지 않았다. 전화 통화가 안 되어 정확한 사정은 알 수 없었지만 필경 공장에서의 일이 다 끝나지 않은 것 같았다. 그는 일 때문이 아니고서야 쉽게 약속을 어길 사람이 아니라는 믿음을 주는 청년이었다.

그는 또한 10분 간 저녁식사를 하는 동안에만 여섯 번의 전화를 받은 것을 포함해 인터뷰를 하는 3시간 동안 서른여섯 번의 전화를 받을 만큼 바쁜 청년사업가였는데, 그 후 보낸 메일에도 답을 주지 못했다.

 ## 기회의 도시, 중국 최대의 소상품 시장

상하이에서 기차로 4시간 거리에 이우라는 인구 70만의 도시가 있다.

액세서리, 가방, 주방용품, 생활용품 등을 제조, 판매하는 약 3만여 개의 공장들과 상점들이 밀집해 있어 명실공히 중국 최대의 소상품(小商品) 시장이라고 부르는 곳이다. 소상품이란 크기가 작은 물건을 일컫는 말이다.

중국여행을 하면서 이우에 대해 여러 번 들은 적이 있어 꼭 가보고 싶었다. 상하이에서 만난 한국사람들에게 이우에 살고 있는 한국사람들에 대한 정보를 얻으려고 했지만 '이우에도 한국사람이 꽤 있다'는 말들만 했을 뿐 아는 사람은 없다는 대답들이었다. 한국 영사관에서도 마찬가지였다.

그래서 무작정 이우로 떠났다. 이우역에 내렸을 때 역 건너편의 한 호텔에 한글로 쓰인 '한국부'라는 간판이 눈에 들어와 그 호텔 4층으로 올라갔다. 영어 잘 하는 중국 여직원은 '한국부가 작년에 없어졌다'는 대답으로 필자의 기대를 여지없이 짓밟아 버렸다.

약간 암담해져 돌아 나오는 길에 한 사무실 간판이 눈에 띄었다. 한글로 'BM 미디어'라고 쓰여 있었다. 문을 열고 들어가자 조선족 여직원이 반갑게 맞아 주었다.

"우리 사장님 이름은 이용신 사장님이고요, 지금 서울 출장 중이십니다. 우리 회사는 한국의 홈쇼핑 회사에 물건을 공급해 주는 회사입니다."

사장을 만나지 못한 것은 실망이었지만 여직원은 친절하게 가르쳐주고, 커피까지 끓여 주었다. 그러고는 이우에서 사업하는 한국사람에 대해 좀 아느냐고 묻자, '우리 사장님과 친한 사장님'이라며 이름과 전화번호를 적어 주었다.

젊은 목소리의 그 '친한 사장님'과 통화가 이루어 지자 그는 '차를 보내드릴 테니 20분 후에 호텔 로비에 나와 계시라'는 친절을 베풀어 주었다. 그가 바로 70년생인 조승일 씨였다.

조승일 씨의 친절한 도움 덕택에 어렵사리 이우를 취재할 수 있게 되었다. 이우에는 약 5백 명의 한국사람들이 거주하며 중국 인구보다 더 많아 보이는 각종 소상품들을 한국이나 미국, 일본, 남미 등으로 수출하고 있다.

그들 중에는 이우 최초의 한국사람으로 '한국인들의 대부'로 불리는 사람이 있다. '삼용산업㈜'를 경영하는 문일성 씨다.

이우 최초의 한국인 문일성 씨를 도운 사람은 열다섯 살 연하의 조선족 부인이었다.

전주대학교 출신으로 1955년 생인 문 사장은 한국에서도 잡화 오퍼상을 하다가 1991년 10월, 중국 이우로 건너왔다. 그는 주로 미국 바이어들과 거래하고 있었는데 타이완, 인도네시아, 중국 등의 값싸고 질도 괜찮은 물건들로 인해 한국이 점점 주문을 빼앗기자 아예 중국에서 중국 물건으로 승부를 걸어볼 작정이었다.

이우의 소상품 시장을 이 잡듯 뒤지며 시장조사를 한 결과, 값은 쌌지만 문제는 질이었다. 클레임 걸릴 것이 뻔한 그 물건들로는 도저히 미국 시장에 진출할 수 없었던 것이다.

미국에서 큰 잡화점을 운영하는 한국사람들을 주로 상대하는 그는 조선족 통역을 앞세워 액세서리, 넥타이, 벨트, 양말, 티셔츠, 문구, 욕실용품, 스포츠용품 등의 공장 50군데와 하청계약을 맺고 신상품의 샘플을 주면서 기술교육을 시키기 시작했다. 매일 모든 공장들을 순회하며 작업 현황을 점검하고, 저녁에는 회의를 소집해 생산된 신상품들을 평가했다.

'차부두오!'[差不多, 크게 다르지 않다]라며 대충 넘어가려는 중국 생산업자들에게 모양은 비슷할지 몰라도 색감이나 세밀한 부분이 어떻게 다른가를 가르쳐주면서 다시 작업을 시켰고, 그중에서 제대로 만들어진 것들만 선별해 바이어들에게 보냈다.

한국사람이라곤 아무도 없는 이우에서 손에는 중국어 사전을 들고, 조선족 통역을 앞세워 중국 최대의 소상품 시장을 휘젓고 다닌 문 사장에게는 바이어와 생산자가 다같이 중요했다. 바이어에게는 주문을 많이 받아야 하며, 생산자에게는 바이어가 잘 팔 수 있도록 질 좋은 물건을 만들게 해야 했다.

그는 적극적인 기술개발을 통해, 요구 사항이 많은 바이어와 대충 넘어가려고 하는 판매자 사이의 조정 역할을 훌륭하게 수행함으로써 이우에 온 첫 해에 1백50만 달러의 매출을 기록했다.

고급 액세서리로 성공한 유병문(앉은이) 씨와 점원들.

그후 최고 연 5백만 달러까지 매출을 올리기도 했으나 요즘은 국제경기가 안 좋아져 3백만 달러 정도의 매출에 만족한다고 한다.

사무실 직원 7명을 두고 하청공장 직원 2천 명을 지휘하며 11년째 이우의 소상품 시장을 누비고 있는 문일성 씨에게는 가끔 하청공장 사장의 부모가 찾아와 인사를 한다고 한다.

"우리 아들이 이번에 5층 건물을 지었는데 이게 다 문 라오반 덕분입니다."

'라오반'[老板]이란 '주인, 사장님, 윗사람'을 뜻하는 중국어다.

또 품질 점검차 시골에 있는 공장에 내려갔을 때는 그 공장 사장의 부모가 마중을 나와 '모처럼 먼길 왔으니 우리 집에 가서 밥 먹고 가라'며 집으로 이끌기도 하는데, 그런 때가 가장 보람이 있었다고 한다.

1961년생인 유병문 씨는 이우 한복판에서 원광백화상점이라는 한국 헤어핀과 머리띠 전문점을 하고 있다. 전남 함평에서 가난한 소작농의 2남 2녀 중 장남으로 태어난 그는 식으면 숟가락이 부러질 정도로 굳어 버리는 조밥만 먹고 쌀밥은 구경조차 못 해본 채 간신히 중학교만 졸업했다.

외삼촌을 따라 서울로 올라와서 남대문시장 잡화가게 점원부터 시작해 부식가게, 건어물가게, 과일가게 점원을 거쳐 군 복무를 마친 후에는 승합차에 잡화를 싣고 다니며 구멍가게에 공급해 주는 중간도매 일을 했다. 그러면서 어렵게 돈을 모아 1992년, 드디어 영등포 조광시장에 과일과 채소를 파는 자신의 가게를 차렸다.

그 이전인 1989년에 결혼해 가정도 안정이 되고, 장사도 잘 되던 3년 뒤 어느 날, 그는 친구로부터 이런 말을 듣게 되었다.

"앞으로는 중국이 뜰 것이다. 중국에 가서 제대로 사업 한번 해 보라."

웬일인지 그날부터 그 생각에 밤잠을 설치던 유병문 씨는 결국 '단 한 번 살다 가는 인생, 그래 어디 한번 붙어나 보자!'고 결심하게 되었고, 1995년 10월 한국의 가게를 정리하고 혼자 중국 선양으로 날아갔다. 나이 35세 때였다.

한국 동업자와 함께 한국 돈 1억7천만 원을 투자해 선양 우아이[五愛] 시장에 60평 매장을 마련하고 남대문시장에서 가져온 잡화를 팔았다. 귀고리, 팔찌, 목걸이, 비누, 샴푸, 브러시, 손톱깎이 등 온갖 잡다한 생활용품을 진열하고 조선족 직원 8명을 고용해 본격적인 장사를 시작했다. 그러나 한국에서 유행이 지난 그의 싸구려 물건들은 팔리지 않았고, 동업자와 갈등만 심해지게 되었다.

1년 만에 동업관계를 청산하고 싸구려 물건들을 모두 중국업자에게 헐값으로 넘긴 그는 한국에서 비싸고 질이 좋은 헤어핀과 머리띠만 가져다가 비싸게 파는 전문점을 다시 개업했고, 이 고가 전략이 맞아떨어져 지금은 이우까지 진출해 2호 점을 낸 것이다.

다른 중국 가게들은 주로 2~3위안짜리 물건들을 취급하지만 자신은 중국에 없는 물건들을 구해 와 20~30위안을 받으며 고급소비자들을 대상으로 장사를 해 이우에서만 하루 평균 2만 위안(약 32만 원)의 매출을 올리고 있었다.

동업자와 갈등이 심해졌을 때 '한국으로 돌아가 다시 채소장사나 할까' 하는 생각도 했었지만, 중국에 가서 망해서 돌아왔다는 말을 듣기 싫어 어떻게든 한번 일어서 보겠다는 각오로 전략을 바꿔 멋지게 성공한 것이다. 유 사장은 이런 어려움을 토로했다.

"한국에서 신제품을 들여오고 일주일만 지나면 온 이우의 중국

가게들에 똑같은 모방품이 쫙 깔립니다. 마치 옛날의 남대문 시장 옷가게 같지요. 그러니 끊임없이 신제품을 개발해야 합니다. 그러나 승산이 있습니다. 한국에 좋은 물건이 많으니 중국에서 꼭 성공하고 말 것입니다."

1958년생 최모씨 부부.

이우에 온 지 두 달 되었다는 최씨 부부는 한국사람을 상대로 민박집을 운영하고 있었다. 방 3개짜리 30평 아파트를 세 얻어 그중 방 두 칸에 손님을 받았다.

민박집 문을 열고 나서 필자가 두 번째 손님이라며 반가워하던 최씨 부부는 사람들이 털털하여 동갑내기끼리 금방 서로 최형, 우형 하며 함께 술을 꽤 많이 마셨다. 한국에서 사업에 실패해 말못할 사연이 많다는 그는 끝까지 자기 이야기를 털어놓지 않았다.

다만 한국에서 실패한 후 딱 1천만 원만 들고 중국에 왔는데, 이우의 소상품 시장에 한국사람들이 많이 출장 온다는 말만 듣고 여기까지 와서 손님 없는 민박집 문을 열어놓고 있다고만 말했다.

그들은 손가락만 빨고 있던 형편이었으면서도 필자의 이틀치 숙박비 2백 위안을 끝까지 받으려 하지 않아 할 수 없이 묵었던 방의 베개 밑에 숨겨두고 나와야 했다.

매년 10월이면 국제 소상품 박람회를 개최해 수많은 외국인들의 발길을 모으고 있는 이우 시 당국은 소상품 시장의 더 큰 발전을 위해 외국인에게는 '영업집조'(사업자등록증) 없이도 세금 안 내고 사업을 할 수 있도록 해주고 있다.

그러니 소자본으로 중국 진출을 꿈꾸는 한국사람들에게는 이우가 기회의 도시라고 해야 할 것이다.

그녀의 한국생활 5년을 누가 되찾아주나?

그녀는 올해 28세로 곱상한 외모에 키가 늘씬하여 돋보였다.

상하이의 한 조선족 식당에서 1천 위안(약 16만 원)의 월급을 받으며 일을 하고 있었는데, 필자는 그 식당에 저녁을 먹으러 들어갔다가 같이 술을 한잔 하게 되었다. 세계일주를 하고 있는 필자가 부러워죽겠다며 털어놓은 그녀의 사연은 이러했다.

헤이룽장에서 고등학교를 졸업한 후 그녀는 잠시 집에서 부모의 농사일을 도왔다. 그 무렵 동네에서 젊은 사람이라고는 그녀와 두 살 위의 옆집 새댁뿐이었다. 다른 젊은이들은 모두 도시로, 한국으로 돈을 벌러 나가고 없어 동네는 폐허처럼 쓸쓸했다.

도시로 나가 공장이나 식당에 취직하면 5백 위안 정도의 월급을 받을 수 있었지만 그녀는 한국으로 가고 싶어 기회를 엿보고 있었다. 한국에 갔다온 사람들은 모두 부자가 되었고, 그런 집 아이들의 돈 씀씀이는 자신과는 비교가 되지 않았다.

한국은 사람들도 좋고 경제도 중국과는 비교가 되지 않는다고 자랑하는 말도 여러 번 들었다. 한국으로 가는 밀항 배를 타는 데 드는 비용은 7만5천 위안(1천2백만 원)으로 중국에서는 15년 동안 꼬박 일해야 모을 수 있는 큰돈이었다.

그녀의 친척언니 역시 5년째 한국에서 식당 주방 일을 하고 있는데, 중국에서 집 두 채 살 돈을 모아 두었다면서, 그 돈을 빌려줄 테니 그렇게 해서라도 빨리 한국으로 오라고 했다.

스무 살이 되던 해 그녀에게도 드디어 기회가 찾아왔다. 옆집 새댁이 지금 밀항 배가 들어왔으니 함께 한국에 가지 않겠느냐고 귀띔한 것이다. 그녀의 아버지가 온 친척들을 찾아다니며 돈을 꾸어왔고, 한국에 있는 친척언니도 돈을 보내와 그녀는 드디어 옆집 새댁과 함께 한국 상선이 들어와 있다는 상하이 근방의 한 항구로 가게 되었다.

항구의 한 싸구려 여인숙에는 밀항 배를 탈 조선족 50여 명이 묵고 있었는데 이틀 후 한 40대 한국남자가 나타나 돈을 받아갔고, 다시 이틀 후 그 남자는 밤에 그녀가 자고 있는 방으로 들어와 그녀를 덮쳤다. 그녀는 옆집 새댁이 깰까 봐 숨만 죽이고 있었다.

'그 때가 첫 경험이었냐'고 필자가 묻자 그녀는, 아니라고 했다.

일주일을 더 기다린 끝에 큰 한국 상선의 컴컴한 맨 아래 칸으로 들어가 자리잡고 앉았을 때는 기쁨의 눈물이 흐르더라고 했다.

'아, 나도 드디어 말로만 듣던 한국에 가게 되는구나!'

항해 3일째 되던 날은 폭풍이 몰아치는지 배가 요동을 해 하루 두 차례 희멀건 죽한 공기씩만 받아먹은 50여 명이 모두 토하고 탈진 상태가 되어 축 늘어져 버렸다.

남녀 구분도 없이 이리저리 뒤엉켜 쓰러져 있는 와중에도 여자 위에서 숨을 헐떡이는 남자가 있었다. 그녀에게도 누군가가 다가왔을 때 그녀는 또 가만히 있었다. 손을 들어 막을 힘도 남아 있지 않았던 것이다.

그렇게 부산에 도착하기까지 16일 동안 매일 누군가가 다가왔고, 옆집 새댁에게도 그랬다. 그때마다 그녀는 어둠 속에서 누군가의 헐떡거림을 들으며 기도하듯 숨을 죽였다.

'이 고비만 무사히 넘기면 한국에 도착해서 큰돈을 벌 수 있다.'

한국에 와서 얻은 그녀의 첫 일은 한식집의 주방보조였다. 침식제공에 월급 50만 원. 모두 친척언니의 도움 덕이었다.

50대의 주인 부부는 그녀에게 참 잘해 주었다고 한다. 접시를 깨뜨렸을 때도, 산더미 같은 설거지 앞에서 너무 힘이 들어 울고 있을 때도, 감기가 들어 설거지를 빨리 못 할 때도 주인 부부는 그녀에게 격려와 위로를 아끼지 않았고, 월급 한 번 미루지 않았다. 맛있는 음식도 얼마든지 먹게 해주었다.

그렇게 지난 6개월 후쯤, 주인 아저씨가 아침 일찍 그녀가 자고 있는 방으로 찾아왔다.

"딸 같은 너한테 할 짓이 아니라 부끄럽지만 난 네가 좋다. 젊은 너를 안고 싶다. 네가 거부하면 없었던 일로 할 것이고, 앞으로도 너를 변함없이 대해줄 것이다."

주인 아저씨의 솔직한 고백에 그녀는 스스로 옷을 벗었다.

그 관계는 아이를 두 번이나 지운 1년 후, 주인 아주머니가 느닷없이 방문을 열고 들어오기 전까지 계속되었다.

머리카락이 두 주먹이나 뽑히고 쫓겨난 그녀의 두 번째 일은 다방 레지였다. 역시 침식 제공에 월급 50만 원. 그때 그녀는 이미 중국에서 진 빚은 다 갚은 터였다. 눈물을 흘리면서 용서를 비는 주인 아저씨가 떠나는 그녀에게 1천만 원을 주었던 것이다.

이제부터 버는 돈은 그녀의 것이고, 그녀의 미래였다. 그때 그녀는 한국 남자와 결혼해서 한국 국적을 취득하는 것이 유일한 꿈이었다.

식당에서도 남자 손님들이 더러 유혹을 했지만 다방은 훨씬 노골적이었다. 주인 언니도 너 좋다는 한국 남자 있으면 마음껏 연애해 보라고 했다.

그녀가 남자를 따라 여관으로 간 첫 날부터 남자들은 결혼하자는 말 대신 돈을 주었다. 어떤 사람은 10만 원, 어떤 사람은 30만 원. 한 달 동안 계산해 보니 월급의 두 배가 넘었다.

그 돈을 저금했더니 1년 후에는 2천만 원이 되었다. 8백만 원을 브로커에게 주고 가짜 주민등록증까지 만들었다. 안산에 있는 공장에 다니던 옆집 새댁에게 통장을 보여주며 자랑했더니 그녀도 다방으로 자리를 옮겼다.

술도 잘 마시는 그녀는 얼굴이 발그래해져서 한국 남자들과의 이야기를 스스럼없이 털어놓았다.

그렇게 다방을 전전하며 3년 동안 많은 남자를 만났다. 그러나 그중 누구도 그녀와 결혼하자는 말은 없었고, 약간의 돈만 주었을 뿐이다. 같이 살자는 남자들은 더러 있었지만 그런 사람들은 대부분 믿음이 가지 않았다. 혹시 돈이나 뜯어먹자는 수작이 아닐까 싶어 그녀 쪽에서 거절했다.

그녀는 악착같이 돈을 모아 7천만 원을 만들었다. 그 동안 아이를 지운 것만도 네 차례였다. 그 무렵 그녀에게 은인인 친척언니가 찾아왔다.

"우리 식당 사장님이 장사가 너무 잘 돼서 강남에 큰 식당을 또 하나 개업하는데 거기에 같이 1억씩 투자해 보자. 내가 3년 동안 지켜봤는데, 우리 사장님은 돈 떼어먹으라고 사정을 해도 못 떼어먹을 사람이다. 거기에 투자하면 편히 앉아서 한 달에 5백만 원씩은 벌 수 있다."

그녀도 그 사장을 몇 번 본 적이 있었는데 정말 믿을 만하고 좋은 사람이라고 생각하고 있었다. 가만히 앉아서 월수입 5백만 원, 그러면 더 이상 남자들을 따라나가지 않아도 되는 것 아닌가.

한 달 간의 망설임 끝에 그녀는 한국에 와서 5년 동안 번 돈을 모두 투자하고 말았는데, 한 달 후 이미 식당을 처분한 그 사장은 친척 언니와 그녀의 돈을 고스란히 챙겨 외국으로 도망가 버렸다. 친척 언니와 그녀는 식당에서 일주일 동안 몸부림치며 울었지만 아무 소용이 없었다.

바로 그때 법무부 출입국관리소 직원들이 그녀들을 덮쳤다. 누군가가 신고한 것이었다. 그녀는 이렇게 말했다.

"아마, 그 사장새끼가 신고했을 거예요."

그녀들은 열흘 동안 철창에 갇혀 있다가 중국으로 추방되었다. 그러고는 창피해서 고향에는 돌아가지 못하고 상하이의 한 조선족 식당에서 일하면서 매일 밤 술에 취해 살고 있는 것이다.

"한국사람들은 대부분 다 좋은데 꼭 그런 놈 때문에 욕을 먹어요. 아, 그 놈만 아니었다면 지금쯤 저는 누구도 부럽지 않게 살 수 있었는데…. 다시 한국 가서 몇 년만 일하면 좋겠는데 방법이 없네요. 우 선생님은 글쓰는 분이시니까 어떤 방법을 찾을 수 있겠지요? 저를 한국으로 좀 데리고 가주세요. 무슨 일이든 다 해드릴게요."

술에 취했는지 그녀는 끝내 울음을 터뜨리고 말았다.

9
광저우

'우린 한국사람 안 만나요'

상하이에서 20시간을 달려 중국 제일의 부자 성(省)인 광둥성〔廣東省〕의 성도 광저우〔廣州〕에 도착한 나는 공중전화부터 찾았다. 사흘 전 상하이에서 광저우에 살고 있는 한국사람들의 정보를 얻기 위해 광저우 한국상회에 전화했을 때 '광저우에 오셔서 연락 주시면 그때 도와드리겠다'는 대답을 들었던 것이다.

그러나 그날은 토요일이어서 휴무인지 광저우 한국상회에서 전화를 받지 않았다. 그때부터 한 시간이 넘게 중국 곳곳의 아는 사람은 다 찾아 전화를 돌렸으나 누구도 광저우에 살고 있는 한국 사람을 아는 이가 없어 그 더운 날씨에 분통만 터뜨리다 말았다.

이렇게 된 바에야 중국의 대도시에는 어느 곳이나 다 있게 마련인 한국식당을 찾아 거기서부터 실마리를 풀어 보자고 생각하고 필자는 마음을 돌려 다시 대합실로 들어갔다.

대합실에 있는 상점주인들 3~4명에게 한자로 '한국식당'이라고 쓴 종이를 보여주었으나 모두 고개를 저었는데, 마침 생수를 사러 들어온 한 젊은 여성이 친절하게 내 종이에 약도를 그려주었다.

상하이에 비해 별 손색이 없는 광저우의 도시 풍경은 안중에도 없이 오직 역에서 2백여 미터 앞에 있다는 한국식당만을 찾아 땀을 뻘뻘 흘리며 걸었다.

20분쯤 후 눈앞의 깨끗한 4층 건물 2층에 '고향집'이라는 한글 간판이 나타났다. 인테리어에 꽤 많은 돈을 투자한 듯 분위기가 밝고 깨끗한 집이었지만, 주인은 한국사람이 아니라 30대 후반의 교양 있어 보이는 조선족 여성이었다.

필자가 아직 찾아온 용건을 말하지 않았는데도 배낭에, 촬영가방에, 땀범벅인 몰골을 보더니 선뜻 빈 테이블로 안내해 주고 시원한 생수 한 병을 내주며 말했다.

"지금 점심시간이라 조금 바쁘니 잠깐만 쉬고 계셔요."

배낭을 벗자 땀에 절고 전 등에 느껴지는 에어컨 바람이 날아갈 듯 시원했다. 바로 옆 테이블에서 음식을 기다리고 있는 사내들의 주고받는 말이 한국말임을 알았을 때, 바로 일어나 그들에게 갔다.

"말씀 중에 죄송하지만 여기 사시는 한국 분들이신가요?"

"아니오, 우린 출장 온 사람들인데요. 왜 그러시죠?"

"식사하시고 잠깐 얘기 좀 할 수 있을까요?"

"우린 바빠요. 약속이 있어서요."

"그럼 혹시 여기 살고 있는 한국사람 중에서 아는 분 계십니까?"

"없어요. 우린 한국사람 안 만나요."

그러고는 곧바로 자기들끼리의 대화로 돌아갔고, 더 이상 멀뚱히 그들 앞에 서 있을 상황이 아니어서 필자도 자리로 돌아왔다.

'참 개떡같은 인간들이네. 이 먼 곳에서 만난 한국사람끼리 웬만하면 자리에 앉으라고 해놓고 모르는 건 모른다고 할만도 한데, 저 조선족 여주인보다도 못한 것들…. 저 뺀질뺀질한 개떡들은 어떤 인간들이기에 한국사람은 안 만난다는 거야, 도대체.'

이런 생각을 하고 있는데 여주인이 앞에 앉았다.

"점심 안 하셨지요? 제가 살 테니 드시고 싶은 것 실컷 드세요. 우리 집 갈비찜이 맛있는데 부담 갖지 마시고요."

"감사합니다. 그런데 저는 아까 역에서 국수를 사먹었거든요. 그보다도, 사실 저는 한국사람을 찾아다니고 있는데…."

인정 많고 착한 그 여주인은 필자의 말을 다 듣고 나더니 정말 부러운 일 한다면서, 여기서 10년 동안 장사하면서 수많은 중국사람과 조선족들을 봐왔지만 그런 일 하는 사람은 한 번도 못 보았는데, 한국사람은 뭐가 달라도 다르다면서 광저우의 한국식당 '제주도'와 '소미헌'을 가르쳐주었다.

두 식당에 전화를 걸자 제주도에서는 사장이 국외로 출장을 갔다고 했고, 소미헌의 정병수 사장은 '어이구, 좋은 일 한다' 면서 아직 점심 전이면 같이 식사하면서 이야기하자고 했다.

그렇게 해서 겨우 광저우의 한국사람들을 취재할 수 있었다.

그러나 정 사장과 인터뷰가 끝나고 다음날인 일요일, 정 사장의 소개로 광저우 최초의 한국사람이라는 LG상사의 지성언 씨와 어려운 가운데서 정직하게 성공을 일구어 냈다는 중소기업 사장 세 명과 통화했으나 모두 골프 약속이 있고, 저녁에도 모임이 있다고 했다.

이어서 자신만의 독특한 삶을 살며 필자와 같은 꽁지머리를 하고 있다는 임모씨와 통화를 한 후, 길을 물어물어 찾아갔으나 '술이나 한잔 하자'며 인터뷰는 끝내 사양했다.

제2회 광둥 가구박람회 개막식 때 8백 명이 올라가도 거뜬한 초대형 소파를 무대로 사용해 〈기네스북〉에 오르며 화제가 되었고, 2001년 'IT제품 생산액'이 2천9백17억7천7백만 위안(약 46조7천억 원)으로 11년 연속 전국 선두를 달렸으며, '비단이 장수 왕서방'의 시조인 '비단그룹'의 비단이 유명한 광둥성.

그 광둥성 전체에는 한국사람이 1만5천 명 정도 살고 있는데, 그 성도이며 한국의 전라도 광주와 자매도시를 맺은 인구 7백만의 광저우에는 6천여 명이 대기업과 중소기업의 지사와 서비스업, 옥

광저우의 한국식당 '소미헌'에서 정병수 총경리가 한족 종업원과 이야기하고 있다.

돌공장 등의 중소 제조업 중심으로 일을 하고 있다고 들었다.

그러나 일정이 짧은 광저우에서는 마땅한 주인공을 찾지 못해 몇 사람의 라이프 스토리만 간단히 소개한다.

한국식당 소미헌(笑味軒)의 총경리(사장) 정병수 씨.

1963년생으로 전남 벌교 출신인 그는 6·25 이후 집도 절도 없는 외지인들이 모여 형성되었다는 벌교에서 깡패와 양아치들이 설치자 태권도를 배워 거의 매일 싸움을 하다시피 하며 광주고등학교와 조선대학교 중문과를 졸업했다.

군 제대 후 2년 간 타이완 유학을 했는데, 그곳에서 8층 건물 전체에서 해산물을 파는 타이완의 유명한 식당 '해패왕(海貝王)'을 보고 식당도 기업이 될 수 있구나 하는 생각을 했다.

그후 1991년에 귀국해 10년 동안 비디오 헤드 제조업체와 건설회사에 다니면서 중국에 아파트를 짓는 일로 칭다오에서 3년 간 거주하기도 했다. 그 인연으로 2001년 5월, 서울의 종로거리에 해당하는 광저우의 번화한 거리인 중화광장에 새로 개업한 소미헌의 총경리가 되었다.

노인도 잘 먹을 수 있도록 얇게 저민 효자갈비와 삼계탕을 주메뉴로 정한 정 사장은 광저우에 있는 10여 개의 한국식당들처럼 7백만 광저우 인구 중 상류층 1백만을 타깃으로 삼고 있다고 했다.

"아직까지는 경영상 어려움이 많지만 올해는 제 궤도에 올라설 것입니다. 그 이후에는 중국의 발전과 함께 무한하게 성장할 수 있겠지요."

3백50평 넓이에 2백12석, 룸 6개, 종업원 50명 규모인 소미헌의 일 일 손익분기점은 3만 위안이라고 한다. 임대료는 월 12만 위안,

'소미헌'의 주방장 양석렬 씨.

홀 종업원의 월급은 8백 위안에 주방 종업원 월급은 1천2백 위안.

　한국 김치를 홍보 로고로 쓰고 있는 소미헌은 2003년 5월부터 해마다 중국사람들에게 한국의 사물놀이를 보여주고, 절인 배추와 양념을 무료로 제공해 한국 김치를 담그게 하는 '김치축제'를 기획하고 있었다.

　타이완인 부인과 1남 1녀를 한국에 두고 온 정 사장은 소미헌 본점을 성공시킨 후 2개의 분점을 더 내는 것이 꿈이라고 했다. 그런데 한국사람들은 중국에 와서까지 지역감정을 버리지 못하더라고 한마디 했다.

　"같은 호남 사람끼리도 벌교 출신을 무시합니다. 그런데 중국에 와서까지도 벌교 출신을 무시하더라니까요."

　소미헌의 주방장 1961년생 양석렬 씨.

　전남 화순이 고향으로 광주일고 출신인 양씨의 첫 직장은 마포

구 성산동의 한 냉면집에서 냉면을 배달하는 일이었다. 다음은 대우빌딩 구내식당과 한식당에서 주방보조를 4년 간 하다가 그후 3년 동안 21명의 선원이 탄 상선의 요리사로 일하며 미국과 유럽, 남미 등 44개 국을 돌아보았다.

미국 플로리다 주에 내렸을 때는 밀입국을 하기 위해 짐까지 다 싸두었으나 중풍으로 누워 계시는 홀어머니의 얼굴이 눈에 밟혀 포기했다고 한다.

그후 전라도 광주와 정읍의 뷔페 식당에서 주방장으로 7년 간 일하다가 2001년 3월 친지의 소개로 광저우로 오게 되었는데, 17명의 중국 종업원들을 거느리면서 '성공한 식당의 주방장이었다는 말을 들을 때까지 소미헌만의 독특한 메뉴와 맛을 개발하겠다' 며 자신에 차 있었다.

한국과 비슷한 2백50만 원의 월급을 받고 있다는데, 나중에 중국에서 자신의 식당을 개업하는 것이 꿈이라고 했다.

1956년 생이라는 임모씨를 만나러 나간 황쓰루〔黃石路〕의 외무대학 앞.

약속 시간이 30분이나 지났는데도 꽁지머리를 했다는 임씨는 보이지 않고, 스무 살도 안 되어 보이는 앳된 중국 처녀가 자전거에 두세 살짜리 아이를 싣고 달려와 유창한 영어로 말을 걸어왔다. 알고 보니 그녀는 외무대학 영문과 출신으로 47세인 임씨와 4년째 살며 세 살 된 딸까지 둔 23세의 동거녀였다.

임씨는 7년째 광저우에서 거주하며 한국 유학생을 상대로 하숙집을 운영한다는데, 한사코 인터뷰를 거절했다.

"나는 한국에서 큰 사고를 치고 도망온 사람이기 때문에 가명으로도 인터뷰는 할 수가 없습니다. 여기까지 왔으니 그냥 술이나 한 잔 합시다."

처음에는 김밥을 만들어 외무대학과 판자촌으로 팔러 다니다가 지금은 외무대학의 한국 유학생 40여 명 중 5명을 상대로 4년 반째 하숙집을 운영하고 있어서 먹고살기에 걱정은 없다고 했다.

사업한다고 중국 와서 조선족 여자, 중국 여자 끼고 놀아나다 돈만 날린 채 망하고 돌아가면서 중국 쪽으로는 오줌도 안 누겠다고 떠드는 한국사람들은 다 반역자이고, 자신은 한국 돈 안 갖다 쓰니 차라리 애국자라고 말하기도 했다.

"나는 죽을 때까지 한국으로 돌아가지 못하는 사람이고, 여기서도 한국사람은 누구와도 안 만나고 살지만 그래도 내 삶에 충실하고 있고, 무엇보다 자유롭습니다."

그렇지만 그런 임씨도 끝내 한국을 버릴 수는 없었던지 끝으로 이런 말을 하고 입을 닫았다.

"나 죽으면 내 머리카락만이라도 잘라 한국으로 보내 달라고 저 여자한테 유언해 두었습니다."

궁금한 게 많아 이리저리 잔머리를 굴리며 이것저것 물어보았지만 결국 술 이야기만 하다가 술자리를 끝낼 수밖에 없었다.

10
선 전

세계를 돌아 선전에 정착한 풍운아
'거구장' 홍은표

아버지는 당시 한국 최고의 부자인 화신백화점의 박흥식 씨와 의형제 사이로 운수업을 하셨다. 한국에 있던 트럭의 70퍼센트가 아버지 회사의 소유라고 했다. 어머니는 사채 업계 큰손 중의 큰손으로 재벌들하고만 거래하셨다. 집안 구석구석에는 항상 돈자루들이 가득했다.

서울 필동의 저택에 살며 서울의 명문인 수송초등학교에 다니던 시절, 그가 간직하고 있는 기억들이다.

수송초등학교 6학년 때는 서울시 대표로 문교부장관상을 받을 만큼 공부를 잘 했다. 수송중학교 1학년 때는 서울시 독서왕으로 선발되기도 했고, 바둑이 1급으로 맞수를 찾기가 쉽지 않았다.

그러다 중2 때부터 운동에 미치기 시작했다. 매일 새벽 4시 반부터 7시까지 육체미도장에 다니며 몸을 단련했고, 오른손 두께가 왼손의 두 배가 될 정도로 당수를 배웠다. 중3 때 벌써 키 174센티미터에 가슴둘레가 125센티미터였다.

한성고등학교 시절에는 당시 명동 코스모스백화점 5층의 롤러스케이트장과 낙원동의 낙원분식점 그리고 유명한 깡패 클럽인 흑석동의 흑석클럽 등 깡패들의 아지트를 다 찾아다니며 평정했고, 친구들과 양복에 가발 쓰고 밤마다 나이트클럽에서 살았다.

한성고등학교에서 럭비부에 들어가 윙을 맡아 활동하다 고려대에 들어가서도 럭비선수로 활동했다. 학교를 졸업하고 군복무를 마치고는 바레인과 사우디아라비아, 아랍에미레이트, 예멘, 수단, 요르단 등을 돌며 5년 간 외국생활을 했다.

갑자기 왜 외국생활을 하게 되었느냐는 물음에 그는 '그때 일은 더 이상 묻지 말고 그냥 넘어가'고 했다. 그러면 글을 쓸 수가 없다고 완강히 맞서니 겨우 한마디를 했다.

"그럼 이 말만 하죠. 그때가 80년 봄의 신군부 때였는데 우리 집안도 문제가 되었고, 제가 모시던 부사단장도 문제가 되었습니다."

그때 집안의 모든 재산은 몰수당하고 아버지는 화병으로 세상을 뜨셨다고 한다. 집안이 풍비박산이 난 것이다. 그후 그는 일본 도쿄로 건너가 13년을 그곳에서 살았다.

당시 재일교포 중에서 두 번째로 부자인 모 재벌회장과 어머니가 친분이 두터웠던 것이다. 그 연줄로 그 재벌 회사에 들어가 34개의 점포를 가진 식당 체인인 '가앵' 등 그의 기업체들 중 9개 회사의 사장을 맡아 30대를 보냈다. 사장단 회의에서 회장이 공개적으로 그를 지목하면서 '당신들 중에서 이 사람처럼 회사 일 열심히

도서대여점을 하는 김대순 씨와 한국식당 거구장에서 만났다. 거구장의 홍은표 사장은 사진촬영 사양.

하는 사람 있으면 나와보라' 고 말할 만큼 전력투구했다.

그러던 1992년, '앞으로 중국 선전[深川]이 크게 발전할 것이다. 선전에 식당 하나를 같이 해보자' 는 홍콩 친구의 권유를 받고 그와 합자로 1백만 달러를 중국은행에 예치하고 사업승인을 받았다.

일본생활을 청산하고 자신의 사업을 시작하기 위해 선전으로 날아온 그는 전중국에서 공식 승인된 외자식당 1호인 그의 식당 이름을 '한국식당 거구장' 이라고 짓고, 숯불갈비를 주 메뉴로 본격적인 영업을 시작했다. 그러다가 홍콩이 중국에 반환되기 전인 1995년, 동업자가 홍콩으로 돌아가게 되어 식당을 자신의 이름으로 독자 인수했다.

1백60석 규모에 45명의 종업원이 일하는 거구장은 잘 될 때는 연간 40억 원의 매출을 올리기도 했으나 지금은 9억 원 정도라고 한다.

175센티미터 정도의 키에 다부진 체격을 갖고 있는 그의 첫 눈빛은 매우 날카로웠다. 인터뷰에 선뜻 응해 주기는 했지만 자신이 할 이야기만 하고 필자의 질문에는 눈빛을 죽인 채 그냥 빙긋 웃음으로 넘겼다.

"체인화가 목표인데 중국에서는 그게 잘 안 되네요. 중국 애들이 뒤돌아서면 딴짓을 하거든요."

세계적인 타이완의 폭력조직 삼합회의 서열 3위는 한국 총책을 맡고 있는 인물인데 타이완 국립대를 졸업하고 영어와 독어, 일어, 한국어를 구사하는 엘리트로 홍은표 사장과는 형, 동생 하는 사이라고 한다. 가끔 삼합회의 회장이 거구장에 오는데, 그때는 홍콩과 마카오 책임자 등 10명 이상을 동반한다고.

그 친분으로 선전에서 자리잡을 때 생겼던 여러 가지 골치 아픈 문제들을 법으로 안 되면 주먹으로 해결해 안정을 찾았다고 한다.

또한 선전에서 최고의 지위에 오른 조선족은 공안국 과장으로 있는 여성인데 그녀의 외삼촌은 중국 공안국 서열 7위다. 그는 그녀와도 친분을 맺어 오누이 같은 사이라고 한다.

북한의 미생물연구소 소장이 딸과 함께 한국으로 망명하기 전, 북한을 탈출한 후 바로 중국 공안에게 체포되어 두만강 투먼(圖們)에서 북한으로 송환될 위기에 처했을 때 부녀는 두 번이나 자살을 기도했다.

그 소식을 듣고 그는 투먼으로 달려가서 선전의 공안국 과장을 비롯한 자신의 모든 인맥을 동원하여 새벽 2시에 호텔에 감금되어 있던 부녀의 손을 잡고 탈출하는 데 성공했다. 그리고 자신의 집에 세 달 동안 숨겨 주고 한국영사관을 통해 한국으로 보내 주었다.

그는 지금까지 10명의 탈북자들을 한국에 보내 주었다고 한다.

1989년, 중매로 결혼해 현재 초등학교 6학년과 4학년인 1남 1녀를 두고 있다.

 '한푼도 투자 않고 호텔사업 하기도'

1980년 홍콩을 모델로 도시를 개발할 계획이었던 덩샤오핑에 의해 주하이[珠海]와 함께 중국 최초의 경제특구로 지정된 선전은 파격적인 세제혜택과 정부의 각종 우대정책으로 외국자본을 급속도로 빨아들여 90년대 중반까지 연평균 10퍼센트 대의 경제성장을 유지하며 개혁개방의 견인차 역할을 해왔다.

그렇게 함으로써 특구의 아버지인 등소평의 기대를 저버리지 않았던 선전은 홍콩에서 비행기로 40분 거리다.

1인 당 평균소득 연간 5천 달러로 중국 최고의 수입을 자랑하는 선전에는 약 7천 명의 한국사람들이 살고 있다. 삼성, LG, 대우 등 대기업 생산공장들과 그 협력회사들이 많고 식당, 호텔, 미용실, 식품점 등 서비스업에도 많이 진출해 있다.

1962년생 이윤기 씨.

한양대 공대 졸업 후 1988년 2월 삼성 SDI 수원공장에 입사해 대리 때인 1994년 11월, '선전 브라운관 프로젝트'에 따라 선전으로 왔다. 선전에 있는 한 부실한 브라운관 생산공장을 인수해 삼성의 자본과 기술로 좋은 제품을 생산해 중국 내수의 기반으로 삼는다는 계획이었다.

그와 함께 20명의 삼성맨들이 넉 달 동안 영문, 중문, 한글로 된 아홉 종류, 3천 쪽에 달하는 자산인수 계약서와 라이선스 계약서를 완성했을 때, 상대방에서는 '어떻게 이런 고급 정보까지 파악하여 이렇게 정밀한 계약서를 만들 수 있었을까' 하고 삼성의 응집력과 정보 수집력에 감탄하더라고 했다.

6억 달러를 투자한 삼성 SDI 선전공장은 1천1백 명의 중국인 직원을 고용하고 연간매출 4억 달러를 기록하고 있다. 그 동안 낸 세금과 함께 선전시에 기여한 공로를 인정받아 선전시 측에서 현지 법인에게 선전의 명예시민증까지 수여했다.

이윤기 씨는 월급 3백만 원을 받는 과장 때인 2000년 1월, 12년 간의 삼성 생활을 접고 극동 컨테이너의 부사장으로 전격 스카우트되었다. 중국 진출을 희망하고 있던 극동 컨테이너에서 일 년 간 선전지사를 설립시켜 준 후인 2001년 1월, 수출입 물류 운송을 대행해 주는 자신의 회사를 차려 독립했다.

'화물을 잡아올 능력이 있으면 누구나 쉽게 할 수 있는 사업'이라는 수출입 물류 운송 대행은 수출입품에서부터 개인들의 작은 짐들까지 화물들을 모아 컨테이너로 만들어 운송하는 일인데, 발이 넓고 인간관계가 좋은 사람에게 적합한 사업이라고 한다.

그에게는 삼성의 협력사들이나 LG의 협력사들이 주요 고객이라고 한다. 그는 이제 한국보다 기회와 틈새가 더 많은 중국에서 이 사업으로 성공한 후 노년에 한국으로 돌아가겠다고 했다.

호텔 방 세일즈를 하는 1956년생 윤도근 씨 역시 삼성SDI 수원공장에서 기술자로 22년 간 근무하며 1993년에는 김영삼 대통령으로부터 '품질명장상'을 수여한 적도 있었다. 하지만 IMF로 인한 구조

조정 때 생산관리과장이었던 자신의 손으로 부하 22명을 정리하고 자신도 명예퇴직을 했다. 그 대가로 1억5천만 원의 퇴직금과 약간의 주식을 받았다.

22년 동안 회사와 집밖에 모르고 살았던 그는 모든 것이 낯설고 대형화하는 한국보다 중국이 더욱 친근하게 다가왔다. 베이징에서 컨설턴트회사를 운영하는 친구에게 몇 차례 상의한 결과 큰 투자 없이 무에서 유를 창조할 수 있는 호텔의 한국부를 맡아서 해보라는 것이었다. 그가 다니던 삼성SDI가 자리잡고 있는 선전에서 그 일을 하면 승산이 있다는 의견이었다.

2002년 2월, 그는 선전으로 날아가 5성급 호텔인 28층 규모의 경현호텔 총경리와 통역을 앞세워 면담을 했다.

"나는 삼성SDI에서 22년간 일했던 사람이다. 경현호텔 14층을 나한테 빌려 주면 삼성SDI 직원들과 삼성코닝 직원들을 끌어들여 호텔이 돈을 벌게 해주겠다. 단, 3개월 안에는 보증금을 내지 않겠다. 3개월 간 경험을 쌓고 나서 보증금 조로 한국 돈 2천만 원을 내겠다."

총경리의 동의를 얻어 5성급 객실 15개를 계약했다. 1실 6백 위안인 호텔비를 5백20위안으로 깎고, 그중 호텔 측에 3백20위안을 주기로 했다. 한푼도 투자하지 않고 '삼성SDI'를 팔아 선전 최대의 호텔 한 층을 빌린 것이다. 방 하나를 팔면 2백 위안을 남길 수 있었다.

월급 2천 위안을 주는 조선족 직원 4명을 고용하고, 삼성을 비롯한 한국 무역회사와 컨설팅회사를 찾아다니며 세일즈를 한 결과 한 달 평균 3백30개의 방을 팔게 되었다. 그런 다음에는 3성급 호텔인 22층짜리 북방호텔의 13층에 있는 방 16개도 계약을 마쳤고, 한국의 중소기업 공장들이 많은 동관 지역에도 한국부를 신설할 계획이다.

별로 큰 투자도 하지 않고, 월 6만 위안 이상의 수입을 올리고 있는 그는 가끔 여자를 찾는 투숙객이 있을 때가 가장 난처하다고 말했다.

여행사를 운영하는 1954년생 박모씨.

인하대 영어교육과를 졸업하고 여고 영어 선생으로 7년간 교편을 잡고 있다가 한국의 교육 현실에 너무나 깊은 회의를 느끼고 사직했다.

첫 사업으로 택한 것은 모 상품업체의 대리점. 그러나 3년 만에 경험 부족으로 부도를 내고 큰 빚을 지게 되었다. 집에 차압이 들어오자 가족들은 친척집에 얹혀 살게 되었고, 자신은 채권자들을 피해 다니다 급기야 돈 한푼 없이 홍콩으로 도피했다. 한국에 계속 눌러 있어 봐야 빚을 갚을 수도 없는 상황이라 새로 출발할 자신이 없었던 것이다.

홍콩의 번화가 침사초이에 있는 한 한국 상점에서 청소를 해주고 짐을 날라 주며 월급도 없이 숙식을 해결하기 8개월, 그때 눈에 띈 것이 사향과 우황, 편자황 같은 중국의 한약재였다.

한국에 있는 아내에게 부탁을 해서 어렵게 2백만 원을 송금 받아 그 돈을 밑천으로 한약재를 사들고 태국, 베트남, 말레이시아, 싱가포르 등의 한약방을 돌아다니며 보따리장사를 시작했다. 그렇게 해서 5년 만에 한국의 채권자들에게 빚잔치를 하고 아내와 1남 1녀를 불러들여 선전에서 새살림을 시작할 수 있었다.

당시 중국 한약재는 동남아에서 인기가 좋았다. 싱가포르 세관에서는 가지고 있던 한약재를 모두 빼앗기기도 했고, 태국에서는 권총강도에 납치되어 미화 7만 달러를 털리기도 했지만, 쉬지 않고 동남아를 돌아다니며 발품을 판 결과, 많지는 않지만 살림 밑천은 장만할 수 있었던 것이다.

그후 힘들고 위험한 한약재 장사를 그만두고 1996년 4월 선전으로 이주해 한국사람들을 상대로 하는 여행사를 설립했다. 비자 연장이 주요 업무다.

사립 중·고등학교는 일 년에 2만 위안의 학비가 들지만 공립 중·고등학교는 일 년에 3천 위안밖에 안 들고, 소풍갈 때 돈 드는 것 이외에는 일체의 잡부금이 없으며 교과서, 노트 등의 학용품까지 모두 무상으로 지급해 주는 중국의 교육제도가 좋더라고 했다.

그는 앞으로 중국 주요 대도시에 지점을 구축해 비자연장 업무에 대한 그 동안의 노하우를 바탕으로 체계적인 여행사 사업을 발전시켜 나갈 계획을 세워 두고 있었다.

월 임대료 3천 위안짜리 30평 아파트에 살며, 월 임대료 5천 위안짜리 사무실에서 월급 3천 위안을 주는 조선족 직원 3명을 두고 비자 연장 업무를 주로 취급하고 있는 그는 이제 한국에서의 부도로 인한 궁지에서 거의 다 벗어난 것 같았다.

그러나 그 동안 피해를 준 사람들에게 고개를 들기가 부끄러워 이름을 드러내고 인터뷰를 할 수는 없다고 사양했다.

중국의 모든 요리들이 다 모여 있는 도시 선전에서 처음으로 해산물요리인 광동채를 먹어보고는 그 맛이 기가 막히게 좋아 한국의 가족들이 생각나며 눈물이 나더라는 말도 했다.

차분함이 인상적인 도서대여점 주인 김대순 씨.

76년생인 그녀는 서울 신정여고를 다닐 때 반장도 했고, 반에서 5등 안에 드는 좋은 성적을 올렸지만 '날라리 그룹'과 어울리면서 고1 때부터 술, 담배를 하며 폭력을 휘두르고 나이트클럽을 전전했다.

졸업 후 금호그룹 회장 부속실에 취직해 6년을 근무했는데, 그 사이 야간대학을 다니며 공부를 해 남서울대학 중국어과를 졸업하고, 서울대에서 1년 간 한국어 교육과정을 수료했다.

회사에서 3개월 간 중국 연수를 보낼 사원 10명을 선발할 때 그녀는 그룹 전체에서 뽑힌 단 한 명의 여사원이 되었다. 그래서 1996년 8월, 선전으로 올 수 있었고, 당시 선전에서 중국과 합자로 사업을 하고 있던 금호고속의 중방 측 직원인 71년생 밍밍[明明]을 만날 수 있었다.

첫눈에 그녀에게 반했다는 밍밍은 계속 데이트 신청을 해왔고, 김대순 씨가 3개월 연수를 마치고 한국으로 돌아온 뒤에는 그도 짝사랑을 만나기 위해 1998년에 고려대 국제대학원의 한국학 전공으로 유학까지 오게 되었다. 김대순 씨 또한 그와 자주 만나다 보니 중국사람이라는 거부감이 없어져 점점 사랑에 빠지고 말았다.

2001년 3월, 그들은 선전에서 결혼식을 올리고 몰디브로 허니문 여행을 다녀왔다.

꼼꼼한 밍밍과 덜렁이인 김대순 씨는 처음에 부부싸움을 엄청 많이 했다고 한다. 평소에 한국어 반말로 대화를 하는 그들은 싸움도 한국말로 하는데 부부싸움에서 질 것 같으면 김대순 씨는 최후 무기로 여권을 꺼내든다고 한다.

그러면 한국 욕이라고는 '씨팔' 밖에 모르는 밍밍은 그때마다 '씨팔, 내가 졌다. 가지 마'라고 한단다. 그런데 요즘은 얼마 전에 함께 본 비디오 〈엽기적인 그녀〉에서 말을 배워 말끝마다 '죽을래?'라고 한다고.

할 수 있는 요리라고는 김치찌개와 된장찌개 딱 두 가지밖에 없는데 밍밍이 그것들만 좋아해 다행이라는 김대순 씨는 밍밍이 술 먹고 늦게 들어오는 일은 없지만 집에서 스포츠 프로만 끼고 사는 것이 불만이라고 했다. 또한 자기 돈은 각자 자기가 관리하고, 아직 서로 말이 서툴러 깊은 애정표현을 할 수 없는 것들이 아쉽다고 했다.

두 달 전에는 인터넷에 들어갔다가 우연히 선전에 사는 같은 또래의 다른 한·중 커플 두 쌍을 알게 되어 '새댁모임'을 만들고 부부끼리 가끔 만나 외로움을 달랜다고 했다.

결혼 후 선전 한글학교 선생과 교민잡지 편집장을 하다 지금은 40만 위안을 주고 산 자신의 25평 아파트에서 한국 책 대여점을 하고 있는데, 하얼빈에 있는 에스콰이어 이인표 회장의 '인표도서관' 같은 '대순도서관'을 갖는 것이 꿈이라고 했다.

인터뷰 끝에 26세의 김대순 씨는 갑자기 지갑 속에서 2백 위안(3만2천 원)을 꺼내 필자의 노트 속에 잽싸게 끼워 넣으며 말했다.

"저는 선생님 같은 분이 너무 좋아요. 어떻게든 하시는 일에 도움이 되어 드리고 싶은데 제가 아직 돈을 잘 못 벌거든요. 지금 가진 게 이게 전부인데, 부끄럽지만 여비에 보태 써주시면 고맙겠습니다."

막내동생보다 더 나이가 어린 사람에게 그런 돈을 받는다는 것이 기가 막혔지만 김대순 씨의 진심이 묻어 있는 돈이라 거절했다가는 괜한 상처를 주게 될까 봐 그냥 받고 말았다.

11
구이린

친절과 외국어로 1위 명소 만들어
'황금코끼리호텔' 조오현

구이린[桂林]에 있는 3성급 이상 호텔은 모두 23개. 그 중 한국사람이 경영하는 호텔은 중국 측 파트너와 합자경영하고 있는 대우쉐라톤호텔과 황금코끼리호텔이다. 상비산을 마주하고 있는 황금코끼리호텔의 총경리인 1962년생 조오현 사장을 만났다.

그는 외국어대 중국어과를 졸업하고 영창피아노에 입사한 후 1989년 영창피아노 톈진 공장 프로젝트의 사업성 조사차 톈진에 첫발을 디뎠다.

그때는 개혁개방 이전이었는데도 '출근은 즐겁게, 퇴근은 편안하게'라는 부드러운 구호나 직장에서의 자유스러운 분위기, 회사

간부들의 비즈니스에 대한 열정, 공무원들의 적극적인 외자유치 자세 등을 체험하면서 결코 만만한 상대가 아니라고 생각했다.

5천5백만 달러를 투자해 톈진 공장을 설립한 다음 1997년, 황금코끼리호텔 김천호 회장의 스카우트를 받아들여 구이린으로 이주했다. 김천호 회장은 객실 73개, 사우나, 식당, 미용실, 바, 상점 등이 있는 4층 규모의 호텔을 우리 돈 30억 원에 인수하기로 계약을 맺고 중국말도 잘 하고 중국 물정도 잘 아는 한국사람을 찾고 있었던 것이다.

그는 호텔의 인테리어를 다시 하고, 1백20명의 직원을 모집하여 교육을 시킨 후 2000년 2월에 문을 열었다. 개관식 때는 한국에서 베이비복스, 구피, NRG 등의 인기가수들을 불러와 개관식과 함께 한·중 콘서트를 개최해 구경꾼으로 인산인해를 이루었고, 중국의 각 방송사에서도 그 현장을 중계해 호텔 홍보에 큰 성공을 거두었다.

그러나 2000년도 첫해의 영업실적은 적자였다. 호텔업이란 외국이나 외지에서 온 관광객들이 대상이지 지역주민들이 대상은 아니었던 것이다.

단체관광을 받기 위해 구이린의 중국여행사들을 찾아다니며 조선족이나 중국 가이드들과 친교를 맺고, 직원들에게 영어와 한국어 교육과 함께 친절 재교육을 시킨 뒤인 2001년에야 흑자로 돌아설 수 있었다.

2인 1실 표준실 방 값이 하루 6백 위안으로 구이린의 23개 3성급 이상 호텔 중에서 세 번째로 비싼 황금코끼리호텔이 투숙률 81퍼센트로 1위를 기록한 것이다. 투숙객 중 약 20퍼센트는 한국 관광객들이었다.

조선족 가이드들이 턱없는 커미션을 요구할 때나 조선족, 내지인, 외지인으로 파벌이 형성되어 있는 1백20명 직원이 서로 반목

구이린에서 가장 인기 높은 황금코끼리 호텔.

구이린 황금코끼리 호텔의 조오현 사장과 문학박사인 부인.

해 호텔 분위기가 살벌해질 때, 불만이 적은 중국 손님들에 비해 한국 손님들이 너무 심하게 불평할 때 그는 스트레스를 많이 받는다고 했다.

연봉 5천만 원을 받으며 동갑내기 부인 채연심 씨와 2남 1녀와 함께 살고 있는 그는 올해도 황금코끼리호텔을 흑자로 만들기 위해 뛰고 있을 것이다.

"저는 구이린 사람이 되고 싶을 뿐 신선이 되고 싶지 않습니다. 비오는 날 커피를 마시며 구이린에서 3년만 살면 시인이 될 줄 알았는데 그렇지는 않더군요."

문학박사 출신인 부인 채연심 씨가 인터뷰 끝에 한 말이다.

한국보다 더 전망 좋은 구이린 김치 장수 '한상김치' 이성균

중국에서는 김치를 포우차이〔泡菜〕라고 하고, 김치찌개를 포우차이탕이라고 부른다.

1961년생인 이사장은 특이하게도 구이린에 한국김치 공장을 만들었다. 2001년 구이린으로 이주해 일 년 동안 시장조사를 한 후 충분히 승산이 있다고 판단하고 10만 달러를 투자해 사업을 시작한 것이다. 월세 7천4백 위안의 깨끗한 2층 건물을 임대해 1층은 공장, 2층은 사무실 겸 직원숙소로 사용하며 독자 기업으로 승인을 받았다.

중국사람들은 한국식 김치 대신 배추를 소금에 절인 포우차이를 먹는데 그들에게도 한국김치가 먹힐 수 있을지 궁금하여 황금코끼리호텔 앞에서 5백여 명에게 한국김치에 대한 설문조사를 실시했더니 한국김치에 대한 호감도가 80퍼센트나 되어 자신을 얻었다고 한다.

처음에는 김치를 담기 위해 중국배추를 중국소금에 절였더니 삭아 버리는 문제가 발생했다. 또한 중국사람들은 젓갈을 안 먹는다는 핸디캡도 있었다.

대학에서 화학을 전공한 이 사장은 이 문제를 두고 백방으로 연구한 끝에 그 해결책을 얻었다. 한국소금과 중국소금에 들어 있는 염화마그네슘의 함량 차이와 중국 배추를 각각 한국소금과 중국소금에 몇 시간을 절여야 한국김치 맛이 나는지를 밝혀낸 것이다.

중국에는 정말 젓갈이 없는지, 중국사람은 진짜 젓갈을 안 먹는지를 알아보기 위해 인근의 쿤밍, 충칭, 광저우 등을 돌아다니며 조사한 끝에 중국사람도 액젓은 국 끓이는 데 넣고 육젓은 썰어서 반찬으로 먹는다는 것을 알게 되었다.

중국사람의 입맛에 맞는 젓갈을 찾기 위해 다롄 부근의 베이하이〔北海〕까지 가서 준치 액젓을 찾아내는 데 성공하기도 했다. 배추는 남방의 쿤밍에서, 고춧가루는 북방의 창춘에서 조달받으며, 소금은 전공을 살려 자신이 직접 생산하고 있다.

그런 다음 12명의 종업원들과 함께 김치를 담그며 포장기가 나와 포장김치로 판매할 날만 손꼽아 기다리고 있었다. 중국 남방에서 자신이 개발한 한국김치로 성공을 꿈꾸고 있는 것이다.

그는 한국에서 페인트 회사와 제약회사를 거치며 12년 간 직장

중국인들에게 한국 김치 먹이려는 구이린 '한상김치' 의 이성균 사장 부부.

생활을 하다 IMF 때 명예퇴직을 했다. 그후 베이징에서 여행사를
운영하는 동생의 권유로 함께 일을 하다 신통치 않아 여러 가지 사
업을 구상하던 끝에 한국사람도 별로 없는 남방의 구이린에 와서
중국사람들을 대상으로 한국김치 공장을 설립한 것이다.

　부인과 두 아들과 함께 살고 있는 그는 중국 초등학교에 다니는
어린 아들들이 중국말을 몰라 적응하지 못하던 거주 초기에 일주
일에 한 차례씩 전에는 없던 상을 만들어 주며 격려를 아끼지 않았
던 구이린의 선생님들이 정말 참스승 같더라며 감사해했다.

　46평 아파트 임대료가 월 1천5백 위안인데 초등학교 한 학기 학
비가 1천 위안으로 좀 비싼 편이다. 영어학교는 한 학기에 5천 위
안을 받는다고.

　아시아나 항공에서 직항이 개설되어 있는 구이린에는 이들 외
에도 아시아나 항공 지사와 대우쉐라톤호텔, 대우자동차, 대우자
동차에 에어컨을 납품하는 동완산업, 한국식당 명월관에 근무하는

사람들의 가족을 포함해 27명의 한국사람이 살고 있다.

그런데 한 가지 특기할 일은, 2001년 12월 4일 새벽에 아시아나 항공 구이린 지사장이 살고 있는 빌라에 원인 모를 화재가 발생해 일가족 4명이 목숨을 잃는 가슴아픈 사건도 있었다는 점이다.

유명한 중국 노래 한 구절.

돈벌어서 구이린에 가고 싶네.
그러나 돈을 벌어 부자가 되었을 때면
나는 시간이 없겠네
시간이 있으면 돈이 없다네

중국사람들이 가장 가보고 싶어하는 곳이 바로 중국 56개 소수민족 중에서 그 인구가 가장 많은 6백만 명의 광시촹 족들이 흩어져 살고 있는 광시촹족자치구 바로 옆의 구이린이다.

계수나무가 많아 '계수나무 숲'(桂林)이라고 불렸는데 옛날의 지각변동으로 해저가 돌출한 카르스트 지형인 까닭에 기암괴석이 특이하고 풍치가 빼어나 예부터 숱한 시인과 화가들의 작품 소재가 되어왔고, 이연걸 주연의 영화 〈소림사〉의 배경이 되기도 했다.

'천하제일산수'(天下第一山水)라는 리장강과 코끼리가 물을 마시고 있는 형상의 상비산 그리고 복파산, 가석관, 천상공원, 관암동굴, 계해비림, 정강왕궁, 독수봉, 나비박물관 등의 천하절경으로 인해 구이린을 '계림산수갑천하'(桂林山水甲天下)라고 부르게 했다.

인구 50만 정도인 구이린의 절경을 즐기기 위해 연평균 10만여 명의 한국관광객들과 40만여 명의 타이완, 홍콩 관광객들을 포함하여 약 1천만 명의 내·외국인들이 찾아오고 있다.

12

실크로드

남한과 북한, 중국을 떠돈 78년
신장에 뿌리내린 **박수남 할머니**

박수남 할머니의 이야기를 해준 사람은 '한화 우루무치'의 박영일 이사였다. 우루무치 최초의 한국사람을 묻는 질문에 그는 42년째 살고 있는 할머니가 계신다고 했다.

가끔 한국사람들끼리 모여 잡수실 것이라도 사들고 찾아가곤하는데, 올해 78세인 할머니는 해가 갈수록 점점 말을 못 알아들어 그 집에 오래 머물지는 못하고 10∼20분쯤 있다가 돌아온다는 것이었다.

박영일 이사와 김경환 차장은 친절하게도 회사 차로 할머니 집까지 데려다 주었다.

15평도 채 안 되어 보이는 방 2개짜리 낡은 아파트에서 젊을 때

한화 우루무치 지사.

는 꽤 미인이었을 할머니는 가족들과 함께 가난하지만 아직도 단
아한 모습으로 살고 있었다.

　박 이사가 할머니에게 필자를 가리키며 '세계 일주를 하면서 한
국사람을 만나 책을 쓰는 사람' 이라고 소개했지만 할머니는 알아
듣지 못했다. 옆에서 김 차장이 귀도 잘 안 들리는 할머니로서는
알아듣기 어려운 직업일 것이라며 할머니에게 큰소리로 '한국의
방송사에서 나온 분이세요. 옛날 얘기 좀 해주세요' 했다.

　그제야 할머니는 이해가 가는 듯했다.

　"그럼 KBS에서 나온 거야, 여기까지? 옛날에 내가 KBS에 편
지를 보낸 적이 있는데 그것 때문에 온 거야?"

　겨우 대화가 트인 할머니에게 굳이 아니라고 할 수가 없어서 그
냥 웃으며 넘어갔다.

　잠시 후, 박 이사와 김 차장은 일터로 돌아가고 느긋이 앉아 할

머니의 이야기를 듣기 시작했다. 일하러 가고 없는 외아들의 조선족 아내가 간간이 중국 차와 과자를 내주기도 하고, 할머니의 담배에 불을 붙여 주기도 했다. 거실에서 할머니의 이야기를 듣는 동안 한국말을 하지는 못해도 알아듣는다는 할아버지는 방에서 TV만 보고 계셨다.

아직도 담배를 피우고 옛날 사진의 날짜까지 정확히 기억할 만큼 정정하신 할머니는 연도를 가끔 혼동하며, 앞뒤 없이 이야기를 풀어 내셨다. 북한 말씨였다.

할머니의 청력이 많이 약한데다 자꾸 되물으면 피곤해져서 말씀을 그만둘까 봐 더 자세히 묻고 싶은 부분도 물어보지 못하고 듣기만 했다. 그러므로 부족하거나 정확하지 않은 부분도 있을 것이다.

서울 종로구 창신동 459번지 4호, 이학성. 할머니가 기억하고 있는 집 주소와 문패 이름이다. 대문을 지나면 중문이 있고, 중문을 지나면 안방, 건넌방, 사랑방, 마루가 있는 제법 큰 한옥이었다.

1남 2녀의 막내인 할머니는 그 집에서 어머니와 외할아버지, 외할머니, 외삼촌 등 외가 식구들과 살았다. 아버지는 어머니와 이혼을 했다. 이혼을 하면서 아버지는 그 집을 어머니에게 사주었고, 자신의 이름을 문패에 내건 어머니는 가난한 친정 식구들과 살림을 합친 것이다. 오빠와 언니는 아버지가 맡고, 그녀는 어머니가 맡기로 한 것이다.

'지지배가 학교 다니면 연애편지 쓴다'며 외할아버지는 그녀를 학교에 보내지 못하게 하셨고, 대신 집에서 한글과 한문, 일본어를 가르쳤다. 그러나 산수는 배우지 못해 하나 더하기 둘도 몰랐다.

1941년 열일곱 살이 되자 그녀는 일을 하고 싶었다. 그러나 산

수를 몰라 취직이 안 되었다. 마을 친구 김복례와 함께 '어디 멀리 가서 자력갱생하자'고 결의를 한 후, 둘째외삼촌 방에서 15원을 훔쳐 김복례의 친척이 산다는 함경남도 단천으로 둘이서 먼길을 떠났다.

그러고는 다시 서울에 돌아가지 못했다.

단천에서는 밥 세 끼만 얻어먹는 식모살이를 했다. 어느 날 읍 내에 김희좌 극단이 들어왔다는 이야기를 듣고 친구와 구경을 갔다. 그때 가까이에서 그녀의 얼굴을 가만히 쳐다보고 있던 단장이 그녀를 불렀다.

"너 이름이 뭐냐?"

"박수남입니다."

"뭐 할 줄 아느냐?"

"배우들 밥 해주고 빨래 해주는 것은 자신 있습니다."

그날로 그녀는 김희좌 극단의 식모로 유랑을 시작했다. 여배우들을 언니라고 부르며 따랐고, 여배우들은 그녀를 수남이라 부르며 귀여워해 주었다.

댕기를 풀고 머리를 뒤로 넘겨 가볍게 묶고 다녔는데 그것이 얼마나 편하고 좋은지 날아갈 듯했다.

어느 날 그녀가 빨래를 하면서 '번지 없는 주막'을 부르고 있으려니까 한 언니가 '수남이 노래 잘 하네. 너 목소리 한번 단련해 봐라'하고 말했다. 그 말에 자신을 얻어 매일 새벽에 일어나 '당나귀 소리'를 내며 발성 연습을 시작했다. 언니들이 김정구, 백년설, 이화자의 노래를 가르쳐주며 풍금도 쳐주고, 기타도 쳐주었다.

18세가 된 어느 날, 무대에서 마이크를 앞에 두고 백난아 씨의 노래를 불러 대환영을 받았고, 그후 다시는 빨래나 밥을 하지 않고 노래를 부르게 되었다. 그렇게 몇 년이 흘렀다.

　그러다 당시의 유행이었던, 여배우에게 몰래 전해지는 팬의 연애편지를 그녀도 받았다. 도쿄제대 출신인 양모씨가 보낸 편지였다. 훤칠한 키에 잘생긴 양씨를 그녀는 매일 밤 몰래 만났고, 첫사랑을 주었다.

　그러나 그는 곧 떠났다.

　"나 징병에 끌려간다. 돌아올 때까지 기다려주겠어, 수남이?"

　그렇게 말하던 날 밤 그는 유난히 뜨겁게 그녀를 안았고, 그가 떠나간 뒤 그녀는 참 많이도 울었다.

　언제 돌아올지도 모르는 그를 기다리기 위해 떠돌이 유랑극단을 그만두고 단천에서 다시 식모살이를 하던 중 해방을 맞았다. 그러고도 3년을 더 기다렸으나 그는 끝내 돌아오지 않았다.

　서울 창신동 집으로 돌아가고 싶어도 이미 38선이 생겨 돌아갈 수 없었고, 남조선 사람이라고 말할 수도 없었다. 누가 고향이 어디냐고 물으면 '여깁네다' 라고 대답하면서도 들통이 날까 봐 겁이 났다.

　단천을 떠나 함북 청진으로 가서 국영식품공사에서 판매원으로 일하던 중 6·25를 당했다. 얼마 후 비행기가 하늘을 새까맣게 덮던 날 청진항이 폭격 당했다.

　그녀는 사람들을 따라 무조건 북쪽으로 피난을 갔다. 피난길에 만난 사람이 윤병희 씨였다. 해군 함정의 기관사인 윤씨는 목숨을 건 피난길 내내 그녀를 도와주었다.

　사람들과 함께 손을 잡고 가슴까지 차 오르는 두만강을 건너 중국 땅 투먼으로 가서야 이제는 살았구나 싶었다. 중국 공안원들의 감시 속에서 윤씨는 국수 집에서 일을 하고, 그녀는 농가에서 식모

살이를 하며 1952년에 첫딸을 낳았다.

1953년이 되자 '북조선 인민들은 모두 돌아와 복구 사업에 참여하라'는 김일성의 훈령에 따라 다른 인민들과 함께 평양으로 돌아왔다. 평양에서 두 사람은 결혼식을 올리고 정식 부부가 되었다.

남편은 해운공사로 출근하고, 그녀는 딸을 들쳐업고 머리로 돌을 이어 나르는 복구사업에 참여했다. 두 사람이 합쳐 하루 1천1백 그램의 양식을 배급받으며 처음에는 배고픈 줄 모르고 살았다. 하지만 시간이 갈수록 배급량이 적어졌고, 어느 날 일이 끝나고 돌아와 보니 도둑이 들어 이부자리 하나만 달랑 남겨놓고 모두 털어가 버렸다.

저녁 늦게 돌아온 윤씨가 멍하니 서 있다가 말했다.

"김일성은 안 되겠다. 이러다가 애 굶겨 죽이겠다."

1955년 9월, 유일한 살림인 이부자리를 메고 세 식구는 두만강을 건넜다. 곳곳에서 총을 들고 지키고 있는 경비원들에게 2천 원이라는 거금을 주고서였다.

강을 건넌 그들은 몇 고비의 죽을 고생 끝에 드디어 헤이룽장성의 조그만 마을에 도착했다. 그곳에서 국수를 사 먹다가 인근의 조선족 마을 정미소에서 기술자를 구한다는 말을 들었다.

그들이 조선족 마을에 도착했을 때는 이미 어두워져 있었다. 물어물어 찾아간 정미소 주인에게 그들은 사실대로 털어놓고 도움을 요청했다. 주인은 그들을 방으로 들어오게 하여 쌀밥에 된장국, 찐 감자로 저녁을 차려 주었다.

"젊은 색시가 어린애 업고 온 것을 보고, 조선에서 도망쳐 온 줄 알았다. 동포에게 솔직해서 좋다. 필요한 것을 다 도와주겠다."

그들이 밥상 위의 음식을 정신없이 입안으로 털어넣고 있을 때 주인이 한 말이었다.

"민족의 감정은 세상 어디를 가더라도 풍부하더라고."

이 대목에서 할머니가 한 말씀이다.

주인은 방 한 칸과 쌀 한 가마니를 구해 주었고, 부부는 그 집 정미소와 농장에서 정말 열심히 일했다.

6개월 후 윤씨에게 '호구'(중국 신분증)가 나왔다. 그러자 윤씨는 돈을 벌어 오겠다며 혼자 서북쪽으로 떠나 버렸다. 그런 그를 보고 마을 사람들은 '살게 해주었더니 몰래 혼자 도망갔다'며 남아 있는 그녀를 구박했다. 그녀는 그냥 죽어라 일만 했다.

얼마 후 윤씨에게서 소식이 왔다. 자기는 중국의 서북쪽 변경에 있는 신장[新疆]에서 자리를 잡고 돈을 잘 벌게 되었다는 편지와 함께 40위안을 보내 왔다. 계속해서 3백 위안, 3백40위안이 와서

남북한과 중국을 유랑하다 우루무치에 정착해 42년을 살아온 박수남 할머니와 소수민족 할아버지.

6백 위안을 모을 수 있었다. 당시로서는 큰돈이었다. 촌장과 당 서기는 물론 마을 사람들까지 돈을 꾸러 왔다.

1956년 12월, 그녀는 아이를 데리고 신장으로 떠났다. 꾼 돈을 갚지 못해 안절부절못하는 마을 사람들에게 오히려 돼지를 잡아 한턱 냈다.

"우리 어려울 때 도와줘서 정말 고맙습니다. 돈은 안 갚아도 되니까 걱정 마세요."

윤씨는 신장의 화력발전소에서 월급 1백30위안을 받는 고급 기술자로 일하고 있었다. 덕분에 그녀도 월급 63위안을 받는 '엉터리 기술공'으로 취직이 되어 열심히 일했다.

그 무렵 중국은 소련에 진 빚을 갚느라 나라 살림이 말이 아니었다. 먹을 것이 없어 산 속에 사는 소수민족들이 파는 여우, 승냥이 고기를 사먹느라고 돈을 다 써버렸다. 채소는 아예 돈주고도 살 수 없었다.

1960년에 두 사람은 전근 명령을 받고 우루무치로 이주했다. 그러나 1년 반 만에 이혼하고 말았다. 윤씨는 기술도 좋고 인격과 지식도 괜찮았으나 못 말리는 바람둥이였다. 소문으로만 들리던 때는 그래도 참았으나 자기도 잘 아는 젊은 여자의 집에서 바람피우는 현장을 딱 맞딱뜨리고는 정나미가 뚝 떨어졌던 것이다.

"그래도 그 사람 나한테 참 잘해 주고 좋은 사람이었는데…."

담배연기를 후~ 내뱉으며 할머니는 말씀하셨다.

그후 윤씨는 그녀 몰래 딸을 찾아와 물끄러미 바라만 보고 돌아가곤 하다가 2년 뒤 위암으로 세상을 뜨고 말았다.

남편 없고 할일 없는 그녀에게 심심찮게 중매가 들어왔지만 '되놈은 싫어서' 영화관으로 춤방으로 돌아다니던 36세 때, 영화관

앞에서 20전짜리 표를 살 돈이 없어 두리번거리고 있는데 누가 표 두 장을 쑥 내밀었다.

"나랑 같이 들어가요."

키가 작고 땅딸막한 대머리 청년이 웃고 있었다. 두 사람은 나란히 앉아 영화를 보고 그냥 헤어졌다.

며칠 후 그녀가 춤방 앞에서 50전짜리 춤 표를 못 사 두리번거리고 있는데 또 그가 뒤에서 표 두 장을 내밀었다. 함께 들어가 지터벅, 탱고, 룸바, 블루스를 신나게 추고 난 뒤부터 두 사람은 가까워지기 시작했다.

그는 소수민족 중 하나로, 몽골족의 후예인 석백족 청년 동(董) 씨였다. 나이는 그녀보다 일곱 살이나 어린 1932년 생으로 월급 88위안을 받는 객차공사의 기계수리공이었다.

딸은 그를 삼촌이라 불렀고, 그녀는 동생 같아 '꼬맹이' 라고 불렀다.

그들은 곧 결혼했고, 1966년에 아들을 낳았다. 아들을 키우는 재미는 딸과는 달라 든든하게 저금을 해둔 것같이 자랑스러웠다.

그러나 첫돌이 지나 걷기 시작하던 아들이 어느 날 갑자기 배가 남산만해지고 몸이 펄펄 끓었다. 병원에 며칠 입원해 있다가 퇴원을 했는데 안아도 눕혀도 울기만 했다.

재검진을 위해 의사가 아들을 반듯이 뉘었을 때 왼쪽다리가 구부러지지 않았다.

"소아마비입니다."

하늘이 노래진 그녀는 아들을 들쳐업고 용하다는 데는 다 찾아다니고, 좋다는 약은 모두 먹였다. 가는 곳마다 내 다리와 바꿔 달라고 사정했다.

그녀의 간절한 모성 때문인지 아들의 다리는 점점 좋아지기 시작했다. 그래서 '6개월만 더 노력하면 병신은 안 만들겠다'는 의사의 판정을 들었을 때, 베이징에서 출발한 문화혁명의 폭풍우가 신장까지 몰아닥쳤다.

홍위병과 공인(工人, 노동자)들이 지배하는 세상이 되었다. 의사들은 모두 도망가고, 아들을 치료해 주던 모든 곳에는 기관총이 걸려 있었다.

아들을 업은 채 기관총 밑에 주저앉아 '내 아들 살려 달라'며 통곡했지만 아무도 귀기울이지 않았다. 팔 것 다 팔아 버려 더 이상 돈을 마련할 길도 없어진 그녀는 땅바닥에 주저앉아 피눈물만 흘렸다.

그래도 그런 아들이 네 살 때 기적적으로 일어나 절뚝거리며 걷던 순간은 다시없는 기쁨이었다. 그후 아버지는 아들에게 기술을 가르쳐 자동차 수리점을 차려 주었고, 1987년에 어머니가 혼자 동북쪽의 지린까지 가서 데려온 조선족 처녀 전만금 씨와 결혼해 현재 중1짜리 딸 하나를 두었다.

남편 동씨는 할머니가 데려온 딸도 객차 사무소에 취직시켜 주었다.

그후, 동씨는 58세 되던 1990년에 퇴직해 월급의 75퍼센트인 5백20위안(약 8만3천2백 원)의 연금을 지급 받아 생활비로 쓰고 있다.

이제는 늙어 병든 육신과 약간의 연금, 그리고 남은 아파트와 빛 바랜 추억만을 간직한 박 할머니와 석백족 할아버지를 카메라 앞에 나란히 앉혔을 때, 37년을 함께 살아낸 부부는 잘 어울리지도 않고 왠지 어색하기만 했다.

할머니는 첫남편 윤씨와는 사이가 좋았지만 두 번째 남편인 동씨에게는 원수처럼 대해 왔다고 한다. 동씨가 할머니가 데리고 온 딸을 심하게 구박했기 때문이다.

툭하면 때리고 한 상에서 밥도 못 먹게 할 때마다 할머니는 동씨에게 달려들어 물어뜯었다. 문밖에 쪼그리고 앉아 혼자 울고 있는 딸을 볼 때마다 이혼하자고 덤볐지만 동씨가 다시는 안 그러겠으니 용서해 달라고 사정을 하여 넘어간 세월이 길기도 했다는 것이다.

동씨는 할머니를 좋아했지만 할머니는 동씨를 좋아하지 않았다.

며느리도 한마디 거들었다.

"아버님은 어머님 없이는 못 사세요. 그런데 어머님은 코방귀도 안 끼세요."

동씨는 부부가 죽으면 자신의 고향에 함께 묻어 달라고 유언을 해두었지만, 할머니는 자신의 시신만 따로 화장해 두만강에 뿌려 달라고 유언장을 써놓았다. 죽어서라도 고향 근처에 가보고 싶어서였다. 그렇지만 그것도 자신이 먼저 죽는다면 소용없는 일인 것이다.

할머니는 말을 멈추고 잠시 눈을 감더니 꿈을 꾸듯 말을 이었다.

"지금은 어떻게 변했지요? 파고다 공원길, 화신 데파트, 종로 1정목, 2정목, 3정목…. 전차표 파는 차장이 '오라이' 하면 전차가 갔는데, 지금도 있나요? 동대문이 전차 종점이었는데…. 창경원 사쿠라, 창덕궁, 경복궁. 나는 경복궁이 제일 좋았어요. 꿈을 꾼 적도 있지. 내 딸 이름이 뭔 줄 알아요? 윤경복이오. 아들 이름은 동바우, 손녀 이름은 동뿌리라고 지었지. 바위에 내린 뿌리처럼 살라고…."

잠시 끊겼던 말이 다시 이어졌다.

"엄마는 계모처럼 나를 많이 때렸어요. 식모같이 일만 시켰지요. 나 때문에 아버지와 이혼했대요. 그래서 나를 미워했어요. 난 지금도 엄마가 어떻게 죽었는지 궁금하지도 않고 보고 싶지도 않아요."

할머니의 눈에서 주르륵 눈물이 흘렀다. 며느리가 수건을 가져와 닦아 주고 할머니를 토닥거리며 안아 주었다.

한국에서 이산가족 찾기가 한창일 때 할머니는 서울의 KBS에 두 번이나 편지를 보냈지만 두 번 다 찾지 못한다는 답장을 받았다는 것이다. 최근에 할머니는 아들에게 새로운 유언을 남겼다고 한다.

"나 죽으면 절대 묻지 말고 화장해서 내 뼈 반만 네 아버지한테 주고, 나머지 반은 꼭 두만강에 뿌려라."

 ## 불모지에서 꿈을 이루는 개척자들

실크로드의 중심지, '아름다운 목장'이라는 뜻의 우루무치에는 유학생 50명과 7세대 15명의 한국사람들이 살고 있다. 그 가운데 가장 많은 사람들에게 알려진 한국업체가 한화의 우루무치 지사와 대우중공업 우루무치 지사다.

또한 간호사인 최성애 씨와 한국에서 파견된 종교인들이 불모지의 가난한 사람들을 위해 헌신적으로 봉사하고 있다.

자본금 5백만 달러의 한중 합자기업인 한화 우루무치 지사는 1998년 1월 설립되었다. 텐진, 칭다오 등의 연안 도시와 너무 거리가 멀어 외국 기업들이 거의 진출하지 않는 중국 서북부 끝에서 20년 간의 무상 사용권을 얻어 중국의 지하자원을 개발하고 있는 것이다.

가루세제, 착색용 염료, 시멘트 조강제, 유리 소포제 등의 원료인 망초(황산나트륨)가 바로 그 중요한 지하자원이다.

1년 내내 눈과 비는 거의 오지 않고 바람만 강하게 불어대는 황량한 땅 위에서 한화 우루무치는 생산기지를 건설하고 2백여 명의 중국사람들을 고용해 망초를 생산해서 한국, 타이완, 일본 등으로 수출해 연 6백만 달러의 실적을 올리고 있다.

강한 바람 때문에 기차가 넘어진 적도 있고, 난방으로 아직 석탄을 사용하고 있어서 와이셔츠가 하루 만에 새까매지며 심한 매연으로 호흡기 질환에 시달리면서도 척박한 땅을 개척하고 있는 한국사람들이다.

한화 우루무치 지사의 박영일 이사와 김경환 차장.

박영일 이사는 고려대 출신으로 1978년 12월, 초봉 7만8천 원의 신입사원으로 입사해 23년 만에 연봉 6천만 원의 이사가 된 골수 '한화맨'이다. 추진력이 강해 불도저로 통하고, 술을 좋아해 월급 타서 직원들 술 사주고 나면 남는 게 없다고 한다.

3년째 우루무치에서 근무 중인 그는 바람이 불어도 걱정, 어쩌다 눈이 한 번 와도 걱정이 태산이다. 망초를 연안도시까지 운송할 기차를 구하기가 어려운 것이다. 어쩌다 기차가 있더라도 중국의 국가적인 수출 장려품목인 면화가 우선적으로 운송되기 때문이다.

그래서 그 동안 중국사람들과의 '관시'를 위해 주 정부, 관공서, 은행 등의 책임자들이나 실무자들과 술자리를 자주 가졌는데, 50도가 넘는 바이주[白酒]를 주는 대로 다 받아 마셨다. 중국의 독주로 한국사람들을 취하게 해서 사업의 기선을 잡으려는 그들과의 자리에서 그는 한 번도 취해서 나가떨어지거나 당당함을 잃는 일이 없었다.

그만한 술 실력과 정신력을 갖추고 있었던 것이다. 그러기를 3년.

우루무치의 한국 사람들을 돕고 있는 조선족 김석종 씨. 그는 국장까지 지낸 핵심 공산당원이다.

"이제는 내가 먼저 술 한잔 하자고 하지, 예전처럼 자기들이 먼저 손을 내밀지는 않더라고요. 3년 만에 그들의 테스트에 합격했나 봐요."

중국의 단위 조직은 어떤 일을 결정할 때 반대하는 사람이 한 명도 없이 만장일치가 될 때까지 회의를 거듭한다. 그래서 시간이 많이 걸리지만 한번 결정되기만 하면 업무를 처리하기가 쉽다.

어떤 일을 추진하기 위해 관리 한 사람에게 접대와 설득을 잘 해 승낙을 받더라도 막상 회의석상에서 다른 사람이 반대를 하고 나서면 그 관리는 한 마디도 안 하고 끝까지 침묵을 지키는 것이 일반적인 관습이라고 한다.

그러니 일을 제대로 추진하자면 회의에 참석하는 관련자들 전부와 좋은 관시를 맺어 두어야 하는데, 그러기 위해서는 모두 함께 만나서 식사를 하며 술을 마시는 것이 가장 좋은 길이라고 한다. 그때는 돌아가면서 잔을 권하고 그 잔을 다 받아 마셔야 한다. 그러니 술 실력이 약해서는 좋은 관시를 유지하기가 어려운 일이다.

박 이사는 든든한 술 실력과 원만한 대인관계로 우루무치 일대의 실력자들과 폭넓은 관시를 맺어 두었고, 이것이 한화 우루무치 지사의 밑거름이 되어 회사는 지금 원활하게 업무를 추진하고 있다.

1966년생인 김 차장 역시 고려대 출신으로 1990년 12월, 초봉 55만 원의 신입사원으로 입사해 지금은 연봉 4천만 원을 받으며 1996년, 우루무치 지사의 설립을 준비할 때부터 근무하고 있다.

중문과 전공인 그는 일찍부터 중국에 관심이 많았다. 그래서 한국 본사에서 일할 때 여러 차례 중국 근무를 희망했지만 '너 없으면 누가 그 일을 하느냐'며 번번이 상사로부터 퇴짜를 맞았다. 그러자 '더 이상 중국 근무를 방해하면 사표를 쓰겠다'고 상사에게 강력히 대들어 기어이 중국 발령을 받아 냈다.

우루무치에서 초등학교와 유치원에 다니는 두 아들을 데리고 있는 김 차장은 처음에 작은아들이 중국에 잘 적응하지 못해 유치원에 안 가겠다고 울 때는 참 안타까웠다고 한다.

대우중공업 우루무치 지사의 안문배 사장은 1954년생으로 실크로드에 굴착기를 팔고 있다. 2001년에만 1백 대를 팔아 8천만 위안의 매출을 올렸다. 1999년 12월 합자로 지사를 설립해 일 년 만에 흑자를 낸 것이다.

굴착기를 팔기 위해 시골의 한 건설회사를 찾아갔을 때 저녁에 술자리가 벌어졌는데, 상대 측에는 이미 미쓰비시와 이야기가 다되어 있는 상황이었다. 중국 회사에서는 8명이 참석했고, 그는 혼자였다.

대우의 굴착기를 사지도 않을 중국사람들이 그에게 장난 삼아 말했다.

"우리 여덟 명이 바이주 세잔씩 스물네 잔을 주겠다. 그걸 다 마시면 너희 물건을 사겠다."

그는 잔에 가득 채워진 50도짜리 바이주 24잔을 모두 마시고, 3

일 동안 깨어나지 못했다. 4일째 되는 날 자리에서 일어난 그는 미쓰비시를 제치고 대우의 굴착기 2대를 팔았다.

제주도 출신으로 1958년생인 김토생 씨는 일본 무역회사의 우루무치 지사장으로 근무하면서 부인 이인숙 씨와 함께 중국 서부지역의 비금속광물을 개발하고 있다. 2000년 3월부터 1년 동안 비금속광물의 시장조사를 마친 그는 성공에 확신을 가지고 있었다. 판로가 안정되면 가공공장도 세울 계획이다.

그러면서 한편으로는 우루무치에 살고 있는 2백여 명의 조선족과 그 아이들을 위해 한글학교를 만드는 데 앞장서서 어렵게 문을 열고, 현재 교장으로 활동하고 있다.

포항 간호전문대 출신인 1965년생 최성애 씨는 12년 간 포항에서 간호사로 일하며 7~8회나 중국여행을 했다. 2000년 7월에도 우루무치를 여행하다가 가난으로 신음하는 사람들을 발견했다.

일자리를 찾아 남방의 빈민지역에서 우루무치로 이주해 1백50위안의 월급으로 생활하는 청소부와 막노동꾼, 과일장수, 수리공들을 보았고, 그나마 일자리를 구하지 못해 거리나 식당의 쓰레기통을 뒤지고 다니는 실업자들을 만나게 되었다.

초등학교 1년 학비 3백60위안, 중등학교 일 년 공납금 5백 위안이 없어서 플라스틱 물통을 주우러 다니는 아이들과 거적이나 흙으로 만든 서너 평의 움막에서 4~5명의 가족이 이불도 없이 살아가고 있는 것을 목격했고, 공기가 안 좋아 폐렴이나 기관지염으로 고생하면서도 아무런 대책이 없는 노인들을 대하고는 가슴이 무너지는 것을 막을 수 없었다.

중학생 때부터 신앙생활을 해오던 그녀는 2000년 12월, 한국의 모든 것을 정리하고 우루무치로 이주했다. 그러고는 중국말을 배우기 위해 사범대학에 다니면서 봉사활동을 시작했다. 옷, 신발, 가방, 연필, 공책, 장갑, 모자, 치약, 칫솔, 비누, 수건, 상비약 등을 일일이 자비로 사서 혼자서 빈민가를 찾아다닌 것이다.

그들의 사진을 찍어 이름, 직업, 생년월일, 가족 수, 건강상태, 살림도구, 성격, 결혼여부, 장래희망 등을 기록한 파일을 일일이 만들었다. 매주 토요일이면 밀가루 포대를 둘러메고 굶고 있는 사람들을 찾아다녔다.

어쩌다 맛있는 음식이 생기면 목에 걸려 혼자 먹지도 못하고, 절약이 몸에 배어 푸성귀 한 줄기 버리는 게 없으며, 오늘 10위안이 생기면 내일이 아닌 오늘 바로 그들과 나누어야 잠을 잘 수 있다는 최성애 씨를 만나면서 필자는 가슴이 뭉클하고 눈가가 축축해졌다.

결혼도 않고 죽을 때까지 우루무치에서 가난한 이들과 함께 살겠다는 그녀는 그러나 끝내 인터뷰를 사양했다. 자신의 일은 사람들에게 알리기 위한 것이 아니며, 자신을 아는 사람들과 우루무치의 가난한 사람들에게 혹시라도 어떤 아픔을 주지 않기 위해서라고 했다.

중국과 한국 어디에도 알리지 않고 우루무치에 조용히 숨어서 기쁜 마음으로 구원의 손을 내미는 그녀에게 신의 축복 있으리라.

1949년생 정동철 씨와 1960년생 황규영 씨는 목사다.

정동철 씨는 여행사를 하며 무료로 비자 문제를 해결해 주고 있고, 황규영 씨는 선인장을 재배해 시장에서 팔고 있다. 그들은 우루무치의 가난한 사람들을 위해 학교와 탁아소를 짓는 것이 꿈이다.

우루무치에는 50명의 한국 유학생도 있다.

대도시의 대학 한 학기 학비가 1천5백 달러인 데 비해 우루무치는 그 절반인 7백50달러이고 생활비도 싸기 때문에 한국 학생들에게 매력이 있다. 한국사람이 너무 많은 대도시보다 중국말 배우기가 더 좋고, 소수민족이 많아 흥미롭기도 하기 때문이다.

　그 학생들 속에는 순전히 중국어만을 배우기 위해 온 학생들도 있지만 선교를 목적으로 와서 말을 배우며 선교활동을 하는 이들도 많다. 그러나 중국에서는 종교가 공식적으로 허용되지 않기 때문에 드러내 놓고 선교활동은 할 수 없어서 학생 신분으로 머무르며 조용히 믿음을 전파하고 있는 것이다.

　이 중국의 서북쪽 오지에도 말못할 사연을 감추고, 몸을 숨기고 사는 한국사람이 있었다. 우루무치에서도 남쪽으로 470킬로미터나 떨어진 오지 중의 오지에 쿠알라라는 작은 시골 도시가 있는데, 그곳에 한국사람이 한 명 살고 있다는 것이다.

　40대 초반으로 키도 크고 잘생긴 이모씨인데, 우루무치에 와서 조선족 여러 명에게 돈을 빌려 식당을 열었다고 한다. 그때는 볼 때마다 여자가 바뀌는 것으로 유명했는데, 식당이 장사가 안 되자 돈을 갚지 못하고 쿠알라로 도망가 8년째 숨어살고 있다.

　도망자의 숨어사는 사연이 궁금했지만 거리도 멀고, 숨어사는 사람을 찾아가서 만날 수 있을지도 모르는 일이어서 직접 찾아가 만나보지는 못했다.

우루무치 가는 기차에는 마음 따뜻한 사람들만

　베이징에서 3,768킬로미터 떨어진 서북쪽 끝 도시 우루무치까지는 얼마 전까지만 해도 기차로 72시간이 걸렸으나 지금은 평균 시속 80킬로미터로 달리는 빠른 기차가 있어서 48시간이 걸린다고 했다. 하지만 연착으로 51시간이 걸렸다.

　임주어(硬座, 보통석)는 3백63위안(약 4만2천 원), 임워(硬臥, 보통침대)의 위칸은 6백9위안, 가운데 칸은 6백31위안, 아래 칸은 6백52위안이었다. 칭다오에서 베이징까지 16시간 동안 밤새 6명이 잉주어에 마주앉아 서로 무릎을 맞댄 채 잠도 제대로 잘 수 없었던 것이 고생스러워서 큰맘먹고 잉워의 아래 칸 표를 사버렸다. 그래야 이틀 밤낮을 버틸 수 있을 것 같았다.

사발면, 사과, 생수 등을 한보따리 사서 밤 8시에 기차에 오르니 만원이었다.

내 침대에는 세 명의 남자들이 걸터앉아 있다가 표를 든 나를 보고 웃으며 침대를 비켜 주었다. 배낭과 취재가방을 정리하고 자리에 눕자 비켜 주었던 세 명 중 한 명이 내 발끝에 다시 걸터앉았다. 비키라고 손짓하자니 냉정한 것 같고 그냥 두자니 영 신경이 쓰였다. 저들은 잉주어 표도 못 사 그 먼길을 서서라도 가려는 사람들이었다.

내 맞은편 침대에는 젊은 여자 2명이 나란히 앉아 시끄럽게 웃고 떠들고 있었는데, 그 말이 중국말도 아니고 러시아말도 아닌 처음 들어보는 말이었다.

우루무치 행 기차 타는 곳이 당연히 베이징 역인 줄 알고 갔다가 나중에 베이징 서역이라는 것을 알고 뒤늦게 허겁지겁 달려오느라 피곤했던 나는 그대로 잠이 들었다.

다음날 아침 그녀들은 먼저 일어나 있었다. 세면실과 화장실을 다녀와 사발면에 뜨거운 물을 붓고 기다리다가 영어로 말을 걸었더니 곧바로 유창한 영어가 되돌아왔다.

"나 사발면 몇 개 있는데 먹을래?"

"고마워. 우린 먼저 먹었어. 넌 어디서 왔어? 일본, 한국?"

"난 한국사람이야. 너흰?"

"우린 몽골 사람이야."

26세 안네와 24세 주리라고 소개한 그녀들은 둘 다 컴퓨터 프로그래머로 울란바토르의 집으로 휴가를 갔다가 직장이 있는 시안으로 돌아가는 중이라고 했다. 울란바토르에도 한국사람이 많이 살고 있는데 모두 부자라고 하면서, 자신들도 한국말 배워서 한국에 가서 살고 싶다고 했다.

"너도 엉덩이에 우리처럼 파란 점 있지?"

그러면서 웃던 아침 10시, 시안에 오면 꼭 연락하라며 자신들의 메일 주소를 꼭꼭 눌러 적어주고, 내 메일 주소 역시 꼭꼭 눌러쓴 후 그녀들은 시안에서 내렸다.

수북이 해바라기 씨를 까먹는 사람, 사발면으로 늦은 아침을 먹는 사람, 앉아서 신문 보는 사람, 웃으며 이야기하는 사람, 그냥 앉아 있는 사람, 가래침 뱉는 사람, 휴대폰으로 통화하는 사람, 차창 밖을 보는 사람, 흡연구역에서 담배 피우는 사람. 이렇게 많은 사람과 사람들 중에는 20대 초반의 여성도 있었고, 열 살쯤 된 소년도 있었다.

그 사람들 사이를 지나다니며 단정한 제복의 승무원들이 수시로 바닥을 쓸고 재떨이와 휴지통을 비웠다.

시안을 지나 잠깐 멈췄던 철길이 땅보다 유난히 높은 어느 간이역, 차창 밖으로 비닐 하우스가 많이 보였다. 집들도 사람들도 누추했지만 산은 푸르렀다.

키가 작고 얼굴이 새까만 50대 아낙이 두 손에 중국말로 '당귀' 라는 길고 가는 뿌리를 두 묶음 들고 차창 안의 사람들에게 보여주고 다녔다. 차창 문을 연 남자 하나가 한 묶음을 받아들고는 아낙과 손이 닿지 않아 2위안(약 3백20원)짜리 지폐를 밖으로 던졌는데, 바람이 불어 지폐가 20여 미터 아래 밭둑까지 날아가 버렸다.

아낙이 잽싸게 뛰어가서 주워 다시 차창 밑에 서자 남자가 또 한 장을 던졌다. 그렇게 네 번을 뛰어다닌 아낙은 숨을 헐떡이면서도 웃었다. 기차 안의 다른 사람들이 남자에게 뭐라고 소리를 쳤는데 아마 10위안짜리 지폐 하나를 주고 말지 그게 뭐냐는 핀잔 같았다.

오후 3시쯤 기차가 텐수이[天水] 역에 섰을 때는 철길 건너편 10미터 앞쯤에서 가방을 어깨에 둘러멘 20대 후반으로 보이는 남자와 빈손인 20대 초반의 여자가 서로 밀고당기는 실랑이를 벌이고 있었다. 남자는 기차를 타려는 것이었고, 여자는 못 타게 하려는 것 같았다.

그 쪽을 지나가던 사람들은 멀뚱히 선 채 구경하고 있었고, 기차 안의 사람들도 차창을 열고 구경하고 있었지만 여자는 남들의 시선을 아랑곳하지 않았다. 한사코 기차를 타려는 남자와 한사코 기차를 못 타게 하려는 여자. 여자는 남자의 잠바와 허리춤, 멱살을 번갈아 잡으며 못 타게 했지만 힘이 딸리는지 내가 앉아 있는 차창 아래 1미터까지 밀리자, 두손으로 남자의 멱살을 꽉 움켜잡고 죽기살기로 매달렸다.

그러는 동안에도 두 사람은 거의 말은 하지 않고 행동만 하고 있었다. 그 옆에서 노란 병아리를 팔고 있던 아저씨도 병아리를 한손에 쥔 채 입을 벌리고 구경하고 있었다.

이윽고 남자가 포기한 듯 주저앉고 말았다. 가방을 무릎에 올려놓고 그 가방에 얼굴을 묻었다. 기차를 등진 여자는 아무 말 없이 남자 앞에 서 있었다. 그 뒤로는 풀한 포기, 나무 한 그루 없는 황량한 마을이 배경을 이루고 있었다.

기차가 출발하기 시작했을 때도 그리고 그들이 멀어져 안 보일 때까지도 두 사람은 그 자세 그대로였다. 어떤 일로 그들은 그런 실랑이를 벌였을까 무척 궁금했지만 기차는 그 모든 것을 넘어 서북쪽으로 달려갔다.

필자는 녹음 테이프를 들으며 글을 풀거나, 비디오와 카메라로 풍경과 사람을 찍으며 시간을 보냈다. 화장실이나 세면실, 흡연구역을 드나드는 승객들과 승무원들이 힐끗거리며 지나갔는데 그 분위기가 친근한 느낌이어서 마음이 편했다.

필자의 위쪽 침대에 있는 두 남자와 맞은편 침대의 세 남자도 침대를 오르내릴 때마다 방해하지 않으려고 조심해 주는 분위기여서 고마웠다. 그들은 10위안짜리 도시락도 하나 사주고, 빵과 바나나, 육포, 삶은 달걀 등도 주었는데 내가 주는 것들은 한사코 받지 않았다. 다른 기차여행 때는 가끔 받아먹기도 했는데.

우루무치 가는 길에서 죽기살기로 기차를 타려는 남자를 죽기살기로 잡는 여자. 결국 기차를 타지 못한 남자는 그 자리에 주저앉아 무릎에 고개를 파묻었다.

셋째 날, 눈을 뜨니 차창 밖은 온통 눈밭이었다. 이정표에는 칭수이〔靑水〕라고 써 있었는데 그 사이 배경은 푸른색에서 누런색으로, 다시 흰색으로 바뀐 것이다. 지평 선까지 펼쳐진 설원을 찍고 있자니 옆 침대의 사람들이 손짓을 했다. 맞은편 차창 밖 으로 큰 성문이 보이는데 그것도 찍으라는 것이었다.

그것은 자위관〔嘉欲關〕으로 만리장성의 서쪽 끝이었다. 동쪽 끝인 산하이관〔山海 關〕에서부터 시작되는 만리장성의 길이가 지도상으로는 2,700킬로미터로 6천7백 50리이지만 실제로는 약 6,400킬로미터로 1만6천 리라는 것이다.

자위관의 사진을 찍고 침대에 걸터앉아 있을 때 통로를 지나가던 앳된 여승무원 이 옆에 와 앉았다. 영어가 통하지 않아 중국어 회화 책과 종이를 꺼내 들고 대화를 시작했는데, 몽골 처녀들과 헤어진 후 24시간 입을 닫고 있었더니 말이 하고 싶었다.

그녀는 20살의 쉐삔, 집은 우루무치, 승무원 생활 2년째에 월급은 9백25위안(약 15만 원)이고 애인은 아직 없다는 사실을 필담과 회화 책을 통해 어렵게 이해했다.

그녀가 내 중국어 회화 책을 이리저리 넘기더니 손가락으로 '만나서 기쁩니다' 를 짚기에 나도 같이 짚어 주었다.

'아까 기차가 연착했는데 그러면 우루무치에 몇 시쯤 도착하느냐? 혹시 우루무치 에 싼 숙소 아느냐?'

여러 가지를 물어보고 싶었지만 뜻대로 안 되었다. 쉐삔은 다시 내 중국어 회화

책을 한참 뒤적거리다가 '잠깐만 기다려주십시오'를 짚고는 일어섰고, 잠시 후 다른 여자가 옆에 와 앉았다. 얼굴이 통통하고 귀여워 통로를 오갈 때 자주 눈길이 갔던 여자였다.

그녀는 영어가 좀 되는 것이었다. 수준이 나와 비슷한 엉터리 영어끼리 대화를 시작했다. 그녀의 이름은 헬렌 리 레나, 나이는 24세로 우즈베키스탄에 사는 한국인 3세인 '고려족'이었다.

할머니의 이름은 이샛별인데 우즈베키스탄 할아버지와 결혼했고, 자신은 3년 전에 우즈베키스탄에서 28세 된 중국 남자와 결혼해 아직 아기는 없고, 남편과 작은 점포를 운영하며 중국 최대의 소상품 시장인 이우에서 옷, 액세서리, 가방 등을 도매로 사다가 소매로 팔고 있다고 했다.

아직 우즈베키스탄 근로자의 월 평균 임금이 25~30달러 정도밖에 안 되는 탓에 자신들의 장사도 잘 될 리는 없고, 다른 걱정은 없는데 돈 없는 것이 걱정이라며 해맑은 얼굴에 잠깐 그늘을 만들기도 했다.

"내가 당신에게 와서 말을 건 이유는, 여기서는 영어가 통하지 않으니 묻고 싶은 것이 있으면 나한테 물어보라는 말을 하고 싶어서다."

마침 그때 쉐뻰이 환하게 웃으며 다시 내 자리로 다가왔다. 그녀 뒤로는 안경을 낀 60대 남자가 따라왔다.

"한국사람이오?"

그 남자의 한국말 물음에 너무 반가워 자리에서 벌떡 일어났다.

"아니 글쎄, 이 승무원 아가씨가 기차를 다 뒤졌다는 거예요. 이 기차 이거 얼마나 깁니까? 그걸 칸칸이 다 다니면서 '한궈런! 한궈런!'을 외친 거예요. 그래서, 내가 한궈런인테 무슨 일이냐고 했더니 저 12호 차에 머리 긴 한궈런이 한 명 있는데 영어만 하고 중국말은 하나도 못 해 누구와도 말 한마디 못 하고 있어서 불쌍하다는 겁니다. 묻고 싶은 것도 많은 것 같으니 나보고 가서 말 좀 해주라고요."

아! 착한 쉐뻰, 착한 레나!

레나와 쉐뻰이 또 오겠다며 자리를 비켜 주었다.

69세인 김 선생은 미국 시민권자로 20년 전에 LA로 이민을 갔다가 지금은 베이징에서 7년째 교회에 VCD를 판매하는 일을 하며 신학교에서 강의도 한다고 했다.

자신에게는 이제 한국이 외국이며, 아는 이는 아무도 없고 아는 것도 아무것도 없는 한국이 싫다고 했다. 중국 친구와 함께 우루무치의 교회들을 찾아다니며 VCD를 판매하러 가는 길이라는 김 선생은 우루무치에 거주하는 한국사람들의 연락처를 물어 한화 우루무치 지사와 대우중공업 지사를 가르쳐주었다.

그러고는 중국 친구가 기다린다면서 필자에 대해서는 이름도 무엇도 물어보지 않고 5분 만에 돌아가 버렸다. 필자는 김 선생이 반가웠지만 그는 중국 기찻간에서 만난 한국사람이 그리 반갑지 않았던 모양이다. 그는 정말 한국을 떠난 사람이었다.

그리고는 한동안 다시 침묵이었다.

한참 후 일어서서 흡연구역으로 나가 담배를 피우고 있는데 어떤 미남 청년이 유창한 영어로 말을 걸어왔다.

"한국사람 만나서 기뻤냐?"

"그럼 기뻤지. 그 사람은 일행들 때문에 일찍 돌아갔어. 근데 네가 그걸 어떻게 아냐?"

"네가 한국사람이라는 건 이 칸에 있는 사람들 다 알고 있어. 너는 몰랐겠지만 이틀 동안 다 너를 보고 있었어. 쉬뻰도 레나도 나도 모두 너와 말을 하고 싶어했어. 나도 기회를 찾다가 이제야 말하는 거야."

"왜 그러는 건데?"

"생각해 봐라. 머리 긴 외국인 남자가 녹음기를 들으며 뭔가를 쓰지, 비디오와 카메라로 번갈아 사진을 찍지, 그러니 이쪽 사람들한테는 충분히 호기심거리가 아니겠냐?"

혹시 머리 긴 덕을 보는 게 아닌가 싶어 피식 웃음이 나왔다. 한씨는 툭하면 가위 들고 설치는데.

청년의 이름은 압둘라 마 유안루이, 대도시 사람들에게는 투파오츠〔土包子, 촌놈〕라 불리는 위구르족이었다. 인구 약 2천만인 신장성의 성도이며 위구르자치구인 우루무치에는 1백80만의 인구 가운데 반을 차지하는 90만의 위구르족이 살고 있다. 위구르족은 터키와 중국의 혼혈로 거의 무슬림이다.

말레이시아의 한 대학에 유학 중인 압둘라는 휴가를 받아 고향에 가는 길이었고, 올해 8월에는 오스트레일리아의 한 대학으로 다시 유학을 떠날 것이라고 했다. 학업이 끝나면 취직해서 5년 정도 돈을 모은 다음 자기 사업을 할 계획인데, 나중에 돈을 많이 벌어 세계일주를 하고 싶다고 했다.

"돈 많이 벌면 여행 못 다녀. 나도 돈 없으니까 이렇게 돌아다닐 수 있는 거야."

필자의 말이 무슨 뜻인지 청년은 금방 이해했다.

"우린 절대 한족에게 동화되지 않아. 우린 우리만의 전통과 문화를 지켜나갈 거야. 총을 들고 싸워서라도."

청년은 스스럼없이 그런 말도 했다.

28세의 이 열혈 위구르 청년은 우루무치 역에 도착한 밤 11시, 필자를 위해 하루 숙박비 21위안으로 아주 싼 신장호텔의 도미토리를 직접 찾아주는 친절을 베풀었다.

다음날 중국말을 잘 하는 한화 우루무치 지사의 김경환 차장에게 부탁해서 다시 한번 고맙다는 말을 하기 위해 전화를 했다. 쉬뻰은 외출 중이어서 그녀 아버지에게 대신 감사의 말을 전했는데 압둘라의 전화번호에서는 '전화비를 내지 않아 전화가 끊겼다'는 내용이 녹음되어 있더라고 했다.

우루무치 행 기차 안에서 만난 우즈베키스탄의 고려족 레나와 위구르 청년 압둘라.

서부는 그런 곳이었다. 황량함 그 자체.

가난에 찌든 마을 근처에만 약간의 밭이 있을 뿐 조금만 멀어져도 나무 한 그루, 풀 한 포기 보이지 않는 메마른 땅들과 우울한 산들이 고개를 꺾고 있었다.

쌍권총을 찬 사나이가 말달리는 황야라면 멋이라도 있을 텐데 60년대에 입던 빛바랜 청색 인민복을 아직도 그대로 입고서 산에서 캐온 돌을 깨어 축대를 쌓던 사람들이나, 고속도로 건설현장에서 긴 삽으로 땅을 파고 있던 사람들은 모두가 그들이 속한 황야처럼 메마르고 우울해 보였다.

그들은 우리 돈으로 6만 원 정도인 한 달 월급으로 가족들을 부양하며, 한 마을에 전화가 한 대 있을까 말까 할 정도로 가난한, 아직도 계획경제 시절의 중국을 살아가고 있는 것이다.

그러나 신은 이 황야를 버리지 않았다. 중국이 생산하는 광산자원 1백68종 중에서 1백38종이 이곳에서 발견되었고 석유는 중동에 이어 최대 매장지로 평가받고 있는 것이다. 또한 면화, 토마토, 참깨, 포도 등의 생산량은 중국 1위를 차지하고 있고, 천혜의 고적으로 세계적인 관광지가 된 투르판과 둔황에는 관광객들의 발길이 나날이 증가하고 있다.

21세기에는 중국을 세계 제일의 국가로 만들겠다는 계획을 세운 신중국에서 현재 한창 추진하고 있는 서부 대개발이 성공을 이루면 그 황야도 분명 푸르러지리라.

그래서 찬란했던 옛 실크로드가 화려하게 부활하리라.

13

란저우

소수민족 문자 만들어주는 언어학 박사
'둥샹족 어문연구' 김서경

"저는 여태껏 학교 다니면서 학생으로만 살았습니다. 취직도 한 번 해본 적 없이 공부만 하고 살았습니다." 지난 시절의 이야기를 묻는 필자에게 낡디낡은 15평짜리 아파트 거실에서 그가 한 말이다.

그는 강원도 산골 탄광촌 상동에서 태어나 고아원을 운영하시던 아버지를 따라 서울로 올라와 다섯 살 때부터 이태원에서 살았다. 오산중학교와 한성고등학교를 다니면서 더러 친구들이 등을 떠미는 바람에 예쁜 여학생을 쫓아가 '시간 있습니까?' 하고 묻기도 하고, 약한 친구를 괴롭히는 덩치 큰 친구와 '맞장'을 뜨기도 했지만 성적은 항상 반에서 5등 안에 드는 '바른 생활 사나이'였다.

'인간은 왜 살아야 하나, 무엇으로 살아야 하는가.'

이런 문제에 관해 깊이 생각하면서 한 자리에 가만히 앉아 사색하기를 좋아하고, 철학과 낯선 나라, 낯선 언어에 관심이 많았다.

외국어대 인도어학과와 대학원을 졸업한 그는 다른 대학원 두 곳과 미국의 대학 세 곳에서 언어학, 철학, 신학, 고대문화 등을 공부하고, 베이징에서 2년 동안 중국어를 공부했다. 그리고 베이징 중앙민족대학원에서 언어학 박사학위를 받았다. 필자와 만난 2001년 3월, 41세가 된 그가 그 동안 걸어온 학력이다.

그는 자신의 학문으로 돈이나 명예를 사려고 하지 않았다. 자신의 학문이 언젠가 가치 있게 쓰이기만을 꿈꾸었다. 그러던 중 미국 유학 시절에 '세계 소수민족 어문연구회'를 만나게 되었다.

세계에 흩어져 있는 소수민족들의 언어와 문자를 연구하는 이 단체에서는 연구와 함께 열악한 환경의 오지에서 문자도 없이 살아가는 민족에게 문자를 만들어 교육하는 일을 주된 사업으로 삼고 있다. 그 일을 바로 자신이 꿈꾸어 오던 '가치 있는 일'이라고 확신한 그는 이내 그 단체에 가입하고 소수민족들과 일생을 함께 하기로 결심했다.

오지에서도 생활할 수 있는 적응훈련과 소수민족들의 말만 듣고 어문을 찾아내는 청취훈련 등을 마친 그는 1996년, 베이징에서 2년 동안 중국어 공부를 한 후, 1998년에 란저우에 정착했다.

란저우에서 약 150킬로미터 떨어진 닝샤 후이족자치구의 둥샹현 〔東鄕縣〕. 해발 2,500미터의 고산지대인 이곳에는 중국의 56개 소수민족 중에서도 가장 문맹률이 높은 약 50만의 둥샹족이 살고 있다.

회족과 비슷하게 생겼지만 몽골어, 만주어, 터키어 등과 같은 알타이어 계통의 독특한 언어를 사용하고 있는 그들은 언어는 있지만 문자를 갖지 못한 채 밀이나 감자 등의 농사와 소규모 목축을 하며 살아가고 있다. 그러나 그 생활에 만족하지 못하는 젊은이들은 일자리를 찾아 란저우로 나와서 막노동이나 노점 등으로 하루 10위안을 벌며 살아간다. 란저우에서 헌 가구를 주우러 다니거나 집 부수는 일을 하는 사람들은 모두 둥샹족이라고 보면 될 정도다.

그들은 너무 가난해 아이들을 학교에 보낼 수도 없고, 보낼 필요도 느끼지 못한다. 설사 아이들이 학교에 가더라도 중국의 교육 정책에 따라 중국어로 가르치기 때문에 알아듣지 못해 곧 그만두고 란저우로 나와 쓰레기통을 뒤지는 것이다.

란저우에서 마약밀매를 하다 체포되어 총살당하는 사람들 역시 거의 둥샹족이다. 워낙 가진 것이 없고 배운 것도 없으니 위험을 무릅쓰고 독기 하나만 가지고 인생의 밑바닥을 살아가는 것이다. 중국에서 가장 못 배우고 가난한 둥샹족을 일생의 목표로 삼았다. 그들과 함께 살면서 문자를 만들어 주기로 작정한 것이다.

그가 제일 먼저 해야 할 일은 성 정부 관리들을 설득하고, 둥샹어를 배우는 일이었다. 2001년 10월 이전까지만 해도 외국인에게는 미개방 지역이었던 둥샹현에 들어가 둥샹족에게 문자를 만들어 주겠다는 외국인을 성 정부 관리들은 이해하지 못했다.

혹시 다른 목적이 있는 것은 아닐까, 둥샹족에게 민족의식을 고취시켜 중국에 반기를 들게 하려는 것은 아닐까, 여러 가지로 의심하면서 중국 관리들 특유의 소극적인 태도를 나타냈다.

무슨 일을 결정하려면 지지부진하게 시간이 오래 걸리는 중국 관리들을 설득하는 일은 여간 어려운 일이 아니었다.

"둥샹족이 자신들의 문자를 가지고 고유의 문화를 지켜 나가는 것은 궁극적으로 그들과 중국의 발전에 큰 보탬이 되는 일이다."

이런 논리로 성 관리들을 설득하기 2년, 한편으로는 외국 선교 단체와 연계해 둥샹현에 우물 파주기와 의료사업, 장학사업 등을 병행한 끝에 드디어 승인을 받아 냈다.

한편으로는 둥샹어를 배우기 위해 성 정부의 승인도 없이 한 달의 반은 둥샹족 마을로 들어가 그들과 함께 생활했다. 선생도 책도 글도 없는 둥샹어를 배우기 위해 무작정 둥샹족의 입 모양을 흉내 내며 소리를 따라 했던 것이다.

흉년이 들어 2주 동안 감자만 먹기도 했고, 3미터 길이의 구덩이에 죽 늘어앉아 그들과 함께 뒤를 보고, 그들처럼 흙덩이로 뒤처리를 하기도 했다. 물이 귀해 양치질은 생각할 수도 없었다.

란저우 시내에서 끼니를 거른 채 하루종일 돌아다니며 막노동 일자리를 구하다 지쳐 길바닥에 쓰러져 잠든 둥샹족 10여 명을 본 적이 있었다. 그는 있는 돈을 다 털어 빵과 물을 사서 그들에게 나누어주었다. 얼마 후 마을로 돌아간 그들은 둥샹어를 배우기 위해 마을을 찾아온 그를 발견하고 환호성을 질렀다.

그 이전에도 그는 마을을 찾아가면 주민들에게 정성과 친절을 기울여 둥샹족에게 큰 환영을 받고 있었지만, 그 일이 있은 후 더욱 큰 환영을 받게 되어 그들에게 가장 존경받는 사람이 되었다.

한 민족의 문자를 만드는 일은 보통 작업이 아니다. 그들의 얼굴과 입 모양을 보며 그 말의 어음법칙을 연구해 문자를 창조하고, 그 문자를 가르칠 교본과 사전을 만들어 낸다는 것은 한두 사람이 단시간 내에 해낼 수 있는 일이 아니다.

그러므로 그는 지금 모든 시간을 그 일에만 쏟고 있다. 집을 비우고 몇 달째 마을에 들어가 살기도 하고, 그 동안 모은 자료를 토대로 문자를 구성하느라 밤을 새우기도 여러 날 했다.

세계 소수민족 어문연구회에서 보내주는 적은 생활비와 그의
뜻을 높이 사 그를 돕고 있는 한국과 미국에 사는 몇몇 친구들이
보내 주는 약간의 활동비만으로 그 일을 해내자니 더욱 힘이 든다.
하지만 그는 차비가 없으면 걸어다니고, 먹을 것이 없으면 굶으면
서 둥상족들과 한 마음이 되어 살며 연구에 전념하고 있다.

1990년에 결혼한 서울대학교 서양화과 출신의 부인 정혜주 씨
는 그가 만든 교본에 그림을 그리고 윤석, 보라, 희라 등 1남 2녀는
중국학교에 다니면서 그에게 둥상어를 배우고 있다.

"둥상어 문자는 언제 완성됩니까?"

필자의 질문에 그는 빙긋이 웃었다.

"내 나라에서 하는 일도 아니고, 기반도 전혀 없으니 20년이 걸
릴지 30년이 걸릴지 알 수 없어요. 하지만 제가 죽기 전까지는 꼭
완성할 겁니다."

란저우에서 소수민족의 문자를 만들어주고 있는 김서경 씨와 부인.

"그럼 나중에 한국에는 안 돌아가십니까?"

"여기가 제가 있을 곳이고, 이 일이 바로 제가 할 일이니 저와 가족들은 한국에 돌아가지 못하더라도 그리 걱정하지 않을 것입니다."

그렇게 대답하고 나서 그는 한마디를 덧붙였다.

"동물은 먹고 자고 짝짓기만 하고 살면 될지 모르나 인간은 다르지요. 인간은 누구나 자신이 하고 싶은 일을 할 권리가 있습니다. 그래야 행복한 것이지요. 그런 삶의 가치가 정해진 사람에게 부나 명예나 향락은 중요하지 않습니다. 그런 것들로부터 눈을 떼도 아무런 영향을 받지 않는답니다. 우리는 지금 자유롭고 행복합니다."

그가 지금 하고 있는 일에 영향을 주게 될지도 몰라 자세한 것은 물어보지 못했고, 그도 속 깊은 이야기는 다음으로 미루자고 했다. 성 정부 관리들과의 일이 아직 다 마무리되지 않았고, 그가 하는 일에도 아직 어떤 결과가 나온 것이 아니기 때문이다.

가슴에 한 점 부끄러움이 없기 때문일까, 티없이 맑은 얼굴을 지난 사람과 대화를 나누노라면 덩달아 마음이 맑아지고 유쾌해진다.

란저우 최초의 한국사람인 김서경 박사와의 만남이 그랬다.

 '뗏목으로 황허에서 백령도까지 가겠다'

3박 4일의 우루무치 일정을 마치고 투루판으로 떠나기 전날 조선족 식당에서 한국사람들 몇이 송별회 자리를 마련해 주었을 때 그 자리에는 조선족 김석종 씨가 함께 했다.

1961년에 공산당에 입당해 공산품 관리국장으로 일하다 60세에 은퇴한 후에도 열렬한 공산당원으로 활동하고 있는 그는 우루무치에 자리잡은 지 얼마 안 되어 물정을 잘 모르는 한국사람들에게 많은 도움을 주고 있었다.

소수민족이 국장까지 진급하는 일은 드문 사례임에 비추어 보면 아마도 그는 젊어서부터 철저한 공산당원이었을 것이다.

그런 공산당원과 함께 앉아 술을 마신다는 것은 몇 년 전까지만 해도 상상도 못 한 일이어서 필자는 분위기가 신기하기만 했다.

우루무치에는 한화나 대우중공업 지사가 진출해 있어 한국사람을 찾기가 쉬웠지만 투루판, 둔황 등지에는 한국 기업도 없고, 베이징의 한국 대사관이나 영사관, 한인상회 등에서도 전혀 아는 바가 없어 고생 좀 하겠다 싶던 차에 김 국장을 만나니 반갑기 이를 데 없었다.

그의 말인즉 투루판, 둔황에는 한국사람은커녕 조선족도 없을 것이며 란저우[蘭州]에는 조선족이 4백여 명 살고 있으니 한국사람도 있을 것이라고 했다.

김 국장은 '김기운'이라는 사람의 이름과 전화번호를 적어 주면서, 자기 친구인데 이 사람한테 연락하면 조선족 '웃대가리'를 만날 수 있고, 그러면 수월하게 한국사람을 찾을 수 있을 것이라고 해서 처음 찾아가는 나그네의 짐을 덜어 주었다.

란저우는 중국에서 가장 낙후된 성들 중 하나인 간쑤성[甘肅省]의 주도이며 실크로드의 관문으로, 인구는 3백 만이다.

처음에는 남쪽의 연안도시에 있던 화학공장들을 마오쩌둥의 명령에 따라 '바다로부터 내습하는 적의 침공'을 피해 내륙도시로 이주시키는 바람에 란저우는 중국 최고의 오염지역으로 전락해 버렸다.

물가가 싼 대신 임금도 싸서 대도시로 떠나는 사람들의 행렬이 끊이지 않는 란저우 역 앞에 키 150센티미터 정도의 왜소한 몸집을

한 조선족 김기운 씨가 마중 나와 있었다. 김 국장이 미리 연락을
해두었던 것이다.

함경북도 연안군(지금의 무산군)이 고향인 그는 1936년생으로 1945
년 봄 중국의 옌볜으로 이주했다가, 1966년에 일자리를 찾아 란저우로
와서 30년 동안 서북설비공사의 기술자로 일하다 은퇴했다고 한다.

1남 1녀는 모두 출가해 칭다오에 살고 있고, 그는 부인과 함께
15평쯤 되는 낡은 아파트에 살면서 매월 지급 받는 연금 1천 위안
으로 비교적 여유 있는 생활을 하고 있었고, 복표(복권)가 유일한
낙이라고 했다.

그는 값싼 숙소를 찾는 필자를 자기 아파트로 데리고 가서 숙식
을 제공해 주고 란저우 조선족들의 모임인 '연인회'에도 데려가 한
국사람들의 정보를 얻어 주었다. 뿐만 아니라 란저우에 머무는 2박
3일 동안 내내 필자와 동행하며 살뜰하게 보살펴 주었다.

한국사람을 만나 인터뷰하는 동안 몇 시간이나 옆에서 할 일 없
이 기다리는 그에게 먼저 집에 가 계시라고 권해도 극구 사양했다.

"집에 가봤자 할 일도 없는데 뭐, 그냥 여기 있게 해주오."

사진 촬영을 하려고 시내를 걸어다닐 때 숨을 헉헉대며 따라오는
그가 안쓰러워 천천히 걷거나, 버스를 타도 될 일을 그를 위해 택시
를 타려고 하면 그는 또 옆에서 이렇게 말하며 소매를 잡아당겼다.

"그러지 말기요. 난 괜찮소."

혹시나 싶어 시내를 돌아다니며 한국 식당을 찾던 중 '한국탄고
(韓國炭烤)'라는 간판을 발견하고 반가워하며 들어갔을 때나 버스를
타고 가다가 우연히 길가에서 '한국상품중심'이라는 간판을 보고
내려서 뛰어들어갔을 때, 모두 중국인들이 운영하는 영업장이어서
실망하던 필자의 어깨를 토닥여 주기도 했다.

란저우에서 한 동포라며 필자를 도와준 조선족 김기운 씨.

그의 도움으로 한국사람을 찾아 인터뷰를 마치고 시안으로 떠날 때, 그는 1위안짜리 입장권을 사서 기차 안까지 들어와 필자의 좌석을 직접 확인해 주었다.

한 번 포옹을 하고 작별인사를 주고받다가 그의 친절과 배려가 너무 고마운 나머지 필자는 돈 1백 위안을 내밀었다.

"저 대신 사모님 옷 한 벌 사드리세요."

그 돈을 본 순간 그는 벌컥 화를 냈다.

"같은 민족끼리 이 무슨 짓이오!"

아차 싶었던 필자는 그 자리에서 정중히 사과했다.

"잘못했습니다. 용서해 주십시오."

"우 선생 마음 다 아니까 일없소."

필자를 더 이상 무안하지 않게 해준 그는 기차를 내려가더니 사발면과 삶은 달걀, 생수 등을 사서 올라왔다.

"유람 다니며 책 쓰는 거 바쁜 일 같소. 몸조심하기요, 우 선생."

이제는 중국사람이 된 그 북한사람은 필자를 야단친 일이 마음에 걸렸던지, 아니면 더 잘해 주지 못한 게 아쉬웠던지 기차가 떠날 때까지 차창 밖에서 먼 산만 쳐다보고 있었다.

중국에서 가장 맛있고 푸짐하고 싼 쇠고기 국수 '뉴로우몐'[牛肉面]과 폐질환 치료에 효과가 좋다는 백합뿌리가 유명한 란저우에는 한국사람이 일반인 5가구 18명과 유학생 10명이 살고 있다.

서북사범대에서 한국어를 가르치며 개인 사업을 준비 중인 이모씨와 베이징대에서 물리학 박사학위를 받고 란저우에 있는 한 연구소에서 연구원으로 있는 임모씨, 어린이 가구를 만드는 중국회사의 직원인 박모씨, 음악 테이프를 제작 판매하는 서모씨 그리고 우리의 주인공 김서경 씨가 가족들과 함께 살고 있는 것이다.

서북사범대 어학 과정에 다니고 있는 1980년생 최대성 군은 진주대동고를 졸업하고 해병대 856기로 군복무를 마친 후 중국 여행을 왔다가 새로운 희망을 발견하고 중국유학을 결심했다고 한다.

해병대 출신답게 187센티미터의 큰 키에 체격이 단단한 최군은 이곳에서 교육학을 공부한 후 한국으로 돌아가 대학원에 진학할 계획이고, 그후에는 교수가 되는 것이 꿈이라고 했다.

같은 대학의 김현식 군은 포항 한동대 재학 중 중국 소수민족을 연구하는 모임에서 활동하며 네 번이나 중국을 여행했다고 한다. 동북지역의 조선족 어린이들에게 영어와 레크리에이션을 가르치기도 했던 김군은 입대 전까지 이곳에서 중국어를 배우다가 군복무 후 다시 중국으로 와서 커뮤니케이션을 공부할 계획이었다. 소수민족을 연구하고 싶다고 했다.

장경종 군은 경기대 통계학과 3학년을 마치고 중국어를 공부하기 위해 란저우로 왔다. 학교 생활에 적응을 못 해 엉망으로 생활하다 맹목적으로 떠나왔는데, 지금은 중국에 관심이 많다고 했다. 1년 동안 중국어를 배운 후 돌아가 졸업을 하고 이후 다시 란저우로 와서 차분하게 장래 계획을 세우고 싶다는 것이었다.

82년생 정인영 양은 경문대 1학년을 마치고 아버지의 권유로 란저우로 왔다고 했다. 처음에는 중국이 무서워서 오기 싫었지만 '견문을 넓혀야 사람이 된다'는 아버지의 뜻을 따랐다고 한다.

박현선 양은 호서대 3학년을 마치고 미국으로 유학을 갈까 하다가 중국으로 왔다고 했다. 중국을 열다섯 번이나 여행하며 사진을 찍고 중국 사진전시회까지 연 아버지의 영향 때문이었다.

중국 역사에 관심이 많다는 박 양은 한국에 돌아가 중국어 통역 일을 하고 싶다고 했다.

이와 같이 서북사범대 어학 과정에 다니고 있는 5명 이외에 서북 민족학원에는 30대 여성 2명이, 란저우 대학에는 1975년생 동갑내기 청년 3명이 중국어를 공부하고 있다고 한다.

한 학기 학비 7백 달러, 한달 생활비 1백20달러로 한국보다 돈이 적게 드는 란저우에서도 한국 학생들은 최대한으로 생활비를 절약하며 열심히 공부하고 있었다.

그들은 란저우의 황허 상류에서 시작해 한국 서해의 백령도까지 뗏목을 타고 여행할 계획을 세우고 있었다.

"뗏목정신으로 끝까지 꿈을 이루고 말겠습니다."

그들은 또 이 말만은 꼭 써달라고 입을 모았다.

"한국에 있는 친구들이여, 어서 밖으로 나오라!"

14

시안

옛 수도에 중국민속촌 세운 제주도 거지 '건릉 황토민속촌' 김휜태

시안에서 버스를 타고 2시간 동안, 한국의 60년대 농촌처럼 정감 어린 산시성의 그림 같은 풍경을 시간가는 줄 모르고 즐기고 있을 때 차장 아줌마가 다가와 다음 정거장이 '황토민속촌'이라고 가르쳐주었다.

버스 안은 10여 명의 손님들로 한가했는데 필자 같은 꽁지머리를 한 남자를 처음 보았는지 모두 힐끗거리며 쳐다보았다.

50대의 차장 아줌마는 필자를 내려 주고도 버스 안에서 계속 쳐다보았다. 필자가 뙤약볕 속에 내려서서 손을 흔들어 주자 그녀도 활짝 웃으며 손을 흔들어 주었다.

건능 황토민속촌 입구에는 높이 10미터, 폭 15미터 정도의 돌산이 우뚝 서 있었다. 돌산 주위에는 거대한 무덤이 만들어져 있는데 그 밑으로 여러 개의 긴 굴들이 지나고 있고, 굴마다 역사관, 민속관, 풍속관, 자료실 등의 이름이 붙어 있었다.

각각의 굴에는 황토로 만든 인물 조각들이 가득 차 있었다. 〈삼국지〉에 등장하는 인물들도 있고, 땅을 파서 지은 굴집에서 살아가는 산시성 사람들과 각종 생활용품들, 밭을 갈고 있는 농부들 등 수많은 조각품들이 어두운 굴 속에서 조명을 받고 있었다. 그리 정교하다고는 말할 수 없지만 고생깨나 했을 것이라는 생각이 들었다.

굴 입구에서 예쁜 처녀 하나가 빗자루로 마당을 쓸고 있기에 한자로 '김훤태'라고 쓴 종이를 보여주며 영어로 말을 걸었더니 그만 처녀의 두 볼이 새빨개졌다.

처녀를 따라 어두운 굴 속의 미로를 걸어가자 미로의 한 끝에서 문 하나를 손가락으로 가르쳐주고 처녀는 아직도 빨간 얼굴을 돌려 뛰어가 버렸다. 어쩌면 그렇게도 부끄러운 걸까.

허름한 방의 문을 열고 들어가자 1943년생으로 올해 60세인 황토민속촌 주인공 김훤태 씨가 역시 허름한 차림으로 필자를 반겨주었다.

외국인이 식당 하나 개업하더라도 골치 아픈 문제가 한두 가지가 아닌 중국에서 이런 깊은 오지까지 들어와 숱하게 발생했을 문제들과 온몸으로 부딪치며 1만여 평의 민속촌을 일구어낸 '의지의 한국인', 바로 그 사람이었다.

제주도 모슬포에서 특무상사로 근무하던 아버지는 휴가를 받아 7남매가 살고 있는 울산 집으로 올 때마다 신기한 제주도 이야기를 들려 주셨다.

평소에는 무섭고 엄하기만 한 아버지가 제주도 이야기를 해주실 때에는 하나도 무섭지 않고 재미있기만 해서 장남인 그는 누구보다도 귀를 쫑긋 세우고서 들었다.

한국에서 가장 경치가 아름답고 돌, 바람, 여자가 많으며 남자는 놀고 여자가 일한다는 이상한 이야기를 들을 때마다 마을의 골치 아픈 꼬마대장인 그의 눈에는 빛이 났다.

초등학교 4학년 때부터 담배를 피운 그는 또한 마을 꼬마들 사이에서는 알아주는 '서리 대장'이었다. 수박, 밀, 감자 서리에서 닭서리까지 그를 당할 자가 없었다. 중학교에 들어가서는 태권도를 배우기 시작해 곧 싸움대장이 되었다.

중학교 2학년이 된 어느 봄날, 집에서 키우는 소를 어린 소로 바꾸려고 아버지는 큰 소를 장에 내다 파시고, 돈을 옷장 속에 숨겨두셨다. 학교도, 공부도 재미없고, 오로지 제주도로 갈 기회만 엿보고 있던 그는 속으로 만세를 외쳤다.

이튿날 새벽 3시에 일어난 그는 살금살금 안방으로 들어가 돈을 찾아낸 다음 걸어서 읍까지 나가 첫 차를 타고 부산으로 도망쳤다. 부산에서 빨리 배를 타고 제주도로 가고 싶었지만 3~4일 후에나 배가 있다고 해서 만화책을 자기 키만큼 빌려다 보면서 여관방에서 시간을 보냈다.

사흘 후, 새 만화를 빌리려고 여관 문을 나서다가 멀리 아버지가 지나가시는 것을 보았다.

"난 학교 때려치우고 제주도에 가서 살 거야."

평소 친구들에게 입버릇처럼 말했던 것이 아버지 귀에 들어간 모양이었다. 무사히 제주도까지 도망간다 해도 아버지가 찾아낼

시안의 황토민속촌 전경. 바위산 밑으로 수십 개의 굴이 있고, 그 굴 안에 중국 민속품들을
전시해 놓았다.

것은 뻔한 일, 아버지에게 붙잡히면 그 자리에서 맞아죽을 것이라
고 생각한 그는 온갖 궁리를 해보다가 울릉도로 도망치고 말았다.

울릉도에 자리를 잡은 그는 네다섯 살 나이가 많은 형들을 친구
로 사귀며 매일 술을 마시며 색시 집을 들락거리고, 노름으로 세월
을 보냈다. 그러다 일 년이 지나자 돈이 떨어져 여관 주인의 소개
로 오징어잡이 배를 탔으나 '배에서 내리기만 하면 소원이 없겠
다' 싶을 만큼 죽도록 멀미만 하다가 배를 내린 후 시골 마을의 머
슴살이를 했다.

하루종일 농사일을 하고 밤이 되면 동네 머슴들과 함께 동네 방
에 모여 새끼를 꼬면서 음담패설을 나누며 낄낄대다가 잠이 드는
생활을 했다.

그러면서 '빗자루 부대' 라는 머슴 조직을 만들어 울릉도의 깡패

들을 확 쓸어 버리고 세력을 키우며 5년 간을 보냈다. 그런 어느 날 저승사자처럼 아버지가 나타나 목덜미를 낚아채더니 군대에 집 어넣으셨다. 그는 베트남에 참전하며 파란만장한 청춘의 방황에 마침표를 찍었다.

운전병으로 복무하다 제대하고 처음 시작한 일은 양계였다. 그러나 얼마 못 가 집에서 어머니가 굿을 하는 것을 보고는 도끼를 들고 쳐들어가 무당을 내쫓고 집안을 박살내 놓은 다음 또 서울로 도망치고 말았다.

서울에서는 군복무를 함께 한 친구의 소개로 자가용 운전수로 일자리를 구했으나 지리를 몰라 하루 만에 잘렸다. 시청 앞에서 복잡한 차선을 알지 못해 헤매자 갈길 바쁜 사장은 차에서 내려 택시를 탔고, 그는 교통경찰에게 딱지를 끊긴 후 차를 길가에 세워둔 채 안양으로 도망쳐 버렸다.

안양에서는 교회를 찾아가 '일자리를 소개시켜 주면 앞으로 하나님 믿으며 올바르게 살겠다'고 애걸을 하며 목사님의 주선으로 택시 운전 2년, 용달차 운전 3년을 했다. 그 사이 결혼도 했다. 71년이었다.

결혼을 하고는 염색공장을 차리고 착실하게 일했다. 5년 만에 직원 20명까지 되는 공장으로 키웠지만 얼마 못 가 유가 파동으로 섬유 값이 폭락 졸딱 망하고 말았다.

살던 집은 물론 가재도구까지 모두 팔아 회사 빚을 정리했다. 갈 곳이 없어진 가족들은 3년 후 다시 합치기로 하고 친척집으로 뿔뿔이 흩어졌다. 그후 막노동판을 전전하던 그는 민통선으로 들어가 농사도 지어 봤지만 모든게 뜻대로 안 되었다.

매일 죽고만 싶었다. 어디에서든 일이 제대로 안 돼 정착할 수가 없었다.

그때 제주도가 생각났다. 어릴 적부터 가고 싶었던 꿈의 섬 제주도. 그는 소 판 돈 대신 '이 배가 뒤집혀 칵 죽어 버렸으면 좋겠다'는 심정을 움켜쥐고 거지가 되어 제주도로 가는 배를 탔다. 그리고 그 제주도는 그의 운명을 바꾸어 주었다.

제주도에서 막노동과 화물차 운전으로 지내던 2년 후 어느 봄날, 그는 기도원으로 향했다. 아내와 어린아이들이 눈에 밟혀 괴로웠던 것인데, 그때 기도원 입구에 웬 벌통들이 있는 것을 발견했다.

해마다 3월이면 유채 꽃을 찾아 제주도로 와서 꿀을 따는 양봉업자의 벌통들이었다. 거기서 그는 양봉에 대해서 이야기를 듣고 그 사업에 매력을 느꼈다. 사람을 만날 필요 없이 자연만 찾아다니는 일이 좋았던 것이다.

그는 전재산인 2백만 원을 털어 넣어 벌통 20통을 사서 그 양봉업자의 제자가 되었고, 3개월 후에는 벌통을 지고 고향 울산으로 돌아가 가족들을 불러모았다. 양봉업을 제대로 하자면 벌통이 1백 개는 되어야 하는데 혼자 힘으로는 그만큼 번식시킬 수가 없어 아내와 형제들의 도움이 필요했다. 형제들에게 돈을 빌려 벌들을 키운 일 년 후 마침내 벌통이 1백 통으로 번식됐다.

그는 다시 동생들에게 간신히 돈을 빌려 가족들을 데리고 다른 양봉 가족들과 함께 제주도로 갔다. 그러나 그때 하필이면 장마가 시작되었다. 공들여 키운 벌들은 거센 바람에 날아가 버리고 남아 있는 벌들도 꿀을 물어오지 못해 설탕을 사다 먹여야 했다. 그나마 돈이 떨어져 사람도 벌도 굶어죽게 된 것이다.

할 수 없이 또 동생들에게 편지를 보냈는데, 이런 답장이 왔다.

'왜 우리를 망하게 하려고 하느냐. 다시는 우리의 근처에도 오지 마라.'

같이 왔던 다른 양봉업자들은 모두 아카시아꽃을 찾아 육지로 떠날 때 그는 배삯이 없어 떠날 수가 없었다. 있는 돈 없는 돈 다 쏟아 부어 공들여 키운 벌도 반 넘어 잃고 오도가도 못 하는 신세가 되어 버린 것이다.

그는 가족들을 데리고 묵고 있던 싸구려 여인숙을 나와 성읍의 민속촌으로 들어갔다. 성읍에는 옛날 초가집들을 보존하고 있었는데, 그중에는 살 사람이 없어 비어 있는 집들도 있었던 것이다.

다시 한번 '칵 죽어 버리고 싶은' 심정으로 비가 새고 바람이 들어오는 빈 초가집에 가족들과 남은 벌통을 두고 일거리를 찾아 마을을 돌아다니고 있으니 제주도를 찾아온 신혼부부들이 눈에 많이 띄었다.

초가집 앞에서 사진을 찍고 이 집 저 집을 기웃거리며 구경하는 신혼부부들을 마을사람들은 싫어했다. 제주도 사투리를 들으려고 사람들에게 말을 붙이는것도 싫어했다.

그러나 그 관광객들이 그에게는 희망으로 보였다. 모처럼 제주 여행으로 들떠 있는 그들이 그에게는 좋은 손님이 될 것 같았다.

그래서 1년에 집세 20만 원을 주기로 하고 민속촌 한복판에 있는 초가를 한 채 빌렸다. 옛날 가마와 관복, 생활용품들도 빌리고 똥 잘 먹는 똥돼지도 한 마리 빌려 마당에 묶어 두었다. 제주도 사투리 잘 하는 아가씨도 한 명 고용했다.

그러고 나서 벌통을 옆에 놓고 꿀을 팔기 시작했는데 이것이 그만 '대박'이 터진 것이다.

그가 직접 키운 벌들이 만든 진짜 꿀은 이내 떨어져 없어서 못 팔고, 육지에서 대량 생산한 꿀을 한 달에 4백 드럼씩 사와 모두 팔아치웠다. 꿀뿐만 아니라 영지버섯, 지네, 오미자, 알로에 등 건강식품들도 팔았다. 팔고 또 팔아 돈이 자루로 들어왔다.

3년 후, 그는 '주식회사 탐라식품'의 대표가 되었다.

"아 그때 돈 참 신나게 벌었습니다."

"얼마나 버셨는데요?"

"집사람이랑 둘이서 잠 한 숨 못 자고 밤새 돈만 센 날도 많았지요."

1993년 3월, 그는 중국산 영지버섯을 직접 수입하기 위해 중국으로 향했는데 그것이 다시 한번 자신과 가족들의 운명을 바꾸어 놓게 될 줄이야.

조선족 통역을 앞세워 간쑤성과 산시성 등의 시골로 영지버섯을 찾아다니다가 시안에서 진시황의 병마용과 측전무후의 건릉을

시안 민속촌의 김훤태 씨와 부인이 중국민속공연팀들과 자리를 잡았다.

보고는 다시 한번 아이디어가 떠오른 것이다.

중국 제일의 역사도시 시안에 제주도의 민속마을 같은 것을 만들어 보자는 아이디어였다. 관광객이 많이 들어오는 시안에 중국 민속촌을 만들어 두면 병마용이나 건릉을 구경 온 사람들이 민속촌을 찾을 것이었다. 처음에 얼마간 투자를 해두면 나중에 편히 앉아서 돈을 벌 수 있을 것 같았다.

외국인의 투자를 유치할 업종이 별로 없는 성 정부에서도 건릉 쪽의 땅을 추천하며 대환영을 표시했다. 제주도에서도 크게 성공했는데 한국보다 수준이 한참 낮은 중국 시안쯤이야 싶었다.

그는 한국으로 돌아가 반대할 것이 뻔한 아내에게는 한마디 상의도 없이 살고 있는 집만 빼고 전재산을 정리했다. 그것이 무려 20억 원.

그 돈을 들고 가서 건릉에서 10분 거리의 땅 1만 평을 50년 기간으로 임대하고, 그 땅에 살고 있던 주민 13가구에게 1백만 원씩을 보상해 주고 내보냈다. 그리고 1994년 3월부터 공사를 시작했다.

중국 민속 전문가를 한 명 뽑고, 화가와 조각가 30여 명을 고용했다. 하루에 인부 1백여 명을 투입했다. 그렇게 3년을 공사한 끝에 1997년 3월, '건릉 황토민속촌'이 탄생하였다.

그리고 그 석 달 후 김훤태 사장은 다시 한번 알거지가 되어 제주도로 돌아가고 말았다.

"왜 망하셨어요? 정말 20억을 다 날리셨어요?"

"예. 3년 만에 20억 날리고 빚까지 졌지요. 중국에서 하는 일이란 것이 생각했던 것보다 1백 배는 더 어렵더라고요."

"뭘 잘못하셨는데요."

"첫째는 전문가를 잘못 뽑았습니다. 중국 민속 전문가를 뽑는다고 광고를 내니까 자칭 전문가에 모르는 게 없다는 대학교수나 중·고등학교 역사선생들이 수백 명 왔어요. 그중에서 선생 하나를 뽑아 자문을 받으면서 1년 동안 공사를 했는데 그게 다 엉터리였던 겁니다. 혹시나 싶어 다른 교수 몇 명을 초대해 물어 보았더니 일 년 동안 공사한 것이 다 틀린다는 거예요. 할 수 없이 다 부수고 공사를 다시 하게 됐죠. 둘째는 공사 관리가 안 된다는 겁니다. 화가나 조각가나 인부 할 것 없이 죄다 물건들을 훔쳐가요. 건축자재며 생활용품까지 사다두기만 하면 금방 없어져요. 하다못해 전등을 빼가고 못까지 훔쳐 가는 거예요. 빨간 벽돌을 10트럭 사왔는데 밤에 경비원들과 짜고 트럭째 훔쳐가더라니까요. 도대체 감당을 못 하겠더라고요. 그렇게 3년이 지나니까 돈이 바닥나대요."

"그래서 손 터신 거예요?"

"더 이상 버틸 수가 없었어요. 가까스로 개관은 했는데 사람이 안 와요. 입장료를 25위안으로 정했는데, 그 돈이면 이 사람들 이틀 반 일한 품삯입니다. 그러니 누가 오겠어요. 그렇다고 투자액이 있는데 무작정 싸게 할 수도 없고. 여행사들한테 커미션 주고 관광객들을 데려오려고 했는데 비싸서 그런지 그것도 잘 안 되더라고요. 개관하고 석 달이 지나니까 우리 직원이 40명이 되는데 그 월급도 못 주겠고, 그 동안 외상으로 갖다 쓴 자재 값 독촉도 심해지고…. 그때 생각했습니다. '아! 이 민속촌을 내가 만들긴 했지만 내 것이 아니구나!' 하고요. 그래서 한국의 어떤 사회단체에 기증했습니다. 내가 민속촌을 여기까지 만들어 놓았으니 이제부터는 당신들이 빚 조금 있는 것 갚아 주고 관리 잘 해서 돈 벌어 좋은 일에 쓰라고 그랬죠. 그리곤 빈손으로 제주도로 돌아갔습니다."

"그때 심정이 어떠하셨습니까? 또 콱 죽어 버렸으면 싶었습니까?"

"아니오. 우리 애들이 1남 3녀인데 다 대학 졸업하고 자기 할 일하고 있어서인지 마음이 홀가분했어요."

그때 그의 부인이 못 참겠다는 듯이 옆에서 끼여들었다.

"이 양반이 어느 날 갑자기 연락도 없이 불쑥 제주도로 와서 뭐라고 그러는지 아세요? '민속촌 남 주고 왔다' 그러는 거예요. 20억 들고 중국간 지 3년 만에 거지꼴로 돌아와서 한다는 소리가 남 주고 왔대요, 글쎄."

사실 웃어서는 안 되는 일이었지만 김 사장과 필자는 하하거리며 웃었다.

"그런데 어떻게 다시 돌아오셨습니까?"

"제가 돌아가고 얼마 안 되어 IMF가 터졌어요. 밥은 먹고살아야 하겠는데 할 일이 없잖습니까. 그래서 집사람이랑 3년 동안 노점을 했습니다. 어느 날 민속촌을 맡은 단체에서 저를 찾아왔어요. 젊고 똑똑한 사람을 민속촌으로 보냈더니 너무 오지여서 그런지 견디지 못하고 돌아왔대요. 그러면서 하는 말이, 누가 가도 거기서 적응을 못 할 거라고 하더랍니다. 사정이 이러니 저보고 다시 민속촌으로 가달라는 겁니다. 투자는 자기들이 계속할 테니까 말이죠. 나이 육십 다 되어 노점을 하고 있으니 그게 백 번 낫겠다 싶고, 또 내 손으로 만든 것 내 손으로 키워 보자 싶기도 해서 집사람이랑 다시 오게 되었지요. 그게 2000년 4월입니다."

"요즘은 잘되고 있습니까?"

"봄, 여름에는 하루 평균 1백 명 정도이고, 많을 때는 3백 명 정도 들어옵니다. 그런데 가을 겨울에는 적어요. 그래도 해마다 늘어나고 있으니 다행이지요."

"처음에는 민속촌 주인이었다가 지금은 관리인인데, 기증한 것을 후회한 적은 없습니까?"

"그런 거 없어요. 좋은 일하는 사람들에게 준건데, 뭐. 자식 넷을 다 시안에서 대학 졸업시켜 살게 해놓았으니 그걸로 만족해요."

"한국으로는 언제 돌아가실 생각이십니까?"

"저희 부부는 여기서 죽을 겁니다. 지금 나이에 돈 욕심이 있겠습니까, 무슨 야망이 있겠습니까. 벌어볼 만큼 벌어봤고 쓸 만큼 써보기도 했습니다. 사장님 소리도 들어 봤고. 이제는 가진 게 없으니 차분해집니다. 내 손으로 만든 이곳에서 집사람이랑 하루하루 마음 편하게 살고 있습니다. 젊었을 때는 몰랐는데 지나고 나니 사람 사는 거, 그거 별거 아니더라고요. 없으면 없는 대로 살아지는 건데 없으면 죽는 줄 알고 아등바등했던 게 우습지요."

 잊혀졌던 옛 도시 살아나다

진시황제의 병마용, 한무제의 무릉, 측전무후릉 등의 유적으로 유명한 산시성[陝西省]의 성도 시안[西安]은 한국의 경주와 자매도시이기도 한 인구 8백 만의 고도(古都)다. 옛 중국의 오랜 수도인 장안(長安)이 바로 이곳이다.

중국 속담에 이런 말이 있다.

'지난 10년의 중국을 보려면 상하이로 가라. 지난 20년의 중국을 보려면 선전으로 가라. 지난 5백 년의 중국을 보려면 베이징으로 가

라. 지난 2천5백 년의 중국을 보려면 시안으로 가라.'

주나라 때부터 당나라 때까지 2천5백 년 동안 중국 역사의 중심이었고, 고대 실크로드의 중심 도시로 중국 최고의 번영을 누렸던 시안은 송나라 때 식량 부족으로 수도를 남쪽의 카이펑[開封]으로 옮기면서 몰락하기 시작했다. 또한 유럽인들이 항로를 발견하면서 실크로드 역시 잊혀져 갔다.

현재 한창 진행되고 있는 '서부대개발'은 중국의 개혁개방 정책의 성패가 달려 있는 역사적인 작업이다. 만약 실패한다면 1998년 이후 공급 과잉으로 내수부진에 빠진 중국경제에 치명적인 독소가 될 수도 있고, 동부와의 심한 소득격차로 서부의 지방정부와 주민들의 불만을 해소해 줄 방법이 없으며, 소수민족 거주지역의 민족문제가 발생할 수도 있다.

그래서 지금 잊혀진 도시 시안은 서부대개발의 중심으로 다시 살아나고 있으며 실크로드 또한 다시 열리고 있다. 장제스에게 패한 마오쩌둥이 대장정을 통해 옌안[延安]으로 집결했다가 혁명 근거지로 삼아 재기를 노렸던 시안. '장안의 화제가 되었다'거나 '장안의 지가를 올린다'라고 말할 때 아직도 인구에 회자되는 곳이 옛 이름 장안이었던 시안이다.

시안에는 한국사람이 일반인 10가구 40명에 유학생 약 2백50명이 살고 있다.

대우중공업 김형택 지사장은 3년 동안 근무하고 있는데 일본을 제치고 굴착기 시장 점유율 1위를 고수하고 있다.

대우운수의 임재승 사장은 고속버스 10대로 운수업을 하고 있는데, 중국업체와의 경쟁으로 고전하고 있다. 운수업이라는 것이 인허가가 까다로운 업종인지라 성 정부에서 좋은 노선은 중국업체에 우선적으로 배정해 주기 때문이다.

아시아나 항공의 최병호 지사장은 94년 8월 한중 항공협정이 체결된 후 창춘, 상하이 등에서 근무하다가 2000년 1월 시안으로 왔다.

외국어대 중문과 출신이지만 아시아나에 입사해서는 그 동안 줄곧 영어 공부만 해왔는데 어느 날 갑자기 중국 발령을 받고서는 그 동안의 헛발질에 땅을 쳤다고 한다.

인천 공항에서 시안까지 아시아나는 주 1회 직항을 띄우고 서북항공은 주 4회 직항을 띄운다. 모두 합쳐 일주일에 4백50명이 탑승하는데 아시아나 승객은 주 1백50명 정도, 한국사람들은 요금이 약간 싼 서북항공을 더 많이 이용한다고 한다.

성 정부 직영기업인 서북항공의 주 4편 물량공세에 맞춰 경쟁력을 확보하기 위해 최병호 지사장은 발에 물집이 생기도록 뛰고 있다.

'코리아' 식당의 윤성원 씨. 1953년생으로 전자공학과 출신인 그는 17년 동안 근무하던 회사가 IMF 때 부도가 나서 퇴직했다. 실의에 빠져 허우적거릴 때 그를 구해준 것은 하나님이었다. 그후 하나님의 말씀을 전하기 위해 중국으로 건너와서 2001년 8월에 시안에서 한국식당 코리아를 개업했다.

선교가 자유롭지 못한 중국에서는 장래의 선교를 위해 준비를 하고 있는 한국인들을 많이 만날 수 있는데, 특히 서북지역에 많다. 윤씨도 바로 그중 한 사람이다.

2억5천만 원을 투자한 코리아는 1, 2층 1백40평 규모이며 숯불구이가 주 메뉴다. 35명의 종업원들에게 일일이 고기 굽는 법, 자르는 법, 접대하는 법, 인사하는 법, 주문 받는 법 등을 가르쳤고, 다른 식당에서 주는 월급보다 2백 위안 더 많은 5백 위안을 주었다. 그 결과 문을 연 지 3개월 만에 하루 매상 3천 위안으로 수지를 맞출

시안의 한국식당 '코리아' 앞에 선 윤성원 사장.

수 있게 되었다.

코리아라는 이름이 부끄럽지 않게 모든 양념을 한국에서 공수해 오고, 가스가 아닌 참숯을 사용하며, 가장 질 좋은 고기를 쓰는 것도 한몫을 했다고 한다.

코리아를 개업할 때 있었던 에피소드 하나. 중국 관리들이 찾아와 식당을 둘러보고는 화장실 개선 명령을 내렸다. 시안에서 가장 깨끗한 화장실이라고 자부하던 그로서는 이해가 안 되는 일이었다. 중국에서는 보기 힘든 좌변기까지 갖추고 최신식 설비를 해놓았는데.

그런데 문제는 일부러 비싼 돈 들여 설치한 좌변기였다. 중국사람들은 좌변기 대신 재래식 변기를 사용해야 하니 바꾸라는 것이다. 좌변기는 피부에 닿아 비위생적이라나.

1959년생 김석준 씨는 리빙스톤이라는 한국 페인트 회사의 중국 지사장이다.

한국의 천연 페인트로 중국을 공략 중인 시안의 김석준 씨와 가족.

외국어대 중문과 출신으로 4년 간 타이완 유학을 마치고 98년 2월 시안에 정착했다. 대개 중소기업이나 개인 기업들은 대도시에 지사를 설립하는 데 비해 유독 이 회사만 시안에 지사를 설립한 이유를 묻자 '템포 빠른 것이 싫어서'라고 대답했다.

일반 페인트는 석유화학 제품이어서 환경을 파괴하지만 그가 중국에 판매하고 있는 '아우로'라는 페인트는 천연 페인트로 환경을 보호해 준다고 한다. 중국의 4개 직할시와 22개 성, 5개 자치구에 하나씩 대리점을 계약하는 것을 목표로 삼고 있는데 중국사람들의 환경 인식이 너무 부족한 탓에 서둘지 않고 만만디 작전으로 시장을 개척 중이라고 했다.

시안에서 버스로 2시간 걸리는 건능진은 측전무후릉과도 가까워 10분 거리인데, 그곳에 김훤태 씨가 살고 있었다.

한국사람들이 중국에서 하는 사업치고는 생소하고 신선한 것이어서 일정을 하루 늦추고 그를 찾아갔다.

'이 구석까지 어떻게 찾아왔느냐'며 반겨주던 그는 '인터뷰든 뭐든 시키는 대로 다 할 테니 먼저 측전무후릉을 관광하라'며 바퀴가 세 개 달린 삼륜 용달차에 시동을 걸었다.

오스트레일리아에서 20년 된 차도 운전해 보았지만 40년 되었다는 그 차의 소음은 전속력으로 마주 달려오는 경운기 10대와 탱크 10대가 마음 푹 놓고 충돌할 때의 소리보다 더 요란한 것 같았다. 바퀴가 3개든 4개든 30개든 바퀴 달린 물건 중에서 그렇게 요란한 소리를 내는 것은 맹세코 처음 보았다.

짐칸에 중국인 가이드 한 명을 태우고 필자는 운전하는 그의 옆자리에 앉았는데 기가 막히고 어이가 없어 웃음이 나오는 것을 허벅지를 꼬집으며 참아야 했다.

측전무후릉은 광활한 평야에 탁 트여 있어서 시원했지만 공사 중인 곳이 많았고, 측전무후가 잠들어 있는 능 앞에는 바리케이드가 쳐져 있었다.

황토민속촌을 찾는 외국인을 위해 고용된 안경 낀 가이드는 이곳저곳을 데리고 다니며 영어로 설명을 해주었는데, 온갖 나라 사람들의 온갖 사투리 영어를 다 듣고 돌아다닌 필자도 속으로 '그만 지껄여라'는 생각이 들 정도로 괴상했다.

"쟤 영어 잘 하니까 따라가요. 난 차에서 기다릴 테니."

그러면서 빠진 김훤태 씨가 야속하기까지 했다.

기관총처럼 쉬지 않고 고막을 갈겨대는 삼륜차 엔진 소리에 보기 좋은 시골 풍경이 지옥같이만 느껴지던 돌아오는 길. 좌회전 커브 길을 돌던 삼륜차가 기우뚱하더니 오른쪽으로 넘어졌다.

'어! 어!'하는 사이 오른쪽으로 몸이 기울며 아스팔트 바닥에 부딪혔고, 유리 파편이 팍팍 솟아올랐다. 삼륜차는 앞으로 계속 미끄러져 갔다. 김씨는 필자 위에 얹혀 있고, 필자는 밑에 깔린 채 1미터 정도 아래의 논으로 밀려갔다. 그러다가 운 좋게도 삼륜차가 앞에 서 있는 소나무에 걸려 멈췄다.

그가 먼저 운전석 문을 열고 빠져나가고 필자가 다음으로 빠져나왔다. 그도 필자도 다친 데는 없었는데 짐칸에 탄 가이드는 오른쪽 다리에 심한 찰과상을 입었고, 오른쪽 손등에서도 피가 흐르고 있었다.

그런 일이 가끔 생기는지 동네 남자 몇 명이 천천히 걸어오더니 삼륜차를 똑바로 세워 주었다.

별일 아니라는 듯한 표정으로 그는 다시 삼륜차에 올라타서 시동을 걸었다. 그때 필자는 걸어가게 되기를 얼마나 바랐던가. 그러나 그 망할 놈의 삼륜차는 고장도 안 나는지 시동이 걸렸다.

그 정도는 사고도 아니라는 듯 그 '웬수'는 오른쪽 유리창만 깨진 채 따따따따 잘도 달렸다.

시안에는 이들 외에도 전기부품공장, 발 마사지 업소, 식당, 볼링장 등을 운영하고 있는 사람들과 역사학 교수도 한 명 있었다. 또 중국 남자와 결혼한 한국여성이 3명, 중국 여자와 결혼한 한국남성이 1명 살고 있었다.

또한 시안 남동쪽으로 400킬로미터 떨어진 나환자 요양소에는 한국신부 1명과 수녀 1명이 아무도 돌아보지 않는 환자들을 돌보고 있다는데 그들은 누구와도 인터뷰를 하지 않는다고 소문나 있었다.

15
쿤밍

거액의 벌금 물고 유명한 집 되어
한국식당 '한강' 안원환

경남 밀양의 3대 갑부이며 공화당 전국구 서열 18위이셨던 아버지에게는 군수, 지검장, 경찰서장, 세무서장들이 새로 부임해올 때나 떠나갈 때 꼭 인사를 오곤 했었다.

밀양의 큰일이든 작은 일이든 발벗고 나서 도와주고 한없이 베풀어 주셨으며, 신원보증이 필요한 사람들에게는 기꺼이 보증을 서주셨다. 돈이 필요한 사람들에게는 조건 없이 빌려주고, 억울하게 경찰서에 갇힌 사람들은 말 한마디로 빼내 주시던 아버지가 돌아가셨을 때 사람들은 '밀양에서 별이 떨어졌다'고 슬퍼했다.

공부도 잘 하고 술도 잘 마시던 그는 외국어대 서반아어과를 졸업하고 대한항공 승무원으로 입사했다.

엄격한 아버지 밑에서 자라서인지 보수적인 편이던 사고가 비행기를 타면서 진취적으로 바뀌었다. 국내선 일 년 근무 후 국제선을 타면서 일본, 미국, 유럽, 중동 등 50여 나라를 돌아보고는 세계에 눈을 뜨게 되었다.

여기까지 이야기하더니 그는 갑자기 말문을 닫았다.

"다시 생각해 보니 더는 이야기 못 하겠습니다. 제가 꼭 사람들 앞에 내놓은 고깃덩어리 같다는 생각이 드네요. 저 자신을 던져서 우 선생님 책의 한 부분이 되고 싶지 않습니다."

"한국에 사는 젊은이들을 위한 일이라는 데에 동의하셨지 않습니까?"

점잖은 인품의 그 신사는 어떤 설득에도 꿈쩍하지 않았는데 한 시간의 설득 끝에 겨우 '이력서 쓰듯 간단하게' 말하기로 합의를 했다.

1984년에 〈구름나그네〉라는 책을 써서 교보문고 베스트 셀러 대열에 오르기도 했던 선배로서의 자존심 때문일까, 자신을 드러내는 데에는 겸양을 보이기로 유명한 경상도 유학자 집안의 후예인 탓일까.

대한항공에서 8년 근무한 후, 미8군에서 다시 8년을 근무했던 안원환 씨는 1987년에 '여행자 클럽'을 조직해 총무를 맡아 핵심 역할을 하면서 시베리아, 몽골, 파키스탄, 터키, 히말라야 등을 여행하기도 했다.

핵심 멤버인 화가 신동우, 탤런트 김미숙, 만화가 고우영 씨와 특히 친했다. 우리는 쿤밍에 있는 그의 식당 한강에 붙어 있는 그의 살림집에서 그들과 찍은 여행 사진을 보았다.

미8군에서 나온 이후에는 수입물품 도매상 3년, 실내장식품 도

한국식당 '한강' 의 안원환 사장이 한명회 씨와 인터뷰를 하고 있다.

매상을 3년 했다. 그 무렵 IMF가 터졌다. 모든 것들이 망가졌을 때 그는 돌파구를 외국에서 찾았다. 쏟아지는 폭우를 언제까지 앉아서 맞고만 있을 수는 없는 일이었다.

장식용 목각이나 도자기의 최대시장인 태국 북부의 치앙마이로 갈까, 아니면 치앙마이에서 비행기로 70분 거리인 꽃의 도시 중국 쿤밍으로 갈까.

1남 2녀의 아이들은 모두 앞으로 중국이 잘될 것이고, 중국말이 꼭 필요할 것이라며 쿤밍을 원했다.

1999년 2월, 그는 한국을 정리하고 쿤밍으로 이주했다. 그리고 부부가 잘 해낼 수 있다는 자신감을 가지고 식당을 차리기로 했다. 6천만 원을 투자해 50평 규모의 점포를 얻었다.

인테리어 공사를 한 후 월급 4백 위안을 주는 종업원 14명을 고용하고, 한 달 간 부인과 함께 요리, 접대, 친절교육을 시킨 후 '한강' 의 문을 열었다.

그러나 주 메뉴인 불고기 등 음식 재료와 필요한 모든 자재를 일체 한국에서 공수해 와 중국식당들과 차별화하고 한국 요리책을 보며 메뉴도 개발했지만, 6개월이 지나도록 하루 평균 매출 1천 위안을 넘기지 못했다. 1백 위안을 못 파는 날도 많았다.

식당 앞을 지나가는 사람들이나 종업원들 보기가 민망할 정도여서 부부가 손님인 것처럼 홀에 앉아 있기도 했다.

그런데 어느 날 엎친 데 덮친 격으로 공안국 사람들이 들이닥쳤다. 당시 부인이 쿤밍사범대의 어학 과정을 다니고 있어서 유학생 거류증으로 체류하며 중국 친구의 명의를 빌려 영업을 하고 있었는데, 유학생 거류증으로 사업을 하는 것은 불법이었던 것이다. 하지만 영세한 한국사람들은 대부분 아직도 그렇게 사업을 하고 있다.

그는 결국 7만 위안(1천1백만 원)이라는 엄청난 벌금을 물고 정식으로 외국인 노동취업허가증을 받아 자신의 이름으로 사업자 등록을 하게 되었는데, 한국사람 누군가가 밀고한 것임이 틀림없을 것이라고 한다.

벌금을 거부하면 추방당할 수도 있고, 자진해서 한국으로 돌아갈 수도 있는 상황에서 그는 정면돌파 방법을 선택했던 것이다. 사실 그런 거액이라면 중국에서는 벌금을 물지 않고 공안국이나 노동국 직원들과 '적당한 뒷거래'를 해서 상황을 해결하는 것이 일반적이지만 그는 깨끗하고 당당하게 중국의 법을 인정하고 벌금을 택한 것이다.

사람 일이란 정말 알 수 없는 것. 그런 당당한 자세 때문인지 그이후부터 '한강' 은 일어서기 시작했다. 쿤밍에서 한국인으로는 처음으로 독자기업으로 공인 받은 그를 찾아 현지의 TV방송사에서 취재를 왔고, 그의 한강이 소개되면서 쿤밍의 부자들이 몰려들기 시작한 것이다.

그래서 100퍼센트 한국에서 공수된 재료로 요리된 한국 불고기와 갈비, 김치찌개는 날개를 달고 팔려 나갔고, 쿤밍에서 최대의 위기가 오히려 최대의 기회가 되어 주었다. 그리하여 하루 평균 1천 위안이던 매출이 5만 위안(8백만 원)으로 뛰어오르는 계기가 되었다.

그후 2001년, 그는 쿤밍에서 버스로 5시간 거리인 여행자들의 도시 다리〔大理〕에 10만 달러를 투자해 방 20개짜리 코리아나 게스트 하우스와 30평 규모의 코리아나 레스토랑의 문을 열었다. 개업한 지 얼마 안 되는 코리아나 게스트 하우스와 레스토랑은 한강만큼 잘 되는 것은 아니지만 그래도 현상 유지는 하고 있다고 한다.

안원환 씨가 말하는 중국에서 실패하지 않는 법은 이렇다.

"종업원들에게 세무관계, 사적인 문제, 중국을 비판하는 말은 절대 하지 말 것. 처음부터 큰돈은 투자하지 말 것. 조선족은 1~2명만 고용할 것. 경험 있는 업종을 선택할 것."

중국 진출을 원하는 한국사람들은 경험에서 우러나온 그의 충고를 귀담아 들어야 할 것이다.

처음에는 한국에서 IMF 위기가 지나갈 때까지만 쿤밍에 체류할 계획이었지만, 이제는 히말라야 산맥이 끝나는 마지막 산인 캉산〔倉山〕이 수려한 다리에서 노후를 여행자들과 더불어 유쾌하게 보낼 계획을 세워 두었다.

세계 화훼농업 1번지의 한국 양란농장

필자는 예전에 무협지를 즐겨 읽었다.

모든 무협지의 스토리는 그게 그거였지만, 항상 선과 악이 분명하고 반드시 선이 악을 제압하며 나름대로 철학을 가진 고수들의 장렬한 죽음과 적나라한 섹스 등이 좋아서였다. 그 무협지에서나 볼 수 있었던 무림절정의 기괴한 고수들이 산다는 황량한 새외변방 (塞外邊方)이 바로 쿤밍[昆明]이다.

지금은 중국의 서남쪽 끝에서 베트남, 라오스, 타이, 미얀마 등과 국경을 맞대고 있어 제3국을 통해 망명하려는 탈북자들의 애환이 서린 윈난성[雲南省]의 성도로 사계절이 봄이라는 춘성(春省), 영어로는 스프링 시티(spring city)라 불리는 아름다운 꽃의 도시다.

쿤밍에 있는 춘성 골프장은 한번 왔던 사람은 반드시 다시 온다는 세계 5대 골프장 중 하나다.

구이린에서 30시간을 달려 쿤밍 역에 도착했던 아침 7시, 막막한 심정으로 역 앞에 서서 꽃으로 장식된 아름다운 거리를 바라보고 있었다.

그 동안 만났던 모든 한국사람들 중에서 이 멀고먼 도시에 사는 한국사람에 대해서는 아는 이가 아무도 없었던 것이다. 딱 한 마디 뿐이었다.

"거기에도 한국 식당이 하나 있다고 하던데."

일주일에 두 번 들어오는 대한항공이 2회 합쳐 2백 명 정도의 한국 관광객을 내려주고 있다는 사실을 알았더라면 쉽게 대한항공 쿤밍 지사를 찾았을 텐데 그런 사실도 모르는 우리는 완전한 백지 상태였다.

또 다시 한자로 한국식당이라고 쓴 종이를 들고 무식하게 무작정 시내 방향으로 걷기 시작했다.

눈에 띄는 호텔과 식당들마다 들어가 물어보고, 우리를 힐끗거리던 공안들에게도 보여주고, 하품하며 청소하는 아줌마와 버스를 기다리고 있던 긴 생머리의 예쁜 아가씨에게도 보여주었다. 일자리를 찾아 시골에서 올라와 큰 보따리 하나 싸들고 길거리에 멍하니 앉아 있던 거지차림의 노숙자에게는 괜히 심술이 나서 물어보기도 했다.

이 먼 곳까지 어떻게 들어왔는지 루스 삭스를 신고 있는 일본 여고생에게는 사진을 찍기 위해 일부러 물어보았다.

그러다 우연히 눈에 띈 곤호호텔에 들어가 카운터에 앉아 있던 인자하게 생긴 아줌마에게 종이를 보여주었을 때, 그녀는 활짝 웃으며 종이 뒤에 약도와 버스 번호와 내릴 곳을 적어 주었다. 그래서 4시간의 무식한 '탐문수사' 끝에 만날 수 있었던 사람이 한국식당 '한강'의 안원환 사장이었다.

쿤밍 금호화훼의 양란농장.

쿤밍에는 한국사람이 유학생 80여 명을 포함하여 약 3백30명이 살고 있었다.

중국의 56개 소수민족들 중에서 주로 가난한 40개의 소수민족이 윈난성 일대에 살고 있고, 도움이 필요한 탈북자들이 많아서인지, 한국사람 중에는 선교사가 가장 많아 2백20명 정도나 되었고, 일반인은 10세대 30명이었다.

대한항공 쿤밍 지사, 한국식당 한강과 한성관, 대우중공업 쿤밍 지사, 발포제를 생산하는 금양화학, 원예사업을 하는 금호화훼, 아파트 문짝을 생산하는 목재회사 3개가 있어 그곳에 종사하는 직원들과 가족들이 쿤밍에 살고 있는 것이다. 그 가운데 최초로 쿤밍에 정착한 업체는 쿤밍 호텔에 있는 한국식당 한성관이다.

한성관을 비롯한 이들 10개 업체는 모두 초창기의 어려움을 잘 극복하고 만족할 만한 성공을 거두었거나 제대로 자리를 잡았고, 유학생들도 소수 민족들을 도우며 보람있게 살고 있다고 한다. 그러나 2000년에 결성된 쿤밍 한인회는 선교사들이 주축이어서 이들 업체들은 따로 모임을 갖고 있었다.

금호화훼의 부총경리(부사장) 신정업 씨.

경기대 중어중문과를 졸업하고 대한생명과 중국관련 무역회사를 거쳐 금호화훼 입사 후인 2000년 8월, 금호화훼의 농장과 판매장이 있는 쿤밍의 토우난[斗南]으로 이주한 67년 생이다.

93년부터 몇 차례 베이징, 텐진, 칭다오, 상하이 등을 여행한 적도 있고 중국어에도 자신이 있어 초기 적응에는 어려움이 없었으나, 윈난성 정부의 외국인에 대한 불합리한 제도와 낙후된 행정, 담당자가 부재 중이면 전혀 진행되지 않는 일처리들이 아쉬웠다고 한다.

전세계 화훼의 60퍼센트가 중국산이고 중국화훼의 반이 이곳에
서 생산되고 있어서 쿤밍의 토우난 화훼시장은 중국 최대의 화훼시
장이다. 쿤밍은 해발 2,000미터의 고지대로 일년 내내 따뜻한 기후
조건이 화훼에 딱 맞는 것이다.

금호화훼는 96년에 쿤밍에 뛰어들어 2백50만 달러를 투자해 독자
기업으로 승인 받고 2천 평의 농장에서 종업원 50명을 고용해 중국
사람들이 손대지 못하는 양란을 키우고 조직배양을 통해 각종 화훼
를 생산하고 있다.

장미, 백합, 카네이션 등은 잘라서 팔고, 양란, 시클라멘, 두견화,
선인장 등은 분에 심어 중국 내수시장과 한국, 일본으로 수출해 연
평균 4백만 달러의 매출을 기록하고 있다. 이와 함께 유럽으로의 종
묘판매와 첨단 농업기자재 시장도 개척하고 있다.

쿤밍의 인건비는 월 5백 위안(8만 원)으로 매우 싸지만 노동의 질
이 떨어져 직접 행동으로 보여주지 않으면 따르지를 않는다고 한다.

월 임대료 8백 위안인 40평 아파트에 부인과 두 아이와 함께 살
고 있는 신씨는 휴일에 문화생활을 할 것이 없어 가족들과 외식을
하거나 쇼핑하는 것으로 여가를 보내고 있는데, 지금은 연봉 5천만
원을 받고 있지만 연봉 1억 원 이상 받는 전문경영인이 되는 것이
꿈이라고 했다.

"한국사람들은 자꾸 세계로 나가야 해요. 그래서 세계 구석구석
을 개척해야 한국이 잘살 수 있어요. 그러려면 용감해야 하는데 요
즘 사람들 보세요. 무언가 나약하고 우물안 개구리 같지 않아요? 하
긴 배낭 메고 해외로 떠나는 젊은이들이 많으니 앞으로는 그렇지
않겠지만 말예요."

신씨가 토해 낸 열변이다.

16
다리

인생의 쓴맛, 단맛, 오묘한 맛

중국 당나라 때 우리 나라에 처음 소개되어 지금까지 건축 장식재료로 애용되고 있는 대리석, 중국에서는 '윈스' 또는 '창스'라고 부르는 이 돌의 원산지가 바로 다리〔大理〕다.

송나라 때 우리 민족처럼 흰옷을 숭상하는 바이족〔白族〕이 세웠던 다리국의 수도였으며, 지금은 약 60만 명이 사는 바이족 자치구의 중심 도시다.

흰색 바탕에 빨간색 무늬가 새겨진 전통의상이 독특한 바이족은 세 번에 걸쳐 다른 맛이 나는 산다오차〔三道茶〕를 좋아한다.

제1도는 쓴맛으로 윈난성의 녹차를 그대로 마시는데 이것은 인생의 고통을 의미한다고 한다. 제2도는 단맛으로 윈난성의 녹차에 백설탕, 흑설탕, 크림, 치즈를 넣는데 이것은 인생의 행복을 의미

한다고. 제3도는 알 수 없는 맛으로 윈난성의 녹차에 생강, 꿀을 넣는데 이것은 알 수 없는 인생사를 의미한다.

여행자 거리로 유명한 태국 방콕의 카오산 로드와 네팔 카투만두의 타멜 거리처럼 다리의 양인가(洋人街)에는 세계 각국의 여행자들과 바이족들로 넘쳐나고 있는데 풍수지리가 뛰어나고 토지가 비옥해 약초, 고추 등의 농사가 잘 되는 다리에는 유명한 관광명소가 있다.

얼하이〔耳海〕와 캉산이다.

귀처럼 생긴 바다 같은 호수인 얼하이는 해발 2,000미터에 위치하며, 길이가 150킬로미터나 되고 담수면적이 25억 입방미터나 된다고 한다. 유람선을 운행하고 있는데 한가한 어촌 풍경과 잉어, 우렁이, 새우 등이 가득한 호수를 돌아보는 데만도 한 나절이 걸리고 선상에서 바이족의 민속공연도 볼 수 있다.

캉산은 해발 3,500미터 이상의 봉우리만 19개나 품고 있는 명산으로 그 봉우리들로부터 흘러내리는 폭포들이 절경이다. 중화봉의 중턱쯤에 위치한 중허사〔中和寺〕에서 내려다본 얼하이와 다리의 풍경 또한 절경이다. 특히 캉산에 보름달이 걸렸을 때의 풍경은 숱하게 시와 그림의 소재가 되었을 만큼 절경 중의 절경이라고.

30위안을 주고 재미있게 말을 타고 촬영을 하며 오르려고 했던 캉산에 가서 한 번 그 산을 갔다와서 길을 잘 안다는 한국 유학생을 따라 올라갔다가 그날 우리 부부는 죽는 줄 알았다.

하얼빈에서 유학 중 다리로 여행을 왔다는 23세의 김군은 날렵한 몸매로 그 가파른 산을 쉬지도 않고 빠르게 걸어 올라갔다. 걷는데는 꽤 자신이 있다고 자부하던 우리도 길을 잃지 않으려고 죽기살기로 김군을 따라 올라갔는데, 정말 힘들어서 죽을 맛이었다.

나는 물론, 땀을 잘 안 흘리는 한명회까지 앞이 안 보일 정도로 땀이 흘러 소나기 오듯 하고 한 걸음만 더 걸으면 곧 죽어 버릴 것처럼 숨이 턱에 차 올랐다.

"사람 죽겠다, 이 인간아. 좀 쉬었다 가자."

어쩌다 소리를 치면 앞서가던 김군은 걸음도 늦추지 않고 맞받아 소리지르며 매정하게도 휙 날아가 버리곤 했다.

"천천히 오세요. 저 앞에서 기다릴게요. 안 보이면 소리 지르세요."

그렇게 7시간을 걷고서야 끝이 난 캉산 트레킹은 시뻘겋게 익은 얼굴과 왕물집이 생긴 두 발바닥과 알통이 박힌 두 다리를 우리에게 남겨 주었다. 한씨의 부상은 나보다 더 심했다.

숙소로 돌아와 샤워를 하고 절뚝거리며 한국식당으로 가서 바이주를 곁들여 김치찌개를 먹고 있는데 저녁을 먹으러 지나가던 김군이 인사를 하며 옆에 앉았다. 그러나 우리는 김군에게 한이 맺혀서 김치찌개를 다 먹을 때까지 '이 집 김치찌개 맛 되게 좋네, 그지?' 한마디만 하곤 같이 먹자는 말도 하지 않았고, 바이주 한 잔도 주지 않았다.

다리에서 한국사람이 운영하는 게스트 하우스는 두 개다. 쿤밍의 한국 식당 주인 안원환 씨가 운영하는 하룻밤 15위안의 '코리아나' 게스트 하우스와 털보 문 모씨가 운영하는 하룻밤 10위안의 '넘버 3' 게스트 하우스인데 두 곳 모두 식당을 겸하고 있다.

〈동남아 국제거지〉라는 여행기로 화제를 일으켰던 박상철 씨도 얼마 전까지 다리에서 작은 카페를 운영했는데, 장사가 잘 안 돼 7개월 만에 철수하고 말았다고 한다.

코리아나 게스트 하우스에 베낭을 풀고 한국여행자들과 문씨를 만나기 위해 '넘버 3'를 들락거렸다.

구레나룻과 턱수염이 근사한 문씨는 다리의 유일한 한국사람으로 중요한 일이 없을 때는 5명의 종업원들에게 업소를 맡기고 여행을 다녀 만나기가 쉽지 않았는데 며칠을 기다려 어렵게 만나 보니 그도 안원환 씨처럼 인터뷰를 극구 사양했다.

나이 오십이 넘은 남자가 가족을 한국에 두고 다리까지 흘러와서 혼자 살고 있는 사연이 궁금했지만 말못할 사연이 많은 탓인지 끝내 입을 열지 않았다.

한국에서 26년 동안 공무원 생활을 하다 청산하고 5년 전 중국으로 건너와 진시황제의 능이 있는 시안의 병마용 광장에서 일 년간 포장마차를 한 후, 2년 동안 쿤밍에서 중국 아가씨 40명을 두고 가라오케를 운영했다. 그러다가 2000년 3월 다리로 들어와 1천5백만 원을 투자해서 개조한 폐가가 지금의 '넘버 3'라고 한다. 한 달에 우리 돈 4백~5백만 원은 벌어 그것으로 만족하고 산다는 말만 했다.

다리에서 한 시간 반 거리인 리장에는 28세의 김명애 씨가 중국 남자와 결혼하고 '사쿠라'라는 게스트 하우스를 운영하고 있는데, 세계적인 여행 가이드 〈론리 플래닛〉에도 그 이름이 올라 있을 만큼 장사가 잘 된다고 한다. 지금은 '사쿠라'라는 일본 이름을 '벚꽃마을'로 바꾸었다는데 마침 무슨 일이 있는지 어디론가 출장을 가고 없다고 했다.

열여덟 살 딸과 첫 술잔을 나누며

딸의 엄마와 나는 딸이 두 살 되던 해 헤어지고 말았다. 그후 일 년에 한두 차례 정도 명절 때만 딸을 만났는데 그래봐야 여태껏 합해서 10여 차례 보았을까. 보고 싶을 때도 많았지만 어린 딸과 특별하게 할 이야기도 없고, 할 일도 나에게는 마땅치가 않아서 일에만 전념하며 그냥 가슴에 묻어만 두었다. 그러면서 나중에 딸이 커서 같이 술 한잔 하게 되기를 기다렸다.

시드니에서 살 무렵 어느 날, 딸의 엄마로부터 전화가 왔다. 고등학교 1학년인 딸이 학교를 그만두겠다고 한다며 자기 말은 안 들으니 나보고 딸을 야단치고 설득하라고 했다.

그때 나는 딸이 원하는 대로 할 수 있게 그냥 두라고 했는데 딸의 엄마는 '너는 인간도 아니다'라며 전화를 끊었다. 어머니와 여동생들에게서도 같은 전화가 왔고, 그때마다 난 같은 말을 했으며, 그들도 그렇게 전화를 끊었다.

나도 딸처럼 고2 때 학교를 때려치우고 전국일주 무전여행을 계획했던 적이 있지 않은가. 딸은 역시 분명한 내 딸이었고, 그런 딸을 나는 믿었다. 그만한 이유가 있을 것이고 딸의 그 이유가 바로 딸을 자유롭게 해주리라고 믿었다.

한국으로 돌아와 선배로부터 부탁을 받고 제8회 부산 아태장애인경기대회 개폐회식을 준비하기 위해 부산에 있을 때 나를 찾아 딸이 부산으로 내려왔다.

그때 열여덟 살인 딸과 함께 허름한 횟집에서 처음으로 술을 한 잔 했다. 드럼 치는 것에 반해서 드럼 치는 일에만 집중하기 위해 학교를 그만두었다는 딸에게 정말 멋있고 잘했다고 하자, 학교 그만둔 문제로 칭찬해 준 사람은 아빠밖에 없다고 했다.

세계 최고의 여성 드러머를 꿈꾸는 딸이, 그 나이에 자신이 정말 무엇을 원하는지 분명하게 알고 또 행동하는 딸이 나는 정말 자랑스러웠다. 한 번 꼭 끌어안고 그 예쁜 입술에 뽀뽀를 하고 싶었지만, 등을 토닥거려 줄 때 손바닥에 느껴지던 처음 본 딸의 브래지어 끈이 한없이 낯설어 뽀뽀를 하거나 안아보기는커녕 손도 잡지 못했다.

담배를 피우느냐고 물었더니 골초는 아니라고 해서 나는 딸에게 담배를 주고 불을 붙여 주며 같이 피웠다. 횟집의 사람들이 더러 쳐다보기도 했지만 딸과 나는 개의치 않았다. 앞으로 아빠 만날 때는 화장실에서 피우지 말고 이렇게 당당하게 피우라고 했더니 그러겠다고 했다. 고등학교 중퇴하고 드럼을 치면서 술, 담배를 하니까 사람들이 자기를 날라리라고 생각한다고 했을 때 내가 물었다.

"넌, 아빠를 어떻게 생각하느냐?"

아빠가 하는 일을 보면 아빠가 보통사람이 아닌 것 같다고 대답했다. 그럼 보통사람이 아닌 아빠의 판단을 믿느냐고 했더니 믿는다고 했다.

"내 딸은 절대 날라리가 아냐. 자신이 정말 하고 싶은 일이 무엇인지도 모르거나 설사 알고있더라도 행동하지 못하는 사람들이 문제야. 딸은 멋있게 살고 있고 아빠는 그 딸이 자랑스러워."

내가 진심으로 딸에게 해준 말이었다.

일본 하라주쿠에서 희한하게 여기며 본 게임이나 만화, 영화 등에 나오는 캐릭터들의 분장을 그대로 따라해 보는 코스프레 마니아이기도 하면서 머리를 빨갛게도 노랗게도 바꾸는 딸. 낮에는 비디오가게에서 아르바이트를 하고 그 돈으로 밤에는 드럼 연습실로 달려가는 딸. 워낙 어렸을 때부터 지금의 아내인 한명희를 어릴 때부터 알고 지내온 탓에 한씨를 '엄마' 대신 '언니' 라고 부르는 딸.

그 딸이 드럼을 잠시 접고 이번 아시아 일주에 합류하기로 했다. 딸의 드럼에 인생의 멋과 자유를 실게 해줄 수 있을 것이다.

나는 정말 내 DNA가 자랑스럽고 행복하다. 두 살 때 헤어진 딸을 열여덟 살에 다시 만나 첫 술잔을 나누며 과연 딸과 내가 친해지기까지 얼마만큼 세월이 필요할까 걱정을 했는데, 나이와 신분을 떠나 자신이 정말 좋아하는 일을 하고 있는 사람들은 그런 걱정은 하지 않아도 된다는 것을 딸을 통해 다시 한번 깨달았으니까.

서로를 인정해 주는 일이 아주 간단 명료한 까 닭이다.

한씨와 딸과 함께 부모 잃은 아이 둘을 이번 여행에 동반하고자 한다. 가서 일 년 간 많은 사람들을 만나고 값진 인생의 이야기를 듣고 돌아오겠다.

〈끝〉